論創ミステリ叢書

86

藤雪夫探偵小説選 I

論創社

藤雪夫探偵小説選Ⅰ

目次

創作篇

評論・随筆篇

凡　例

一、「仮名づかい」は、「現代仮名遣い」(昭和六一年七月一日内閣告示第一号)にあらためた。

一、漢字の表記については、原則として「常用漢字表」に従って底本の表記をあらため、表外漢字は、底本の表記を尊重した。ただし人名漢字については適宜慣例に従った。

一、難読漢字については、現代仮名遣いでルビを付した。

一、極端な当て字と思われるもの及び指示語、副詞、接続詞等は適宜仮名に改めた。

一、あきらかな誤植は訂正した。

一、今日の人権意識に照らして不当・不適切と思われる語句や表現がみられる箇所もあるが、時代的背景と作品の価値に鑑み、修正・削除はおこなわなかった。

一、作品標題は、底本の仮名づかいを尊重した。漢字については、常用漢字表にある漢字は同表に従って字体をあらためたが、それ以外の漢字は底本の字体のままとした。

創作篇

渦潮

一、暗い雲

今日は朝から寒さがきびしく、一面の霜であった。その上、空は高く曇って、僅かにもれてくる薄日は、北の国の晩秋を思わせた。八時半に出勤した小林刑事は、未だ出勤しない同僚の人気のない机に取り囲まれつくねんと椅子によりかかって、昨晩友人に貰ったチェスター・フィールドにガソリンくさいライターで火をつけた。ぼんやりと窓の外を眺めると、広い通りを越した向い側の呉服屋の二階と豆腐屋の屋根の間から麓までも白雪に包まれた蔵王の連峯が、しらじらと連らなっているのが見えた。――昨日、十一月三日は全町を挙げての運動会が、丘の上にある公園で盛大に行われた。予科練上りの兵曹長であった彼は、柔道二段、剣道三段の腕である上に、海兵団では、ならした猛者《もさ》であったので、八百米《メートル》のレースでは第二位となり、御褒美にはビールを二本頂戴したのであった。その上彼の二十八才の頬に、ほのぼのと浮んだ微笑は、多分昨日行われた赤ん坊のコンクールに、生れて八ケ月の長男一彦君を、愛妻の――それは本当に文字通りの、いとしい妻である定子さんに出品させて、見事一等賞をかち得た事を、思い出したからであろう。それからそれと、思うともなく楽しかった昨日のことを思い浮べていた彼は、淀んだ静けさからうとうとと不覚にも、居眠りに見舞われそうになってくるのであった。一しきり学校に行く子供達でにぎわった時間が過ぎた今頃は、活動の前の静けさが、ちょっとの間この小さい町の、メイン・ストリートを支配するのであった。

けたたましい電話のベルが、熱い血の流れている彼の心臓を、まるで裏返しにでもしたような衝撃を彼に与えたのは、この時刻――それは丁度八時四十五分の時であって、椅子から躍り上った時、第一鈴が鳴り止んだ。そして受話器をはずそうとした途端、第二鈴が、まるで機関車の汽笛のように、人気のない広い警察署の中に轟き渡った。いまいまし気に舌打ちをした彼の耳に、せかせかとした男の声が上ずって響いてきた。

「もしもし、警察ですか？　大変です。殺人です。泥棒です。銀行破りです。早く来て下さい！」

　それは睡気の未だ消えない彼の耳に、まるで雷のようにがんがんと響き渡った。

「ナナなんですって？　はっきり落ち付いて言って下さい。あなたは一体誰ですか？」

「八十八の支店です。直ぐお願いします」

「分りました。直ぐ行きます。現場は絶対手をつけてはいけませんぞ。そのままにしておいて下さい」

　電話を切ったのが早いか、探偵長広淵警部補の所に電話をかけたのが早いか、それは疑問であるほどの早さで、彼は警部補と署長に連絡し、現場で会う手筈で、帽子をつかむや否や署の自転車で外に飛び出した。若い彼の体には、この平和な町には全く珍らしい椿事に、躍り上った血潮がうなりを立てながら、流れていた。

　第八十八銀行S町支店は署の西方数町ほどの所にあって、メインストリートと、ちょっとした広小路の交叉する十字路の角に立っていた。その広小路を距てて幅六米ほどの堀切川の清流が東に流れている。建物は田舎町には珍らしい鉄筋コンクリートの二階建で、なかなか豪壮な建築である。一階は何処の銀行とも同じような構造で高い二階は廻り廊下に囲まれた会議室となっている。支店長宅からは四尺幅の廊下づたいに、行き来が出来るようになっていた。その様子は、大体次頁《ページ》の図で見られる通りである。

　二分ほどで現場に到着した小林刑事はメインストリートに面した西側の入口を素通りして、広小路側の入口で自転車を下りた。そして彼と一緒に現場について来た二人の若い警官に二つの入口を警戒させた。なるべく人目をひかないようにそして人を近づけないように言い含めた。内に入る前に、彼はもう一度入念に、道路に面した銀行の外面を調べた。何の変った事もなかったが、ただ一つメインストリートに面した窓の硝子《ガラス》戸がひび割れして、直径五センチほどの孔があいていた。外には異常のない事を確かめた彼が、広小路側の入口に来た時、署長と広淵警部補とが自転車を飛ばしてやって来るのが見えた。

「オ早ようございます」

と小林刑事が元気な声で挨拶すると、肥った署長と、色眼鏡を掛けた、やせぎすのいなせな若い警部補が、

「やー、御苦労――」

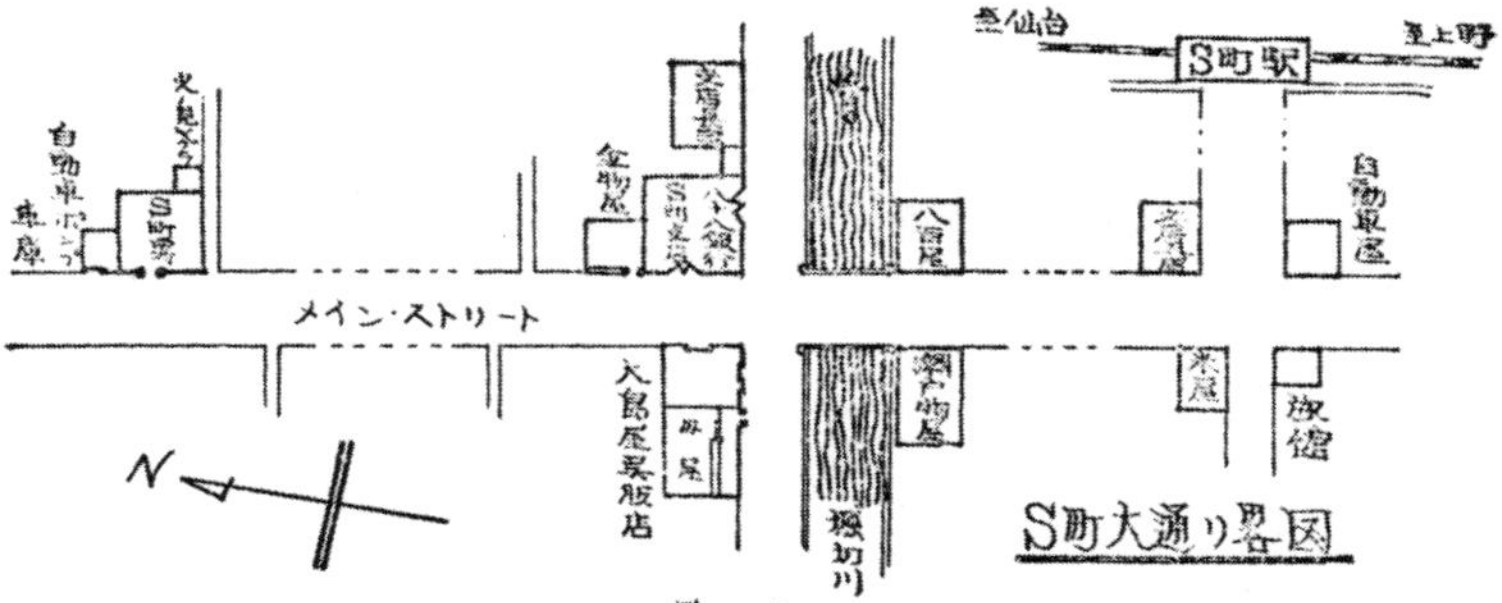

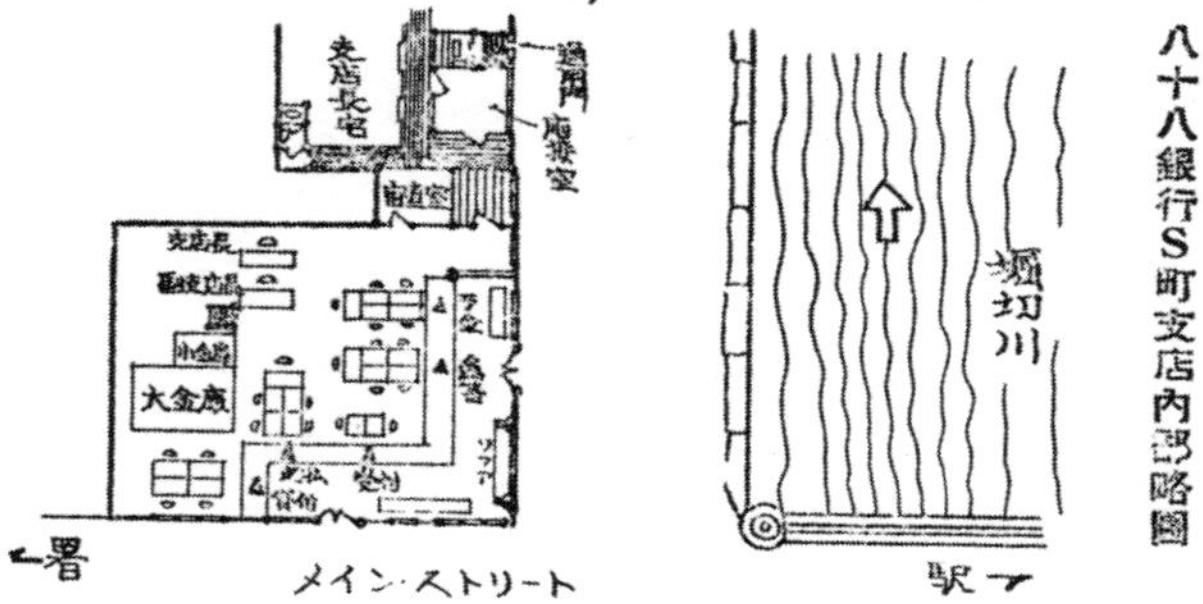

と言いながら自転車を下りた。銀行は未だ固く戸ざされ鎧戸がしっかりと下りていた。三人は「御めん」と言いながら、支店長宅の玄関の戸を開いて中に入った。蒼い顔をした支店長夫人と支払係の佐藤という四十許りの元気な、やせ型の男が飛んで出て来た。異常なさし迫った空気を察した署長は、

「やー、一体どうしたのです？」

とわざとのんびり靴のひもを解きながら、質問の矢を向けた。

「朝から、何か大事件でも起ったのですか？」

「ハイ――」

未だ若い夫人が手をつかねながら、オドオドと答えた。

「実は先ほど佐藤さんが来られて、鍵をお渡ししたのです。十分許りすると佐藤さんが飛んで来られて、奥さん大変ですという話になりましたの――」

「ああ、そうですか？　では一つ佐藤さんから精しい話を聞かして頂きましょうか？　その後で現場を見る事にしましょう」

三人は靴を脱いで、玄関脇の応接室に通り、壁ぎわの長椅子に腰を下ろした。顔見知りの佐藤さんは、この商売特有のいんぎんさで、小さいテーブルを距てた膝なし

の小椅子に腰を下ろした。

「なるべく精細にお話をうかがいましょう」

署長は煙草に火をつけながら口を開いた。

「正確な順序が何よりも大切な事ですからな」

「承知致しました」

幾分顔の蒼ざめた佐藤さんは、手をもみながら話し始めた。

「実はいつものように、八時半に出勤致しました。銀行の戸が開いていいなかったものですから、支店長宅の玄関から入り、奥さんに鍵束を頂いて、この部屋の後ろから廊下を通り、銀行の通用口の錠をあけて、中に入りました。中の様子は、いつもと何の変りもありませんでして――そんなわけですので、まず高窓のカーテンを引きました。朝の光が、今まで薄暗かった室内に、斜めに射し込んで参りました。次の窓のカーテンを引いた時に、窓の所が、小さい孔があいて破れているので、フト、これはどうしたのだろうと何となしに不安な気が致しました――」

「そう、それは」

小林刑事が口をはさんだ。

「つまりその窓は、大通りに面した入口の左手の窓でしょう?」

「そ、そうなのです」

佐藤さんは何かしらハッとして、小林刑事の顔を見たが、また署長の方に顔を向けて話し続けた。

「後ろを振り返って見ました。すると、朝の光に照らされた金庫が目に入りました。どうも気のせいとでも言うのでしょうか、金庫の扉が、どうも開いているように感じたのです。それで、真直に歩いて参りましてダイヤルに手を掛けたのです。すると、扉は静かに開いたではありませんか。驚いて一番下段の錠を見ますと、どうも具合が変なのです。うちの金庫は、特別製のものでして、ダイヤルの暗号を合わせて、扉を開いたと致しましても、その中に、更に複雑な錠が下りておりまして、これを開くのが、またむずかしいのです。ところが、手をふれると中の扉までわけもなく開いてしまったのです。すると、確か支店長が一昨日入れたはずの、五百万の現金がないのです。私の心臓は、まるでふいごにでも吹かれたように動いて、耳の底が、ガンガンと鳴るように感じました。頭はこうカーッとなりまして、これは大変な事になったと思いました。そこで、奥さんにお知らせしようと思って立ち上ったわけです。この金庫の前が、預金課長の高橋さんのテーブルになっているのです。窓から斜めにさし込む光で、テーブルの下を見るともなしに見やった私は、全くその場にヘタヘタと坐り込んでしまいました。どうも、意気地のない話ですが――」

　佐藤さんは、新しいハンカチーフを出して、額に浮ぶ冷めたい汗をふいて、また話を続けた。三人の警官は、つけた煙草の消えてしまったのも忘れて、じっと佐藤さんの口元を眺めていた。

「そのテーブルの下の奥の方に、人間がうずくまって伸びているではありませんか。私はとっさに、ああ、高橋さんだと思いました。ふるえる足を踏みしめて、どこをどう飛んで来たのか分りませんが、気がつくと、奥さんの部屋に入り込み、何か奥さんに大声でしゃべっている自分に、気がつきました。奥さんは落付いて、では早速警察へ、とおっしゃられましたので、直ぐ――実は先ほど、署に御電話したわけです」

　ほっと、吐息をついて佐藤さんは話を終った。

「で、どこにも手はふれてありませんね?」

　署長がギラリと目玉を光らせた。

「小林君、仙台には通知してありますか?」

「ええ、もう通知は出してあります。鑑識課の人が三人ほど、九時半頃着く予定になっています」

「ふーむ――と、今は九時だ」

　広淵警部補は自慢のスイス・ナルダンのクロノメーターを一べつした。

「どうです、署長。もう三十分もすると、やっこさん達も着きますから、現場の調査はもう少うし待ちましょう。何しろこれは大した事件のようですからネ」

「そうしよう。手がかりを消したりしちゃー馬鹿々々しいからな――。もう少うし聞きたい事もあるし、待つとしよう」

　そこへ先ほどの支店長夫人が茶を入れて、応接室に入って来た。そして佐藤さんの隣りの椅子に腰を下ろした。温い朝茶を招ばれると、広淵警部補が、先ほどから書きつけていた手帳を閉じて夫人の方を向いた。

「お宅の銀行では、カギはいつも奥さんがあずかっておられるのですか?」

「いいえ、いつもは主人がおあずかり致しておりますの」

　不安そうな色をかくしきれずに、夫人はそれでも落付いて答えた。

「一昨日の夕方、主人が出掛けましたので私があずかったわけです。いつもは朝、宿直の方が主人の所に参って、鍵を受取り銀行の出入口を開く事になっておりますの。昨日は、けれども町の運動会でしたので、行員の方には御気の毒ですし、ふだん、御苦労を掛けていますので、私が銀行の方はおあずかり致しました。別に変った事もありませんので、昨晩も一度、私が子供と銀行を見廻わりました。――そう、丁度十時でした。そんなわけで、宿直も置かないで過しました。今朝、一番早く佐藤さんが見えられたので、鍵束をお渡ししたわけですの――」

夫人はここで署長の方に顔を向けて、つけ加えた。

「――あの、行員の方達が皆んな時間でいらっしゃいましたので、御座敷の方にお待たせしてございますが」

「ああ、結構ですな」

消えた煙草に火をつけながら、署長は答えた。

「取り調べが一応終るまでは、お気の毒ですが、ちょっとの間辛抱して頂かなくてはなりますまい」

思い余ったように煙草の煙をはき出すと、署長は佐藤さんの方を向いた。

「それでは一体、一昨日《おととい》の夕方はどうだったのです? 支店長は」

「ハアー、実は伝票の整理が終りましたのが、丁度五時でした。支店長は、預金課長の高橋さんと話をしておいでてでした。若い外の方達は、もう皆んな帰ってしまっていました。私も仕事が終ったものですから、お先に、と挨拶して失礼したわけです」

「分りました。そのあとは今朝まで、あなたは何も知らなかったとおっしゃるわけですネ?」

「ハアー」

佐藤さんはちょっと口ごもるように答えた。

「全く何も知らなかったわけです。――そうでもございましょう、署長さん。神様でもなかったら、誰にだって分りはしませんよ」

警部補は佐藤さんの横顔を眼鏡越しに眺めながら、チラと微笑した。そして夫人の方を向いた。

「御主人はどうしていられるのでしょう?」

「ハイ」

夫人は心持ち蒼ざめた顔を伏せ勝ちにして、答えた。

「実は一昨日の夕方から、未だ帰宅しないのでございます」

はっとしたように、署長と警部補と、そして小林刑事は目を見合わせた。何か激しい切ない不安が、三人の胸を、一瞬冷めたい北風のように吹き過ぎた。夫人は更に語り続けた。

「一昨日の夕方——そう、あたりも暗くなっていましたので、五時過ぎでもあったでしょうか。銀行の主人の所から、人を呼ぶ時にいつも使うベルが鳴ったのでございます。私は台所で次女の恵美子——あの、今年女学校に入った許りの子ですが——その子を相手に夕飯の料理を致しておりました。ちょっと手が離せなかったものですから、代りに娘をやりました。直ぐに帰ってきしてちょっと出掛るからオーバーと帽子をくれとの事でました。いつもの事ですので、洋服箪笥から出してお父様に上るように恵美子に申しました。娘は直ぐ準備をして、届けたようなわけでございますの。主人はそのまま娘に鍵をあずけて、銀行の南口から出掛けて行きましたそうで。いつもの事ですので、私は見送りも致しませんでした。直ぐ帰って来る、と思っておりましたので」

「そのようなことは始終おありですか?」

「ハアー、年の暮や、三月の末には珍らしい事ではありません」

「これは——ヒョッとしたら、どうもおかしな事になっているように思うのですが、御主人の御出掛の時の様子を、一つ精しくお話し願えないでしょうか?」

「ハアー、あの、実は今申し上げたほどの事しか、私には分っておりませんので——では早速、学校に電話して娘を呼ぶ事に致しましょうか? 十分もあれば、充分でございますから——」

夫人は警部補の顔を見上げた。

「そうですな——」

手帳に何か書き込みながら、警部補は静かに答えた。

「これには何か重大なわけがありそうに思いますから——。御苦労ですが、一つそう願いましょう」

一層蒼ざめた顔をして、ドアの外に姿を消した夫人のあとを目で追いながら、警部補は佐藤さんにたずねた。

「佐藤さん、先ほどあなたは、五百万の現金がなくなったと言われましたネ。一つそれを話してくれませんか?」

「かしこまりました。実は、先々月、つまり九月始め興産会社で五百万の増資を決定しまして一般に株式募集を致しました。これは勿論、御存知でございましょう。それが先月二十日で満株となり募集を打ち切ったわけです。それで、この金は登記の際、一度取引銀行に見せ金と申しまして、耳をそろえてあずけなければならない訳なのです。その期限が実は明日になっています。そんなわけで、東京の麴町銀行から、手前どもの親銀行の仙台本店に、小切手が送られ、それによりまして、一昨日九時、本店から手前どもの店に五百万の現金輸送があったわけです。これは早速出す金ですので、小金庫にしまい込まれたものなのでございます。なお今日、お昼になれば副支店長も参りますし、興産会社の鈴木専務も見えられる事になっていますので、その節には精しくお聞き取り頂きたいと、かように存じているわけです」

「そうですか、よく分りました」

警部補は思案に落ちたようであった。署長も、やたらに煙草の煙ばかり天井に吹き上げていた。暫くの沈黙の時が続いた。その静けさの中で、遠い部屋からの、行員達の話し声がかすかに聞えてきた。それは何かしら不気味な感覚を、小林刑事の胸に投げかけるのであった——。

突然、玄関の戸のあく音がした。四人の男達は我にもあらずおののいた。通りを歩く足音も聞えず、玄関のきざはしを上る物音もしなかった。無言のまま、四人の眼は入口のドアに引きつけられた。暫くすると可愛い甲《かん》高い少女の声が、先ほどの夫人の沈んだ声にからみ合いながら、廊下をこちらの方に近づいて来た。ドアがあくと、赤い頰をしたオカッパ頭の体格のいいお嬢さんがセーラー服を着て、夫人と一緒に入って来て、少し許りはにかみながら頭を下げた。この愛らしいお嬢さんの口から、一体どんな驚くべき事が話されるのかと思うと、小林刑事はフト不思議な感じに胸のうずくのを覚えた。

「恵美子や」

椅子に腰を下ろして、娘の髪をなでながら夫人は口を開いた。

「おととい、お父様にお帽子とオーバーを持って行って上げた時のことを、お話ししておくれ」

「やアー、お嬢さんですか」

署長は未だ子供の域を抜けきらない一年生の女学生を、暖かく包み込むような笑顔をむけた。

「学校からわざわざお呼びして、済まなかったですナ——。一つ精しく、お父さんをおととい送り出された時のことを、お話しして下さいませんか?」

「ハイ」

はにかみながらも、大の大人の五人の大群に包囲された少女は、子供の名誉に掛けても、落付いて話さなければならないと、決心したようであった。その健気な娘の横顔を、夫人はいとし気に見守っていた。

「ベルが鳴りました。丁度お母さんと夕飯のお仕度をしている時でした。お前行っておいで、とお母さんが言われましたので、お店の方に参りました。お父さんは副支店長さんのテーブルに座り、私の方に背を向けている方と、お話ししておいでになりました。私が廊下のドアを開いて、銀行のゆかに下りると、左側の入口の所のカウンターテーブルのかどの所に、寄りかかっていた男の方が、

〝――ああ、お嬢さんですか、お父さんはオーバーと帽子がほしいのですよ。ちょっと私達と出掛けてくるのですからネ――〟

と言われました。お父さんの方を見ると遠くの方で、そうだと言うようにうなずかれました。私がお父さんの帽子とオーバーを持って参りますと、先ほどの男の方が受け取られました。そして、カギ束を私に渡しました。そしてこう言いました。

〝お嬢さん、もう十分もすると、お父さんと私達は出掛けますから、そしたらどうぞ戸締りをして下さい〟

それで私は応接室――つまりこの部屋に入って、そこの長椅子に掛けて、ぼんやりと外を眺めていました。暫くすると、銀行の南口の戸があいて、男の方達が出て行かれましたので、急いでお店に参りました。南側の出口の錠をおろし、ハンドルをまわして、鎧戸を下ろし廊下のドアを閉じて、鍵をかけました。それからカギ束を持ってお母さんの所に来て、それを渡しました」

赤いバラの刺繍をした可愛いハンカチーフを胸のポケットから取り出すと、少女は額に浮んだ汗をふいた。黙念と考えをまとめているらしい署長の顔を眺めながら、警部補は静かに少女の方に目をやった。

「お嬢さん、あなたから帽子やオーバーを受け取った男は、どんな男でした？」

「ハア――」

少女は、記憶を呼び起すように首をかしげた。

「茶色のジャンパーを着て中折帽をかぶり黒い眼鏡を掛けた若い方でした」

その調子が丁度何かの物語りを朗読でもする時の様子を思わせたので、警部補も小林刑事も、思わず微笑がこみ上げてきた。

「お父さんと話をしていた男は、どんな男でした？」

「ハイ。丁度背中だけしか見えませんでしたが、肩幅の広いがっしりした感じの方でした」

「そうですか、ではあなたにウナズかれたお父さんの

御様子はどんなでした?」

「薄暗くてよく分りませんでしたが、何んだかいつもより、蒼い浮かない顔をしていらっしたようでした。――そうです、応接室に来てからも、薄暗がりの中にぼんやりと浮き出しているお父さんの顔が思い出されて、困りました」

警部補はキラリと眼がねの奥から目を光らせた。

「それではお店には、その時電燈がついていなかったのですか? お嬢さん」

「ハイ、ついてはおりませんでした」

深い溜息が期せずして、人々の胸の底からわき起った。

「その上カーテンも全部下ろしてあり、光は南口の出口の硝子戸から入ってくる許りでしたわ」

「お父さんと、お話ししていた男は高橋さんではなかったですか?」

「――」

少女は眼を閉じて、暫く記憶をたどっているようだった。

「――高橋さんのようでもありましたけど何んだか別の人のような気も致します――」

暫くの沈黙があった。

「ヤアー、有難う」

腕時計を眺めながら、署長はゆっくりと口を開いた。

「もう結構ですよ、お嬢さん。どうぞ学校へいらっして下さい。けれどもお友達には何も言ってはいけませんよ。ほんとに御苦労様でした」

立ち上って、可愛いオカッパ頭を下げてそして母親に伴われてドアの外に姿を消した少女の姿を見送りながら、署長は、何事かを懸命に手帳に書き続けている広淵警部補の耳に口を寄せて、何かささやいた。それから佐藤さんの方をふり向いて言った。

「佐藤さん、あなたもお引取下さって結構です。ちょっと、三人で打合わせをしたい事がありますから――。でも行員の方には何もお話しになっては困りますよ。そこは適当にお願します」

「かしこまりました」

はっとした面持になって、佐藤さんは応接室を出た。何んだか思いも及ばない事件のために、佐藤さんはひどく疲れて、幾年も年をとってしまったような感じであった。空は高く曇って廊下の硝子戸越しに見る荒れた庭の桐の木に、枯れ葉が二、三枚ひっかかって風に吹かれているのが、まるで職でもなくしてしまった時のような物悲しさを、佐藤さんの胸に呼び起した。

「――はて、皆んなに何と話したものか――」

思案に余るように、佐藤さんはとぼとぼと廊下を座敷の方に歩いて行った。その姿が向うの部屋の角を曲って見えなくなってから暫くした頃、遠くの方で自動車の警笛が聞こえ、十字路を曲ってこちらに近づいて来る高級車のエンジンと、ペーブメントに車の吸いついて離れる音が聞こえてきた。

二、峡谷

その日の午前十時三十分から午後一ぱいの時間を埋めて、綿密を極めた現場調査が行われた。新聞の記事は差し止めとなり、各所に非常線が張られ、日本の警察の全機能を上げて捜査の手筈が動き出した。捜査本部はS町警察署の二階に置かれ、腕利の警官が仙台から、また翌日には近代科学の粋を尽した調査班が、警視庁から差し向けられた。

現場の調査で明《あきらか》になった事実は次のようなものであった。預金課長のテーブルの下にのびていたのは、間違もなく高橋さんであった。心臓をただ一発のもとに射ぬかれて、下着の中には血がタールのように黒く無気味に溜っていた。よほど近い所から射たれたと見えて、白いワイシャツがこげていた。下着の内側にばかり血が溜って外に流れ出していないのは、倒れるや否やテーブルの下に押し込まれたためであると考えられた。弾丸は背中から見事に心臓を射ぬいていた。その死顔が、幾分変色していたとしても、平和な表情を浮べていたのは全く予期しない時に射たれたものであろう。検屍の結果によると四日正午において死後四十時間乃至四十七時間と判定された。もしこの時間が正しいとすると犯行は二日の午前十時から午後五時の間に行われた事になる。しかしその頃までは佐藤さんを始め他の行員も居た事だし、それに支店長が外出したのは五時半頃と推定されるとすると、結局犯行は午後五時附近の時間という事になるのであった。そうするとこの殺人が五百万の行金の紛失と果して直接の関係があるのであろうか？　綿密な調査によって、高橋さんを射ぬいた弾丸は、モザイクの床を射ぬいて、その下のコンクリートの床を一寸ほどの深さにえぐり、上向に反射して、支店長のテーブルの方にバウンドした事が明になった。すると犯人は、メインストリートに面した入口を背にして、高橋さんを射殺したのであった。だから高橋さんはその時支店長のテーブルの方を向いている事になるのであった。しかしながらその第一の手がかりとなるべき弾丸は終に発見されなかった。ただ弾痕によって推定するとそれは、舶来品のコルト拳銃ではなかったかという事になった。

更に当局を困惑させたのは、高橋さんの首の周りには、何かヒモででもはげしく締め上げたようなあとがなまなましく残っている事であった。またその口の中には真新しい麻の大きいハンカチーフが押し込まれてある事であった。そのハンカチーフは敗戦後の日本には珍らしいほどの高級品であって、コテーの香水ウビガンの香がついていた。すると考えようによっては絞殺しておいたのが、仕事の最中に息をふき返したので、止を得ず射殺したとも取り得る事になった。絞殺が先か？　射殺が先か？　つまり、これは、より科学的な解剖の結果に俟つより外はなくなった。その日の夕刻、高橋さんの屍体は警察自動車に寝かされて、東北大学の法医学教室に急送された。

小林刑事が最初に気づいた、その硝子戸の孔に関しては、更に奇妙な事実が明かにされた。この銀行の窓硝子にはまっていた太い鉄格子は戦時中供出のためにはずされてそのあとには頑丈な樫の格子がはめ込まれ青いペンキで塗られていた。そのうち中央の二本の、上のケタカマチに入っている部分が、よほどの切れ味の鋸で切り離されていた。そのために、その二本を強い力で押しつけると、幅にして四十センチほどの間になった。斜めにすれば充分一人は通り抜けられる幅であった。力を加えない時は自分の弾力で元の位置にがっしりと止まっているように見えるのであった。硝子戸は勿論金網の入った硝子戸ががっしりと鉄のわくにはめ込まれたものであった。上下に上げ下ろしになる構造のもので、二つの頑丈な回転錠がどちらも下がわの戸の掛け金にしっかりとはまり込んでいた。孔は外からあけられたものらしく、硝子の中に入っている金網の切り口は全部内側に向いていた。その孔から手を入れると二つの回転錠の一つには充分手が届くのであった。事実その錠は長く使われなかったと見えて赤く錆ついていたにもかかわらず、最近回転した痕跡がはっきりと見られた。そしてもう一つの錠もまた回転した痕が見られた。すると上の硝子戸は完全に下に引き下げられたのであろうか？　少くともそのようにして内部に入る事は実にたやすい事であることが明かになった。けれどもこれだけの大仕事を一度にするという段取になると、相当に冴えた腕を持った家具師でも三十分の時間は要るであろう。その上この仕事をするには、高さ一米ほどの台が必要になる事であった。例えいかに大胆な男でも、このメインストリートからそのような方法で押し込むなどという事は思いも及ばないことであったろう。けれども事実は、どうやらそのような方法で押し込んだ形跡があるのだった。その上この調査で捜査陣に一つの光明がもたらされた。手袋をはめるか、あるいは入念にふき取られたのか、それまで指紋は全然取られなかったのに、その回転錠の下側の硝子戸に割合明瞭な左手の人指し指と中指の指先の指紋が残っていた事であった。――後に行われた警視庁の科学調査班の調査によって、その指紋には、極端に蒸発しにくい時計油がかすかににじんでいる事が確められた。

次にS町の郊外の高橋さんの宅について調べた所によると、二日の夜高橋さんから奥さんの所に電話があった。それによると高橋さんは支店長と二日許り仙台の本店に出掛けて来ると言うのであった。

最後に五百万の行金の行方については佐藤さんの言う通りであった。銀行の入金伝票でも明であったし、副支店長の小枝さんにも確認された。また本店と興産会社との調査でも、総てが疑問の余地がなかった。まさしく五百万の行金は水際だった手際のもとに、小金庫の中から煙のように姿を消し去ったのだ。

捜査本部ではまず第一に橘支店長の行方を確めにかかった。支店長さえ摑えれば真相が相当はっきりしてくるものと思われた。しかし凡ゆる捜査の努力は水泡に帰し、支店長の行方はその後数日の間、黒板の上からふき消された文字のように何一つとして目安になるものさえ捕えられなかった。本部においては種々なる事実に基いて、会議に会議を重ね、幾つかの想定のもとに、各方面を多くの探偵が科学的な順序に従って洗って行った。

翌日行われた解剖の結果と、血液中の水素イオンの状態試験とによって高橋さんの死は、前の推定に近く二日の午後五時から八時の間と決定された。そして首の傷はその死には何等の関係もないというのであった。それでは何のために死んだ者の首をしめ、その口にハンカチーフなどをつめこんだのであろう？　これは実に深い謎を投げかける点となった。

以上のような事実に基いて、本部では犯人の捜査について、次の基本方針が確立した。

一、犯罪は二人以上の共犯で行われたこと。

二、犯人は今回の現金輸送の事を良く知っている者である事。

三、更に犯人は銀行の事情に精しく、町の運動会である三日は店は休みとなり、二日と三日の夜は宿直を置かない事などを知っている者であること。

これに基いて次の三つの想定が公算の大きいものとして取り上げられた。

その第一は、高橋さんを射殺して支店長をゆうかいした事件と、表の窓から行われた押し込みとは全く無関係な犯罪で、たまたま同じ日に行ったというに過ぎない。従ってその犯人の何れかが行金の五百万を奪ったのであろう。あるいは両方とも、その現金を狙って行われたものかも知れない。けれども一方から考えると、時と言い場所と言いあまりに計画的な点は独立の犯罪とは到底受け取れない。事実このように計画的に二つの犯罪が独立に行われたという事は、殆んどその例を見ない。けれども考えとしては一応成り立つ――と言うのであった。

その第二は、犯人は高橋さんを殺して、支店長を脅迫したけれども、金庫を開く暗号をどうしても白状しないので、終に支店長をゆうかいした。その後で何等かの恐ろしい方法に訴えてその口を割り、その夜前以て準備した表の口から忍び込んで目的を達した――と言うのであった。これは確かに最も確率の大きいものとして捜査線に浮び上った。

第三は、支店長その人こそ犯人であり、窓硝子の件はカムフラージュに過ぎない――と言うのだった。この想定も相当有力な見解として取り上げられた。

そこでこれ等の問題を追求するために、凡ゆる方法を尽してまず支店長の所在を確める事と、窓に残った指紋と、高橋さんの口に押し込まれたハンカチーフとの謎を解く事に全力が集中される事になった。それは実に綿密な方法により徹底的に行われたにもかかわらず、その後数日というものは何等の進展も見なかった。捜査陣営にはようやく焦燥の色が見え始めてきた。こんな状態では事件はヒョッとすると迷宮に入るおそれがあったからだった。

警視庁の科学捜査班では、極めてよく整頓してある幾十万となき前科者の指紋に照らして、新に採集した二つの指紋を調査した。一週間許りの調査の結果、その新らしい指紋は終にサンプルの中には発見されなかった。そこで犯人は前科者ではなく、いわゆるその道の素人によって敢行された事が明になった。これはひどい打撃であった。もしそれが前科者の指紋であったら、その男を何とかして見つけ出し、それからそれと芋づるをたぐるように一味を挙る事は割合た安い仕事であった。その手がかりの絶ち切られた今となっては、広い海の中に沈んでしまったただ一つのダイヤを探すような頼りなさを当面の人々に与えた。彼等は今や獲物を八千万の人口の中に求めねばならない所に追いつめられたのである。

それは氷雨のそぼ降る十一月十日の朝であった。霧のような雲が低く垂れ下って波の如く連る山々を包み、この静かな町を乳色の平和の中に眠らせていた。この朝続いて鳴り響いた二つの電鈴が、捜査に疲れた人々を歓喜と驚愕の堝壺《るつぼ》に投げ込んだのであった。けたたましく鳴り渡った電話の受話器をはずしたのは不思議にも小林刑事であった。受話器をはずした途端、喰いつくようなせわしい声が彼の耳に飛び込んできた。

「もしもし、S町の捜査本部ですネ。こちらは大原村駐在所の中島巡査です。もしもし聞こえますか?」

「ハア、よく聞えます」

何かしら胸に熱い塊のこみ上げてきた小林刑事は、昂奮気味に答えた。——思わず昔の軍隊調で——

「自分はS署の小林刑事であります」

「アア、そうですか。実は本道沿に、七十六号カーブからハイヤーが一台転落しているのが、今朝、発見されたのです——直ぐ来て下さい」

「な、なんだって? ハイヤーが落ちているって?

——よし直ぐ行こう」

「ザイルを三百米ほどと頑丈なピッケル四、五ちょう、それから丈夫な手袋を忘れずに願います」

「よし! 分った」

電話をきった途端に、居合わせた広淵警部補と外の二、三の警官は椅子から立上っていた。彼等はその転落した自動車が彼等の事件の心臓部に喰い込んでいる何物かをしまっていることを感じた。見合わせた人々の顔の中から幾つもの眼が、熱っぽく光っていた。その後十分にして、セダン型の四十年型シボレーは、そぼ降る時雨の中を、時速六十キロのスピードでメインストリートを西に疾駆して行った。——広淵警部補、小林刑事、その他三人の警官を乗せて——

大原街道はS町を起点として、西北方に走り、脊稜山脈である奥羽山脈と那須火山脈を横断し、山形県の米沢市に通ずる主要幹線である。封建時代においては山形、秋田の諸侯は参勤交代に、必ずこの道を通って江戸に往復したのであった。町の西方の丘陵地帯を過ると、道は渡瀬《わたらせ》河の本流に沿い奥羽山脈の奥ふところに溯る。ここから上の高原地帯に入る全長十五キロの間は目もくらむ断崖をなしている。幾千年の星霜、たゆむことなしに渡瀬河の激流が両岸の深成岩をけずって作り上げたこの渓谷は、遥かなる下方に濃緑の水が白い泡を嚙んで、鉄よりも固い石英粗面岩の巨大な岩にいどみかかっている。平均高度は河の面から三百米という上に、頭上には、落ち掛かるように数千尺の絶壁がそそり立っていた。道はその断崖に沿って、二百度から三百度近くの急カーブを作り、そのカーブの数は二百四十――これは正確な数である――に上り、そのカーブ毎にS町の方から番号がついていた。このカーブから墜落する自動車、馬車、荷車等の数は年に十件を下った事はないのである。

両岸の山々が左右から渡瀬河を押し包んでせまってくる渓谷の入口にさしかかると自動車はクラッチを入れ換えてスピードをぐっと落した。乳色の霧は車窓を流れ、細かい氷のような雨つぶがファインダーをじっとり濡らしてくる。そそり立つ河向いの巨大な山々の頂には、音もなく雪が下りているらしい。霧が濃くなったり薄くなったりする毎に、二週間許り前までは、日の光を見る事も稀なこの峡谷を、目もまばゆい許り明るく彩っていた太古のままの雑木林は紅葉の着物を脱ぎ捨てて、灰色の肌をぬめぬめと秋の雨にぬらしているのが見えた。あらわになった木立の間から荒涼とした黒灰色の岩肌が、ある時は車の行手をさえぎり、ある時は不意に姿を消して行った。暫くして山峡《さんかい》が広く展開して見える突き出たカーブを大きく曲ると、深い谷を距てた五百米ほどの距離にある向い側のがけの突端に数人の人影が、うすれた灰色の霧を背にして佇んでいるのが墨絵のように浮き出して見えた。小林刑事は思わずゆるんだあごひもを緊く締め上げた。ぐるりと大きくハンドルを切ると、車は暗い山懐に深く入って行った。そそり立つ壮大な岩山の、霧に包まれた巨岩の上に浮き出している松の大木からは大つぶのしずくがばらばらと落ちてきた。その雨つぶの一つ一つが何かしら印象的に小林刑事の目にしみた。道の突き当りに渡してあるみかげ石の橋を渡って、右に大きくカーブすると、その道の果てに、空漠とした空間を背にして、手を上げている一団の人々の群がみるみる手前に滑って来た。左手のそそり立つ絶壁の下にピタリと車が止ると、左右のドアを開いて警部補と外の四人の男達は次ぎ次ぎに車から下り立って、既に現場に到着していた中島巡査と固い握手をかわした。

「やア御苦労――」

警部補が大きい声で元気よく挨拶すると中島巡査の後ろに立っていた数人の炭焼風の逞しい男達も、ニッと白い歯を笑わせて挨拶した。岩かげに燃やしてあるたき火を囲んで人々は冷えた体を温めた。そしてホッとした面持で煙草に火をつけた。雨は小降りになってきた。そして向い側の山々が亡霊のように浮び上ってきた。そして冷めたく谷の底に沈んだ霧の中から、淘々と流れる渡瀬河の岩に激する音が、果てしない遠い下方の暗がりの底から浮び上ってきた。

話は前の日にさかのぼる。炭焼きをやっていた坂本と伊作という土地のきこりが丁度河向いの高原ブナ平で焼いた六十俵の炭を十日に町に出す手筈をきめた。九日一ぱいかかり、馬二頭を使って六十俵の炭を全部渓谷の対岸に運び終ったのは日も暮れかかる頃であった。そこから千仞の断崖を距てて、対岸の大原街道の突っ端、つまり今彼等がたき火をしている広場まで三十八番線を数本より合わせたケーブルが壮大な弧を描いて渡してあった。十日の朝から坂本は河向いの炭置場から、炭を一俵々々鈎にくくりつけ、それを滑車につるして、突きはなす仕事を受け持ち、それを大原街道の七十六号カーブで伊作が受取る予定だった。ブナ平は聞えた炭焼場である。その運搬にはどうしても大原街道を利用するより外はなかったので、この峡谷一帯に亘ってケーブルによる渓谷横断の設備は数ケ所に設けられていた。

十日の朝方、二人は早めしを済して家を出た。七十六号カーブから五キロほど上手《かみて》にあるブナ平に行く小路に架けられた吊り橋のたもとで坂本は伊作と別れて、渓谷を渡って対岸の小路を炭置き場に急いだ。山の上の方は雲に包まれて雪が降っているようであったが、未だ渓谷までは雲は下がっていなかった。畑かい氷雨が時々落ちてくる位のものだった。炭置場に坂本が行きついた時には、とっくに伊作は七十六号カーブの広場に着いて、火を燃していた。坂本は積んだ炭の上に上って底抜けの大声で合図をした。それを聞きつけた伊作が対岸を見るとそこだけ木を切って広くしてある炭置き場に坂本が立って両手を口に当てているのが小人のように見えた。立ち上って伊作は腰から手ぬぐいをはずして大きく振った。完全に連絡が取れたので坂本は炭の山からゆっくりとはい下りて、そばに下ろしてあった雑のうから百コ余りの滑車と、鈎を取り出した。その頃になると、谷の上の方からは時折り霧が流れてきた。

「いやな日になりやーがったナー」

坂本はつぶやきながら対岸の大原街道に渡してある頑丈なケーブルに滑車を取りつけた。炭俵を鈎に引っかけて滑車につるし、突き離そうとして、ふと谷底を見た彼は思わず炭俵をはずして滑車の手をゆるめてしまった。止りをはずされた滑車は荷物もつけない空のままで滑らかな軽い音を立てながら、雄大な弧に沿って次第に加速されて行った。彼の注意をそれほど惹きつけたものは何であったか？ 流れて行く霧の後辺が通過した時、対岸の谷底からそそり立っている高さにしては百米ほどの巨岩の足元に彼は異様な光景を見た。それは一つの車輪は何処かに吹き飛ばされ、残りの三つの車輪を天空に向けて、もんどり打ってひっくり返っているハイヤーであった。その目をおおわしめるような眺めは、そそり立つ巨岩の突き出た頭部にさえぎられて、大原街道からは見えない位置になっていた。どう見ても自分の眼に誤りのない事が分った彼は、今到着した許りの空の滑車を怪げんそうにはずしている伊作に大声で怒鳴った。いかに底抜の彼の声でも、そんな精しい事を遥かな向う岸の仲間に通じさせる事は出来なかった。そこで彼はいつもやるように昔軍隊生活で覚えた手旗信号によることにした。右手にいい加減よごれた手ぬぐいを時ち、左手には頑丈な杖を用いた。

「トラックが落ちている。巡査を頼む」

と彼は二回空間に正確に信号した。あまりの度はずれた合図であったので、一度では彼の仲間は了解しかねたのであった。しかし信号が分ると彼の仲間は両手を上下に振った。そしてたき火に土をかけるや否や急ぎ足で、山の突っ端を曲がって上手に急いで行くのが遠く見えた。そこで彼は今度は落付いて火を燃やして仲間の到着を待つ番になった。四十分許りすると、息をせいた伊作が中島巡査を連れ吊り橋を渡って、たき火をしている彼の所に到着した。霧が相当濃くなったが、それでも時々河底を遥かに見下ろす事は出来た。三人の目で確かに間違のない事を確めた中島巡査は、平静に返るとS町の銀行事件をとっさにこの転落した自動車に結びつけた。そこで大急ぎで火を消して、三人はもと来た路を引き返し、中島巡査は橋のたもとから二キロほど上手の温泉場の入口にある駐在所に急いで、そこから捜査本部に急報したのであった。

「やられたかナ――支店長は」

話を聞き終ると広淵警部補は沈んだ声でゆっくりとつぶやいた。それは他の幾人かの警官達の胸に静かに湧き出していた嘆息であった。

「とにかく下りて見る事にしよう」

谷底に下りるには普通は峡谷の入口から河を溯るより外に方法はない。しかしそれでは現場に到着するまでには半日はかかる。中島巡査はザイルを用いて断崖の突っ端から直接に河底に下りる計画を立てたのであった。頑丈な二本の四寸角の樫の棒を打ち込み、その間にまた二本の太い棒を渡してしっかりと止めると、その下に大きい滑車をがっしりと取りつけた。その滑車を介してザイルの端を入念に二本の柱にくくりつけた。最後にザイルの一方の端を大きい輪にこしらえ上げた。これで準備は終った。

「僕が最初に下りよう」

中島巡査が申し出た。そしてその輪の中に腰を下ろして、手袋をかけた両手で綱をしっかりと持って、人々をふりあおいで微笑した。

「一つ静かに願いますよ」

一人はがけの端に立って合図をし、他の人々は滑車の後ろに腰を落して確かりと綱を摑み、徐々に繰り出して行った。滑車はきしみながら廻り始め、中島巡査の体は宙に浮いて、下の霧の中にゆっくりと下って行った。それは全く手に汗を握る壮絶な光景であった。百米ほども綱が繰り出されると、彼の体は霧の中にのまれてしまった。二百米ほども下ったと思われた頃、人々は俄かに綱を引く腕に手ごたえがなくなり綱がゆるんだ事を感じた。全く、ホッとした感じであった。暫くすると霧の中から元気な中島巡査の声が聞えてきた。万事O・Kであった。軽くなった綱をたぐり上げ、広淵警部補、小林刑事それから他の二人の警官が次々とザイルに支えられて絶壁を下って行った。がけの上には一名の警官と数人のきこりが残って下の合図を待っていた。五人の警官はかすり傷一つ負わずに巨大な岩の上に下りたのだった。上をふり仰いだが霧にさえぎられて何も見えなかった。けれども何かしら頭上にせまる壮大な大自然の力に圧迫されるような息苦しさを感じた。そこから百米ほど下の河底に下りるのは割合た安い仕事であった。二本のピッケルを岩の根本に打ち込んでザイルを結びつけ、それを次々に腰に巻いて結んだ。五人の男達は、この辺の地理には全く精しい中島巡査を先導にして、凹んだ岩の割れ目に沿って下りて行った。水の枯れた小石の河原に出ると、そこで人々は心からホッとした。誰の背中にも冷めたい汗がべっとりと、からみついていた。彼等は終に目的の河床に達したのである。

三、犬と棒

予期した事ではあったが、今下りてきた許りの巨岩の下に繰り拡げられている光景を見た彼等は、しばし呆然とした。一台の三七年型シボレーが一つの車輪を何処かに飛ばし、三つの車輪を空間に持ち上げて無造作に転がっていた。窓硝子はそのかけらさえ跡を止めなかった。エンジンとボデーの境はくの字がたにむしり取られて黄色や黒色の電線がはみ出していた。それは何か人間の内臓を見るような、なまなましさであった。ボデーはひしゃげて、押しつぶした水瓜のように見えた。その破壊の激しさはよほどのスピードで、二百米余りの空間を躍り越え、頭上の巨大な岩の頭部に異常な速度で突き当り、大きくバウンドして空中に放り出され、更に百米の垂直距離を一気に落下した事を物語っていた。そばに寄って中をのぞき込んだ人々は、あまりの凄惨な有様に、毛孔という毛孔から冷めたい汗がにじみ出るのをどうする事も出来なかった。内部はさながら血の沼であった。人間らしい形を止めているものは何も無かった。ばらばらに引きちぎられ、もぎ取られた肉片が車の内部一ぱい、所きらわずこびりついていた。投げ出された手や足の塊り、運転台の後ろのクッションのはみ出した鉄板に突きささっている頭蓋の一部、ちぎれた洋服にからみついている蒼白い大腸、靴をはいたまま無雑作に放り出されている色の無い足首――それは実に破壊と、酸鼻とを極めた血の饗宴であった。

「こりゃーひどい」

蒼白な顔をした警部補が眼がねの曇を指でこすりながらつぶやいた。暫くして我に返った警官達の眼は異様な光に溢れていた。それはこの世に秩序と正義と愛とを打ち立てようとする人間の怒《いかり》であった。例え自分の命は犠牲にするとも、このようなむごたらしい死を与えた悪魔に対して、戦《たたかい》をいどまねばどうにもならぬ人間の憤怒であった。

その後の処理は迅速に進んだ。道路上の自動車と、河底との間には有線の電話連絡がまたたく間に出来上った。本部との超短波による連絡も完成した。昼近くには科学班の人々も、曲芸師のような余興に一度は冷や汗をしぼられて、ぞくぞく河底に舞い下りた。車の前と後ろについているはずのナンバーカードは、どこかに飛んでしまったらしく見つける事は出来なかった。ばらばらになった体を何とか寄せ集めたところ、どうやら二人の人間の形が出来上った。一人は警官隊の人々が想像したように橘支店長である事が、上着のチギレた内懐に入っていた名刺入から明《あきらか》になった。もう一人は——これも上着のポケットに入っていた手帳と、県庁で発行した運転手の免許証に書いてあった名前によって、小橋三郎という三十八歳の運転手である事が分った。その日の夕方までには二つの屍体は捜査本部の二階に運ばれて安置された。それと同時に相当の調査が進められた。まず小橋運転手の身元が分かった。それは免許証に記入された警察部の日附が昭和二十年十一月であった事から次々と身元を洗った結果、現在はS町から三里ほど仙台に寄った大河町の深山タクシーに勤めている事が明にされた。捜査本部に入った情報は次のようなものであった。二日午前十一時頃、深山タクシーに電話があった。電話の主は時々ヒイキになっていた橘支店長だった。二日から約一週間、種々打合せのため福島、郡山を経て会津若松におもむき、五日に東山で支店長会議がある事になっているから、その間一台自動車を専属に貸してくれと言うのであった。深山タクシーの主人深山氏はいつも世話になっている橘氏の頼みであったので、運転手の食事、宿泊料及びガンリン代を別途支払にする事とし、その間の保証使用料三万円ということで承知したのであった。一時頃支店長の使いとして二人の男がやって来て保証金の三万円を支払った。そこで深山氏は三七年型シボレーの箱型を小橋運転手に委せて、出張させたのであった。二人の人相等に関しては日数も立ったのではっきりしないが、一人は割合にやせ型で黒い眼鏡をかけ茶色のジャンパーを着込んでいたようであったし、他の一人は縞の入った上物のラグラン型のオーバーを着た年の頃は五十二、三の中肉の男で、鼻の下にコールマンひげをつけていたように思うとの事であった。二人とも何とはなしに信用の置ける重厚な感じの、どちらかと言えばゼントルマンタイプの人物であったと言うのである。自動車のナンバーは宮城三二七号で、転落の話を聞いた時の深山氏の驚《おどろき》は非常なものであった。

　ここにおいて本部にとっては橘支店長失そうのてん末が大体はっきりしたものとなった。支店長の令嬢恵美子さんと深山氏の話が一致している点から見て、恵美子さんからオーバーと帽子を受け取った男と、その時支店長と話をしていた男とは、深山氏の店におもむいた二人の人物と同一人であると解された。即ち二人の男は橘氏をゆうかいして金庫の暗号を知った後、運転手の小橋と支店長を大原街道に連れ出して、七十六号カーブから葬り去ったのであった。しかしその日の調査によっては、それ以上得る所は何もなかった。この難解な事件に一条の光明がさしたと思ったのも束の間、夕暮がおとずれるとともに、人々の行手には更に更に深い闇が立ち込めてきたのであった――疲れ果てて落胆した人々は、その夜みじめな夢路をたどったのであった。それにもまして支店長の家は憂愁と悲嘆と絶望とそして激しい怒とにとざされた。頑健な小林刑事もさすがに連日の苦闘と、更に夕暮のみじめな気分に押し倒されて、家に帰るとがっかりして夜具に横たわった。その夜は暗い冷めたい夜であった。時折り雨さえ落ちてきた。

一度獲物に喰いついたら決して倦む事を知らない科学班の人々はその翌日も現場に出掛けて夕方近くまで仕事をした。雨は止んで時折り日の光さえ射し込んできた。山々の頂は目もさめるような新雪で蔽われた。景色などにはあまり関心を持たない人々ではあったが、頂きには涙のにじむほど美しい白雪を頂いた灰色の渓谷の壮大さには三嘆の声を上げないではいられなかった。仕事の終り頃、終に一つの資料を手に入れる事が出来た。それは傾いた車の斜め下側になっていた運転台のドアの窓下に一つの指紋が検出されたことであった。科学班の人々は心をくだいて、とうとうその完全な採取に成功した。それは左手の人指し指の指頭の指紋であった。その夕方プリンティングが終った後で、前に採った指紋と比較した。居合わせた本部の人々の胸には一様に大きい感激の波が湧いてきた。それは実に完全に同一のものであったのだ。

今こそ事件の全ぼうが明になったのである。支店長をゆうかいした犯人と、その夜窓から忍び込んだ犯人は同じ人間であった事が明になったので、行金は夜になってから奪われた事が結論された。残る問題は高橋さんの死は、それではいつであったかという事であった。二日の日は蔵王颪《おろし》がひどく荒れていたとは言え、未だほの明るい夕方人に知られずに人間一人を打ち殺す事が出来るであろうか？　けれどもまた一方八時か九時頃、犯人が銀行に忍び込んだ時、高橋さんが居ったために射殺したという事になると、それでは高橋さんは一体どんな方法で銀行の内部に居る事が出来たのであろうか？　また何のために？　――最も可能と思われる推定は、犯人が支店長をゆうかいするに先だって高橋さんを扼殺した。次に夜半に忍び込んだ犯人が仕事の最中、あるいは終った頃、高橋さんがもうろうとした状態から息を吹き返した。ギヨッとした犯人は思わず前後の考《かんがえ》もなく今度は本当に高橋さんを射殺してしまった。二日の夜はひどい北風が吹き荒れていたので、その銃声は誰にも聞こえないでしまった――と言うのであった。またこう推定すると首の周りの傷は、その死とは何等の関係もないという解剖の報告にも一致する事になるのだった。そうすると高橋さんの口の中にあった、ウビガンの香水のかすかに匂うハンカチーフは扼殺する時に、声を出されないようにつめ込まれたのであろう――かくしていろんな疑問は氷解して事件の全貌が一貫した筋書のもとに明かにされたのである。

残されたハンカチーフと指紋――この二つの現実的な証拠に基いて犯人を求めなければならない。解決の方針は相当進行した形になったが、それでは果して幾らかでも発展を見たのかという点になると、結局最初の段階より一歩も進んでいない事は誰の目にも明であった。

捜査に当った人々にとっては、犯人は支店長の顔見知りの人であるか？　あるいは全然未知の人であるか？という事に関しては何と言う理由なしに、どうやら顔見知りの人であると思われた。それは長い間の彼等の生活で得たカンとでも言うようなものであった。事件の筋書がこのように進んでくると、その点は一応はっきりとしてきた。支店長ゆうかいの夕べ恵美子さんに後姿を見せながら話し込んでいた男は、少くとも支店長の顔見知りの人であったろう。心安く支店長と話をしている様子に安心していた高橋さんは、その書類や帳簿の後片附の最中ジャンパーを着た男にのどを締められたのであろう。――そこで三日の日以来支店長のもとに来た手紙類、発送した郵便物、それから毎日たんねんに記した日記等も徹底的に調査した。けれども何一つ、それらしいものとして彼等の神経にふれるものはなかった。ただ十月三十日の午後から支店長はどこかに出掛けて、その日の真夜中に家に帰った事が奥さんの口から明にされたが、その行動は日記には記されてはいなかった。記録は十一月一日で終っていたのに――。けれども事件の様相があまりに圧倒的であったために、そんな些細な事は簡単に見逃され、調査の報告を受けた広淵警部補すらも、一顧も与えず忘れ去ってしまっていた。

凡ゆるえい智を傾けた努力にもかかわらず、事件は終に迷宮に入ったかの如く見え始めた。新聞の記事もいつまでも空しく押えておく事は出来なかった。捜査本部の人達も一応あきらめをつけようかと考え始めていた。既に闇の中に消え失せた過去はあまりにも暗く、現在はまたかくもみじめであり、将来に対する見通しというものはただ涙の谷に過ぎないように思われた。けれども総て困難な道というものはその窮極から展開して行くもののように思われる。金の鉱脈の最後の一米の地点までは、大部分の人が行きつく。けれどもその窮極の一米を突き進んだ人は古来稀である。この事件もまた神の導き――即ち人間の正しい凡ゆる努力の果てに降って湧いてくるようにしか思えない啓示とでも言うようなものがなかったら、その思いがけない解決は終に得られなかったであろう。

それは十二日の日の事であった。広淵警部補はくさくさした幾日かの苦悩から、少しでも気分を転換したいと思った。たまたま仙台の警察部に連絡に出向かなければならない報告事項があったので、自分で行く事にした。十時発の列車に乗った彼は、珍らしく晴れた冬空の下に目もまばゆい許りの新雪をまとった北国の山々が次第に後ろに流れ去り、その懐を押し分けるように車窓に迫ってくる蔵王の秀麗な峰々を眺めた。悠久な、壮大な、そして永遠的な眺めであった。警部補はまるで生れて始めて眺めるような感激に胸を打たれた。仙台警察部におもむいて現在までの経過を報告したあとで、久しぶりで盛り場を歩いてみた。私服であったので、何かのびのびとした感じであった。四つ辻にあるキリンビヤホールのかどに来た時、そこから一区劃を置いた国道筋に、がっしりとした八十八の本店の堂々とした建物が、白い雲の飛んでいる蒼い大空に聳えているのが見えた。ふと彼はそこに会計課長をやっている織田さんを思い出した。織田さんと知り合ったのは数年前にあった手形の詐欺事件以来の事である。ビールの好きな、頭の薄くなった織田さんは警部補の人柄が好きになり、支店に来た時はよく彼の家を訪ねた。警部補もまた、仙台に出て遅くなった時は、織田さんの北山にある大きい家に泊って行った。――そんな仲であった。

ドアを開いて中に入ると、目ざとく彼を見つけた織田さんは遠くから手を上げて合図をした。やがて美しい女給仕に案内されて豪華な応接室に通された。出された熱い茶をすすって一服煙草を吸い込んだ所に元気な織田さんが現れて深々とした椅子に腰を下ろした。

「やー暫くですね」

出されてあった茶を一口すすると壮者をしのぐような例の勢で、幾分憔悴した警部補を眺めた。

「今度は大変な目に会いましたな――。そう言えば私の店でも実際大弱りですよ。責任は何と言ってもこちらにあるのですからね。実は二日の日にS町支店に五百万送る手筈を終った後で、私は直ぐに東京の麹町銀行に行き、それから北陸の支店を二、三まわって昨日の夜帰った所なんですよ。今朝話を聞いてあわてている所でネ。いやー実に弱っている所ですよ。――名探偵のあなたがいる事だから、何とかなるとは思っていますがネ」

「ハッハッハッ」

警部補は寂しく笑った。

「御期待に沿う事が出来ないのが残念です――実際今度のヤツには参りました。手がかりとなるのは全然あてのない指紋と、わけの分らないハンカチーフだけなんですからネ」

「ホウ、そうですか？　さしつかえなかったら大体の所をお話し願えませんか？」

「いいですとも。いや全くお恥かしい話なのですよ」

警部補は、一部始終をかいつまんで話した。織田さんはまるで全身を耳にしているように熱心に聞いていた。

話が終ると織田さんは不意に口を開いた。

「広淵さん。支店に送った五百万の中には番号を私が記録しておいた百円札が十枚あるのですよ。――これが私のくせでしてネ――大金の現送の時は、何かの役に立つと思っていつもやっているのですよ。そこであなたに何かいい智慧が出ませんか？」

突然放心したように警部補は考えこんでしまった。あまりいい血色でない彼の額が一瞬紅をさしたように燃えた。血という血が彼の頭蓋を突き破るほどの勢《いきおい》で、脳髄に集って行ったように思われた。やがて平静に帰ると、彼は自分の頭を押えるようなゆっくりとした調子で口を開いた。

「――いい事を教えてくれましたネ――織田さん。犬は歩いて棒に当らないといけないと見えますね。何とかなりそうですよ」

幾分晴々とした彼の顔色を見ると、織田さんはホッとした。

「織田さん。一つその番号を教えてくれませんか？」

「お安い御用ですよ」

光をました彼の眼を見、更にちょっと興奮気味になった彼の気配を感ずると織田さんは出来上ったらしい彼の名案を聞いてみたくて堪らなくなったが、じっと我慢した。そしてポケットから手帳を出してバラバラと繰りひろげていたが、ある所に来ると指でその頁を押えた。

「いいですか？　読みますよ」

織田さんが読み出すと警部補は手帳に手早く書き止めて行った。

「いや有難うございました。お忙がしい所を」

書き終ると警部補は手帳を内懐にしまって立ち上った。

「ヒョッとすると、いい知らせが持って来られるかも知れませんよ」

「どうぞそう願いたいものですネ」

「ではまたお伺いする事にしましょう」

微笑をたたえながら帽子をとると、織田さんに送られて、警部補は既に冷めたい風の吹き出した十一月の街に出た。果してどのような名案が彼の頭にひらめいたか、知る者はただ神のみであった。

その夜小林刑事は広淵警部補の命を受けて、最終の夜行で上京した。翌朝上野に着くや否やハイヤーを拾って警視庁に行き捜査第一課の小田島課長に会って何事かを相談した。課長は電話であちこち連絡していたが、午後から専用の自動車を飛ばして麹町銀行に出掛け、話が済むと都下の五大新聞の編輯局長を訪ねて、夕暮近く役所に帰ってきた。その翌朝あまり物に驚かない東京の人々も少からずびっくりした。その後数日は、街の話題に上らないということは無い有様であった。筆者もまた少からず面喰った一人である。それは、五大新聞の第二面、即ち社会欄の右上に出ていた一つの広告であった。こんな場所に広告が出るという事はけだし稀有のことである上に、その広告がまた全く珍らしいものであった。A新聞の場合を例にとると次の通りである。

広告

一、左の表に一致する百円札を御持参の方には引換に二千円を差し上げます。

二、期限、昭和二十四年十一月二十日

右広告致します。

麹町銀行預金課

NO	A	B
1	904 582	167 602
2	834 502	135 535
3	803 926	283 526
4	775 058	177 523
5	635 021	526 383
6	581 676	1 271 816
7	404 987	1 329 322
8	369 317	1 139 856
9	444 126	1 175 315
10	214 256	1 326 712

しかしその広告を見て最も驚いたのは、北の都の仙台に住んでいる織田さんであった事はつけ加える必要もないであろう。事実、朝飯を食べながらA新聞を見ていた織田さんは、食後の煙草を一服していたのであったが、あやうくその煙草をのみ下してしまう所であった。そして、

「ふーむ」

とうなってしまった。その有様がどうにも正しい常識を持っている人とはとても思われなかったので、いい年をした奥さんに、

「あなた！　あなた！　気は確かですの？」

と注意を呼び起された位であった。

けれどもその広告は、偉大な効果を収めた。その日の午後から翌日にかけて、五人の男や女が、麹町銀行の預金課をおとずれた。やって来た人達の持ってきたさつの番号に間違いのない事を確めた後で、その人達は美しい女給仕に実に丁重に、豪華を極めた応接室に案内されて茶果のもてなしを受けた。そこにはリューとした背広に着換えていた小林刑事が、持参した百円札を受け取ってパリッとした真新しい百円札二十枚を渡した。そして客には全然不快の念を起させる事なく、丁重に、巧みな話術で、問題の百円札が手に入った経路を尋ねたのであった。翌日の夕方まで持ち込まれた百円札は五枚であった。そしてそのあとは期限の二十日まで一枚も出て来なかった。それは番号で言うと四番、六番、七番、九番そして十番のものであった。そのうち四番と七番はいつ自分の手に入ったか分らないと言う至極のんびりした人の懐に入っていたものであった。千円札の未だ表われていない当時においては、自分の持っている百円札がいつどこから自分の手に入ったか分らないと言う人は、もしあったとしても随分少い数であろう。けれども六番と九番と十番とはその出所が明であった。九番は深川の木村鉄工所の工員が持って来たもので、それはサラリーとして十五日に会社から支給されたものであった。後に警察で調べ

た所によると、それは都内のO銀行から前日、給料に引出したものであり、更にO銀行について調べると、今度はそれはどこから入ったか全然不明になってしまった。六番と十番についてはその入手経路がはっきりしていた。六番は日本橋の木綿問屋丸宗の番頭が持参したものであり、十番は同じく麻布の絹糸問屋、鈴圭商店の店員が持参したものであった。そしてそれは何れも、三ケ月たまっていた売掛金として十万ずつ地方の問屋から直接に出張集金した代金の中に入っていたものであった。――しかもその集金先は何れもS町の大島屋呉服店であった。

　この事実が判明した夜、小林刑事は躍り上る胸の鼓動を抑えて、S町にとって返したのである――。

四、検挙

「そうか、そうだったのか」

　その翌朝捜査本部の人気のない密室で小林刑事の報告を聞いた広淵警部補は、大きい溜息をして眼を閉じた。

するとと、まぶたの裏に、白髪をまじえた人の良い、けれども、がっしりとした大島屋呉服店の主人の顔が浮び上ってきた。若い時は手のつけられないあばれ者で、バクチも打てば喧嘩もするといった極道者であったのが、二十三、四から発心したように家業に精を出し、そして今日の身代を築き上げたという中年の終りの道にある男の顔が――

「小林君、御苦労だった。――もうあわてる事はない。今日は一つゆっくり休んでくれ給え」

「大丈夫ですよ、広淵さん」

　小林刑事は顔を輝やかして言った。

「もう最後の一歩手前じゃないですか？　遠慮しないで使って下さい」

「まアーいいよ。久しぶりで奥さんや子供さんの顔も見て来給え。いろいろ考えなければならんし。それに裁判所の令状を貰って来るにしても時間がかかるしネ――」

　仕方なさそうな顔をして小林刑事は署を出た。朝日に輝いている静かな街並を眺めた小林刑事は、随分長い間見た事のない故里の町を見るような気がした。

　一人あとに残った警部補は腕を組んで深いめいめい想に落ちた。ともすれば昂奮に胸の高鳴ってくるのをじっと押えて、何か大きい誤謬がないかどうかを理論的にたどり始めた。小林刑事の報告に接した途端に、彼は事件が解決した事を直感した。

「――あの男だったのか？――」

そう言った深い感動が大波のように彼の全身をひたしてきた。

「あの男ならこそ、あんな大仕事が出来たのだ――」

そしてともすれば、最後の袋小路に追いつめた猟犬が、獲物に最後の跳躍をしようとする瞬間、全身を充たして来るつきつめたどうにもならない闘志を感ずるのであった。長い間の彼の異常な生活によって錬え上げられた直感によっても殆んど疑問の余地がないように思われた。大島屋呉服店はメインストリートを距てた銀行の筋向いにある大きい店であった。あの店の奥の帳場からなればこそこの微に入り細を尽した計画が出来上ったのであろう。あそこに座るならば、銀行は目の前に大きく聳えて見えるはずである。また橘支店長も顔見知りであるからこそ気を許して、まんまと乗ぜられる結果になったのだ。

暫く思案をした末に彼は一人の婦警さんを呼び寄せた。そして匿名で大島屋呉服店の主人が居るかどうかを電話で確めるように命じた。婦警さんは出て行って、ちょっとすると帰ってきた。

「あの、大島屋呉服店の主人は十一月六日の朝、北陸地方の問屋まわりに出掛けたそうです」

「フム！」

警部補は小またをすくわれたようにはっとした。

「そしていつ帰ると言った？」

「ハイ。二十日頃には帰るそうです」

「有難う」

婦警さんは一礼して出て行った。警部補は立ち上った。ぐずぐずしては居られないと感じた。しかし敵は当局の捜査がこれほどまでに進歩したとは思っていないように思われた。むしろ数日様子を見て、大丈夫という見通しをつけて出掛けたような感じがした。けれども一日も猶予が出来ない。証拠が全部湮滅されては、あるいは手のほどこしようがなくなるかも知れない。そこで警部補は部下の一人を呼び寄せ、仙台の地方裁判所に急行して検事の家宅捜さく許可の令状を貰って来るように命じた。

署長に報告して手筈をととのえ、今か今かと待っていた警部補の元に令状が到着したのは午後一時であった。数名の探偵と、経済係の警官が三名、時を移さず大島屋呉服店に急行した。昨年からの帳簿や台帳は総て引き上げられた。何事が起ったかと蒼白な顔をしている女中や店員達はただおどおどしている許りであった。警部補は令状を、未だ若いおかみさんに示した。令状を執行する役人は最早人間ではない。それは全く法律の偶像である。もう何を抗議しても無駄な事をさとったおかみさんは、やっと七つになった許りの可愛い子供を抱いて静かに座っていた。その子は突然の人々の侵入におびえて泣いていた。

夕刻までかかって広い家中を徹底的に調査した。その間に警部補は二日の朝から三日にかけての大島屋の主人の行動を、奥さんの口から明かにする事が出来た。それによれば彼は二日の朝二番のバスでS町から六里ほど離れた蔵王山麓の青野温泉の桂屋に出掛け、三日の夕方家に帰ったと言うのであった。これがもし事実とすると大島屋の主人のアリバイは完全なものになる。何故ならば犯行は二日の夕暮から夜にかけて行われたからである。そこで早速一名の刑事が署の自動車を飛ばして青野温泉に急行した。捜査の終り頃探偵達の努力は報いられた。それは洋服箪笥の一番下の大引出しから未だ新らしい麻のハンカチーフが発見された事であった。数は八枚だった。そしてそのハンカチーフにはほのぼのと高貴な香りのただようウビガンの香水が、あやしい許りの快よい香気を匂わしていた。犯人にとっては実に不用意な事と言わざるを得ないこの発見に探偵達はひどく興奮した。もう万の一つも間違がない事を感じた。そして幾通かの重要な書類や手紙類を没収して夕暮迫る頃署に引き上げた。そのあとには放心したような人々と、取り散らされた座敷を眺めながら黙って座っている若いおかみさんの蒼白い、涙に光る顔と、虚ろな静けさがある許りであった。何事が起ったかと店先に垣を築いた人々は、互に何かひそひそとささやき合っていたが、迫り来る夕闇の中に一人、二人と姿を消して、そのあとには電燈がぼんやりとまたたいていた。

青野温泉に走った自動車はその夜九時頃署についた。その報告によれば桂屋は勿論の事、十一軒ある旅館のどの家にも、最近大島屋の主人が来た事実はなかった。派遣された刑事は更に青野温泉の一里ほど手前にある遠田温泉にも立ち寄った。遠田温泉は東山温泉や飯坂温泉と共に南東北の三大歓楽境の一つとしてその名を知られている。そして土地の駐在巡査にも手伝ってもらって十数軒の旅館を調査したが、そこにも大島屋の主人が立ち現われた形跡はなかった。ここにおいて大島屋のおかみさんの証言になるアリバイは完全に崩れた事になった。多少は心配していた広淵警部補はぐっと大きく安心した。
――ではその夜大島屋の主人は何処に居ったのであろうか？

その晩、夜を徹して行われた経済班の人々の調査によっていろいろな事実が次ぎ次ぎと明かになって行った。ドッジ・ラインの強行による金融引締のために、春以来この年はそれまで進行したインフレの坂の途中から一転してデフレに向った。国内における中小工場はばたばたと倒れて行った。また一般の金づまりから商業界も深刻な不景気に見舞われた。その悲惨な様相は敗戦の結果とは言いながら、恐らくは開びゃく以来のことであった。

大島屋呉服店の内情も御多聞にもれず火の車である事が明かになった。年末まで落さねばならぬ約手だけでも二百万の巨額に上っていた。また現金支払をしなければならない取引先も十数軒を数えそれに要する支払額も百万近いものがあった。一方収入の方は約手、集金、それから年末の大売出しの収入を見越しても百万そこそこのものである事が明かになった。

「ひどいな――これは！」

調査を終った経済班の人々は、今更のように深刻を極めた民間業界の様相に驚きと憂とを感じないわけには行かなかった。この有様で行くならば例え数十万のストックや資産評価があったとしても、大島屋は近い将来休業かあるいは最悪の場合破産の一歩手前まで追いつめられる事は明かであった。この難局を打開するために必死の金融活動が続けられた事が、帳簿を調べる人達の胸が痛くなるほど、収入、支出、貸借の面に数字となって躍っていた。ここに年末まで何等かの方法で数百万の借り入れをしなければ、大島屋は動きのとれないものである事がはっきりとした。年末をひかえて銀行は更に手ひどい金融引締を行い、一般金融界もまたこれに習わないわけには行かなかったので、そのような大金の融通は望み得ない事であった。かくして大島屋は今や年末を目の前にして休業か、死かという最後の線まで追い込まれた。救う手段は最早何もない状態であった。では一体どうする？

この悲惨な状況が明になった時経済班の警官達の胸には、大島屋の主人の最後の決意が了解されるような気がした。それは実にいたましいものであった。

最後に最近の支出面の調査において、紀念すべき百円札の二ケ所の出所である日本橋の木綿問屋丸宗と麻布の鈴圭商店に対する十万円ずつの支払に対しては、支払記入はされていなかった。従って両商店に対する未払金は各十五万、借方勘定に記載されたままとなっていた。――今こそ総ての事情が白日のもとに照し出されたのであった。

報告の順序からするならば幾頁か先に述べねばならぬ事柄であるが、多くの読者にとっては以上述べ来たったような商取引上の数字の綾に対する記述は恐らくは興味がなく冗漫に感ずるかも知れないのでここで一気にその概要だけを述べておく事にする。何となればこの数字の系列はあの恐るべき犯罪に対して、相当深い関係があると思われるからである。本部の指令に基いて経済班の警官達は八方に飛んだ。ある者は東京に、ある者は京、大阪に、更にある者達は北陸の方面に。それは総て台帳に記載された大口借入の最も主要な問屋筋に向ってなされた。また関係を持っている二、三の銀行及金融業者達に対しても徹底的な調査が行われた。約一週間の後に驚くべき事実が明かになった。即ち帳簿には何等記載がなかったのであるが、約手は総て支払済になっており、手形は一部割引済で他の大部分は翌年の三月に期限書換が終っていた。また支払関係の方は、借り入れの八割が支払済となっていた。その額は総計二百数十万に上っていた。つまりこの三週間ほどの間に大島屋の借財三百万余りのものが殆んど全部精算済あるいは書換済となっていたのである。このためには少くとも二百数十万の金融操作がなされた事は明かであった。しかもその裏づけとなる収入の面に至っては終に何等帳簿の上からは捕える事は出来なかったのである。簡単に言うならば二百数十万の大金が支払われた事になっているが、その金の出所については全く掴み所がなかったのであった。

十一月二十五日、既に小雪のちらつき始めた福井市の大沢屋旅館で大島屋呉服店の主人大島屋俊治は検挙された。彼は当局の調査がかくも速かに進んだ事は想像だに出来なかったらしい。年末の大売出しに備えて綿布の問屋筋と交渉中をS町から急行した一刑事に保護検束の形で捕えられた。そして四囲の状況から判断した当局は慎重にも仙台の警察部に連行し未決拘留として仙台拘置所に収容した。さすがに彼の態度は立派であった。逮捕令状を示された時は一瞬顔色が蒼白に変ったが、覚悟の既に出来ていたらしい彼は、連行される長の旅にあっても終始落付いて同行の刑事に手を焼かせた事は一度もなかった。福島経由、本線で仙台に向う時、S町を左手に見送りながら通過した時には、さすがに彼の目にも何か光るものが見受けられた。妻子を思い店の行先を考えては多少の感無きを得なかったのであろう。

警察部に到着して一息した所で直ちに彼の両手の指紋が採られた事は言う必要もないであろう。そのプリンティングが終った時、銀行の窓のわく下から採取し、次には転落した自動車のドアから採った指紋のプリンティングと比較された。――それは実に歴史的な瞬間であったと、ある意味では言い得た。一点一劃の相違もなく完全に一致したのである。現場に立ち合った人々、特に広淵警部補と小林刑事の胸には嵐のような感激の波が怒濤となって押し寄せた。

――終に終に幾十日の苦闘の末に犯人は検挙された。それは実に世界の犯罪史にも稀な悪魔のような残忍さとそれにもまして無限の智慧が傾けられた智的犯罪であったのだ。

翌朝早く、大林検事担当のもとに取り調べが開始された。大胆と言おうか何と言おうか、最初は割合に落付いて当局の検挙に至るまでの報告を聞いていた彼も、次第に筋が進み、それと同時に自分の頭上に次々と動かし難い幾多の物的証拠が積み重ねられるに従って、幾分やつれを見せた顔面は更に更に蒼白になって行った。最後に彼の指紋が完全に一致した報告を受けた時は、彼は両手で顔を蔽うて取り調べの台上につっぷした。

「どうかな大島屋？　これでもお前はこの犯罪に無関係だと言うのか？」

情の薄い大林検事も、自分の前に頭を垂れている敗れ去った敵を見ては、さすがに心を動かされないわけには行かなかった。

「ハンカチーフ、二枚の百円札、最後に指紋。これだけ証拠がそろえば最早や言う事はないではないか？」

「ああ！」

その時突然大島屋は顔を上げて検事の顔をひたと見た。眼は血走り、握りしめた双つの拳は細かくふるえていた。そしてとつとつとどもりながら口を開いた。激しい感情の嵐にまるで木の葉のようにもまれて――

「検事殿。何も申し上る事はありません。今自分は復讐の神の掌中にあるのです。――どうしたら申し開きが出来ましょうか？　――しかし検事殿、自分は想像さえ及ばないこの今日始めて聞く銀行破りの犯罪には一分の関係も持っていない事を申し上げざるを得ません。この一事のみは天上の神に誓って申し上るのです」

今や彼の脳髄はさながら猛火にあぶられ神経という神

経はからみ合い、全身の毛孔からは冷めたい汗がにじみ出していた。心臓はけいれん的に、ある時は激しく、ある時は低くのたうちまわっていた。その様相を眺めた大林検事は幾分当惑した。あるいは本当に彼の言う如く、彼は無罪なのではあるまいか？　という不安に似た疑念が彼の脳裏をかすめた。けれどもこの動かし難い証拠を眺めた時、更に彼のために悲惨な最後を遂げた幾人かの人々がいる事を考えた時、この期になってなおしらを切ろうとする人間の浅ましさに対してこみ上げて来る憤怒を、どうする事も出来なくなってくるのであった。けれども湧き上る怒をじっと押えて彼は質問の矢を向けた。

「それでは大島屋」

じっと前方をみつめながら、激しい凝視を続けている容疑者の上に瞳を据えて、大林検事は語を次いだ。

「お前は二日の夜から三日に掛けてどこに居たのだ？」

「はい――」

検事の瞳を受けきれずに彼は床をみつめながら答えた。

「ずーっと家に居りました。――そうですこれは妻も知っているはずです」

検事の頰には皮肉な微笑が浮んでいた。

「そうか。ずーっと家に居ったのか？　間違いはないな？　では次に聞くが、お前は最近二百数十万の金を動かして支払に当てているが、その金は一体どこから手に入れたのだ？」

虚をつかれて、何か言いたげにして、そして黙り込んでしまった男を前にして、検事も暫し黙してしまった。

「そうだろう。お前には返事は出来ないだろう？」

突き離すように検事は調書を閉じて大島屋を顧みた。

「――ああ検事様」

しどろもどろになりながら、大島屋は答えた。

「金の――金の出所は死んでも申し上る事は出来ません。けれどもその金は決して銀行からとったものではありません。――ああ、どうしたらいいだろう」

冷然と検事は男を眺めながら言い切った。それはまるで最後の止めのように大島屋の胸に突きささった。

「――お前は芝居が上手だな。先ほどもお前は二日の夜はずっと家に居たと言ったではないか？　大島屋！お前の妻君は、お前は二日の朝青野温泉に出掛けて、三日の夕暮に家に帰ったと言っているのだ。その上お前は決して青野温泉には行かなかったのだ。――もう沢山だ」

そして全く血の気の去った蒼白な顔をして、目許りぎょろぎょろさせている男の、半ば狂気のような姿を眺めながらつけ加えた。

「あとは裁判の時お目に掛ろう――」

検事が去った後に守衛が部屋に入ると、まるで床に叩きつけられたように打ちのめされているみじめな容疑者の姿が目に入った。

その日の夜ふけ、この東北の一隅に起った世紀の犯罪に関する記事は終に解禁となった。翌朝の新聞には、東都の五大新聞を始めとして全国の新聞の第一面に、トップニュースとして躍るような活字で、当局によって発表された精細な記録が報道された。ラジオはラジオで朝のニュースの第一声からこの恐るべき銀行破りの報道を電波に乗せた。一日にして四つの島の隅々に至るまで、話はこの史上稀に見る犯罪について語られないという事はなかった。有名、無名の新聞の記者達は続々と東北のこの小さい町に足を運んだ。銀行、大島屋呉服店、その位置等に関しては、その日の夕刊に更に更に生々しい記録として取り上げられた。世論はこの兇悪な犯人に対して苛しゃくする所なく憎悪した。そしていつもはドジ許り踏んでいる当局の、今回の素晴しい精華に対しては賞讃の辞を惜しまなかった。

「――この事件の斯くも素晴らしい解決に対して、我々は全国民に代って感謝する。それと同時に我々は今始めて、世界の文明国に比肩し得る警察制度の確立せられた事を衷心から悦ぶものである――」

五大新聞の一つにはこのような社説が載ったほど、その反響はまるで止る所を知らない渦のように、人々を感激と興奮の中に巻き込んだ。ニュース映画にも、幾コマにわたって採録され、翌週のトップニュースとして銀幕にデビューした事を附け加える事は恐らくは蛇足であろう。

けれどもその共犯者に関しては、大島屋が固く口を閉じているために未だ検挙されるには至っていなかった。この事は実に遺憾な点ではあったが、当局の発表によればその逮捕は時間の問題であった。

ここに哀れを止めたのは大島屋の店に残った家族、奉公人、更にそのうら若いおかみさんであった。幾日も幾日も大戸は固くとざされていた。物見高い人々や新聞記者、ニュース映画班、これ等のうるさい人々にとり囲まれて、大島屋は消えも失せなん孤独な姿で大地の上に立っていた。けれども奉公人が一人も主家を捨てなかったのは、大番頭の桐野さんとおかみさんが立派なためであったろう。八千万の人々が信じこんだ中にあって、桐野さんとおかみさんのみは自分達の主人の潔白な事については、巌のような確信を持っていた。そして天下晴れて裁判になる日を待っていたのだった。

人の噂も七十五日と言うか、それとも、年末の金の動きにぼんやりしてはいられなくなったのか、人々の大島屋に対する関心は、徐々に薄らいで行った。そして師走のある日、店の大戸の一部は恥しそうに上られた。罪は罪として憎むが、何もその家族を憎む必要はないであろうという自由主義の流れ始めたお蔭か、それとも従来大島屋が良い品を安く売った信用のためか、あるいはおかみさんが哀れであり、桐野さんが立派なためであったか、それは分らなかったが、その日からぼつぼつ顧客があった。その日の夕方、僅かの売上金ではあったが、家族の人達は人の世の情に涙した。また問屋筋からの送品も絶えなかった。それは商売の道であるのかも知れないが、とにかく一家の人々を力づけるには充分であった。かくして今や主人を失った大島屋も、年の瀬の押し迫る頃には相当立ち直ってきた。

橘支店長の家ではこれに先立って十一月十五日、支店葬がおごそかに行われた。町内は勿論のこと仙台の本店、地方の支店からも来会者が大勢集って、非業の死に倒れた故人の徳を偲びかつ悲しんだ。何かと取り込みが終ると、娘二人の母である今は未亡人となった令夫人は十一月末、長く住みなれたS町を引き上げた。駅には、大勢見送りの人が群れた。それ等の人々に隠れるようにして、ホームの寒い端に大島屋のおかみさんが、七つの子供を連れて動き出した列車に頭を深く垂れているのが見られた。未亡人はかねて実家から買い取り、安住の地として小さい家を建てておいた湘南の茅ケ崎に引き上げたのであった。そこは海岸近くの砂丘の上にあって、遠く伊豆半島と三浦半島に抱かれた相模灘が見渡された。天気の良い日には大島が指呼の間にあった。少し風のある時には庭の後ろの松林が鏘々と枝をならし、ほうはいとして砂丘に白く崩れる相模灘の波濤に和していた。それはさながら未亡人の永遠の悲しみを泣いているように思われた。

五、疑惑

科学的捜査の方法がいかに進歩したと言っても、兇悪な犯人の検挙の歴史は所詮天才的探偵の超人的奮闘と努力と涙の歴史である。機械文明の進歩は犯罪捜査の面において幾多の驚くべき業績を挙げた事は事実である。幾十年か前までは不可能と思われた智能的兇悪な犯罪も、今日の科学的方法によるならば解決は極めて容易となった。血液の中の水素イオンの検定試験による殺害時間の正確な判定法、周波数変調法による極超短波警察電話、科学的暗号解読法、写真及《および》指紋等の写真電送技術、極微指紋検出法等の最新科学の尖端を行く知識の、犯罪捜査に関する応用は世紀を劃する功績をこの分野にもたらした。しかしながら一方かかる機械文明の畸形児的産物である驚くべき兇悪な、しかも微に入り細を尽した計画に基く智能的犯罪は、ままこれ等の科学的捜査法によっても、終に迷宮に入るの止むなき場合があるのである。これは近代の犯罪史をひもとくならば遺憾ながら幾多の事実によって確められる。ここにおいて悪魔的犯人と天才的探偵の永遠に絶えることのないシーソーゲームが始まる。かかる因果関係は既に読者の了解されている事柄であろう。

警視庁捜査第一課の菊地警部は天才とまでは行かなくとも、少くとも現代日本の有する最も偉大な探偵の一人である事は万人の認める所であろう。中肉中背、年齢三十一歳の温厚な青年紳士である彼は大学電気機械科出身の工学士というのであるから、変り物の部類に属する人物であろう。広淵警部補を主班とする今回の銀行破りの犯人の検挙に対して、両手を打って「素晴しい素晴しい」と賞め讃えたのもまた彼であった。

「広淵警部補って、何と素晴しい男だろう！」

続出する他の大事件に没頭していた彼が快報を乗せたニュースを手にした時、あたりはばからず悦こんだのであった。

その彼が今日——それは一九五〇年の一月十五日であった——広淵警部補の来訪を受けたのであるから少からず驚いた。議事堂の見える三階南側の応接室で、商売柄、初対面であるにもかかわらず二人はすっかり打ちとけてしまった。もう十時近い頃であったので冬の日ざしが気持よく二人の部屋を暖めていた事も与かって力があったと思われた——

「実際」

並んで長椅子に腰を下ろして、背中に暖かい日射しを受けながら菊地警部は天井に紫煙をのどかに吹き上げた。

「百円札の番号のヒントから一瀉千里に事件を解決したあなたの手際は水際だっていましたね。素晴しいものですよ」

「あなたにそんなにおっしゃられると」

広淵警部補は少し照れながら今出された許りの香ばしい茶をすすった。

「背中に汗が出てくるようです。そうです。私も今度だけは実際素敵な解決をしたと思ったのです。百円札が大島屋から出たものだと聞いた時は思わずフームと大息をしたほどでした。それから仙台で大島屋の顔を見た時には、もうこれで万事片附いたと思ったのです。ところがどうもそのあとに気がかりな事がぼつぼつ起ってきたのですよ」

「ホー、それはまたどうしたわけですか？」

「でまアー、それは直ぐお話し致しますが、県の警察部長と相談して、実は今日署長と一緒にこちらの捜査課長にお願いに上ったわけです」

「そうですか？　いやお尋ねするのは止しましょう」

「いいえ、決してそのお心づかいは御無用ですよ」

「とおっしゃるのは？」

「実は」

広淵警部補は真剣な顔をして菊地警部の顔を見つめた。

「あなたにこの事件の捜査班長となって頂いて、徹底的に究明しなおして頂きたくて今日お訪ねしたのですよ、実は」

「――」

さすがに物に驚かない菊地警部も思わずくわえていた煙草を指の間にはさんで、まじまじと広淵警部補の蒼白い顔を見守った。

「これはですよ、菊地さん。一警部補の私などのき誉ほうへんなどを顧みては居られない事だと考えたのです。法が正しく運営されるという事が何よりも大切な事だと思うのです。私達の最終の理想は、法は決して間違っては、運営されなかったという事を確認する事だ、と信ずるからなのです。――私だって菊地さん、人並に誇りや名誉が欲しいのですよ。けれども更に更に至上命令は厳粛なのです。もし間違った自分の考察や、集めた証拠のためにですよ、無辜の一人の人間が冷めたい獄窓にしんぎんして居たとしたら――更に刑が確定するとでもいう事になったら、一体自分はこの厳粛な法の前に何と申し開きをしたらいいでしょう」

いつもの沈黙がちの広淵警部補を知っている者にとっては、恐らく想像だに出来ない熱意をこめて語り続けた。

「決して間違いがないという確信をどうしても摑まな

ければ、私は八千万の人々の前にもう決して二度とお目に掛る事は出来ないのです。お分り下さるでしょうか?」

「そうですか? それでは一つお話し願えるでしょうか?」

「お安い御用ですよ。実はその後調査の関係から、二、三日仙台拘置所に行って大島屋に会ったのですよ。彼は繰り返し繰り返し自分はこの事件には無関係だと言うのです。そして自分に復讐を企てている者の術中に落ちたと言うのです。では、それは一体どんな心当りがあるのだ? と言いますと、その点になると彼には全く心当りはないと言うのです。二百数十万の金を彼が動かした事は事実なのですが、その事は例え、そのために自分が死刑になろうと無期になろうと、どうしても言う事は出来ないと言うのですから実に困ってしまうのです。けれども菊地さん、二、三度会っている内に、どうもあいつの言っている事はひょっとしたら本当かも知れないと感じられ出したのですよ。その上大島屋は自分は銀行破りになど元より何の関係もないのだから、共犯者などは全然知るはずがないと言い張るのです。そこでいかんともなし難く、私達は必死になって独立の捜査を続けたのですが、終に何等得る所はなかったのです。

望んで得たわけではなかったのですが、全日本の人々からあれほど賞讃された自分達としては、これは実に耐え難い悲痛な事だったのです。けれども結局自分は真実が知りたいのです。では百歩譲って彼が犯人でないとしたらどうなるでしょう? 分り切った事ですよ。犯人は外に居る事になるわけです。それでその犯人を探すには一体どうしたらいいでしょう? 幾日も考えました。実際、部下の小林刑事とも幾晩もあれこれと調査を進めてはみたのですが、結局大島屋が犯人だという所に来てしまうのです。そんなわけで、とうとう私は最近一ツの結論に到達したのです。つまり外に犯人があるとすると、そいつは私より二枚も三枚も役者が上の奴なのだ。だから自分などには到底歯が立たない凄腕の奴なのだ。――こうなのですよ。変な話なのですが、大島屋が犯人であってくれれば、私は本当に有難いのです。けれどもまた犯人は外に居るかも知れないのです。とすると、そいつは自分の手に余る大物なのです。お恥しい話ですが、とうとう私は最近自分の力の限界を知る事によって、最後の解決策に到達したわけなのです。――それは、これはあなたに判定して頂くより外はない、――という事なのです」

広淵警部補は白い清潔なハンカチーフを取り出して額の汗をふいた。暫く沈黙の時があった。電車の音が遠くで静かに消えて行くのが聞こえた。

「そうおっしゃられると私としても実は申し上げようもないのですが――」

菊地警部は暫くして静かな沈んだ調子でゆっくりと話し始めた。

「大島屋が犯人でないとすると――まア恐らくは薄々間違いもなく彼が犯人なのでしょうが、これは確かにむずかしい事件ですね。つまり彼が犯人である事を物語る三つの証拠が、完全なオトリの役目をしている事になるのですから――。けれどもそんな事ってあり得るでしょうか？　それが事実とすると、そいつは実に恐るべき奴ですネ」

暫く目を閉じて菊地警部は考え込んだ。

「そう、それが全部トリックであったとするとですよ、恐らくはそんな完全な犯罪は史上にあまり例を見ないと思いますネ。そんな大物だとすると、何んだか少し許り闘志を感じますよ。あなたと、それからお話の小林さんと、それに私にも有能な部下が二、三ありますから及ばないまでもやってみたいですネ」

「本当ですか？」

広淵警部補はしめたと言うように顔をほころばせた。

「あなたの言いつけなら、出来るだけの事は致しますよ。一つ思う存分使って頂けないでしょうか？」

「そうですネ。私は今は割合に手があいて都合がいい事は確です。一つ課長と部長の意向を確めてからにしましょうか――」

「その点だったら大丈夫ですよ。もうウチの大将は許可をとった事と思います。S町にはうまい酒もありますし、それに大原温泉は実にいい所ですよ。是非御案内さして頂きたいですネ」

「そうですか？　私も汽車に乗るのが何より好でしてネ。一つ急行にでも乗ってみたくなってきましたよ」

「で、いらっして頂く事にして、私は今晩の夜行で帰りますが、それまで何かしておく事がありましょうか？」

「そうですネ。一度大島屋に会った後でなければ方針も立たないと思うのですが――が、差し当って彼が犯人でないとすると、深山タクシーに掛ってきた電話が、一体何処から掛ったものか調べておいて頂きましょう。それがもしS町から掛ったものでないとすると相当問題になりますネ。とにかく一つの手がかりとなるでしょう」

広淵警部補はハッとしたような表情をした。

「承知しました。——で、今日許可が下りましたらいついらっして頂けますか?」

「そうですネ。明後日の急行ででも行きたいと思いますが。二、三考えついた事もありますし、その方の手を打ってから行きたいとも思いますので、決まり次第電話しましょう」

二人が手を握って別れてからお昼までの間に、部長に呼ばれた菊地警部は、正式にS町出張の命を受けた。そして課長と打合わせを済まして、正午過ぎ一度街に出た。その日は土曜日であった。二時頃役所に帰り、経済班の警官に何か三十分許り話をして、それが終ると三階の自分の部屋に帰った。するとそこには実に意外な客が彼が帰るのを待ち受けていた。

今日は半どんの日なので残っているのは僅かの同僚だけだった。誰か客が応接室で待っていると給仕が言ったので、彼はちらほら居残っている刑事達の間を通って、午前中広淵警部補と会談した応接室に入って行った。ドアを開いて中に入った彼は思わずハッとした。広淵警部補の座っていた長椅子に腰掛けていたのは若い一人の娘であった。彼が入って来るのを見た娘は立上って彼の眼をじっとみつめて、丁寧に頭を下げた。何か冒し難い気品が彼女の体から溢れていた。それは本当に目を見張るような美しい乙女であった。切れ長な深いまなざしはまるで博多人形を見るようであった。殆んどおしろいをはかない透き通るような顔の中に、かすかに紅をさした小さい唇がひどく印象的であった。栗色のウェーブを打った房に隈取られた顔はまるで北欧の人を思わせた。紺のスカートの下からは逞しいすっきりとした足が伸びて、チョコレート色の靴がその足先をつつんでいた。上着は暗赤色の毛糸で編んだハーフコートだった。そして胸には女子医科大学のバッジが輝いていた。

「お待たせしました」

女の扱いについてはちっとも心得のない未だ独身の菊地警部は、思わず頰の熱くなるのをどうする事も出来なかった。

「私が菊地ですが、御用は何でしょう? まアお掛け下さい」

「お忙がしい所を本当に失礼申上ました」

眼の下を赤く染めながら、それでも臆する所なく少女は答えた。そしてハンドバッグから婦人用の小型の名刺を取り出した。

「私は橘と申す者でございます」

玉をころがす声というものがあったら、こんな声の持主を言うのだろうと思いながら幾分のぼせ気味で菊地警部は名刺を受けとった。

それには次のように美しい草書体で印刷してあった。

東京女子医科大学
学生　橘　しづ子
自宅　神奈川県茅ケ崎町中海岸二六〇

二度ほど繰り返して読んでいた菊地警部は重ねてハッとした。幾らか取りのぼせた彼も、俄かに我に返ったらしい。そして思わず、その少女をじっとみつめた。

「失礼ですが、あなたは橘支店長のお嬢さんではありませんか」

「はあー」

いかにもほっとしたように少女は答えた。

「そうでしたか――」

嘆息するような調子で彼は答えた。

「とにかくどうかお掛け下さい」

少女は浅く長椅子に腰を下ろした。

「して、どんな御用で、いらっしたのでしょう?」

菖蒲《しょうぶ》のような眼を上げて、彼女はじっと彼を見守った。

「私の父は昨年の暮、ひどい死に方を致しました」

少女は懸命に語り出した。

「それはもう御存知の事と存じますが。そして大島屋の御主人が犯人として逮捕されました。実は私はS町に参りました時から大島屋の小父さんには随分可愛がられました。そのためでしょうか、父が死にました時私は東京の伯母の家から学校にかよっておりましたが、どうしてもそんな事を本当にする事は出来ませんでした。父の葬儀が終っていよいよS町を引上ることに決りましたある日、私は用事があって仙台に参りました。そしてどうしても小父さんに会いたいと思いました。未決に参り面会を申し込みました。運良く会わして頂く事が出来ました。

〝小父さん〟

と私は言いました。小父さんはやせて、白毛まじりの髯が一ぱいあごに生えておりました。私は何故か涙がにじみ出てどうしても話を続ける事が出来ませんでした。

そして黙って、街で買ってきたお菓子のおりを差し出しました。小父さんは言いました。

〝ああ、お嬢さん、よくいらっして下さったですネ。有難う。お母さんや妹さんは御元気ですか？——本当に有難う〟

暫く声がとだえましたので小父さんを見ると、小父さんは右手で両方の眼を押えていました。

〝小父さん、私は小父さんの正しい事を信じますわ〟と申しました。

〝その通りだよ〟

暫くして涙をぬぐうと、小父さんは静かに申しました。

〝お嬢さん、何でわしがあんた方のお父さんを殺したりなぞするものか？〟

〝では小父さんはどうして、あのお金の事を話して下さらないの？〟

〝ああ——〟

小父さんは蒼い顔をして苦しそうに申しました。

〝お嬢さん、男ってものはつらいもんですよ。——いや、あなたにわかれって言うのは土台無理だがね。けれどもナ——お嬢さん、俺の白黒はあの世に行かれたあんた方のお父さんが一番よく知っていると思うのさ——〟

そして寂しそうに笑いました。それで面会の時間がきれました。その後私は幾日も幾日も考えました。そして小父さんは本当にあたし達の父を殺したのではないという事を確信するようになりました。何故っておっしゃられても、理由などはもとよりございません。けれども小父さんは何の関係も持っていないのです。父を殺したのはきっとあたし達なんかの知らない恐ろしいひとに違いありません。そこでとうとう今日は思い切って、あなたにお願に上ったわけですの。あなたは世に聞えた名探偵です。きっと本当の犯人を捕えて下さるに違いないと存じました。そうすれば今は土の中に眠っている父もきっと安心してくれるのです——」

彼女は香水のほのぼのと匂うハンカチーフで眼を押えた。暫くの沈黙が続いた。

「菊地さん、あなたはあたし達の可哀想な父のために、そして正義と、人道と、平和のためにきっと本当の犯人をつかまえて下さいますわネ？」

菊地警部は腕をこまぬいて深く考え込んでしまった。今日は一体どうしたというのだろう？　午前中は広淵警部補が犯人の無罪を主張したではないか？　その同じ椅子に腰を下して、被害者の娘がまた犯人の無罪を主張するのだ。――突然、それは「神のお告げ」なのだと彼には感じられ出した。

「分りました、橘さん」

彼の胸には何か熱いものが静かに全身をひたして来る足音が響いてきた。

「出来るだけの事はやってみましょう」

彼女の眼は悦びの色に大きく輝いた。

「ああ、本当に有難う存じます――今日はお訪ねしても、きっとおあいする事も出来ずおっぱらわれるものと覚悟して参りましたのに――」

菊地警部は思わず微笑んだ。そして時計を見た。

「ああ、もう四時ですネ。いかがでしょう、いろいろお伺いしたい事もありますし、御一緒して頂けるでしょうか?」

「ええ」

彼女は悦びにあふれて答えた。

「そうですか、じゃーちょっと待って下さい。プレーンに着換えてきますから。これじゃーどうかと思いますからネ」

菊地警部は制服の金ボタンを抑えながら出て行った。

暫くすると、いきな中折帽に紺の背広、黒味の勝ったラグランのオーバーを片手にして現われた。――青年サラリーマンといった姿であった。彼女は思わず微笑んだ。そして肩を並べていかめしい警視庁の玄関を出た。

既に夕闇がたちこめて、日比谷に通ずる堀端の大通りには街燈が懐しくまたたいていた。そして銀座の街の灯が、遠くけぶるもやの中に濡れていた。ビルの上の高い空には刷毛ではいたほどな夕雲が流れ、窓々には電燈が輝き始めていた。その中を二人の美しい男女が肩を並べて尾張町の方へ歩いて行った。

――それは耐え難い郷愁を思わせる一時であった。

六、茅ケ崎の冬

「ほら、お姉さん、お見えになったわよ」

菊地警部が格子戸を開いて案内を請うとまぶしくなるような朗かな声が聞えてきた。そしてセーラー服の可愛らしいお嬢さんが唐紙を開いて現われた。

「どーぞ」

ませた口ぶりで奥の座敷に案内した。この物語りの初めの頃に顔を見せた橘支店長の二番目の娘さんである事を、読者は既に気付かれた事であろう。菊地警部は用意されてあったらしい座布団に、窮屈そうに座った。彼は昨日と同じ紺の背広であった。広い縁側の前には美しい芝生があって、その先の方には小松の生えた南斜面の向うに目にしみるような冬の相模灘が、今日は珍らしくおだやかに輝いていた。三浦半島が左手に青く霞んでその末は水平線の彼方に消えていた。右手には紺青の伊豆半島が遥々と南に走り、その海に消えたあたりに大島が眉の如く浮び上っていた。得も言われぬ壮大な、静かな眺であった。彼は胸の広くなるのを覚えた。暫くすると、昨日夕飯を一緒にして新橋駅で別れたしづ子さんがお茶を入れた盆を捧げるようにして現われた。

「やアー、昨日はどうも失礼致しました。今日はまた遠慮なしにお伺いしました」

座り直して菊地警部は改って挨拶した。

「いいえ、あたしこそ本当に御世話様でしたわ」

しづ子さんは恥かしそうに海のような目を上げて、山茶花《さざんか》のような頰をほころばした。

「今日は色々整理して、午前中からお待ちしていましたわ」

そこに、幾分冴えない顔色の未亡人が静かに姿を現わした。

「昨日は娘がお邪魔申上げましたようで」

いとしむようにしづ子さんを顧みた。何か山陰の沼に咲出る白い水蓮を思わせた。

「その上夕飯までお呼ばれしましたそうで、本当に有難う存じました。その上今度は主人の事件を調査して頂くのだそうでして、何とお礼を申し上げましたらよろしいやら――。今日はどうぞ御ゆっくりしていらっして下さいませネ」

「ええ、そうよ、お母さん。わざわざ寒いS町までおいで下さるんですって」

「本当にこの度はお悔みの申し上げようもございませんでした」

もう一度座り直して、彼は未亡人に挨拶した。

「何も出来ませんが、大いにやってみる積りでおります。そんなわけですので、今日お伺い致しましたわけで――」

幾分足並の乱れた口のすべりであった。

「かしこまりました。私の存じております事は何でもお答え致しましょう。どうぞ御遠慮なくお質ね下さいませ」

いい味のする新茶をすすりながら、主客の間には暫し、世間話に花が咲いた。さすがに未亡人は体験も豊かな上に、若い人の扱いには馴れていた。

「それでは奥さん」

菊地警部は一応世間話の終った所で話を引き戻しながら、背広の内ポケットから手帳を取り出した。

「御主人がお亡くなりになった頃の日常の事をお話し願えましょうか？　つまり、十月頃からの外出先や、外泊なさった等の事ですネ」

「その事でしたら、しづ子が昨晩からいろいろ表にまとめておったようですから――そうそうしづ子、一つ御目に掛けたらどう？」

奥さんはしづ子さんを顧みた。

「ハイ、昨晩菊地さんからお話がありましたので、帰ってから調べ始め今日の午前一ぱいかかって終りましたわ。直ぐ持って参りましょう」

しづ子さんが出て行くと、菊地警部と未亡人との間に暫く対話が続けられた。午後の日射しがこの恵まれた湘南の地に豊かな暖かさを注ぎかけていた。

「随分精しい事は広淵さんの持って来られた調書の写しで分りました。しかし夕べ相当念を入れて調べてみたのですが、どこにも不審な点が見当らないのです。これで行くと大島屋が犯人である事は殆んど疑問の余地を残さないのです。そこで彼が犯人でないとすると、その調書にもれている何か重大な点があると思うのです。今日は一つそれを奥さんやお嬢さんに協力して頂いて、見つけ出そうというわけでお伺いしました。――まあ、本当の捜査共同会議をやりたいのですよ」

夫亡人は菊地警部の、今朝あたってきたらしい少し蒼味を帯びた若々しい精力の溢れている横顔を、頼母し気に眺めて思わず微笑んだ。

「かしこまりました。二人の娘もどんなにか悦ぶ事でしょう。あなたが座長をつとめて下さるのでしたらきっと楽しい会議になるでしょう」

「どうかそうありたいものです」

「では末の子――女学校の一年生ですけどまだ本当の子供で困っておりますの――恵美子も呼びましょう」

奥さんも、そこで立ち上って静かに出て行った。あとに暫しぽつねんと菊地警部が一人取り残された。彼は立ち上ると日当りのよい縁側に出て、置いてあった籐椅子に腰を下ろした。海が一層よく見えた。日の光を全身に浴びながら、彼はキラキラと光って見える遠い海と空の一線のあたりを眺めやった。それから煙草を一本取り出して一息大きく吸い込んだ。何かしらほのぼのとした温か味がこの女許りの静かな家庭に泉のように溢れているのが感じられた。今はあの世に去ってしまった支店長も、どれほどこの湘南の地で余生を終る事を望んでいたかよく分るような気がした。

「やれるだけやってみよう」

そんな決意が、彼の心に静かに湧いてきた。そして激しい闘争への憧れが彼の全身を熱くしてくるのが感じられた。

三人の女のにぎやかな声が座敷に近づいて来た。大きな黒檀のテーブルを囲んで四人はフックラとした座布団に座った。そしてお互に顔を見合わせて微笑んだ。

「菊地さん、では早速、お願い致しましょうか」

奥さんは、菊地警部の方に静かに向を変えた。

「ハアー、では、直ぐ始める事に致しましょう。私が議長になって会の進行を致して参りたいと存じますが、どなたにも異議はないでしょうか」

「異議なし」

元気な声で恵美子さんが賛成したので、皆んなどっと声を合わせて笑った。

「それでは皆様の賛成を得ましたので、私が司会を致します。只今一時三十分です。能率的に運営致しまして、四時までには終りたいと存じます。切に皆様の御協力をお願致します。――さて皆様の御存知のように銀行破りの容疑者は大島屋と決定致しております。その事は新聞にも精細に報道されましたし、ここに私が持って参りました調書の写しによっても明かです。大島屋が犯行を否定しているにもかかわらず、ハンカチーフ、二枚の百円札、最後に指紋。この三つの物的証拠は決定的なものでありまして動かし難いものだと存じます。ですからもしここに百歩譲って大島屋が犯人でないと仮定しますと、我々はこの三つの動かし難い証拠の、更にその陰にかくれている謎をどうしても解かなければならないのです。けれども調書によって精細に調べた所によりますと、この三つの証拠は実によくツボにはまっているのです。どう考えてもトリックとは受け取れないのです。しかし一方トリックだとすると、果して誰がこのような巧妙なトリックを作る事が出来るでしょう？　まアー悪魔が人間の姿に生れてきたのでもなかったら、不可能な事と思われます。しかしそうすると議論の余地もありませんので、この問題は一応棚上げにしておいて、もう一度始めから犯人を探してみようと思うのです。その結果、あるいはやはり犯人が大島屋だという事になるかも知れないのですが、とにかく一応白紙に還ってやってみたいと思うのです。

あたりの状勢から判断しますすと、支店長は十一月二日の夕刻、大原街道の七十六号カーブから自動車諸共葬り去られたものと考えられます。ですから順序を逆にして、十一月二日の夕刻から逆に支店長の動きを確めてみたいと思うのです。そこで一つしづ子さん、あなたの作られた一覧表をここに披露して頂けませんか？」

一座の人達は自分の最も親しい夫であり父である人の最後が今またまざまざと思い出されてきた。けれどもいかにも事務的な筋道だった菊地警部の話しぶりに、今更ら虚ろな涙にふけっている事などは許されない気がしてきた。眼をさすがにしばたたきながらしづ子さんは部厚い日記帳の下に畳んであった、大きい用箋に目を追って精細にしたためた一覧表を机の上にひろげた。欄は三つに仕切ってあって一番上には月日、その下には出掛けた先の人名や地名、一番下にはその日に発送した公私の郵便物及び到着した手紙類が記載してあった。それはいかにも確っかりした科学者の手になるように見事に出来ていた。

「ハアー、これは実に立派です。まるで支店長の行動を、掌の上に見るような気がしますネ」

しづ子さんは思わず顔を赤らめた。

「お母さんのお話によりますと支店長は几帳面な方で、どんなにお酒を召し上られた夜でも、必ずその日の行動は細大もらさず記入されておられたそうですが、お母さん、この表に見られる事の外に、支店長の行動について記載もれの事項はないでしょうか？　どうかこの表を御覧になって、しっかり考えて頂きたいのです」

夫人は表を眺めて、それから暫く眼を閉じていた。

「――やっぱり書いてありませんわ」

遠い記憶を呼びさますように、そして今忘却の時の流れに薄れ行こうとする過去と現在との、かすかな連鎖の輪を捕えようとするかの如く――。

「実は前にも警察の方に申し上げたと思うのですが、主人は確か十月三十日の午後から出掛けまして、その夜遅く自動車で帰って参ったのです。その事はこの表には載っておりません。と申しますのは、何故か、これは日記には記入されていなかったからですわ」

菊地警部は深い目なざしをして、じっと表から夫人の顔に目を移した。

「お母さん、これは実に大切な問題なのです。それで重ねてお伺い致しますが、お母さんの御記憶には間違はないでしょうか？　この事は勿論広淵さんから届いた調書の写しには載っていないのです――」

「ハイ、決して間違はございません」

「そうですか？　これは実に重大な発見です。では重ねてお母さんにお伺い致しますが、帰られた時御主人は酔っていらっしゃったでしょうか？　また楽しそうでしたか？　それともまた、いらいらしてでもいらっしゃったでしょうか？」

「ハイ、かすかに御酒の臭《におい》は致しましたがそう酔っているようではありませんでした。帰った時の様子は――そう、幾分不愉快そうでした。とこに入ってからもなかなか眠れないらしく時々心配そうな溜息をしていました。たずねたら、かえって気分をこわすかも知れないと存じまして、そのまま黙ってしまいました。そしてわたしも知らず知らず眠ってしまったようなわけですの」

「そうですか、その外別に変った点は見受けられませんでした？　どんな小さい事でもいいのですが――」

菊地警部は手帳に何事かを記入しながらたずねた。

「そうですすわね」

暫く考え込むように両手を机の上に組んでいた夫人はやがて眼を菊地警部の顔に移した。

「かすかに硫黄の臭が致したように存じます」

手帳を置いて菊地警部は切れ長の落付いた光の溢れている眼を、じっと夫人の口元に移して行った。

「それはまたどうしたわけなのでしょう？」

「ハイ、実は洋服を寝巻に着換える時に気づいたのですが、手足が綺麗で体がほてっていましたので、多分帰る前に湯につかってきたものと存じます」

「そうだったのだ。やはり、そうだったのだ」

菊地警部は暫く黙り込んでしまった。何か彼の頭では幾多の想念が火花を散らしているようであった。それを懸命にまとめ上げようとしているように思われた。

「さて皆さん」

やがての事落付いた明るい声で菊地警部は口を開いた。

「私達はこの調書に載っていない一つの重要な事実をここに手に入れる事が出来ました。お母さんは前に話したと言われたのですが、それは不幸にも恐らくは警察の人には一顧も与えられずに消えてしまった事なのですが、今私達はこれを明かにする事が出来たのです。即ち十月三十日の午後、支店長はS町の近くのその温泉に行かれて、人に会われたのです。まさか十月の末の日、この日は日曜ではないのですからネ——一人で温泉に出掛けて湯に入り、酒を飲む人がいるとは思えませんから——。一体それでは誰に会われたのでしょう？　大島屋にでしょうか？　それとも、しづ子さんのおっしゃる別の誰か外の人にでしょうか？」

三人の女達は固唾を飲んで菊地警部を見守った。そして一様に深い息をはいた。

「それでは先を続けましょう。十一月二日の夕方、お父さんのオーバーと帽子を持って銀行にいらしたのは、この調書によりますと、恵美子さん、あなたですネ？」

「ハイ」

思いも掛けず質問の矢が自分の方に向いてきたので、恵美子さんは少からず虚を突かれた形だった。

「その時お父さんの御様子はどんなでした？」

「ハイ——。何んですか、浮かない蒼い顔をしていたようですわ」

「そうですか？　それではその時、お父さんとお話ししていた後ろ向きの男は〝がっしりした男〟とこの写しには記載してあるのですが、そいつは大島屋の主人ではありませんでしたか？」

「いいえ、小父さんでは決してありません。あたしなんかの知らない人です。小父さんだったら後ろ姿を見ただけでも、直ぐ分りますわ」

「そうですか。どうも話は益々こんがらかって行くようですネ。ではまたこの表に戻る事にしましょう。先ほどお母さんは御主人がお帰りになった時、硫黄の臭がしたとおっしゃいましたね？　私はS町の近くの温泉は全然知らないのですが、硫黄泉は沢山あるのですか？　何とかその温泉が分る方法がないでしょうか？」

「ああ、それは遠田温泉だわ」

夫人としづ子さんとが同時に叫んだ。それは全く叫んだというのにふさわしい意気込みだった。

「ホー、そうですか？　あの有名な遠田温泉は硫黄泉なのですか？」

「ハイ」

しづ子さんがはっきりと答えた。眼を輝かしながら。

「S町の近くには四つの温泉がございます。一番遠いのは青野温泉で、これは無色の塩類泉です。近くでは鎌倉温泉と大原温泉ですが、鎌倉温泉はラジュームを含んだ、にごった塩類泉ですし、大原温泉は胃腸によく利く、かすかに硫黄を含んだ食塩泉です。そして遠田温泉は緑色の美しい、相当激しい臭のする硫黄泉なのですわ」

「そうですか、お蔭様でした。これでどうやらはっきりしたようですネ。支店長は三十日の午後から遠田温泉に行かれたのですネ。しかも秘密の用事でいらっしたのですよ。何しろこれほど几帳面な御主人が、何も記入されてはいないのですからネ」

ここで言葉をきって、菊地警部はたんねんに一覧表を逆にさかのぼって行った。表は九月一日から十一月二日まで、最近の二ケ月に亘って整理してあった。その一日々々を入念に探さくしているようであったが、暫くすると目を上げて煙草に火をつけた。

「過去二ケ月に亘る支店長の行動はこの表で実にはっきりするようです。で、この行動の中に十一月二日の日の謎を解く材料が充分あると思われるのです。けれども何の手がかりも持っていない私達には、遺憾ながらその輪郭をどうしてもはっきりさせる事が出来ません。ですからこの上の想像はかえって事件を紛きゅうさせる許りと思いますので、ここで一応今日の協議会は閉会に致したいと存じます。明日の急行で私はS町の調査に行って参りますので、その結果から何とか正しい手がかりを摑みたいと存じます。で、将来の参考書類としてこの表は私がお預りさせて頂きます」

そして少し許りこわばったあたりの空気を解きほごすように、わざと気取ってつけ加えた。

「皆様の御努力により、将来あるいは最も重要な手がかりとなるかも知れぬ被害者の一行動を、明かにする事が出来ましたことを衷心からお礼申し上げます。なお最後にお願致します事は、私がこの事件に手を出し、そして今日、それから将来も時々お伺いする事になると思うのですが、その事を出来るだけ秘密にしておいて頂きたいのでございます。只今丁度三時五十分になります。充分な成果を収めて、予定通り会を終る事が出来ました事を感謝致します」

三人の女の人達は、思わずホッとしたような、それでいて幾分物足らないように顔を見合わせた。

「素敵だわ、本当に!」

突然恵美子さんが明るく叫んだので、人々はまた声を出して笑った。そしてそれがあたりの空気を春のように暖めた。

「それでは恵美ちゃん」

夫人が微笑みながら言った。

「お姉さんとお母さんはお夕飯の用意をしますから、あなたは海の方でも菊地さんを御案内していらっしゃい」

「ええ、いいわ。菊地さん、夕暮の茅ケ崎の海を見て来ましょうよ。本当に素敵よ。今日は暖かいし、ネ、行きましょうよ」

「そうですネ。でもそんなに御邪魔していいでしょうか？」

彼は手帳と一覧表を胸の内ポケットに収めながら、しづ子さんの顔を見た。

「あら、そんな御遠慮はお止し遊ばせよ。どうぞ今晩はゆっくりしていらしって下さいな」

そこで菊地警部は恵美子さんに手を取られて、海岸の方に出掛けて行った。既に日は傾いて伊豆の山々があかね色に染り、いいようのない美しい夕暮が迫って来ていた。低い松林の遥か向うには真白い富士の姿が指呼の間に見えた。

その夜は千里の涯までも明るい月の夜であった。彼は駅まで二人の美しい姉妹に送られて、八時の汽車で東京に帰った。彼の帰ったあとには歯の抜けたような寂しさが、家の中にわびしく漂っているのを三人の女達はどうする事も出来なかった。

その翌日、一人の多感な青年探偵は北の国の寂しいS町を目ざして急行したのであった。

七、S町夜話

道路は固く氷り、まるで水晶を割ったような大空に星が蒼く燃始めた夕方、菊地警部を乗せた急行青森行の列車は、S町に到着した。駅には署長、広淵警部補、そして小林刑事が迎《むかえ》に出ていた。オーバーに背広、青い色のマフラーに紺のソフトをかぶった菊地警部はホームにゆっくりと下りて、既に顔見知りの人達と固い握手を交わした。始めて顔を見る小林刑事は、自分より背も低く、年もあまり違わない菊地警部を見て、これが今全日本のホープと噂されている名探偵などとは、どうしても受取れなかった。

「寒いですネ――」

ヒューヒューと吹きまくっている蔵王颪にオーバーの襟を立てながら菊地警部はつぶやいた。

「寒いですとも。それにここにはもう一つ名物があるのですよ。〝カカア天下〟というおまけがネ」

広淵警部補の冗談に皆んな声を合わせて笑った。一同はそこから歩いて、署の南方一キロほどの森陰にある署長さんの官舎におもむいた。いい宿屋もないし、いろいろ内密な相談もある事だし、結局その方が一番いいという事になって、用意してあったのだった。熱い風呂に石炭の煤を洗いおとし署長さんのドテラを借用した菊地警部が座敷に入ってくると、炭をおこした火鉢が明るい電燈の下でかんかんと燃えていた。署長さん、警部補、そして小林刑事の三人は先ほどから黒檀の机を囲み、火鉢に手をかざして漫談をやっていた。

「どうも遠い所を御苦労様です」

署長さんが顔をニコニコさせながら菊地警部を正座に据えた。

「今日からあなたが大将ですからネ。充分我々を使って下さい。皆、使いべりのしない体ですからネ。私も何かさして頂きたいと思いますよ」

湯上りに名物のタルヌキ――多くの読者は御存知ないかも知れないが、これは、大きい渋柿を樽の中に並べ、その上に焼酎を霧にして吹き掛けて密閉する。数日すると渋が完全に抜けて、素晴しくおいしい柿になる。北国の名産である――を頬張りながら、温い番茶を菊地警部はさもうまそうに飲み込んだ。

「我々も失礼して風呂に入りましょう。その後で第一回の打合わせを行いたいと思います。ちょっと失礼します」

「ええ、どうぞどうぞ」

署長さんに次いで、広淵警部補と小林刑事が一緒に大急ぎではいった。そしてうでだこのようになって、上着をかかえたまま座敷に入ってきた。

「菊地さん」

広淵警部補は眼を静かに燃やしながら、いい血色の顔を菊地警部の方に向けた。

「一ぱいやる前に、御報告しておきたい事があるのです」

「ハアー、どうぞ。私も楽しみにしていた所です」

「実は昨日、小林君に徹底的に洗ってもらったのです。一つ小林君、話してくれ給え」

「承知しました。実は日曜の朝広淵さんが署に顔を見せるや否や、深山タクシーに掛った電話を調べるようにとの命令を受けました。局は休みでしたが、電話係の主任を知っているものですから早速調べてもらいました。記録の帳簿を私も一緒に調べたのですが、十一月二日は、十一時頃は勿論のこと一日中大河町の深山タクシーには、S町からは電話は掛っていないのです。S町から大河町に電話をするには、局の記録を通さなくては通話は出来ないのですからネ。その上十月二十日から十一月中旬まではは一度もS町から深山タクシーには電話が行っていない事が分ったのです。そこで早速署の自動車を飛ばして大河町の郵便局に行ってみました。電話係の人に会って記録の帳簿を調べたのですよ。すると十一月二日の十一時頃、深山タクシーに電話が掛っている事が分ったのです」

「ああ、それは、遠田温泉からだったのだ」

突然菊地警部がポツンと口をはさんだので、並居る人達は驚いて彼の方を見た。殊に小林刑事の眼は急に輝を増してきた。

「そうだったのです。しかしそれがどうしてお分りになりました?」

「それは後ほど説明しましょう。どうぞ先を続けて下さい」

「おっしゃる通り電話は遠田温泉の郵便局の記録を通して掛ったものだったのです。郵便局で飯を済して、早速遠田温泉に行きました。そして郵便局の局長さんに会いました。何しろあそこは三等局ですからネ。局長さんの下に三人の事務員がいるだけなのですが、丁度日曜で局長さんがただ一人だったわけです。そこで二日の昼近くに深山タクシーを呼び出した電話は何処から申し込んだのか調べたわけです。するとそれは遠田温泉第一の三条旅館から掛けられた事が分ったのです」

「三条旅館と言うのですネ」

いつの間にか手帳を取り出した菊地警部がバラバラと頁をめくって、何か書き込んだ。

「そうだったのです。そこで、制服じゃー不味いしとは思いましたが、引き返すわけにも行きませんので、その足で直ぐに三条旅館に行って、マダムに会いました。そしていろいろ調べたのですが、誰が掛けたのか皆目分らないのです。とにかく大島屋自身でない事はこの前の調査で分っていましたので、何とも手のほどこしようがなく、夕方残念ながら引き上げたわけです。——どうも子供のような調査で実に申し訳がないと思っているのですが——」

「いやいやとても結構です」

菊地警部は筋骨逞しい小林刑事を愉快そうに見守った。

「その三条旅館にですよ、兇行の二日前、つまり十月三十日の午後、橘支店長が出掛けて行ったのですよ。そして夜遅くタクシーで家に帰ってきているのです。その行動はあの几帳面な支店長が日記にも記していなかったほど、秘密を要した事なのです。この事は私が昨日確めたのです」

驚いて三人は、漸く輝やきを見せてきた菊地警部の顔をみつめた。

「その事は何《いず》れあとで精しくお話しします。それで御苦労様ですが小林さん、明日もう一度三条旅館を洗ってみて下さいませんか？　三十日の夜支店長が会いに行った相手は誰であるか調べて下さい。多分東京者で仮名で泊り込んでいる事は確かだと思うのです。で、その客はいつ遠田温泉に来て、いつそこを引き上げたか？　またどんな人相の男達——一人ではないはずですからネ——その男達のことを出来るだけ精しく調べて下さい。その男達のうちの一人が深山タクシーに電話を掛けたのですよ。もっとも、そいつ等が大島屋に関係があるかどうかという事は未だ未だ不明ですがネ」

「かしこまりました。大分話は面白くなってきましたネ」

小林刑事は体の中に元気の溢れて来るのを押えかねているようだった。

「実に驚いた事ですネ」

署長さんは肥った腹をなでながら広淵警部補を顧みた。

「けれども、どうやらひどくこんがらかってきたようですネ」

「それでは」

広淵警部補が好奇の眼を輝やかしながら、特徴のある黒い色眼鏡をはずして、それを机の上に置いた。

「菊地さん、一つその種明かしをして頂けませんか？」

「御安い御用ですよ」

煙草を一服つけると、菊地警部は土曜の午後から昨日の夜に掛けて、彼が確めた事実を要領よく話した。話が進んで行くうちに、人々の顔には、筋の意外な発展に驚きの色が強く浮んできた。

「——そんなわけだったのですよ」

話し終ると彼は簡単につけ加えた。

「で、明日銀行を見せて頂いて、午後からは仙台に行って大島屋に会ってみたいのです。広淵さん、一つ御一緒して頂けないでしょうか」

「望んでもない幸ですよ。是非お伴さして頂きます。それにしても大原街道の七十六号カーブの方にはいついらっしゃいます?」

「そうですネ。明後日現場を見せて頂きたいですネ。何かの参考にはなると思いますから――」

「これでと」

署長さんが、待ちきれないように口を開いた。

「予定は完全に決ったですネ。これで打ち合わせも終ったようですから、どれ、一つ軽く一ぱいやりましょうや」

署長さんは立上って台所の方に消えた。その後を追って小林刑事もお手伝いに座敷を出て行った。その夜は、署長さんの令夫人のサービスで、四人の警官達は快く酔った。

翌朝八時頃菊地警部からの電話で、広淵警部補がやって来た。朝食を済した二人は予定を変えて、九時の下りで仙台に出掛けた。寒さは酷しかったが、珍らしくよく晴れた日であった。処女雪をまとい、まぶしい許りのよそおいを凝らして車窓に迫ってくる蔵王の銀嶺の神々しい許りの美しさに菊地警部は人前もはばからず感嘆の声を上げた。仙台駅で降りて、未決に着いたのは十時頃であった。

三号調べ室で、大島屋に会う手筈が決った。菊地警部と広淵警部補の待っている机の前に、やがて看守に連れられて大島が入って来た。相当の期間、日光にも当らなかったと見えて顔色は幾分蒼ざめていた。胡麻塩まじりの髯が顎に一面生えて憔悴の色がいたましかった。椅子に大島屋が掛けると看守は、三歩許り下がって長椅子に腰を下ろした。顔見知りの広淵警部補の顔を見ると、寂しそうな、けれども複雑な微笑を浮べて挨拶した。

「やアー、大島屋、元気で何よりだな」

警部補はいつもの色眼鏡の奥から、おだやかな眼を大島屋の顔に注いだ。そして菊地警部に依頼された順序で質問を始めた。その間、菊地警部は黙念として二人を見守るような、また全然注意を払っていないような――そんな態度で腰掛けていた。

「大島屋、今日は一つ色良い返事を聞かしてもらいたいものだが――」

「旦那、いつも申上る事ですが、金の問題の外だったら、何でも申上ます」

「ところが俺は実際その問題が聞きたいのだ。それさえ分れば、お前の有罪、無罪がはっきりするじゃーないか？　あんまり頑固な事を言わずに、今日は聞かしてくれないか？」

「そればっかしは旦那、やっぱり死んでも申し上るわけには行かねー。どうか、お許しを願います」

「――そうか？　どうしても駄目か？」

そして警部補は急に調子を変えた。

「じゃーそれはそれとして、お前は十一月二日の日に家に居ったと言い、奥さんは青野温泉の桂屋に行ったと言っているのだがとにかくお前は、遠田温泉の三条旅館には行ったろう？」

「いいや、そんな所には参りません。これは旦那、旅館で聞いて下さればよく分る話なんで――」

「ふム、そうか。次にもう一度質ねるが、大島屋、お前はやはり、ハンカチと百円札には覚《おぼえ》がないか？　お前の家の洋服箪笥から八枚、それからお前のポケットから二枚、そして一枚は高橋の口の中から出てきたのだ。都合十一枚だ。一ダースお前が仕入先から貰ったと言うのだが、どうも一枚足りない勘定だ。それからお前は、二枚の百円札がうちからの集金に入っているはずがないと言うのだが、これは全く事実なのだから仕方がない。これについてその後何か思いついた事はないか？」

「旦那、私は全く途方に暮れてしまいまさー。どう考えても分らネー。そんなはずはないんだがナー」

「ふム、それから最後の指紋の件だが、これは何か心当りが思いついたろう？　どうだ」

「ところがネー、旦那、取り調べの最初の日から考えているのだが、どうにも分らない。まるで狐につままれたような話でさ――。全くそんなべら棒な話って、どう考えてもわしには分らネー。全くね、旦那、わっちは呪われているんだ」

「一体誰かにお前はうらまれるような記憶があるのか？」

「それが分ればわしだって、能無し猿のようにこうしている事はねーんで。それがどうにもならない。うらまれる筋といやー若い頃から、あの商売、この商売で随分ありまサー。ですがネー旦那、心当りって段になると全くそれが思い当らネー」

そこで広淵警部補が菊地警部の方を見ると、眼で合図するのが分った。重ねて、二、三大して重要でない事を質問して、態よく切り上げた。

もう昼近かった。都合の良い上りの汽車がなかったので、かねて広淵警部補を可愛がっている県の警察部長を県庁に訪ねた。いい具合に部長は部屋に居って、わざわざ菊地警部がやって来てくれた事をとても悦こんだ。そこで昼食の馳走になり、四方山の話をした。おまけに帰る時は自分の自動車を貸してくれた。

三時までは汽車がないので、これは二人にとっては有難かった。車まで送って部長は言った。

「菊地さん、どうか日本の警視庁の名誉のために、何とかお願します。私も出来る事なら何でもしますからネ」

「いろいろ有難う存じました」

菊地警部は初対面のこの先輩に、心から敬意を表した。

「徹底的に調査して、御期待に沿いたいと存じます」

それから部長は広淵警部補に向って言った。

「S町には今朝田中書記が行っているからこの車で帰るように話してくれ給え。広淵君、君もこれを機会にうんと勉強してくれ給え」

やがて車は相当のスピードで南に走り出した。道がいいのでかすかなエンジンの音と、ペーブメントに車輪がすい付いて離れる音のみだった。運転手は警部補の顔見知りの警官だった。仙台の街を出はずれると一望千里の仙台平野が地平の涯まで広がっていた。見渡す限り、取り入れの済んだ田畑が、耕地整理のあとも美しく、真昼の太陽の下に輝いていた。牧歌的な、美しさだった。

「いいなー。こういう景色は東京の近くでは見られませんよ」

菊地警部がつぶやいた。

「菊地さん、どうお考えになりました?」

それには答えないで、広淵警部補は、ともすれば荒涼として北国の景色に見とれて我を忘れそうになる菊地警部を現実に引き戻した。

「そうですネ。大島屋は見た所骨っ節も太く、相当体も利くように見えますね。けれども、どうやらあのような大事がやりおおせる底《てい》の計画性を持っているとは、ちょっと思えないようですネ。その上コルト拳銃とあってはまるで肌が合わないように思うのですよ。これはネー、小林さん、やっぱり彼はこの銀行破りには無関係だとして出発していいような気がしますネ」

「どうもそのように私も思うのです。彼を連行した時、はじめに調べたのは大林検事なのですが、最初非常に落付いて覚悟を固めていたように見えた大島屋が、銀行破りの容疑者として逮捕された事が分った時には、色を失って驚いたそうです。最初のうちは芝居だと思ったそうですが二回、三回と調べるうちにどうも、そうでもないようだと感じたらしいのですネ」

「ホウ、そうですか。それはそれとして広淵さん、一体大島屋はその二百数十万の金の事は何故打明けて話す事が出来ないのでしょうネ?」

「その点、私も随分考えてみたのですが、どうもいい思いつきがないのですよ」

「そうですか。私もあなたから調書の写しをあずかって、その点いろいろ考えてみたのです。それでこんな風にも考えれば考えられない事もないと思うのですよ。つまりこの春以来ドッジ・ラインの強行で、中小工業はバタバタ倒れたわけです。これは維新このかた、幾十年来の経済恐慌なのですよ。そんなわけで購買力が底を割ったために、物は全然売れなくなってきたわけです。もう実際、東京などでは一部ダンピングが始っている始末です。それでも物は、はけないのです。私達にした所で食生活を保つのがやっとで、とても物など買う余裕はないでしょう? 一方血の出るような税金攻勢です。大都会では税金が払えなくて首をくくった商人や工場主も珍らしい事ではないのですからネ。ましてや田舎で少し手広くやっていた問屋筋は、その内輪が思いやられますネ。そんなわけですから一か八の脱税はどうしても行われる事になるのですよ。最近も例えば三菱化成などでは九億も脱税をやっているではありませんか。まともに税金を納めたら餓え死するより外はないというありさまは、全く批評の言葉がありませんね。そこで、命をまとの脱税が行われるわけです。そこでですよ、大島屋の場合誰か友達か、あるいは仲間の問屋がそのような方法で浮かした金を、まわしてもらったのではないでしょうか? いかがでしょうね、もし彼が銀行破りの犯人でなかったとすると、そんな風にでも考えないと、考えようがないじゃありませんか?」

「なるほど、いやきっとそうですよ。だから奴《やっこ》さん、どうしても口を割る事が出来ないのですネ」

「それでですよ、広淵さん。最初彼が、しょっ引いて来られた時落付いていたのは、その脱税の問題がばれて、そのトバッチリを喰って、自分も挙られたと思ったのじゃーないでしょうか? だから案外落付いていたと思うのです。それが銀行破りの殺人犯の嫌疑で挙られたのだから、奴さん驚いたのも無理がないと思うのですよ」

「全くそう言えば、そうですネ」

今更のように、彼は菊地警部の横顔を眺めた。

「しかし広淵さん、これはやはり単なる推定に過ぎませんからネ。これに基いて調査を始めたら、とんだ事になるでしょう。ただそんな風な考えも成り立つのではないかというに過ぎないのですネ」

いつしか広漠とした平野は消え失せて、右手からは雪に蔽われた奥羽山脈が押し寄せ、左手からは阿武隈《あぶくま》山脈と丘陵が迫ってくるS盆地に、車はさし掛って来た。渡瀬河の清冽な流が、左手に遠くうねって見えた。

「明日行こうという大原街道は」

車の正面、遠く白雪を戴いて、まるで波濤のように連る山々を、広淵警部補は指さした。

「あの山の向う側なのですよ」

「そうですか、それにしても実に素晴しい景色ですね。御覧なさい。あの稜線のキラキラ輝いているあたりは、あのチロールの詩を思い出しはしませんか? 〝山の彼方の空遠く――〟と唄った詩ですよ。広淵さん、私はヒヨッとしたらミイラ取りがミイラになるのではないかと思うのですよ。ああ、実際、思う事なしにこんなに荒寥とした東北の景色を、心ゆく許り味わいたいな――」

そのような菊地警部の願にもかかわらず、彼等を乗せた三八年型ビックがS町の署に着いた時には、彼等より一足早く署に帰った小林刑事が全く驚くべき報告をもたらしていたのであった。

八、謎深む

二人が自動車を降りた時、署の正面玄関の階段を小林刑事が勢込んで下りて来た。

「やアー、今お帰りですか?」

ひどい勢《いきおい》だった。

「今からもう一息歩いてこようと思っていた所ですよ」

「何か獲物があったらしいな」

広淵警部補はにこにこした。そして菊地警部の顔を見た。

「直ぐ報告を聞かれますか?」

「そうですネ」

小林刑事の張り切った顔を愉快そうに眺めながら、菊地警部は静かな声で答えた。

「もう三時半だし――銀行の方も片附けたいし。それに小林さんは張り切ってどこかへ行かれる所のように見えますネ。一つ今晩ゆっくり聞かしてもらう事にしましようか」

悦こんだ小林刑事は二語《こと》、三語挨拶すると、自転車を飛ばして大通りを南の方につっぱしって行った。

「好漢、正に愛すべし――ですネ」

微笑を浮べながら菊地警部は小林刑事の小さくなって行く後姿を見送っていた。

暫くの後、二人は肩を並べてゆっくりと大通りを駅の方に歩いて行った。二丁許り行くと、既にこの物語りの最初に相当正確に描写しておいた第八十八銀行の入口に来た。

「ここですよ、問題の銀行は」

「ああ、なるほど、相当立派な建物ですネ。ところでその入口の左手のどれなのですか？　切られてあった窓の格子というのは？」

つかつかと前に進んで行った警部補は、真ん中の二本の格子を摑んでふり向いた。

「これですよ」

菊地警部はうなずいて、高さにしては二米余りもある青く塗られた厳重な格子を見上げた。その上の方は横木を当てて、二本のボルトで確り止めてあった。その後修理したものと思われた。


メインストリートに面した入口をまわって二人は広小路の入口からドアを排して入って行った。素早く警部補を認めた新任の支店長が愛想よくテーブルから立ち上って来た。

「広淵さんですか、さアーどうぞ」

「どうも時々お邪魔して御気の毒なことですネ」

警部補は、温厚な支店長に丁寧に挨拶した。

「今日はもう一度、ゆっくり調査さして頂きに参りました」

それから菊地警部を紹介した。わざと変名で。

「秋場君、支店長さんです。こちらは同僚の秋場君です」

二人は丁寧に挨拶した。出されたスリッパに履きかえて、支店長のテーブルの側の長椅子に腰を下ろして香ばしい茶をすすった。暫く世間話をしているうちに四時になった。もう客もなかったので、メインストリートに面する出入口は閉じてカーテンを下ろした。支店長の指令で、係長以下の人々は大急ぎで残務を片附けて家に帰って行った。残っているのは二、三の課長さんだけとなった。そこで二人は立ち上って調査に取り掛った。調査と言っても警部補は、もう自分で繰り返し繰り返し何度も調べた後なので、菊地警部の便宜をはかるのみだった。そして名探偵と言われた菊地警部は、一体何を調べる積《つもり》なのかしらと、強い好奇心にかられて彼の一挙一動を見守っていた。

広淵警部補から貰った調書の写しや写真などで既に銀行の様子を知り尽していた菊地警部は土間に立って、あんまり気のない様子で、行ったり来たりしながら、時々立ち止っては考えにふけっている様子だった。暫くすると彼は警部補に、格子を止めてあるボルトをはずしてくれるように頼んだ。警部補は早速支店長の了解を得て、宿直員を近所の大工に走らせた。大工は大急ぎでやって来てボルトをはずした。格子は自由に動かせるようになった。既に銀行の内部には夕闇がたち込めてきた。菊地警部の依頼で内部の電燈は一せいにともされた。まるで大きいホールでも見るように、それは華やかな色に輝いた。菊地警部はテーブルを窓の下に運んでその上に上り、格子を力まかせに動かして斜にした。そしてその切り口を丹念に調べていた。暫くしてテーブルから下りた彼は、大工に格子を元のように直して帰ってよいと言った。間もなく大工は帰って行った。残っていた課長さん達も引上げ広淵警部補の外には支店長と宿直員の二人だけになった。そこへドアを開いて、元気な小林刑事が姿を見せた。菊地警部はちらと彼を見て微笑した。ひどく困惑したような色が、彼の顔に現われていたのを早くも見て取ったように思われた。

下の調査が終ったものか、菊地警部は無言のまま、支店長のテーブルのわきの方、小金庫の横にある広い階段を踏んで二階に上って行った。元気者の小林刑事がその後を追って行った。警部補は椅子に腰を下ろして、支店長と何か話を交わしていた。二階に上った菊地警部は会議室を取り巻く広い廊下をぐるりとまわって、階下の様子が一目で見える、メインストリート側の入口の真上近くに姿を現わした。そこで彼はじっと張り出し窓を眺めていた。後ろを追って上ってきた小林刑事は、彫像のように立ちつくしている菊地警部の体から、何か名状し難い激しい気迫が放射しているのに気がついて、ハッとして歩みを止めた。菊地警部の顔は紅潮し、眼が異様に輝き、鼻孔はふくらんでさながら獲物をねらう猟犬とでも言った気合がみなぎっていた。その道に入ってから僅かの年月にしかならないとは言え、このような異常な精神のほとばしりを小林刑事は、かつて体験した事はないのであった。例えて言うならば、それは天才的な内容を超越した優れた人々の魂のほとばしりであった。菊地警部の眼は手すりを距てて二米ほど前方の、窓をふさいでいる二枚の大きい板戸に釘づけにされていた。やがて全く通常のおだやかな自分に帰った彼は小林刑事をふり向いてニッと微笑した。それは白痴に似た笑であった。小林刑事は背筋に冷めたい戦慄の走るのを覚えた。

——ハッと息を飲んだ小林刑事は自分の眼を信ずる事が出来なかった。いとも無雑作にスリッパを脱いだ菊地警部が手すりを乗り越えて、壁に、彼がかつて戦時中南方で見た大きいやもりのように身を寄せかけたのを見たのであった。足を掛けている所は幅にしては五寸を出ないひさしであった。空間五米の間には、体を支える何物もなかった。それはカウンターテーブルを取り巻くコンクリートの平土間の真上だった。彼は声を出すのも忘れて、両手を握りしめていた。菊地警部は五寸、一尺と音もなく体をずらして行った。そして終に窓をふさいでいる板戸の所に達したのである。そこで彼は右手を壁について身を支え、板戸の下側に左手をかけた。次の瞬間にはその板戸が徐々に彎曲して、その間から暮れ悩む夕空が小林刑事の眼に映ってきた。——彼が我に帰って大きい息をついた時、そこには最早や菊地警部の姿は見えなかった。全く掻き消すように——。そして窓の板は元の通りに固く窓を戸ざし、もう一片の夕空さえも見えなかった。総ては元のままだったのだ。小林刑事の握りしめた両手は冷めたい汗にびっしょりと濡れていた。

それはこういう事情であった。菊地警部はその板戸の間から建物の外に出てしまったのであった。窓の外には幅一尺ほどのひさしが突き出ていた。そこに足を掛けて立ち上った彼は、両手を外側の壁に掛けて左手の方に徐々に体を移して行った。数十尺の下には固いコンクリートのメインストリートがしらじらと走り、十米毎に立っている高い柱には既に灯がともっていた。建物の角の所に来ると更に彼は、その角をまわり込んで、メインストリートとは直角に東の方に体を移して行った。そこは丁度一尺ほどの距離を距てて隣家の金物屋の大ひさしが突き出しているのであった。菊地警部はヒョイとその瓦屋根に跳び移った。そしてその屋根を伝って、大通りから母屋に通ずるかぶら木門の屋根にずり落ちた。そこは地面から二米ほどの高さしかなかった。そして菊地警部は簡単に大地の上に下り立った。そこでポケットからハンカチーフを取り出すと、静かに額の汗をふいた。——突然人の気配がしたので、後ろをふり向いた彼の目は、物も言わず二階から下に駈け下り、何か話しかけた広淵警部補の声も耳に入れずに外に飛び出した小林刑事の、燃えるような眼にばったりと出会った。その眼は、信ずる事も出来ない壮絶な光景に接して、感激の大波に揺れ燃えていた。その両手には菊地警部が、脱ぎ捨てたスリッパを持っていた。再び菊地警部の顔が夕闇の中にニッと微笑んだ。けれども今度の微笑は懐かしい温かい味に満ちていた。

「有難う、小林さん——分ったですか?」

彼は黙ってうなずいた。そしてスリッパを彼の前に並べた。二人は仲良く肩を並べて、メインストリートに出て、ぐるりと大きくまわって、広小路側の入口から明るい銀行の中に入って行った。二階に居たものと許り思っていた菊地警部が、小林刑事と肩を並べて入ってきたのを見た警部補と支店長はひどく驚いた。

「広淵さん」

おだやかな声で、菊地警部はスリッパを靴にはき換えた。

「調査は終りました。ぼつぼつ引き上るとしましょうか——」

その夜署長さんの官舎で開かれた第二回の打合わせは、小林刑事の報告に始まった。昼の疲れを熱い風呂に洗いおとし、署長夫人のサービスの行き届いた奥の温い部屋で開かれたのである。メンバーは全く昨夜と同じであった。手帳を出しながら菊地警部は小林刑事の顔を見た。

「小林さん、それではお待ちかねの報告を聞かして下さい」

「承知しました」

元気のやり場に困っているような小林刑事は勢こんで語り出した。

「今朝八時、署の自動車をとばして遠田温泉に参りました。向うに着いたのは九時半頃だったでしょう。昨日摑まえた三条旅館のマダムを朝めしの席に襲ったわけです。話が話ですからネ、人気のない部屋に来てもらって、ついでに宿帳も持参してもらっていろいろ聞きただしたわけです。十月三十日の午後確かに橘支店長は来ているのです。その相手は菊地さん、たった一人だったのです。その人物は宿帳によりますと、(ここで小林刑事は、手帳を手にとって読み出した)小磯昭家という時代がかった名前の男なのです。東京都杉並区荻窪町三二五、というのが住所で、職業は機械製作会社々長と書いてあるのです。年齢は四十三。やって来た日は十月二十五日、引き上げたのは十一月二日朝となっています。マダムの話によりますと、背の高い堂々とした立派な男で、殆んど女遊などもせず、専ら入浴を楽しんでいたそうです。血色のよい精力的な感じの男で髭はなかったそうです。支店長が訪ねてきた夕べは、随分気嫌よく二人でかつ談じ、かつ飲んだそうです。そして十時頃、支店長は自動車で帰ったと言うのです。その男の部屋を時々二、三の男が訪問しては、碁や将棋に興じていたそうですが、それは旅館で顔見知りになった男達らしいと言うのです。帰る頃には大分マダムとも親しくなって、二日の朝の急行でS町から東京に帰るという時には、マダムから手紙をこの町の駅長さんにことづけたほどだと言うのです。しめたと思いました。この男は追跡出来ると思ったのです。そこでその小磯という男は前に来た事があるかと尋ねましたら年に一、二度は来ていると言うのです。現に最近では九月中旬にも来たと言うのです。宿帳にも載っていましたし、支店長も小磯さん小磯さんと呼んでいたそうですから、変名ではないと思いますネ。どうもあんまりはっきりしていて全然暗いかげが感じられないのですよ。そこで一体誰が電話を深山タクシーに掛けたか、何としても知りたいと思いました。で、その日の午後宿を引き上げた男は居るか居ないかと思い、宿帳をひっくり返すと、二八番の部屋に泊っていた男が、しかも二人引上げているのです。しめたと思いました。宿帳にはこう書いてあるのです。一人は本田三郎、三八歳、職業は会社員、住所は仙台市北八番丁三〇八。他の奴は飯島信夫、三六歳、会社員、住所は同じく仙台市花壇二八。となっているのです。本田という男は眼鏡を掛けていたそうです。やって来たのは二十五日の午後、帰ったのは二日の午後零時十分遠田温泉発のバスで大河町に出て、一時半の下りで仙台に帰ると言って出て行ったそうです。その他には怪やしいと思う人間の出入はないのです。そこで早速、駐在所に出掛けて、署《うち》に電話して、仙台のその二人の人間を調べてくれるように連絡して、自動車をとばして帰ってきました。こちらに着いたのは丁度二時でした。はてこれから駅に行ったものかどうかと思案している所に、仙台署から電話が参りました。午前中署に連絡して、仙台に紹介した依頼の返事だったのです。案の定、飯島という男と、本田という男は仮名だったのです。そんな男は住所のどこにも住んでいないという返事でした。つまりどうもこの二人の男が怪しいのですネ。で、何とかこれを探し出す方法はないかと考えたわけです。しかしともかく、その小磯という男が、果して朝の急行で発ったかどうかを確めようと思い、駅に電話したのです。すると駅長はちょっと出掛けたが三時半頃には帰るから、その頃来てくれと言うのです。時計を見るともう三時でした。それから、どうも話が分らなくなって憂鬱になってしまいました。

気がつくと、三時半じゃありませんか？　しまったと思って飛び出した所にあなた方が帰って来られたのですよ」

「ああ、そうだったのですか？　随分張り切っておられたですネ」

菊地警部がにこにこしながら小林刑事の顔を見た。

「ハアー、そんなわけで駅に参りました。丁度佐藤駅長も、今帰った所だと言うのです。で、早速ですが、去年の十一月二日の十一時の急行で小磯という男が発ったはずですが、三条旅館のマダムからの手紙をあなたの所に持って来たでしょう？　と質ねますと、

〝ああ、思い出しました。確かに私の所に、マダムからの手紙を届けてくれました。十日頃は部屋も沢山あく予定だから、是非来てくれということづけだったのですよ。十一月中旬頃には毎年従業員の遠足会が行われるのでしてネ。去年はそれで青麻山《あおそ》と蔵王の間の高原地帯を通る、新らしく開拓された道を選んで遠田温泉行を決行したのでした〟

話が筋通からはずれてきたものですから、

〝じゃ佐藤さん、その小磯という方は確かに十一時の急行に乗ったのですネ？〟

とたずねました。

〝勿論乗りましたよ。急行券も切符も、お金を頂いて私が買って上げたのですからネ。ああ、そうそう、名刺も貰いましたよ。実に愉快な立派な紳士でしてネ。僅かの間でしたが、随分愉快に話して行かれましたよ〟

〝その名刺はお持ちですか？〟

〝ええ、あったはずですよ。ちょっと待って下さい〟

佐藤さんは、名刺入を出して探しましたが、どうしても見付からないのです。そんなわけで。引き上げて八十八銀行に行ってあなた方に合流したのです」

長い報告を終ると小林刑事は、さめ掛けた番茶を一息に飲み乾した。菊地警部も広淵警部補もじっと考え込んでしまった。署長さん許りがやたらに煙草をすっていた。

「いやどうも御苦労様でした」

菊地警部が暫くすると、静かに小林刑事の労をねぎら

った。

「広淵さん、あなたはどう考えられますか？　どうもいやにこんがらかって来たようにわたしは思うのですが」

「そうですネ」

手帳を机の上に置いて、広淵警部補は煙草に火をつけた。

「しかしこの報告を検討する前に、菊地さん、一つ今日の現場調査の所見を聞かして頂けませんか？　それによってはまたいろんな考え方もあると思うのですが」

「ウン、それがいい」

署長さんが眼を輝やかした。

「今日は、何か変った事があったそうですネ」

「そうですネ。じゃ一応感じた点を二、三申上る事にしましょうか？」

菊地警部は一服深く吸い込むと、それを輪にして静かに天井に吹き上げた。

「で、私の意見の中に、フに落ちない事があったらどしどし討議をして下さい。出来るだけ有効に時間を使おうじゃありませんか。まず私は全然白紙に還って調査を進めてみました。まず窓の格子の問題です。これは調書によると外部から切り落された事になっていますネ。つまり犯人はまず預金課長の高橋さんを扼殺して、支店長をゆうかいし、七十六号カーブから墜死させ、その足で引き返して窓の格子を切り落して銀行に忍び込み、かねて、支店長から聞き出しておいた金庫の暗号によって行金を奪い去った事になっています。これは指紋の追跡からも証拠だてられた事ですネ。その結果とうとう大島屋を犯人として検挙する事になったのです。ところがですよ、今は一応大島屋はこの犯罪に無関係として出発しているのです。ですから、窓についていた指紋は一応不問に附して考えを進めなければならないわけです。

今日私は格子は一体内部から切られたのか外部から切断されたのか確める事は出来ないかと考えました。まず外部から切ったものとすると、切口はどうなるでしょう？　普通は明かにこうなるわけですよ。これは実際鋸で切って見れば直ぐ分る事です。（ここで菊地警部は（A）図のように格子の切口に右斜めの線を入れた）つまり人間はM1の位置に立って切らねばならないのです。また内部から切ったとしても人間はM2の位置に立って切らねばならないのですから、同じような線が入る事になりますネ。つまり切口の線で判定する事は出来なくなるわけです。しかし良く考えてみると、線の入る方向は同じであっても判定する事は出来るのです。そのわけは後で説明する事にしましょう。ところがです、条痕は実

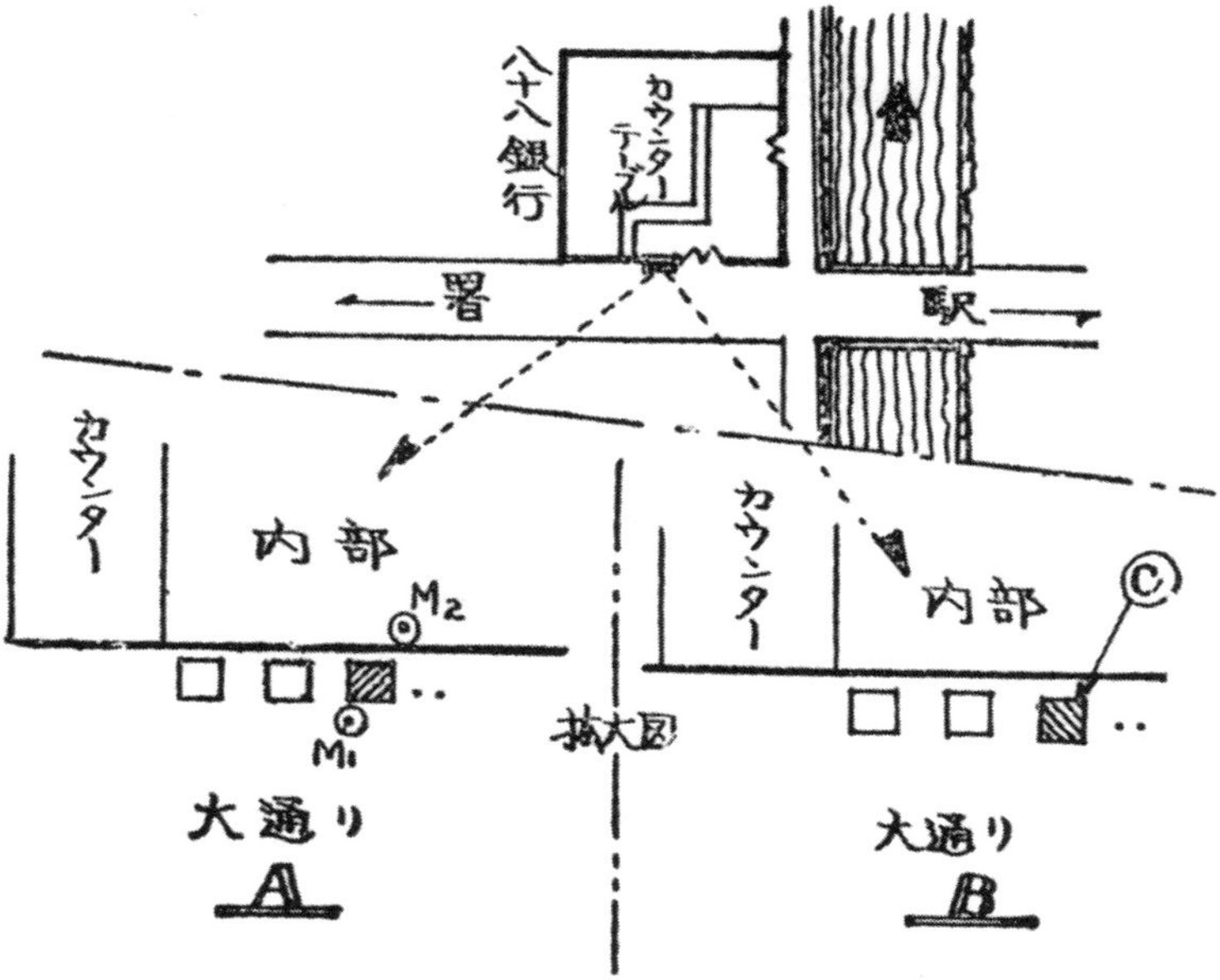

際にはこのように入っているのです。（ここでまた菊地警部は（Ｂ）図のような切口を描いて、これに斜め左の線を入れた）もしこれを外側からやったものとすると、その人間は左利の人間という事になるのです。内側からやったとしても同じ結論に達するのです。しかしここで考えなければならないのは、左利の人間は右利の人間に対して、比率は確か三十前後であったと思います。これは統計の示す所です。その事はあらゆる条件を公平に見ると、大抵の場合、犯人は右利であると考えねばならない事を示しているわけです。ところがです、あの格子を上のつけ根から切り離すには、内からやるにせよ、外からやるにせよ、約一米の台が必要になる事は明かです。ですから、外から切ったとすると、その男は一米以上の台を持って来て、その上に乗って切った事になるのです。しかも、その男は左利の男なのです。

　しかしこれを内側から切ったとすると、やはり台を持って来なければならないでしょうか？　全く偶然かどうかは分りませんが、カウンターテーブルに上れば、いい具合に切る事が出来るのです。しかもカウンターに上って切ると、その切り口は右利の男が切っても、左利の男が切っても、このような左斜めの筋が入る事になるわけ

です。（ここで彼は（B）図を鉛筆で指した）その上このCの部分が左手にめくれて、そこには鋸の目が入っていなかったのです。鋸で物を切る場合は、切り始めは綺麗に歯が入って行くのですが、終りの時は相当注意しても折れたり、かけたり、ちぎれたりして満足には最後まで切ってしまうという事はなかなか出来ないものです。殊に、素人の場合はネ。つまり私の得た結論は、右利の普通の男が内部からカウンターの上に上って格子を切断した、という事にしたいのです。これは調書の場合と全く反対になった結果なのですが、この点はいかがでしょう？」

「なるほど、全くお説の通りと思いますネ」

署長さんと警部補は眼を輝やかした。

「そうすると、支店長のゆうかいと、窓の桟を切り離した問題とはどのように関係してくるのでしょう？」

「では先を続けましょう。この窓の回転錠は最近動かされた跡があったと調書には出ていますネ。ところがその窓の上の方にあいている径五センチほどの孔から手を入れたとするに、直ぐ下の錠はまわす事は出来ても、もう一つの錠は、はずす事は出来ません。よほどの機械装置を使ったら別ですがネ。しかしそんな装置を使ったとは、一体想像が出来ましょうか？　けれども紐か何かをつければ、その孔から、手でそれを引く事によって、はずした錠は掛ける事は簡単に出来ますよ。錠が回転して掛った時に紐がはずれるようにすればいいのですからネ」

「ああ分りました。犯人は窓から入ったのではなくて、窓から出て行ったとおっしゃるのですネ？」

広淵警部補が思わず口をはさんだ。

「そうです。私も最初は全くそう思ったのです。これは外から入る事に比べると、問題にならないほど簡単な事ですからネ。しかしそれでは硝子戸にわざわざあけた孔は何のためだったのでしょう？　しかも孔のふちからはみ出している針金は全部内側に向いていたそうじゃありませんか？　これはつまり孔は外からあけたものか、少くとも外からあけたものと思わせるためにそうしてあるのですネ。そうするとつまり犯人は、孔は外からあけたものだと考えてもらいたかったのですよ。言い換ると、犯人は孔を内部からあけたのです。何のために？　お分りになったでしょう？　犯人は窓の桟を切って、それから硝子を破り、その孔から手を入れて錠をはずし、そこから侵入したものと当局に考えてもらいたかったのです。

そして事実、その企らみは成功したのですよ。——けれどもそのような方法は極めて困難な、有り得ない事だということは、今私が説明した通りです。で、前に説明したように、犯人が内部に居ったとすると、このようにして窓から外に逃れるという事は、押し入るほどの危険がないとしても、相当に危険な事だと言わねばならないと思うのです。それに、当局にまんまと一ぱい食わせたほどの犯人が、そんな危い事をやる必要がありましょうか？　要は銀行の内部から外部に出さえすればよいのですからネ。そうすると、何処かから、もっと安全に外に逃がれた方法がある事になるじゃーありませんか？」

「ああ、そうだったのか！　犯人はつまりさっき菊地さんが脱出したようにして外に逃げ出したのですネ。何という偉い奴だ！」

突然感に堪えたように小林刑事が叫んだ。

「そうなのですよ。犯人は二階の、板張りのあの窓から安全に逃がれ出たのですよ」

「そうか、そうだったのか？　——畜生！」

いかにも残念そうに広淵警部補が舌打ちしたので、署長さんと小林刑事が呵々と大笑した。その笑は、あざむかれた事を満足とし、あまりにも水際立った犯人のやり口に思わずも胸の底から湧き上ってきた嘆声であった。

九、東京へ

「それでは次を続けましょう」

菊地警部はうまそうにふかした煙草を置いて番茶をすすった。

「そこで一体支店長のゆうかいと、この真夜中の脱出との関係はどうなるのであろうという事になります。支店長のお嬢さんの恵美子さんがオーバーを持って行った時に居った、見知らぬ男は二人なのです。そこで一体何人の人間が動いたか？　という事がこの二つの事件を関係づける鎖の解決点になると思うのです。内部から硝子戸に孔をあけたり、桟を切ったりするのには、相当に時間が掛りますからネ。ですからこの当局の目を混乱させるために企まれた仕事は勿論夜になってからです。その夜はひどく風が荒れていたそうですから、充分安心してやれたと思います。まして宿直員も居らず、見廻わられたのは十時頃、支店長夫人と娘さんだけだったのですからネ。——恐らくは、その頃には最後の犯人も外に逃れた後だったと思うのです。またその時未だ内部に居ったとしても、隠れる所はどこにだってありますからネ。そうすると、支店長をゆうかいするのに二人の人間が居り、また安全のためにも、その二人は支店長に附き添って行った事でしょうから、つまり合計三人の男が登場したわけですよ。そうすると押し込んで来た三人の中の二人が支店長をゆうかいし、行金も一緒に持ち出したと思うのです。三人目の男が銀行の内部に残っていろんな後仕上をしたのではないでしょうか？　これでいろんな矛盾が大部分説明された事になります。最後に、大島屋が犯人でないとすると、高橋さんの口の中に押し込まれてあったハンカチーフと窓わくに残っていた指紋の問題が依然として未解決のまま残る事になります。高橋さんの首の周りについていた扼殺の痕は解剖の結果からも何等死因には関係ないという結論が出ているのですから、注目する要はないでしょう。高橋さんは不意に射殺されたのですよ。そしていろんな手のこんだ後仕上の一環として、ハンカチーフを口に押し込んだり、死んだ人間の首をしめたと思うのです。

そこで皆さん、この事件をどうお考えになりますか？　この銀行破りの計画は実に慎重に計画されたものと、私は考えるのですが、いかがでしょう？　こう何んだか大きな岩の前にでも立たされたような気がするのです。しかし三人寄れば文珠の智慧とも言いますから、私達が一つになって力を尽せば何とか〝胡麻よ開け〟の奇蹟が出来るかも知れないとは思うのですが——」

菊地警部は、ここで言葉を切った。

「菊地さん！」

堪りかねたように小林刑事が膝を乗り出した。

「あなたが一つ指揮をして下さい。我々は、力の限り走り廻りますよ。ネ——広淵さん、そうじゃありませんか？」

「全くだ」

広淵警部補が静かに眼を燃やして同意した。

「菊地さん、あなたは我々より随分深く物事を洞察されます。我々は健康の点だけはあなたにひけは取らないと信ずるのです。そこでどこまで食い下る事が出来るか——どうか一つあなたがタクトを振って下さい。我々はどんな踊りでもおどりますよ。——」

「全くだ」

署長さんが最後に話の終止符を打った。

「菊地さん、間違っても構わないじゃありませんか？

一つ思い切ってやって下さい」

「そうですか。それでは私達が文珠の智慧を出せるかどうか分りませんが、充分検討し尽してみましょう」

菊地警部は煙草を置いて、暫く眼を閉じた。やがて静かに眼を開くと小林刑事の顔を見た。深い決意がじっと澱んでいるような眼指しであった。

「それでは、一応犯行の順序は分ったものとして、最後に大島屋に決定的な打撃を与えた三つの物的証拠について、考えてみようではありませんか？――この三つの証拠を前にして私達が考えられる事がただ一つあると思うのです。それはこの証拠があまりにも決定的であり、完全であり過るという事です。しかもこの三つの証拠が時間の経過に伴って、あまりにも見事に大島屋という一点に集中して行って居るのです。ここに私は深い疑惑を感じないでは居られないのです。で、仮りにですよ、これが全部トリックだったと仮定するのです。そうするとこのような、まるで時間をも自由にあやつっているような人間を、我々は相手にしなければならないのです。そのような人間がですよ、我々のような青二才に簡単にしっぽを握られるような事をするでしょうか？　私達はただ頭上に神を戴いて全力を尽すより外はないと思うのです。恐らくは無限の努力と精力と忍耐とが要請されると思うのです。それでこのような未だ見る事も、知る事も出来ない敵に対して、私達はどこまでも共和制でやって行きましょう。分裂すれば三つの力は互に消し合って零になるでしょう。けれども一つの方向に向ければ三人前の力は充分出せると信ずるのです。そして敵も、まさか悪魔ではないのですからネ。作ったものだったら、少くともその片鱗はきっと摑まえる事が出来ると思うのです。――それにしても恐ろしい人間も居れば居るものですね――」

「菊地さん、私もあなたの説明で分った事が一つあるのですよ」

広淵警部補が色眼鏡をはずして口を開いた。

「それは、この恐るべき犯人は八十八銀行と大島屋との位置的関係を充分に調査し、その上十一月二日は町にとってはどんな日であるかも知り尽し、そして町民運動会という町を挙げての祝宴の空隙に乗じたのですネ」

「全くですよ。それで明日は予定を変えて一つ大島屋を調査してみようと思うのです。この三つの驚くべきトリックはいかにして作り上げられたか、どうしても知りたいものです。今の所私にもその説明はとても出来ませんが、皆さんの中に何か妙案を思いつかれた方はないでしょうか?」

誰も口を開く者はなかった。遠く夜廻りの拍子木の音が聞こえてくるだけだった。

「――この問題は実際むずかしいと思うのです。しかしその陰に隠れている秘密は分らなくとも、それがトリックであったという事が確信出来れば、それはそれとして一応棚上げしようじゃありませんか。大切な事はそんなトリックに乗せられないという事ですよ。そして大島屋の人間的な面から考えても、そのような計画性の深い犯罪はやれそうにも思えないという確信で一応満足しようじゃありませんか。

そこで小林さんの調査に戻りましょう。某機械会社の社長と称する小磯という男は、何んだかちょっと気に掛りはしませんか? けれども彼は十一時の急行に乗ったという確かな証拠があるのですネ。ですから彼が二日の夕刻東京に到着したという確証が挙がれば、一応アリバイは完全な事になって私達の捜査線から消えて行くわけです。これは私が東京に帰ったら最初に調べてみましょう。ともかく三十日の夜支店長と酒宴をやったというだけでも注目に値しますからネ。次に直接に疑を持たれるのは本田という男と飯島という男の二人ですネ。これは変名で泊っているのですから十中八、九この事件に一役は買っていると思われますネ。ひょっとしたらこの二人が、深山タクシーに現われた男であったかとも思われましょう。この点は異論はないと思うのですが――。それでは先ほど小林さんも頭を悩まされたように、この二人の人間を追求する方法はないものでしょうか?」

一様に、四人の警官達は考え込んでしまった。沈黙の時が流れた。

「――なるほど、これは実に難問ですネ。三ケ月近くも時間が過ぎているのですし、深山タクシーの主人にしても、人相などの記憶も薄れているでしょうからネ。そうすると、結局今までの所では、結論としては何も得る所がなかったという事になりそうです。が果してそうでしょうか? 少くとも私達は三つの物的証拠を握っていますよ」

三人の警官達はちょっと意外な顔をした。

「つまり、私達が手に入れている三つの物的証拠がですよ、もしトリックだったとすると、それはそのトリックに使われた何よりの証拠じゃありませんか? で、まアーこれ以上の発展は今晩は期待出来ないと思いますから、一応この辺で満足したらいかがでしょう?」

他の人々は菊地警部の提案に賛成した。そして、それから暫くは、いろんな雑談に一日の疲労を癒やした。

翌日九時頃、菊地警部は広淵警部補の案内で、銀行の筋向にある大島屋を訪ねた。桐野さんと、若いおかみさんが何かと二人をもてなした。その調査では大した収穫もなかったが、と言って全然無駄なわけでもなかった。即ち次の二点がはっきりした。第一に洋服箪笥から出た例のハンカチーフは十一月五日頃までは店の飾り棚に入れてあって、それをしまったのは大島屋の主人が北陸方面に出掛けた十一月六日であった。また問題の百円札が現われた東京の二軒の問屋に支払った二十万の金は、集金の日――それは十一月四日であった――まで店の金庫に入れられてあった。その金庫は十数年の昔、田舎の金貸から譲り受けた三尺の小型金庫であった。

このような事件の発展を考慮した菊地警部は、午後一ぱいをついやして広淵警部補、小林刑事と問題を検討した。そして大原温泉の訪問は事件の解決後の楽しみに取っておく事として、当分おあずけとする事にした。その日の夜、菊地警部は長らく世話になった署長さん夫婦に厚く礼を述べ、広淵警部補と小林刑事に送られて、青森発上野行の二等車の客となった。

……………………

菊地警部が上野に着いたのは翌朝の八時頃であった。そこから自動車で真直に警視庁に乗りつけた。到着するや否や、彼が最も信頼し、その腕を買っている和田刑事を呼んで、暫くの間事件の発展をかいつまんで話した。そして十一月二日前後の小磯昭家の行動を徹底的に調査するように命じた。和田刑事はプレーンに着更えると、張り切って役所を出て行った。そこで菊地警部は取りあえず、部長に帰京の挨拶をすまし、事件の全貌を簡単に報告した。それが終ると彼は会議室に入り込み、給仕を呼んで、経済課の渡辺巡査に来てくれるよう言いつけた。そこで始めて彼はゆっくりとした気分になって、長椅子に深く腰を下ろして煙草を取り出すとライターをすった。今日も暖かい日射しが広い硝子戸一面に射し込み、彼の肩から背中をぬくぬくと暖めていた。冷めたい、寂しい東北の町の出来事などは遠い昔の夢のように考えられるのであった。

「広いな――日本は」

思わず彼は不思議な独り言をもらした。けれどもそれは、いつも日本は狭い狭いと思っている彼の心からなる嘆声であった。そこへ肥った赤ら顔の、眼鏡を掛けた渡辺巡査がやって来た。

「お早ようございます。今朝お帰りだったそうですネ」

「やアー、わざわざ、お呼びして」

菊地警部は自分の側に座るように合図をした。

「いかがでした？　渡辺さん。何か吉報は出ましたか？」

「それがですよ」

渡辺巡査は腰を下ろしながら、一本シガーを取りだして火をつけた。

「菊地さん、どうもなかなか一筋縄では行かないのですよ」

「ホー、そうですか？　やっぱりこっちの註文通りには行かないのでしょうネエー」

「ええ、どうも。今の所はそんな状態なんですよ。まアーかいつまんで御報告しますとこうなのです。去年の十一月二十日五大新聞に掲載された、あの不思議な広告でですネ、五枚の百円札が現われたわけです。そのうち出所のはっきりしたやつは三枚だったですネ。二枚は日本橋の丸宗と、麻布の鈴圭商店から出たもので、これはS町の大島屋からの集金の中にあった事は、あなたの御存知の通りです。あなたがS町に出掛られる前々日、つまり一月十五日に依頼されたのは、広告に示してあった九番のやつに当るわけです。これは木村鉄工所の工員の持って来たものである事は、あなたの御手元にある、調書の写しにも載っている通りです。これはO銀行から出た事もその時に明《あきらか》になっているのです。またその当時S町から出張された小林刑事の依頼で、私の所でO銀行に当って調査したのですが、その先はどうも不明に終った結果が出ているのです。

そこで今度はあなたからの厳重な依頼だったものですから、私の方でも、もう一度徹底的に洗ってみる事にしました。そんなわけでこの調査は私が自分で引受けて出来る限りやっているのですよ。で、直接調査してみますと、そこは銀行です。分らないと言っても大分意味が違うのです。預金課の課長さんに会って当時の帳簿を徹底的に調査し、また係りの人にも来てもらって、台帳や元帳、それから頭の中の記憶も思い出してもらいました。で、まアー、その問題の百円札は、十一月十二日から十三日の間に入ってきた、ある三ケ所からの預金の中にあった事が大体分りました。その金は十五日の午前、給料として百万円だけ木村鉄工所で引き出したサラリーの代金の中に入っていたのですネ。以上の事が一月十五日に確める事が出来たのです。十六日は日曜で仕事にならないものですから、私も休ませてもらいました。十七日からその問題の三ケ所を洗ってみたのです。ところがですネ、菊地さん、ここまで来ると、どうもいろんな事がぼやけてしまって、全く雲を摑むような事になってしまうのですネ。で、まアー、何とか相手にしてもいいように思われる問題の所は十五ケ所になってしまったわけです。今これ等の所について、私も入れて三人の警官が当ってやっているのです。この辺で、あなたが満足されるような解答が、出れば出るわけですし、それが全部駄目だという事になると、まアーこれはちょっと深入が出来ない問題になってしまうわけですよ」

ここで渡辺巡査は報告を打ち切って、あんまりうまくもなさそうに煙草を吸い込んだ。

「いや、どうも御苦労様でした」

菊地警部は腕をこまぬいた。

「それじゃーその十五ケ所の調査が済むのはいつ頃でしょうネ?」

「そうですネ。もう大分済んでいるのですから、今日一日あればいいでしょう」

「そうですか、では明日の今頃結果を聞かして頂きましょうか」

「いいですとも」

そこで話は打ち切って、三十分許りの間菊地警部は、彼が生れて始めて訪ねた北国の町々の話をして打ち興じた。

その日の午後四時頃、筆者は、更にもう一度読者を、警視庁三階の、この割合感じのよい会議室に案内しなければならない。――と言うのは、午前中張り切って出掛けた和田刑事の報告が、丁度その時刻に行われていたから――。

「――そのように考えたものですから、自動車は駅の近くに待たせておいて小磯邸を訪ねました」

元気な和田刑事は熱い茶をすすった。二人は窓ぎわの長椅子に並んで腰を下ろし、小卓を引き寄せてオヤツをつまんでいた。天井から下ったシャンデリヤのほの白い光が狭い会議室を海の底のようにかげらしていた。

「なかなか豪壮な邸宅で、高いコンクリートの塀に囲まれているのです。敷地は五百坪以上もあるでしょうか。家も大部分がコンクリートの耐火建築です。堂々たる門を入って、三十米も植込の中を行った所に、四枚開きドアの洋風玄関があるのですよ。玄関を入るとその右が広いがっしりした応接室になっています。廊下が真直に突き当って左手にまがると母屋になる——といった間取りです。リンをならすと十七、八の女中が出て来ました。名刺を出すと、それを持って引っ込んで行きました。間もなく二十七、八の若い小綺麗な女が出て来ました。

〝わたしが小磯の家内ですが——〟

と言うのです。そこでこれ幸いと思って、いきなり質問の矢を向けました。

〝私は警視庁の和田刑事です。ちょっとおたずねしますが、御宅の御主人が遠田温泉から帰られたのは去年の十一月三日だったですネ？〟

〝ハアー、あの、いいえ、二日ですわ。ああそうそう三日だったかしら？〟

〝どちらなのですか？　御主人はおいでになるのですか？　わたしの方で調べた結果では三日になっているのですがネ——〟

どぎまぎして暫く女は考え込みましたが突然顔を上げるとはっきり申しました。

〝いいえ、確かに十一月の二日ですわ。これは主人にお訊ね下されば直ぐ分る事ですわ〟

そしてホッとしたようにつけ加えました。

〝主人は只今会社に行っておりますの。会社は板橋の志村にありますわ。谷口機械製作所って言うのですわ〟

これはどうもくさいと感じました。何という理由はないのですが——。

〝そうですか？　じゃ、どうして十一月二日って事を覚えていられるのです？　大分日数もたっているのに——〟

〝ええ、それは十一月一日はあたしの誕生日で、主人が留守なものですから、極く内輪で祝の真似事を致しましたの。ところがその翌日の二日に主人が帰ってきたものですから、それだったら一日延ばして今晩するのだったのに、と主人と話した事を思い出したからですわ〟

話が整然としているものですから、ちょっと浮んだ疑念も氷解してしまいました。それでも、もう少し粘ってみました。

〝そうですか、よく分りました。では二日の日御主人は何時頃お帰りになりましたか？〟

〝ハイ、丁度九時頃でした〟

〝しかし急行は六時に上野に着くのですがネ——〟

〝ええ、上野から電話がありました。――今日急に帰ったのだが、飯の用意がしてあるか？　と言うのです。何の用意もしていなかったものですからそう申しました。そしたら、じゃー途中で食べて行く、との返事で、何処かで夕飯を済して帰ってきたのですわ〟

ここで、インタービューを打ち切りました。しかしあなたから徹底的に調査するように申されましたので、自動車の所に引き返して志村の谷口機械製作所に参りました。丁度十一時でした。小磯というのはここの二代目の社長なのですよ。相当の規模の工場でして、従業員は何でも三百から居るそうです。シガレット・ケース、時計のケース、そういったプレス物を主体としてやっているのですね。最近はミシンもやり出しているそうです。まアー中小工場の中の部に入るやつですネ。社長の小磯という男は丁度居りました。喜んで会ってくれました。小ざっぱりとした応接室に通されて、おまけに昼飯まで一緒に馳走になってしまいました。四十前後の堂々とした大柄の男です。お説の通り髯はありません。それからいろいろ質問しましたが、快く答えてくれました。まアーその様子を簡単に申し上げましょう。

〝実は昨日、大阪から銀行詐欺の件で、あなたの十一月ついたち頃の行動を調べて欲しいという紹介がありました。そこで今お宅の方にお訪ねして奥様にお目に掛っていろいろお聞きしてそれからこちらに上ったわけです。奥様のお話では、あなたは三日の夜東京に帰られたそうですネ〟

〝いいえ、そんな事はありません。私は二日の急行で東京に帰ってきたのです。……ああそう、あれは家内の誕生日の翌日だったのですから、家内もはっきり覚えているはずです。で、なかったらそれを忘れたのですネ〟

落付いて静かに答えました。勿論顔色一つ変えていません。どうもこれは脈がないなと思いましたが更に質ねてみました。

〝そうですか、で、東京に着かれて、直ぐお宅に帰られましたか？〟

〝いやいや、そうではありませんよ。上野から電話で、飯の都合をたずねました。何しろ突然帰ったものですからネ。案の定用意してないと言うのです。そこで自動車で銀座のアスカニヤのプライベート・グリルに参りました。ここは御存知でありましょうが、午後三時まで申込んだ数の夕食しか用意しないのです。場所も二階のいい所で、一番豪華な食堂なのですよ。私も時々会社の客と商談のため参りますが、まアー御得意の一人なのですネ。そして申し込んでも来ない客もありますし、一人、二人の分は何とかなるのです。ここで飯を済して家に帰りました。そう、九時頃でもあったでしょうか？〟それから昼飯を馳走になって、二時頃会社を出たわけです。待たしてあった車をとばしてアスカニヤに参りました。支配人に会いまして、二日の夕刻、小磯が来たかどうかをたずねました。支配人は人名控を持ち出して来ました。すると菊地さん、去年の十一月二日の夜は、確かに小磯は来ているのです」

ここまで話して、和田刑事は一息大きく煙草を吸い込んだ。何か書き込んでいた菊地警部はここでペンを投げ出すように置いた。

「やー、どうも御苦労。これで小磯のアリバイは完全になってしまったな――」

よほどがっかりした様子であった。

「全くですよ」

元気な和田刑事が太い腕を伸ばしてオヤツをつまんだ。

「その上小磯社長はどうも紳士ですよ。銀行破りのタイプではないようですね」

すっかり落胆した菊地警部は、連日の疲労が一度に出てきた感じであった。そこでニュートーキョーで一ぱいのビールを、熱いストーブの側で飲んでみたい誘惑を押える事が出来なくなった。そして和田刑事をさそって、美しい灯の輝いている大通りを日比谷の方に歩いて行った。夕靄の中に輝いている銀座の灯が目に入ると、彼は熱い郷愁にとらわれた。そして幾日か前、この道を一緒に歩いて行った佳人の姿が、ゆくりなくも胸に浮んでくるのを、どうする事も出来なかった。

十、断雲

翌朝菊地警部は警視庁に電話して、経済課の渡辺巡査との会見を午後に延ばして、茅ケ崎の橘支店長の宅を訪ねた。思った通り、美しい二人の姉妹は家に居らず、未亡人のみが朝の食事の跡片づけをしていた。要点は避けて、彼は大づかみに大体の経過を問われるままに話した。

「――そんなわけで奥さん、御主人が三十日に会われた男は小磯昭家という男だった事が分ったのです。そこでおうかがいするわけですが、奥さん、この男について何か御存知ないでしょうか？」

先ほどから、未亡人はじっと考え込んでいた。ここで静かに菊地警部の顔を見た。

「ああ、小磯さんなら存じ上げておりますわ。随分昔からの主人の知り合いでして、十一月の末にはお悔み状まで頂いでおりますの」

「そうですか、宿の帳簿によりますと九月中旬にも遠田温泉の三条旅館に来ているのですネ。お嬢さんの作られた一覧表によれば、何の記載もないのですから、御主人は会わなかったように思われますが――」

「ええ、主人もそれは知らなかったのではないかと思います。私にも何の話もありませんでしたし――。その上日記にも記載がないのですから、間違いはないと存じますが」

「奥さん、では恐れ入りますが、そのお悔み状を見せて頂けませんか」

そこで未亡人は一緒にしてあった悔み状の中から小磯氏のものを取り出して、菊地警部に示した。彼はその悔み状を繰り返し読んだ。そして何事かを書き止めた。その全文は口語文で記してあった。読者は次にそれを読まれるであろう。

拝　啓

本日新聞の報道により御主人の非業の御最後を知り、真に申上るべき言葉もありません。御奥様を始め御家族御一同様の御悲しみはいか許りでありましょうか。

指折り数うれば御主人との交友は既に十年の久しきに亘っております。爾来《じらい》幾星霜、その間、御主人の変る事なき御友情がなかったならば、愚生の事業も今日の発展を見る事は不可能な事でありました。既にして私も齢《よわい》四十の坂にかかり、鬢髪《びんぱつ》漸く秋霜を加えております。友と語り、友の情を知る、齢五十歳と古人も申しております。斯《か》かる人生の落日にかかり御主人の如き、親友を失うは、能《よ》く忍び得る所ではありません。しかも薬餌《やくじ》甲斐なく永遠の別離をなすとならば、あきらめの術もありましょうが、かかる非業の御最後を遂げられたとあっては、ただ心中暗涙にむせぶのみであります。

しかしながら天は終に、斯る天人共に許さざる元兇を司直の手に委ねられました事は、また以て僅かに心を慰むものあるを覚えます。御主人の如き人格識見共に高邁なる人物は実に稀でありまして、ただに八十八銀行の損失のみではありません。実に国家の一大損失であります。しかも今や国は破れ、家は破壊せられ、道徳は地に墜ちた今日にありましては、その損失いか許りでありましょうか。

思えばこの春御主人と共に遠田温泉に会し、夜を徹して語り明かしたのが私の最後の思出となってしまいました。秋月空しく都の空にかかり、帰雁、翼を連らねて寒潭《かんたん》を渡る時、誰か友を思わない者がありましょうか。嗚呼、英才橘支店長今何処にかありましょう。

同封致しましたのは愚生の寸志、何卒御嘉納下さるよう懇願致します。一掬《いっきく》の花、一縷の香、以って亡き友の霊を慰むるを得ますれば、愚生の悦び何物かこれに過ぎましょう。

昭和二四年十一月二七日　　敬白

要点を記し終った菊地警部は茅ケ崎発十一時の上りの列車で警視庁におもむいた。役所に着いたのは一時近くであった。待ちかまえていた渡辺巡査は調査を一まとめにした膨大な書類を持ってきた。そして精しい報告をした。その報告の大部分はこの物語りに無関係であるという結果に終ったので、ここには簡単に関係のあったもののみを記しておいて、先を急ぐ事にしよう。渡辺巡査を主班とする経済課の三人の警官は凡ゆる努力を傾けて、問題の百円札の出所を洗って行った。そして三ケ所の出所らしい所を摑んで、それから先の十五ケ所許りの所を調査し、更に、あたかも地の底に消え失せた僅かな日の光を探す如くにして出来る限りの所を捜索した。その限《かぎり》無い無味乾燥な努力の中に、谷口製作所の下請をやっている岩田塗装店に対する支払金五万円の中に入っていたのかも知れないという一つの結果が明るみに出された。けれども、それは合計三十幾ケ所という〝らしい〟組の一つであったので、どれだけ信用が置けるかは問題であった。そしてその先の追求は事実上不可能であったし、また無意味なものとなってしまった。それから先の事は、全く雲を摑むような話であったから、菊地警部も一応満足せざるを得なかった。渡辺巡査達三人の警官の仕事はかくしてここに終ったのであった。

その日菊地警部は夕暮近くまで三階の会議室の長椅子に腰を下ろし、一人で天井を眺めながら考えに沈んでいた。もう空箱になったピースが三箱ほど無雑作に転がり、部屋の中はまるで汽缶庫の中のようになっていた。彼には小磯昭家なる男が気に掛って仕方がないのであった。事実、もし支店長夫人を彼が訪ねる事をしなかったら、この人物は永久に彼の頭の中に位置を占める事はなかったであろう。そこに彼は何か神の啓示とでも言うものを感じた。この男は銀行破りのあった、その日の朝にS町を出発しているのである。そしてまた今日、別口に調査を進めた百円札の方の線からも、かすかではあるが一つの結果が出ているのである。――それがいかに頼りないものであったとしても、ともかく微妙なつながりがあるように思われるのであった。けれどもまた一方、小磯のアリバイはまるで太陽を仰ぐ如く明かであった。全く一点の暗い影もなかった。彼が二日の朝S町から急行に乗った事は、そこの駅長が証明している。更にその日の夕刻アスカニヤに表われた事は、既に述べきたった如き事実によって、疑うべくもなかった。

凡ゆる事実を系統を立てて考えた時、さすがの菊地警部も小磯の調査は打ち切った方がよいとの結論に達せざるを得なかった。感情的にはどうしても割り切れなかったが理論は彼にとっては更に重要なものであった。空しい影に捕われて、その実態を失う事を彼は何よりも恐れた。その日の夜、彼は直接S町の警察署に電話して広淵警部補に連絡して、精細にその後の経過を説明した。結論として小磯昭家の追求は無意味であろうと結んだ。ここにおいてS町事件は再び迷宮に入った形となった。

その後、数日の日を菊地警部は慎思と懊悩と焦燥の中に過ごした。あきらめたとは言うものの、彼の思考はぐるぐる廻ると何時《いつ》かな小磯昭家の上に落ちてくるのであった。大島屋が犯人であるなどとは、今となっては夢にだに考える事が出来なかった。けれども百歩譲って小磯が犯人であるとすると彼のアリバイは一切出鱈目なものでなければならない。しかもそのアリバイは極めて単純で明瞭なものであって、洗ってみようとしても洗いようのない確かなものであった。しかし結局、彼は自分でもう一度、彼のアリバイを確かめてみようとの決意に到達したのであった。そして彼が犯人でないとすれば、これから幾日かは無駄な探索に費やされる事になるのであった。それにもかかわらず、彼は、自分の心に、確かに小磯がこの犯罪に無関係であるという事を、信じさせ得るならば、充分採算の取れる取引と考えた。――そうなれば、彼は一分の迷もなく、全身全霊を以て、未だ姿を表わさない敵にいどんで行く事が出来るのであったから。

この結論に到達した夜――それは一月の二十四日であったが、幾日かぶりで、彼はまるで死んだような深い眠に落ちた。そして翌日、晴々とした心を抱いて役所に出勤した彼を、実に意外なニュースが待ちかまえていた。

彼が役所の玄関を入ろうとした時、一台の自動車が音もなく滑って来て、階段の下で止った。ふと彼がふり向くと、鑑識課の二、三人の同僚と一緒に和田刑事が下りて来た。

「やアー、和田君、お早よう」

菊地警部が微笑を浮べて手を振った。彼を見つけた和田刑事は小走りに彼の側にやって来た。

「お早ようございます。二、三日お見えにならなかったですネ、菊地さん。かぜでもひかれましたか?」

元気な和田刑事が彼とならんで玄関を入った。そして肩を並べながら三階への階段を上って行った。

「菊地さん、実は昨日自動車の墜落事件があったのですよ」

「ホー、そうですか?」

一瞬菊地警部の眼が輝きを加えた。

「精しい話を聞かしてくれませんか」

「かしこまりました。じゃー一つ会議室に行きましょうか」

二人は人気のない会議室に入り込んで、並んでソファに腰を下ろした。そして煙草に火をつけた。

「一体何処の自動車なのです?」

「それがですよ、乗っていた四人の客が、谷口製作所の社員なのですから驚くじゃーありませんか」

「何んだって? 谷口製作所の社員だって? 一つ精しく聞かしてくれ給え」

煙草を置いた菊地警部の目が激しい光をたたえていた。

「いいですとも。実は昨日の朝、熱海の警察から電話が入ったのですよ。その朝、熱海と湯河原との間の、あの海岸沿いの道路ですネ、あの道路からハイヤーが転落しているのが百姓の報告で分ったのです。急行して調べてみると自動車は熱海の大浦タクシーのものなのです。運転手の外、客が四人で、そいつ等が全部即死なのです。調べると客は四人共東京者なので、役所の方に電話があったのですネ。鑑識課の連中と、丁度暇だった私が現場に急行しました。今日まで分った所では全くの過失によるらしいのです。四人の客は名刺から明かになりました。全部谷口製作所の幹部なのです。その名前と肩書は次の通りなのですよ。

資材課長　木村　厚
資材主任　竹谷正夫
総務主事　長谷川信夫

販売主任　深沼守

そこで直ぐ、谷口製作所に連絡したのです。すると今から中上げるような事情が明かになりました。

一月二十三日、この日は日曜なのです。この日谷口製作所では、株主慰労の意味もかねて株主総会を開いたのですよ。場所は熱海の臨海楼なのです。時間は午後一時。決議事項は役員満期による改選と臨時決算報告が主題だったそうです。役員は満場一致で重任となり、決算の方も問題なく承認されたのです。そのあとは慰労会が催され大変な盛会だったそうですよ。今時全く珍らしい会社ですネ――。酒も魚も――それから女達も随分はんべって大騒をした事が分ったのです。この墜死した四人の連中は夜遅く湯河原で二次会をやるんだと言って出掛けた事が分りました。で、やっこさん達が死んだのはその途中だったらしいのですよ。解剖の結果、四人は大分酔っていた事が分りました。また運転手も負けず劣らず酔っぱらっていたのですよ。多分飲まされたのでしょうネ。報らせを受けた会社でも大騒ぎとなり、総務部長が直ぐ自動車をとばしてやって来ました。解剖が終り屍体の引渡しがあったら直ぐ社葬をやるのだと言っていました」

ここで和田刑事は口を閉じて煙草に火をつけた。

「いや、有難う」

暫く考え込んでいた菊地警部は手帳を閉じて顔を上げた。目が激しい情熱をひめて燃えていた。

「和田君、S町警察に電話して、広淵さんを呼んでくれ給え」

俄かに精気を取り戻した菊地警部の気迫に、圧倒された形で和田刑事は部屋を出て行った。そのあとには独り菊地警部がじっと壁の上の一点を激しく見つめていた。今まで断片的にきらめいていた幾多の想念が、火花を散らして彼の頭の中の無限の空間を飛び交わして、やがてそれが一つの系列に並べられて行っているように思われた。電話連絡がついて広淵警部補が電話に出た事を確めた和田刑事が部屋に入って来た時、彼はまるで彫像のように、空間を凝視《みつ》めている菊地警部の姿を見たのであった。

「菊地さん、連絡がつきました。広淵さんがお待ちですよ」

「ありがとう」

夢から醒めたように菊地警部は立ち上って、長距離回線のボックスに入って行った。日本の電話はその技術の低劣な事と保線の不完全な事から、明瞭度の低いのは世界に定評のある事は、読者の既に知っていられる所であろう。しかし、警察電話のみはともかく一驚を喫する代物である。専用電話とは言いながら、東京から申し込んで仙台に通ずるのに五分もあれば充分である。また中間の増幅器が完備しているために明瞭度も世界の水準に近いものがある。この事は信じ難い事ではあるが、我々の悦《よろこび》とすべき一つの事実である。――菊地警部が受話器を耳に当てると、なつかしい広淵警部補の元気な声が響いてきた。

「やアー、菊地さんですか、その後どうされました？ ちっともお便りがないので気をもんでいた所ですよ」

「いや、どうもすっかり御無沙汰して申訳ないと思っています。実はいろいろな点から考えてみて、もう一度小磯のアリバイを徹底的に洗ってみようと決心して、今朝役所に来たのですよ。すると和田君が奇妙なニュースを持ってきているのです。小磯が社長をやっている谷口製作所の幹部社員が日曜の夜、熱海と湯河原の中間の断崖から海に転落して死んだのです。四人一緒に自動車でですよ。勿論今の所は過失と見られるのですが、見ようによっては随分ひねくっても考えられますからネ。そこで早速お願があるのですが、次の三つの事項を至急調査してもらいたいのですよ」

「承知しました。一体、それは何なのです？」

「実は墜死した四人の男の名前はこうなのです。いいですか？ 一つ書きとって下さい。資材課長、木村厚。資材主任、竹谷正夫。総務主事、長谷川信夫。販売主任、深沼守。いいですか？ 書き終ったですか？ ああ、そうですか？ そこでこの四人の男についてですよ、大島屋の番頭の桐野さんに当ってみてもらいたいのです。もし事件が私の考えているような筋書で行われたのであったら、桐野さんはこの四人の中にきっと知っている者があると思うのです。――私の考《かんがえ》は何れ後でお話ししますよ。

第二は、去年の十一月二日、つまり事件のあった日ですネ。この日にS町を十一時に発車した上りの急行は、少くとも郡山まで正常の運転をしたかどうか調べて下さい。

最後にですネ。その列車にS町から乗って、福島か郡山で下車した者があったかどうか調査して下さい。

この三つをお願したいのですよ」

「よく分りました。大至急調査してお知らせ致しましょう。それにしても、こちらでは小林君も腕を撫していますから、どしどし命令をして下さい。お待ちしています」

「ええ、私の考が適中していたら、今度こそ精力的にやりますよ。じゃ――お願します。さようなら――」

電話を終って応接室に入ると、和田刑事がぽつねんと腰を下ろして、給仕が持ってきた茶をすすっていた。

「いい考が浮んだと見えますネ、菊地さん」

和田刑事が腰をずらしながら顔をほころばした。

「あなたの顔にそう書いてありますよ。一つ私にも役目をおっしゃって下さい」

「有難う、しかしまアー落ちつき給え。ゆっくり話そう。その前にちょっと片附けなければならない事があるのだが――そう、和田君、済まないが経済課の渡辺君をちょっと呼んでくれないか、居ったら直ぐ来てもらいたいのだが――」

和田刑事は卓上電話で経済課を呼び出したが、話し中と見えてなかなか通じなかった。気短かで活動的な彼は、そこでいきなり立ち上って部屋を出て行った。そして一挙に一階まで階段を走り下りた。運よく、ぽつねんと自分の椅子に腰を下ろしていた渡辺巡査を摑まえると、いきなりその腕をとって三階まで引き上げた。その間、四分の超スピードであった。

「やアー、渡辺さん、朝早くからお呼びして、全く済まなかったですネ――」

にっこりしながら菊地警部は渡辺巡査に椅子をすすめた。

「どう致しまして、けれども菊地さん、あなたの笑顔を見ると、こわくなりますよ。必ず難題を仰せつかる時ですからネ」

そして渡辺巡査は和田刑事と声を合わせて、カラカラと笑った。

「いや、全く。そんな積《つもり》はないのですが、渡辺さん、御明察の通りお願があるのですよ」

「そーれ、だから言わない事ではないのですよ。――しかし、まアー、日本の警視庁の名誉のため、本官は謹んで貴官の御命令を承りましょう」

そしてまた、渡辺巡査は愉快そうに笑った。

「そうですか、全く有難いですネ。じゃ――その前に私の考えを、あなた方に敬意を表する意味においてお話ししましょう。もっとも、これは事件が完全に解決する日までは誰にも言ってもらっては困るのですがネ。簡単に言うと、つまりこうなのですよ。私は一応徹底的に小ようと決心したのです。この決意に到達したのは夕べなのですよ。ところが今日和田君が谷口製作所の幹部社員の惨死の報を持ってきたではありませんか。これは、私にとっては偶然の一致とは、とても考えられないのです。その底に何かきっと、深い謎が秘められていると思うのです。そこで和田君、君は今からこの四人の男の経歴を洗ってもらいたいのです。それからもし、小磯が銀行破りの指揮をとったとすると、彼は二日の急行に乗ったのは確かなのだから、どこかで降りたと思うのですネ。この点に関しては、さっきS町の広淵さんに至急調査するよう頼んだ所なのです。また四人の男についても、ヒョッとすると大島屋の番頭の桐野という男なのですが、彼の知っている男がきっと居ると思うのです。——私が何故こんな事を言うかは何れゆっくり話しますがネ。——この二つの返事を夕方まで、遅くも十時頃までには報告があると思うものですから、その頃まで、和田君、誰か電話に残しておいてもらいたいのですよ。とにかく調査が終ったら一応役所に引き上げてくれ給え」

ここで菊地警部は一息した。

「かしこまりました」

和田刑事がうなずいた。

「では早速出掛けて直接調べてみましょう。所轄署は板橋ですが皆んな顔見知りの連中ですから、やりいいと思います。何とか夕方まで片附けて、帰ってきて、電話の番をやりましょう。その間は小島婦警に留守をやってもらいましょう」

「結構ですネ。御苦労ですが、そう願いましょう。さて、次は一番いやな仕事をまた渡辺さんにお願いするわけですよ。小磯が怪しいとすると、彼の会社の状態をどうしても調べなければならないのです。五百万の大金は個人のために都合するという事は、ちょっとない事ですからネ。と、すると、一応私は十一月前後の彼の会社の経理状態を知りたいのですよ。そこで九、十、十一、十二とこの四ケ月の会社の納税成績と、主な下請や材料に対する支払状況とを調べてもらいたいのです。——もし私の考えているような筋書で事が進んでいたのであったら、敵も我々に対して充分警戒を始めていますからネ。何とか気付かれないようなうまい方法で調べて頂きたいのですよ。いかがでしょう?」

「分りました。実によく分りました」

渡辺巡査は例の調子で、うまくもなさそうに煙草をすった。

「なかなか面白くなって行きそうですね――菊地さん、何とか一つ、謎の仮面をはいでやって下さいよ。ところであなたはどうされるのです、これから？」

菊地警部は不思議な微笑を浮べた。

「それは謎ですよ――とにかく明日の午後三時、この部屋で三人で打合わせする事にしましょう」

二人の若い元気な警官は張り切って部屋を出て行った。そのあとでは、独り菊地警部が長椅子にゆったりと腰を下ろして、幾本も幾本も愛用のピースを空しく煙に変えていた。彼の優しい肩には、広い硝子戸越しに、今日も冬の日射しがのどかにさし込んでいた。

十一、アリバイ

数日間考え抜いた菊地警部が、いかにして徹底的に小磯昭家という男を追求しようとの決意に到達したかを説明すべき段階に達したように思う。けれども先を急ぐ関係から、出来るだけ簡潔に述べる事にする。前にも述べた如く、小磯という男が捜査の線に浮んだのは前後二度であった。一度目はその焦点があまりに大きく、事件そのものに求められたために、みすごされた。第二回目の時は、幸にして、菊地警部の注目する所となった。十月三十日、彼は橘支店長と遠田温泉に相会している。にもかかわらず、これは支店長自身極秘にしていたのである。また最近彼が読む事を得た、十一月二十七日附の小磯の悔み状にも、その会見は秘密にされているのだった。悔み状には、橘支店長と最後に会ったのは昨年の春になっている。しかも彼は九月にも遠田温泉に来ているのであった。これを時期的に考えると、その頃S町の興産会社では五百万の増資を十月中旬までの期限で公募したのであった。ここに彼はまず疑惑の目を向けた。それでは十月三十日に、小磯は何の用事で秘密の裡に橘支店長に面会したのだろう？　それから旬日を出でずして支店長は惨死し五百万の行金は奪い去られたのだ。その間に何か複雑な綾がどうしても存在するように思われた。

次に一人の人間のアリバイの証明というものは極めて困難な事であるにもかかわらず、三ケ月を経過した今においても、小磯のアリバイは何故にかくも動かし難く明瞭なのであろうか？　十一月二日の朝からの彼の行動は、透き通った水の底を見るように単純で簡単なものであった。繰り返し繰り返し事件の経過を考えていた時、次のような想念が暗い空を流れる彗星の如く彼の脳裡をかすめたのはこの時であった。それは彼がS町から東京に帰った一月二十日の日和田刑事が小磯に面会した時の会話の一片であった。それによれば小磯は二日の夕刻上野に着いて、電話で家に問い合わせた後、自動車でアスカニヤのプライベート・グリルで夕食を済したと言うのであった。けれどもアスカニヤでの夕飯の受付は、午後三時で打ち切りになると彼自身言っていたではないか？　彼がアスカニヤに表われたのは七時前後になるはずである。それにもかかわらず、何故彼の名前が二日の人名控に載っていたのだろう？　ここに彼は大きい矛盾を感じたのであった。それを確める方法は簡単であった。けれどもその前に、彼は打たねばならぬ幾多の手筈があった。そこでここに朝からの彼の動きが見られたのであった。

菊地警部の姿が尾張町に見られたのは午後一時頃であった。紺の背広にオーバー姿、あんまり垢抜のした方でもないが、ともかく、一かどの青年紳士とは受け取れた。暖かい冬の日射しの下に、今日も銀座は芋を洗うような人出であった。彼はのんびりと右側の歩道を新橋駅の方に歩いて行った。空はよく晴れて、日射しも春の間近い事を思わせた。行き交う人々は未だ正月の名残を止めて、晴々としたよそおいを凝らしていた。いつ歩いても銀座は、彼にとっては気持がよかった。アスカニヤの前まで来ると、静かに歩みを止めて、回転ドアを開いて中に入って行った。入口に近く目もまばゆい照明の下に、色とりどりの化粧品が輝く許りの色彩と、むせるような香気をはなっていた。その奥は美しい喫茶部になっていた。その入口に立っていた美しい女給仕に彼は名刺を渡して、支配人に会見を申し込んだ。給仕は奥に姿を消した。暫くすると、待っている彼の後ろからやって来て、表の入口の所から、広い階段を踏んで二階に上り、南側の小さいけれどもひどく豪華な応接室に彼を案内した。間もなく香ばしい紅茶が運ばれた。そこにダブルの背広をりゅーと着こなし、まるで外人のような恰幅をした立派な人物が奥のドアを排して立ち表われた。手には先ほど、彼が給仕に渡した名刺を持っていた。

「あなたが、噂に高い菊地さんですか？」

いかにもいんぎんに腰をかがめながら、自分もチョッキのポケットから鰐革の名刺入を取り出すと、そこから一枚の名刺を引き出した。

「私はおたずねの水無瀬支配人です。どうぞよろしく

——」

「ああ、どうもお忙がしい所をお邪魔致します。実は、折入ってお願に上ったわけです」

立ち上って菊地警部は挨拶した。そして二人は小卓を距てて腰を下ろした。

「さアー、どうぞ御遠慮なく。私に出来る事でしたらどんな御用でも遠慮なく申しつけて下さい」

「では御言葉に甘えさして頂きます。実はお宅のプライベート・グリルで夕飯を御馳走して頂くには、申込の時間は確か三時が期限だったですネ」

「ええ、まあ。そう厳重なわけではありませんが、大体そんなようになっております。勿論注文を頂いても何かの都合でいらっしゃらない方も幾人かはありますし、またそれを見越して、御懇意に願っている方も、二三人は申し込もなくいらっしゃる事もあるわけです」

「そうですか、そうしますと三時頃まで申込んだ人の名前は何か人名控にでも記載されるわけなのでしょうか?」

「ええ、そうです。そうそう、数日前も何か詐欺事件の調査のためとかで、あなたの役所の——」

「和田刑事でしょう?」

「ああ、そうでした。和田さんが御見えになって小磯さんの事を調べられたものですから、現物の控帳を御見せしたのでした」

「実はその件でもう少し精しくおうかがいしたいと思いまして、今日お訪ねしたわけなのですが、もう一度その控帳を見せて頂けないでしょうか?」

「ええ、悦んで御見せ致しましょう。ちょっとお待ちになって頂きます」

支配人は立ち上って奥のドアから姿を消した。そこで菊地警部はペンを置いて、煙草に火をつけた。暫くすると支配人が黒い表紙のついたノートを持って来て、彼の前に置いた。

「これが控帳なのです。どうぞ御調べになって下さい」

それは六月一日から十二月末日までの半年分のものであった。一番上に赤の横線が入っていて、そこに月日が記入されていた。そこから下に適当な間隔で横に青線の罫が入れてあり、一番下に計××名様となっていて、××の所には数字を入れるようになっているのだった。頁を繰って十一月二日の欄を見ると、そこには確かに小磯の名が出ていた。そしてそれは最下段になっていた。計という所には四二名様となっていた。それはどう調べても書換えた跡は全然見られなかった。控帳を調べながら菊地警部は支配人にたずねた。

「先ほどあなたがおっしゃられた、注文しても来なかった人の名前はあとで消すわけですか?」

「ええ、そうです。その控にも所々消して印が押してある所があるでしょう? それがそうなのですよ」

「じゃあとで飛入りに来られた人の名はどうされるのです?」

「それは書き入れられる事もありますが、大体はそのままになってしまうのですよ」

支配人は意味あり気な微笑を浮べた。

「そうだ。そうだったのだ——果して!」

菊地警部は自分の心臓が、氷のような鋼《はがね》の輪で締め上げられるのを感じた。けれども逸る心をぐっと押えて質問を続けた。

「ほう、そうですか、それはまた何故なのでしょう? みすみすお店の損になるじゃありませんか?」

「ええ、それはそうなのです。けれども却って大きい得もあるのですよ」

「と、おっしゃるのは?」

「つまり、おっしゃる通り記載もれなのですから、明に店の損失になるのです。その金額はまア一日平均にして三人前位のものなのですが、食堂に関係している者を潤す事になるのです。私達経営者として、それを何故見て見ないふりをしているかと申しますと、つまり〝人間は要するに人間に過ぎない〟と言われたモンテ・クリスト伯爵の言葉の真実性を確信せざるを得ないからなのです」

「ハアー、よく分りました。つまり、それ位の事を見て見ないふりをしておくと、それ以上の悪事——と言って悪ければ、店のためにならない事はしないとおっしゃるのですネ」

「ええ、そうなのです。私の確信する限において、彼等はそんな程度で充分満足しているのですよ。ですから私達はそんな小さい点では、人が良くなって、彼等に喜んで騙されているのです。——これはどんな店でもまたどんな売り場でもきっと行われている事なのだと思います。人間って、そんなものなのですな」

「そうですか、実によく分りました」

菊地警部は実にたんねんに、十一月二日の小磯の名の載っている頁を調べた。そこには田中様と書いた行と、木村様と書いた行とが消してあって、近江という印が押してあった。名前を数えてみると、小磯を入れて確かに四十二名であった。

「支配人さん、もう二、三おうかがいしたいのですが――この消してある欄にですネ、田中様、木村様と出ているのですが、この二人の人は分らないでしょうか?」

「田中さんなら分りますよ。有名な田中精機の社長さんですからネ」

「ああ、そうですか」

「けれども次の木村さんという方は分りませんネ。時々御見えになるといったお得意さんではありませんからネ」

「そうですか。じゃーもう一つだけおうかがいしたいのですが。この控の名前は一体誰が記入する役目なのですか?」

「食堂係の女給仕なのですよ」

「それではここに出ている、去年の十一月二日の日は、誰が記入したのでしょう?」

「ちょっと見せて下さい」

支配人は控を受け取って眺めた。

「分りました。これは近江ゆき枝という娘が記入したのですよ。取り消しの欄と計四二名様としめくくりした所に、近江という印が見えるでしょう」

「有難う存じました。ところで、その近江ゆき枝さんに、ちょっと会わして頂けないでしょうか?」

「菊地さん、それは残念ながら出来ないのです。と申し上げますわけは、近江ゆき枝は去年止めてしまったのです」

「止めたのですって」

菊地警部は激しい光の浮んできた眼で支配人を凝視めた。

「一体それはいつなのでしょう?」

「多分十一月始めだったと思うのですが。もし何でしたら、正確な所を調べましょうか?」

「ええ、お忙がしい所を本当に恐縮ですが一つお願します。ついでにその本籍と現住所もお願したいですネ」

支配人は出て行った。暫くすると部厚い履歴書の綴りと従業員の移動票の帳簿を持って現われた。

「菊地さん、近江ゆき枝は昭和二十二年四月に入社して、昨年の十一月九日に店を止めています。自分の都合で退職したのですネ。本当の理由は分りませんがネ」

そこで支配人は移動票の綴りを閉じて、履歴書の綴りを開いた。

「ここに近江ゆき枝の入社当時の履歴書がありますから御覧下さい」

「ああ、そうですか、どうもいろいろ御手数を掛けて恐縮です」

綴を受け取って菊地警部は履歴書を眺めた。割合美しい落付いた女文字で書かれたもので、多分自筆であろう。本籍地は福井市中町三ノ二五となっていた。近江貞男の三女で昭和五年十月七日生れと書いてある所を見ると、今年で満二十歳になるはずであった。学歴は昭和二十二年三月福井県立第二高等女学校卒業となっていた。入社当時の現住所は、四谷区愛住町三、池田方と記してあった。そこで菊地警部はもう一度水無瀬支配人にたずねた。

「この履歴書によりますと、入社当時は、四谷の愛住町に住んでいた事になりますが、店を止めた時もそこに居ったのでしょうか?」

「そうですネ。入社後全然宿を変えたという話も聞きませんし、勿論届出もありませんでしたから、ずっとそこに居ったのでしょうネ」

「一体その娘さんはどんな人だったでしょう?」

「そうですネ。色の白い、体格のいい、割合に綺麗な娘《こ》でしたよ。頭もいいし、気立てもよく——惜しい娘だったですよ」

「どうしてお店を止めたのでしょうネ」

「そうですネ。止める前の日、突然辞表を持ってきましたので、一体どうしたのだ? とたずねたのですよ。何でも突然家の方から父親が上京して、洋裁の学校に入れたらしいのですよ」

「そうすると、随分喜こんで止めたのでしょうネ」

「そうでもなかったようですよ。何しろ友達も二、三出来、やっと東京の生活の楽しさが分ってきた年頃だったのですからネ」

「そうですか。——どうもいろいろ本当に有難う存じました。お蔭様でいろいろの事が分りました」

菊地警部は書類を閉じて支配人に帰し手帳を内ポケットにしまい込んだ。それから十分ほど雑談をして、彼はアスカニヤを辞し去った。

もう二時半であった。彼はそこから歩道に沿って、日本橋の方にゆっくり歩いて行った。田中精機の本社は室町にあった。彼がたずねた時は、丁度社長の田中氏は居らなかったが、泉という秘書が居合わせた。菊地警部はここでも丁重にもてなされた。

「——実は今日は社長は工場の方に行かれて留守なの

です。けれども私で分る事でしたら何でも致しますが――。一つどうぞ御遠慮なくおっしゃって頂けませんか？」

「いや、どうもお忙がしい所を恐縮です。では一つ御言葉に甘えまして――。実は今私はちょっとしたつまらない事件を扱っているのです。これを調査していました処、偶然こちらの田中さんの名前にぶつかったわけなのです。実は今、そんなわけで銀座のアスカニヤに寄ってきたのですが――去年の十一月二日田中さんは夕飯をアスカニヤに申し込まれて、何かの都合で行かれなかったように、向うの控帳には載っているのですが、この点を何とかはっきりさして頂く事は出来ないでしょうか？」

秘書は意外な話にちょっと鼻白んだ面持ちだったが、いかにも紳士らしい菊地警部の態度にまた考え直した風であった。

「そうですか。ちょっとお待ち下さい。昨年の覚え書を調べて見ましょう」

応接室を出て行った泉秘書は、製本した部厚いノートを持って姿を表わした。そして椅子に腰を下ろし、テーブルの上にノートを乗せて、頁を繰って行った。十一月二日の日附の所を開いて読んでいた彼は、ノートから顔を上げて菊地警部の顔をみつめた。

「分りましたよ、菊地さん。二日の午前、社長は大阪から上京した支店長とアスカニヤで夕飯をとる予定だったのです。そこで私が午前中にアスカニヤに申し込んでおいたのです。ところが昼頃、工場長がやって来て社長とボーナス支出の件を打ち合わせたのですよ。丁度支店長も居ったものですからじゃー本社も支社もこの際一緒に打ち合わせを済ましてしまおうという事になって、三時から臨時の役員会をやったのです。そんなわけでアスカニヤには行けなくなったものですから、事情を話して私から断ったのですよ」

要点を書き終った菊地警部は、手帳を内懐にしまって立ち上った。

「いや、お陰様でした。これでやっといろんな事をはっきりさせる事が出来ました。社長さんが帰られましたら、一つよろしくおっしゃって下さい。――いや、田中さんには全然関係がありませんし、御迷惑をお掛けする事はありませんから――」

心配そうに尋ねる秘書の質問に、彼はこう答えた。そしてドアの所まで送られて、大分日射しの傾いた日本橋の通りに出た。

そこで彼は通りかかったハイヤーに手を上げて、その中に乗り込み、後ろのクッションにゆっくりと身をもたせた。彼を乗せた自動車はエンジンの音も爽やかに四谷愛住町にその進路をとった。

「ああ、これで木村という奴さえ摑まえる事が出来たらな――」

彼はうまそうに煙を車の天井にはき出しながらつぶやいた。実際十一月二日、アスカニヤに食事を注文して、後で取り消した客は田中社長と木村という客のみであった。田中社長が取り消した事情は明かになったのだから、木村という客が夕食を採らなかったか、どうかが分りさえすれば、事情は明瞭になるのであった。二日の日に小磯がアスカニヤで食事をしたとしても、人名控に彼の名が記載されてあるのは実に不思議な事であった。彼が上野に着いたのは二日の午後六時のはずである。そして、それから電話で彼の妻に問い合わせてからアスカニヤに行ったのだから、ハイヤーでとばしたとしても、大体彼が行きついたのは七時頃であろう。水無瀬支配人の話では、彼の名前が記載される事は絶対にないというわけではないが、しかし殆んどあり得ない事と考えられた。というのは、その日彼は食堂関係の従業員にとってはいいカモであったはずだから。にもかかわらず、彼の名がどうしてそこに記入されてあったのだろう？　それ故、もし木村という客をつかまえる事が出来、その上もしその男――あるいは女――が、その日に、本当はアスカニヤに行った事を確め得たとしたら、どうなるだろう？　その結論は明白であった。小磯は二日の日には明かにアスカニヤには行かなかったのである。もし彼が行ったとすれば、二日の客の合計は四十二名ではなく、四十三名のはずであったから。だから彼がアスカニヤに行った事にするには計四十二名様とある数字を消して、四十三名様とするか、あるいは一人の客を消さねばならなかったのだ。合計の数字を書き換る事は、もし事件がそこまで追求されたような場合は、疑惑の目を向けられるかも知れない。だから、いい方法はどこの馬の骨か分らないような客を一名取り消してしまう事であった。もしそのように事が運ばれたのだとすると、取り消された客は田中か木村のどちらかであるはずである。ところが田中社長は確かに取り消しているのだから、木村の取り消しの事情さえ分ればよいのだった。けれども東京でさえも木村という名前は数百に上るだろう。そして支配人さえ誰だか分らないと言うのだから、それを確める方法は絶望的であった。

けれども今や菊地警部にとっては、小磯のアリバイが崩壊した事が確信されたのである。小磯自身、二日にアスカニヤに行ったとすると、何等かの事件のない限り、彼の名が控帳に記入される事はまず無いはずであった。だから本当に十一月二日に彼の名が記入されたのだとすると、それは誰か別の者が、二日に彼の帰る事を予想して、あらかじめアスカニヤに申し込んだ事になるのであった。けれどもそこにもまた大きい矛盾があった。彼の妻さえ、彼がいつ帰るか分らなかったと言うのである。また彼自身不意に帰京したため、夕飯の用意がしていないであろうと考えて、妻に電話したと言っているのである。その結果、彼がアスカニヤに行く事になったのだから、果して他のいかなる者が二日の夕刻、彼がアスカニヤに行く事を、前以て予想し得たであろう？　それ故、彼の名前は、ある必要なのっぴきならない理由に基いて、後日記入されたものであるに違いない。そして、その裏面の事情を知る者は今や近江ゆき枝ただ一人となってしまったのである――。

塩町で菊地警部は自動車を乗り捨てて、愛住町の池田を訪ねた。けれどもそこには既に近江ゆき枝は居なかった。彼女は去年の十一月中旬、平河町のアパート桜美荘に引き越したと言うのであった。そうすると彼女はアスカニヤを止めると、殆んど同時に引き越して行った事になる。桜美荘は有名なブルジョア階級の住んでいる珍しい位高級なアパートであった。話を聞いているうちに、菊地警部には、彼女の移動には何か大きい黒い手が背後に踊っているように思われた。その上もしそうだとすると、彼女は、そのアパートにも居ないだろうと考えられてきた。と、いうのは彼の敵は、もし彼女に一役受け持たせたとすると、恐らくは彼女の行方を捕える事を極めて困難ならしめているに違いなかったから。そう考えると、もし敵が当局の追求がかくも急である事を知ったら、事件のキー・ポイントを握っているかも知れぬ彼女を、一体どう処置するであろう？　菊地警部は何かしら背筋に冷めたいものが浮んでくるのを感じた。けれども一応はどうしても、桜美荘を訪ねないわけには行かなかった。

もう街々にはたそがれの色が濃く流れていたが、彼は四谷の大通りからまたハイヤーを拾って平河町まで、一気にとばして桜美荘をたずねた。そしてそこの支配人に会ってたずねると、十二月の末、彼女は国に帰ると言って、アパートを引き払ったという返事だった。けれども彼女が故郷に帰ったなどという事を、菊地警部は本気にする事が出来なかった。勿論彼女の故郷には今夜至急問い合せの電話をする積であったが、彼にはその返事が、今から分るような気がした。――では一体彼女はどこに連れ去られたのだろう？　その夜遅く、菊地警部は満たされぬ暗い心を抱いて家に帰った。

十二、交叉点

翌日の午後二時半、警視庁三階の会議室の長椅子には、既に和田刑事と渡辺巡査が仲よく並んで腰を下ろして雑談にふけりながら、菊地警部の現われるのを待っていた。二十分許りして、若い人がじりじりし始めた時刻にやっと菊地警部が背広のりゅーとした身なりをして姿を表わした。

「やアー、どうも大変待たせたようですネ。まアー一ツ、つまんでくれ給え」

ポケットからモロゾフのチョコレートを二摑み許り無雑作にテーブルの上に取り出した。

「それから和田君、番茶のきゅーすを頼んでくれ給え」

安楽椅子を引き寄せて、菊地警部は深々と腰を下ろし、シガレットケースを取り出した。やがて和田刑事が給仕に、きゅーすと茶椀を三つ乗せた盆を持たせ、自分は湯の一ぱい入った薬缶を持って入ってきた。

「菊地さん、これだけあれば沢山でしょう？」

健康そうな白い綺麗な歯を見せて笑った。

「ハッハッハッ、それだけあれば徹夜をしても大丈夫だろう。――さて、それでは本題に入りましょうか。一ツ渡辺さんから始めて頂きましょう」

「じゃー、簡単に御報告しましょう」

三ツ許りチョコレートの銀紙をむいて、番茶をうまそうに飲み乾すと渡辺巡査は落付いた調子で話し始めた。

「まず第一に板橋税務署に行ってみました。何と言っても三割の物品税と、所得税が問題ですからネ。まアー日本中の中、小工業は全くみじめなものですよ。いや、実際ひどいものですネ。去年の四月、税務署では徹底的な徴税をやったのです。谷口に対しても、物品税等六百万、納めなければ競売にするという手段で強行取立をやったのです。そのため、納める事は納めたのですが、その後運転資金が全く枯渇してしまい、その後の納税は全く振わないものとなってしまったのです。税務署でも、奴さん、差し押えを覚悟したなと思い、これは命令でやったとは言え、大変な事になったものだと、日本の復興のためにとても心配したそうです。税務署としても、破産されては元も子もない事になりますからネ。そんなわけで谷口製作所がどん底をついたのは十一月だったそうです。従業員の遅配、欠配もこの時には三ケ月近くなったそうですよ。税務署の話なのですがネ。ところが十二月の初《はじめ》から持ち直して、年末には従業員の給料も何とか満配にし、一月に入ってからは、納税成績も板橋管内では二位か三位に躍進してきたと言うのです。どうしてそんな風に好転したのだろうと聞いてみますと、社長の線で個人借入が大部成功したのと、一月に入って興業銀行から一千万の借入に成功したのだそうですよ。だから最近は株の一割配当も断行し、それと同時に製造方面も徹底的に機械化して、今ではもうよほどの荒波でも動くまいという所に来たと言うのですよ。ともかく偉いものですよ。

それから二、三主な下請を当ってみました。問題の百円札に縁のあるらしい岩田塗装店、それから田島材料店、近藤ろくろなど六軒ほど調べてみました。その結果次のような事が明になったのです。谷口製作所は四月頃までは支払が一ケ月遅れ位で相当よく支払ったのですネ。それが四月、五月と次第に悪化して、十月末には全くひどいものになったらしいのです。これ等の店に対する未払金は数百万になったろうと連中も言っているのです。それが十一月末から支払は漸次好転し、そのお陰でこれ等の下請は年が越せたと言うのですよ。今月に入って興銀の融資が成功すると、未払金は全く一掃され今では何でも大した支払だそうです。とにかく連中は谷口さん第一で、とても有難がってやっているのですよ。

ところで菊地さん、いかがです？　この報告はきっとあなたを満足させた事とは思うのですが、社長の金融と興銀の線がどう関聯しているかはやはり問題なのです。興銀の線がはっきりすれば、何処からでも金は借りられますからネ。しかし、いざという時には会社の帳簿を押えても、このような金のやり繰りの状態は、問題なくはっきりさせる事は出来ますよ」

渡辺巡査の報告は終った。

「いや御苦労でした」

菊地警部はほっとしたようにチョコレートをつまんだ。

「ともかく、大体予想された結果が手に入ったわけですネ。何と言っても有難い報告を持ってきてくれたものですよ——。それでは次に和田君にお願致しましょう」

「承知しました」

太い腕を伸ばして番茶を一口飲み乾すと和田刑事は手帳を取り出して、それを机の上に開いたまま置いた。

「昨日あれから直ぐに板橋署に行きました。丁度田村刑事が今から会社に行く所だと言うのです。これは有難いと思いまして一緒に便乗さしてもらいました。会社の人事課で調べた所では、こうなのです。

まず第一に資材課長の木村です。本年五十一歳、明治高等商業出身です。入社は昭和五年ですから、会社には二十年も勤めた事になりますネ。経験と経歴に物を言わせてらつ腕を振っていた実に大切な人物だったそうです。次は資材主任の竹谷正夫です。本年三十歳。昭和二十年十月復員した元憲兵中尉です。長い事、山海関の特務機関に勤務していて、復員と同時に谷口製作所に入社しました。課長の信任を得て二十三年十二月資材主任に抜きされ、木村の右腕と頼まれていた男だそうですよ。次は総務主事の長谷川信夫です。本年二十七歳。早稲田の政治経済専門部を卒業すると同時に当時の特高警察部に巡査を拝命し、警部補まで昇進した時、丁度終戦になって、追放されました。二十一年一月会社に入り、敏腕を買われ、社長の信望も厚かったものですから、昨年六月総務主事に推挙された男で官庁方面には随分腕を振って、会社の危機を幾度も救ったと言うのですネ。最後は販売主任の深沼守です。これは小学校を出ただけですが生粋の営業部員で、販売主任の重要ポジションを占めている男なのです。本年二十九歳。十九歳の時入社しているのですから、十年も勤めている事になります。それから、会社には全従業員の戸籍抄本も整っていましたので、四人の本籍地等も参考のため写してきておりますので、必要でしたら御報告致しますが、こんな程度でいかがでしょう?」

「ああ、結構ですネ」

何か書き込みながら、顔も上げないで菊地警部は先をうながした。

「先を続けて下さい」

「じゃー、続いて電話の御報告を致しましょう。S町から連絡があったのは丁度夜の九時半でした。私が直接電話に出ました。今朝菊地さんに頼まれた三つの調査事項を報告すると言うのです。

まず第一に早速《さっそく》大島屋に問い合わせたと言うのです。そうすると菊地さん、驚くじゃーありませんか、販売主任の深沼守はですよ、S町の近くの太平小学校の高等科を卒業すると直ぐに大島屋に住込で奉公に来たのですよ。それから十九の年まで、桐野さんの下で熱心に働いたのですネ。ところが丁稚奉公に嫌気がさしたのか、その年に店を止めて上京したのです。その後、全然音信不通だったそうです。何でも広淵さんの話では、警察の問い合わせに、桐野さんはとても驚いていたそうですよ」

いつの間にかペンを置いて両腕を組み、和田刑事の報告を聞いていた菊地警部の眼が、熱く燃え上ってきた。

「ふーむ、やはりそうだったのか?」

「菊地さん、何がそうだったのか? なのです?」

「まアー、そのうちに説明しましょう。次を聞かしてくれ給え」

「承知しました。次は十月二日S町発十一時の急行列車の件ですネ。これは小林刑事が調査しました所、この日S町から乗って福島で下りた客は全然なかったそうです。次に郡山駅で急行を降りた客の中にも、S町から乗車した者は全然無かったという結果に達しました」

「ふーむ。そうすると、少しどうも変だなア――」

チョコレートの銀紙をむいて、菊地警部は口の中にほうり込んだ。和田刑事は番茶を一口飲み込むと報告を続けた。

「最後はこの急行列車の運転状況の調査ですが、これは広淵さんが直接自分で仙台の管理部に行かれて、調べられたと言うのです。それによりますと、第一〇三列車――これが東北本線の上り急行なのですが――仙台を定時午前十時に発車して、S町に到着したのが十時四十八分で二分間早く着いたわけです。ここから東北本線随一の難所と言われるあつかし山を越さねばならないものですから、後部にD―五二型機関車を一台増結して、定時午前十一時に発車しました。越河《こすごう》の駅を定時より一分遅れて通過して、あつかし山の急勾配も無事に登りつめました。ここからはまた凄い下りのスロープで一気に藤田駅に突入してしまうのです。山麓を大きく廻わると、福島盆地になるのですが右手は山で左手には実に壮大な景色が展開するのですネ。その南面のスロープに共同農業作業場の二階屋があって、続いて鎮守の森があるのです。そこを出はずれた所で東北本線の二条の鉄路は国道と直角に交叉するのです。そこから十丁許りで直線コースを藤田駅に入るのです。菊地さん、ここでですよ。第一〇三列車は意外な椿事のため二十分間立往生をしてしまったのですよ」

菊地警部の眼は異様に燃えていた。夕暮の侘しさが部屋の中に澱み、早春のかげがこの狭い会議室に立ちこめてきた。

――その麓のスロープを一〇三列車はブレーキを掛けながら、それでも七十粁《キロ》のスピードで大きく迂回しながら、見通しのきかない森に入って行った。この時機関手は規定通り長い汽笛を二度ならした。これに答えて後部に接続された機関車も長く二度汽笛をならした。森を出はずれた途端、機関手が前方を見ると、国道をこちらに向って、フルスピードで突進して来る貨物自動車を見たのだった。国道との交叉点には信号手は居らず、ただ警鳴装置があるだけだった。自分の運転する列車のスピードと、前方から疾走して来る自動車の速度から、機関手は国道との交叉点でどうしても衝突をしないわけには行かないように感じた。機関手の驚きは非常なものであった。そこで、全制動を掛けながら、危険の警笛を断続して鳴らし続けた。けれども連結した車輛は、何れも鋼鉄製の頑丈な重い高級車輛で、しかも郵便車を入れると実に十二輛連結の超重量編成あった。無気味な悲鳴を上げ、車という車からは火を吹いて速度は落ち始めたけれども、トラックの運転手はつんぼなのか、それとも馬鹿か気狂いなのか、相かわらずの猛スピードで、とばして来るのだった。一〇三列車の運転手は気が気でなかった。毛孔という毛孔からは冷めたい汗が吹き出してきた。そして狂ったように警笛を鳴らし続けながら、必死に制動かんを握っていた。クロースの百米《メートル》ほど手前の所で、列車の速度は四十キロ程度に落ちた。けれども物凄いうめきを上げながら、列車は激しいスピードで運命の十字路に突進して行った。この調子では三十キロ程度のスピードで交叉点を通過するより他はないのである。自動車は凄いスピードをとばして来る――ひょっとしたら急行列車の通過する前に、クロースを突破しようとしているのではないかと思われた。列車の機関手は、制動かんを握りながら、体を半ば窓から外に乗り出して、大声で「馬鹿野郎！」と怒鳴った。それは全く鋼線のように緊張した一瞬であった。五十米、三十米、十米と間隔は見る見る近づいて来た。とうとう警笛をならしながら、機関手は目をつぶってしまった。――最早や手のほどこしようがなかったのである。予想した通り三十キロのスピードでクロースを通過した列車は、数百米ほどなお走って急停車した。そしてクロースを通過する時、激しい衝撃と、鈍い重い音響が機関車を震わせた。――交叉点の近くでは、前部を超大型の機関車に引っかけられたトラックがもんどり打って、側の水田に叩き込まれていた。エンジンとボデーのつけ根はくの字にひん曲げられてしまい、惨憺たる眺めであった。けれども不思議な事に、一人の怪我人もなかった。乗客は一人残らず左側の窓から体を乗り出して、その凄惨な光景を凝視めていた。そして暫くは声もなかった――

和田刑事は一息すると更に語り続けた。

「――この事故のため、一〇三列車はここに二十分間立往生をしてしまいました。けれども列車には全然落度がなかったのです。急を聞いて駈けつけた藤田駅の駅長と、藤田署の警官に後を委せて列車は動き出したのです。そんなわけで、福島駅には二十三分の遅着となりました。けれども途中スピードアップして、郡山まで五分を取り戻し、宇都宮には略々《ほぼ》定時に到着したのです。それからは勿論無事故で上野には十八時一分、つまり一分だけ予定より遅れて到着した事が判明した――こういう報告なのです」

報告を終ると和田刑事はハンカチを取り出して、さすがに額の汗をふいた。聞いていた菊地警部と渡辺巡査も、ほっと吐息をもらした。暫くの沈黙の時が、この夕暮迫る部屋に流れた。

「そうだったのか？　畜生！」

大きく吐き出すように菊地警部はつぶやいた。今や彼の頭の中では無数のこんがらかった太綱の握び目が軽い音を立てながら、次々とほどけて行くのが感ぜられた。

「それにしてもだ、近江ゆき枝を掴まえる事は出来ないかな――」

「近江ゆき枝ですって？」

怪げんそうな顔をして、和田刑事がたずねた。

「その女は一体どうした女なのです？」

「ああ、そうだったネ」

菊地警部は優しく微笑んだ。

「未だ私の報告は済してなかったネ。――それにしても、もう五時じゃないか？　今夜は一つゆっくりいろいろ、話し合おう。和田君、済まんが寿司とそばでも取ってくれ給え」

和田刑事が悦しそうな顔をして出て行くと、あとには菊地警部と渡辺巡査の二人が残って、ぼんやりと、煙草をくゆらしていた。暫くして元気な、和田刑事が帰ってきた。

「菊地さん、今に素敵にうまいやつが届きますよ。一つその前に先ほどあなたがつぶやかれた〝謎の女性〟の報告をして下さい」

三人は声を合わせて笑った。

「いいですとも。その前に君を一つ驚かして上げましょう。それはですよ、和田君、君がせっかく確めてくれた小磯のアリバイが崩れたのですよ。彼は二日にはアスカニヤに行かなかったのです。少くともそう信ずべき理由が掴めたのですよ」

「へー？　そんな事ってあるでしょうか？　これは面白い。是非聞かして下さいよ、菊地さん。あまり勿体ぶらないで願いますよ。ネー渡辺君、君も僕の説に賛成するでしょう？」

「いいですとも」

そこで菊地警部は昨月からの彼の調査を順序よく話した。聞いているうち二人の聞手《ききて》の顔には、驚きと感嘆の色が交々に現われては消えて行った。

「――そんなわけで近江ゆき枝に関する報告と、その写真が、明日あたり福井の警察からこちらに届く事になっているですよ。しかし結果は分っているのですよ。近江ゆき枝は故郷《うち》になんか帰ったりするものですか？　生きておれば東京に居るはずですよ。生きていればネ――」

菊地警部の話は終った。

「それでは急行列車の方はどうなるのです？」

「大島屋の方は分らない所が残っているのですが、第一〇三列車の方は簡単ですよ。私の想像に間違《まちがい》がなければですよ。小磯はこの二十分間の立往生を利用して列車から降りてしまったのです。そしてそこから別の自動車でS町にとって返したのですよ」

「何ですって？」

「小磯はですよ。福島で降りて、自動車か汽車でS町に引き返す予定だったと思うのです。郡山で降りたのでは、とても時間通りに八十八銀行に現われる事は出来ませんからネ。ところが福島駅ではS町から乗った客で、下車した者はないのです。――分ったでしょう？」

二人は思わず膝を乗り出した。

「正に日月の如くですネ。菊地さん。いや恐れ入ったものですよ」

「そうですか。次は大島屋の方ですが、ここに例の大島屋の逮捕に至ったトリックを解く鍵がひそんでいるのですよ。しかし未だ未だフに落ちない点許りですからこれは他日に譲る事にしましょう。出し惜しみをするわけではありませんがネ。そこで何としても近江ゆき枝の消息を知りたいのです。――何か名案はないでしょうかネ？」

少からず心の重荷から解放された三人は暫く雑談の花を咲かせた。いかに苦しい商売とは言え、三人の若い青年にとっては、やはり浮世は楽しいものであった。そこに先ほどあつらえた山海の珍味が届いたので、一層話ははずんで行った。もう日は暮れ果てて窓から見える議事堂の壮麗な窓々は不夜城のように暗い空に浮き出していた。今日もまた、かの壮大な舞台では水滸伝はだしの武勇伝が歴史の一頁に加えられた事であろう。そしてここの寂しい部屋では、理想に燃えた三人の青年警官の永遠的な理想へのあこがれが繰りひろげられて行ったのだった。

その夜遅く、協議やら雑談やらに時の移るのも忘れていた菊地警部のもとに福井の警察署から幸便《こうびん》で、昨晩彼が依頼した返事と一緒に一葉の写真が届いた。返事は彼の予想した通りで、近江ゆき枝は学校を卒業すると同時に上京したまま、一度も家に帰らないというのであった。届いた写真は近江ゆき枝が学校を卒業した時に写した記念のものであった。けれども随分よくとれていた。手札型で未だ春秋に富む一人の美少女が、涼しく正面からみつめていた。暫く手にとって眺めたあとで、菊地警部はその写真を和田刑事に渡した。

「和田君、近江ゆき枝――つまり〝謎の女性〟の正体はこれなのですよ。よく見て下さい。なかなかの美少女ですネ」

「ふーむ――」

和田刑事と渡辺巡査が顔を寄せてのぞき込んだ。

「はーてな。菊地さん、この女にはどこかで確かに会った事があるのですよ。――はてな、どこでだったろう？」

「え？　顔を見た事があるって？」

鼻白んで菊地警部が煙草を灰皿の上に置いた。

「それは大ごとですよ。和田君、一体どこで見たのです？　一つ是非それを思い出して下さい」

「ええ、ちょっと待って下さいよ。――そうそう。しかしあれは違う。とすると、一体どこでだったろう？」

「和田君、一つ智慧をかしましょう。落付いて下さいよ。それは最近の事ですか？　それとも大分前の話ですか？」

「どうも、ついこの頃のように思うのです」

「そうですか、すると多分私が君にいろいろ物を頼み始めた頃ですネ。そうすると、一番先に君は小磯邸に行きました。次には谷口製作所、銀座のアスカニヤ。最近では熱海。それから今日、昨日の所では板橋署から再び谷口製作所に行っているわけですネ。だからもし君が近江に会ったとするときっとその間でですよ」

「――」

「どうです。何か思い出しはしませんか?」

突然和田刑事は卓を叩いた。

「わかりました。分りましたよ」

目がらんらんと燃えていた。

「菊地さん。小磯の邸を最初訪ねた時ですよ。――そうだ、決して間違はない。その時にですよ菊地さん、最初取次に出たのは二十才《はたち》前後の綺麗な小娘だったのです。もっともパーマネントでしたがネ。あいつが近江ゆき枝に間違はないですよ。確かに!」

「ふーむ、いやそうだったのか」

菊地警部はじっと腕を組んだ。激しい感情の動きを懸命に制御しようとしているようだった。やがて彼の顔色は暗い冷めたいものに変って行った。

「菊地さん、どうかされましたか?」

和田刑事が思わずたずねた。

「――いやいや」

我に還った菊地警部が、未だ沈痛な色をたたえている眼を和田刑事に向けた。

「和田君、近江ゆき枝は、もうこの世の人間じゃないですネ」

「とおっしゃるのは?」

「和田君、考えても御覧なさい。この事件に私達が手を染めてから、もう四人の人間が死んでいるのです。木村厚、竹谷正夫、長谷川信夫、それから深沼守――」

「すると菊地さん、あなたはあの墜落事件を謀殺と考えられているのですか?」

「そうですとも、勿論そうですよ。銀行事件に関係した人間はまるで机の上に並べたカードを折り曲《まげ》るように、簡単にあの世に送られて行くのですよ。その度に彼の身辺からは、証拠が一つまた一つと消えて行っているのです。彼のアリバイの鍵を握る近江ゆき枝は、現に彼の手元にたぐり寄せられていたではありませんか。今になって、彼女が生きているなんて考える者があったら、その男は太陽が西から出るという説明でも信じますよ」

「なるほど、そうですか。しかしともかく明日もう一度精しく調べてみましょう。ところで菊地さん、あなたは死んだ四人の役割が何であったかお分りのようですネ」

「そうですとも。勿論私には透き通った水の底の小石の数を数えるように、はっきりと分ったのです。そうです、必要とあれば銀行破りの時の五人の役割を――あいつを入れると五人ですからネ――その役割だってはっきりと断言する事が出来ますよ」

――その夜遅く警視庁からS町警察署に至急電話が送られた。それは出来るだけ早い機会に、広淵警部補と小林刑事の東京出張の要求を内容としたものであった。

十三、解け行く謎

今や菊地警部にとっては、小磯が犯人であるという事は殆んど疑《うたがい》を入れないものとなった。けれども、ひと度小磯を逮捕した時に、果して彼がその犯人である事を確実に裏づける証拠を握り得たであろうかという点に思《おもい》を致した時、菊地警部はただ腕をこまぬくより仕方がなかった。新しく定められた民主憲法のもとにおいては、唯一の証拠が本人の自白のみである時には、いかんともなし難いものと規定されている。また過去の暗黒の時代のように、個人の人格の尊厳が無視された場合には、いかなる方法に訴えても、容疑者に自白させる事も出来たし、また必要とあれば当局にとって、全く都合のよい虚疑の自白をも強いる事が出来た。これ等の事情は今日のソビエートの体制を考えられるならば、明白に理解される事であろう。

小磯の場合、一体具体的な証拠として、何を握る事が出来たであろう？　なるほど谷口製作所の傾いた財政は小磯の個人借入の線で一応立ち直った。時期的に見れば銀行破りの事件の推移と全く辻褄が合っている。けれども谷口製作所の帳簿を押えたとしても、何が一体分るだろう？　あれほど用意周到な彼のことであるから、尻尾を摑まれるような事は針の先ほどもないに違いない。

次に彼の推測を以てすれば、十一月二日小磯は急行列車の立往生の間に列車を降りて、藤田駅から下りの列車に乗るか、あるいは自動車でS町にとって返した事は疑を入れない所である。しかしこれとても、何等の証拠のない一片の推測に過ぎないものではないか？

また十一月二日、彼がアスカニヤに行かなかった事は、九分九厘まで明かなものである。それにもかかわらず、彼が〝自分は確かに行った〟と言い張るならば、いかんともなし難い事ではないか？　アスカニヤの支配人も、時間外に来た人間の名前は決して記入しないというわけではないと確言しているのであった。この問題は、近江ゆき枝をつかまえるまでは追求の出来ない性質を持っていた。それではその鍵を握る近江ゆき枝はどうなったか？　彼女は既に彼の元に引き寄せられ、恐らくは警視庁が動き出した事を知った彼は、適当に処置してしまったものと確信された。

最後に、銀行破りの共犯と考えられる者は、総て葬り去られたではないか。

――どう考えても、小磯の死命を制するに足る証拠物件は一つとして、彼は握る事が出来なかったのである。この事実は彼にとっては歯ぎしりしたいほど、残念な事であり、じれったい点なのであった。

「どうしたら、一体証拠が手に入るだろう？」

その夜彼は寝台の上で、転々と反そくした。戸外の光に夢のように浮き出して見える天井を眺めながら、彼は歴史に残る偉大な探偵の透徹した思索を、無限の思慕の情を以て眺めずには居られなかった。

明日の朝、和田刑事はこういう返事を持って来るだろう。

「菊地さん、あなたの言われた通り、近江ゆき枝は消え失せておりました――」

彼にとってはこの問題は二が二である事を証明しろというようなものに思われた。とつ、おいつ思索の中に頭を悩ましていた彼は、さすがに青春の血潮には抗し難く、いつか夢路に入ってしまった。眠りこそは青春の希望のシンボルである。その夜、彼は怪奇を極めた夢の中を歩いて行った。子供になったり、大人になったり、父に手を引かれたと思うと母の懐に抱かれて乳房をふくんでいた。見も知らない女が彼に話しかけたと思ったら、その女は近江ゆき枝で、自分はもう死んでいるのだと言った。そう思っているうちに総てのものが消え失せて、彼は荒涼とした夕暮の荒野にただ独り立っていた。地平の涯から誰か静かに歩いて来た。――ああ、あれはキリストだ――と思った。その人影は彼の心に無限の懐かしさと、憧れの焔を点じた。瞳を定めて、自分の前に立った姿を眺めると、それは蒼い眼に限無《かぎりな》い思慕をたたえた若い美しい人だった。

「ああ、あなたは――」

それは橘しづ子だった。

そして彼は目が覚めた。窓の鎧戸を通して、暁の光が蒼白くカーテンを濡らしていた。大きな伸をして、彼は寝台から起上り、カーテンを引いて窓を開き、鎧戸を上げた。目の下には、未だ夢の中に沈んだ東京の街々が、目路《めじ》の限り続いていた。それから彼はまたベッドにもぐり込んで煙草をくわえ、マッチをすった。窓越しに見る空は澄んでオパールのような色をしていた。天と地とを分ける遠い涯には、かすかに紅味を帯びた雲が二筋美しく流れていた。静かな朝であった。遠く山の手線の音が響いてくるだけだった。

「最後の試みをやってみるか」

暫くして彼はつぶやいた。そして今度こそ元気でベッドから起き上った。

警視庁の三階に彼の姿が見られたのは十時頃であった。オーバーをぬいでテーブルの側の釘に引っかけている彼の背中から、いつもの和田刑事の元気な声が、響いてきた。

「お早ようございます、菊地さん。やっぱり鴨は逃げちゃったですよ」

「お早よう。逃げたのではなくて、葬られたのだろう?」

静かな眼を和田刑事の上に注ぎながら、菊地警部は椅子に腰を下ろした。

「かいつまんで様子を聞かしてくれ給え」

「承知しました」

椅子を引き寄せて、それに腰を下ろしながら、和田刑事は、例の調子で煙草を一服した。

「今朝早速荻窪に行って見ました。奴の家から、五丁許り離れた所に交番があるのです。居合わせたのは高橋という若い巡査でした。早速小磯の戸籍を調べたのです。すると私が行った時出てきたはずの近江ゆき枝の事は何も載ってないのです。聞きただすと去年の十月末に調べただけで、その後移動調査はやっていないと言うのです。それじゃー幸だから今から直ぐ行って調べてくれ、と要領を話してやりました。やっこさんはとても興味にかられたようで、台帳を持って出掛けて行きました。その間私は代って交番の番をしていました。二十分ほどで帰ってきました。味気ない顔をしていましたので直ぐ分りました。その結果がネ。つまり近江ゆき枝と思われるその女――小磯の家では奥さんが出てきたそうですが、泉妙子と言っていました。何でも去年の暮、使ってくれと突然訪ねてきたと言うのです。見た所素性も良さそうだし、年の暮で人手の欲しい所なので今まで使っていたと言うのです。一月二十三日、この日は日曜ですネ。長らく使って頂きましたが家に帰る事にしたから暇をくれと申し出られたのだそうです。引き止めても聞き入れないので、残っていた給料を払って望に委せたと言うのです。それではその家は分らないか、とたずねると、幾度聞いても言いたがらないので、若い者には若い者の考えがあるのだろうと思い、到頭聞かないでしまった。そのうち手紙の一本も呉れるだろうから、そしたらその時、もし必要なら通知しましょうと言っていたと言うのです。——菊地さん、つまりあなたの言われた通りですネ。——がっかりしたですよ」

「そう、まアそれはそうとして御苦労だったネ。時に和田君、S町からは何の返事もなかった?」

「ああ、まだ聞かれなかったですか。二十九日の急行で広淵さんと小林さんがこちらに来られるそうです」

「そう、それは実に有難い。ところで和田君、君に、一つ旅行をしてきてもらいたいのですよ」

「え?」

和田刑事はきょとんとした顔をした。菊地警部は微笑しながらライターをすった。明るい部屋の中で、ガソリンの焔が弱々しく燃えた。

「和田君、君は今まで女学校の中に入った事がないだろう?」

「菊地さん、からかっちゃー嫌ですよ」

「いや、大真面目な話だよ。誰が朝からからかったりなぞするものか」

そして何事かを和田刑事に暫くの間話していた。やがてのこと元気に満ちた和田刑事が、張り切って役所を出て行った。その日の夜、九時十分東京駅発、東海道線まわり福井行の夜行の中に、プレーンで乗り込んだ和田刑事の姿が見られた。

一月三十日午前十時、幾度か読者を案内した警視庁三階の小会議室では、討論をかねて最後の打ち合わせ会が開かれた。メンバーは遠来の客である広淵、小林の両警官と菊地警部、和田刑事、それから経済課の渡辺巡査の五人であった。部屋の真中に中型のテーブルを持ち出し、その中央には珍らしく、美しい花が生けてあった。テーブルを取り巻いて五つの安楽椅子に、制服、プレーン、

思い思いの服装で五人の青年警官が腰を下ろして、談笑していた。S町から遥々出張した二人の珍客を歓迎する意味を以て、テーブルの上には色とりどりの果物と菓子とで華やかに飾られていた。

「じゃー、そろそろ始める事にしましょうか?」

煙草を置いて菊地警部が四人の顔を見廻わして微笑した。

「御蔭様で今日はどうやら結論が出ると思いますから、充分討論をお願致したいと存じます。最初に私から広淵さんと小林さんに報告するために、一月二十日私がS町から東京に帰った後の経過を、簡単にお話し致します」

こう前置して、菊地警部は静かな、けれども情熱の溢れる口調で、既に読者の知られた事実を簡単に物語った。話が進むにつれて、四人の警官、分けても広淵警部補と小林刑事の顔には、驚きと感嘆の色が幾度となくその頬に紅をさした。

「――こうして見ますと、小磯が犯人である事は確信していいように私は思うのです。で、残った問題はあの三つのトリックが、どのようにして作られたものであろうという事です。これについては広淵さんが何か素晴らしいおみやげを持って来て下すったそうですから、一つおうかがいする事に致しましょう。じゃー広淵さん、どうぞ――」

「そうですか、では簡単に御報告致します。実は一月二十五日菊地さんから御電話を頂いて、例の木村厚以下四名の人間について、大島屋の桐野さんに問い合わしてくれ、との御命令を頂いたわけです。その時私には菊地さんの腹が、ハッと読めたような気がしたのです。案の定、販売主任の深沼守はその昔、大島屋に奉公していた事が分りました。これは既に御報告した通りです。その時菊地さんからもいろいろ暗示を頂いたものですから、小林君と二人で無い智慧をしぼって必死に考えたり、調査したりしました。その結果、意外な事実を摑む事が出来ました。つまりこのトリックの設定には深沼守が主役を演じた事が直観されたのです。それでもう一度大島屋の店の構造と、地理的条件を調べました。ところがです、大島屋の店の奥の方は、十数年前まで水車による精米所だったのです。で、車から落ちた水はそこから直角に曲って、堀切川に注いでいるのです。その後、精米所を止めて現在の呉服店になって店を改装した時も、水車は外しましたが、水路はそのままになっていたのです。つまり母屋の庭を流れた小川は店の中の床下に入り、一番奥の所から直角に曲って堀切川に入っているのです。その店の奥の直角に曲る所には、厚い大きい板を置いて、マンホールの代りにしてあったのです。この事が小林君の調査で分った時、思わずハッとしたのです。と申しますのは、十一月三日は例年、町の運動会なのですがその前の二日間、つまり十月の三十日の午前零時から十一月二日の午前零時までは、川乾《かわひ》と言いまして渡瀬河の水門を閉じてしまうのです。御存知でもありましょうが、S町はまるで水の都とでも申してよいほど、町の中の到る所を小川が流れております。これは全部、その大河の水門から取り入れるのです。このような川乾は年に二回ありまして、その間に水路を全部掃除するのです。ところがです、堀切川に水が一滴もなくなりますと、どういう事になりましょう？　大島屋の店の中にはこの川床から、腹ばいになれば、自由に人間一人出入が出来るのです」

聞いていた四人の警官の眼が異様な光に満たされた。何か質問したいような様子であった和田刑事は、考えなおしたのか口をつぐんだ。——消えた煙草を灰皿の上に置くと、また広淵警部補が話を続けた。

「そんな事は誰にだって考えつきはしませんよ。けれどもどうやら銀行破りの犯人はこの自然の通路を、きわどく利用したと思われるのです。事実、二日の夜の十二時半には、既に水門から奔とうした水が、物凄い勢で、堀切川を満たしているのですからネ。ですからその夜、勝手を知っている深沼が、確かに何かをやったと思うのです。もし大島屋が無罪とすると、この通路を通って、十一月五日まで飾り棚に入れてあったという例の香水のふってあるハンカチーフを盗んだのではないかと思うのです。また店の金庫も彼には馴染のものですから、その中に入れておいた二十万の札束も、すり換える事だって考えられると思うのです。何しろ、あれほど周到に計画された事件ですからネ。けれども指紋の謎は終に解く事は出来ませんでした」

話を終ると広淵警部補は、番茶をうまそうに飲み乾した。

「実に驚いた筋書ですネ」

幾分顔を紅潮させた菊地警部が広淵警部補の顔を見た。

「いやー、広淵さん。小林さんもそうですが、全く素晴らしいおみやげを持って来て下さったですネ。それにしてもそこまで調べて下さったのには、感謝の言葉もありません。恐らくあなた方の推定された通りと思うのです。それにしても銀行破りの犯人は感ずるに余りある人物ですネ」

「驚いたな――」

突然和田刑事が叫んだ。

「全く小磯って男は悪魔の化身ですネ」

「全くだ」

渡辺巡査が同感した。

「お蔭様で」

菊地警部が再び話を引き取った。

「広淵さんの方の非常な努力で、三つのトリックの中、二つの謎が解けたと思うのです。で、残りは指紋の問題ただ一つになってしまいました。けれども、たんげいを許さない犯人の計画でありますので、これは容易に解く事は出来ないかも知れません。そんなわけでこの問題は、暫く棚上げにする事に致しましょう。最後に、それでは小磯を検挙《あげ》るきめ手はあるかと考えてみますと、先ほど申し上げましたように、何もないのです。で、最後の方法として思いついたある手段を、和田君に実行してもらいました。そんなわけで和田君は、実は今朝八時に雪の福井から、東京に着いた許りなのです。けれども、どうやらその試みは成功したそうですから、これから一つ和田君の報告を聞かしてもらう事に致します」

「和田! しっかり頼むぞ」

突然渡辺巡査がいつもの、うまくもなさそうな手つきで煙草の煙を天井に吹き上げながら怒鳴ったので、一座の警官達は思わずどっと笑い崩れた。

「実は」

少し照れ気味になって、和田刑事がテーブルの中央に生けられた美しい花の方に眼を向けた。

「二十七日、菊地さんから女学校の見学を命ぜられました」

人々は唖然として和田刑事の顔を見た。けれども当人は至って真面目な顔をしているので、こみ上げてくる笑いの処置に困ってしまった。

「福井の駅に着いたのが朝の九時でした。それからタクシーで県立女子第二高等学校――つまり昔の県立第二高等女学校に参りました。丁度金曜日でしたので、校長先生以下全部いらっしゃいました。校長室に通されまして、六十近くの立派な白髪童顔の校長さんにお目に掛りました。そこで、こう申し入れをしました。

〝実はこちらを昭和二十二年三月に卒業した近江ゆき枝が、只今行方不明で捜査願が出ているのです。その上、近江の失踪はある犯罪に関係していると思われる節がありますので、今日、命令でこちらにお訪ね致しましたわけです。そこで誠に恐れ入りますが、一つ御協力をお願いしたいのですが――〟

少し、はったりを利かせましたせいか、老校長は快く同意してくれました、卒業の時受持だった桜井という中年の女の教官を部屋に呼び入れてくれました。そして私を紹介して是非力になってやってくれと、言ってくれました。

そこで桜井先生にいろいろ話をうかがいました。その結果近江ゆき枝には、姉妹《きょうだい》よりも親しくしている親友がある事が分りました。一人は谷房子といい、もう一人は高橋美智子という娘です。そこでなお調べてもらいますと、谷は市役所に勤め、高橋は大和百貨店に勤務している事が分りました。校長先生と桜井先生には厚く礼を述べて女学校の見学を打ち切り、早速市役所を訪ねました。総務部長に会って、事情を話して谷房子を応接室に呼んでもらいました。はきはきした元気な娘でした。近江ゆき枝との交際を聞いてみますと、アスカニヤに勤めてた時はよく便りを呉れたが昨年の十一月からは一度も便りもないし、出した手紙も附箋つきで帰ってくるので本当に心配していたという話なのです。ここで会見を打切って、大和デパートに行きました。途中車の中で考え込んでしまいました。用意周到な敵のことだから、交通さえ完全に遮断していたのだなと思いました。

大和デパートでは庶務課長に会い、名刺を出して、女学校の校長先生に話したのと同じような口上を述べて、高橋美智子に会わしてくれるように頼みました。商売がら、課長さんは愛想よく、人気のない隣りの部長室に高橋を呼んで、私の身分やら用件やらを話して、力になって上げてくれと言い聞かして、部屋から出て行かれました。高橋は落付いた、色の白い綺麗な娘でした。

――この娘になら、きっと何でも打明けていたかも知れぬ――

ふとそんな安心感と、また反対にこの娘がひょっとしたら運命の鍵を握っているかも知れないと思うと、激しい胸のときめきを覚えました。そこで近江の事について、とりとめのない事を尾鰭をつけて話しながら、高橋と近江ゆき枝の交際をさぐったわけで、そして最後に山をかけたのです。

〝――そんなわけで近江ゆき枝さんは、もうこの世の人ではないのではないかと思われる節があるのです。で、私達は今、全力を挙げてその犯人を追求しているのです。

高橋さん、もしあなたが近江の親友で、真にその冥福を祈られる心がおありでしたら一つ私達にあなたの力を貸して頂く事は出来ないでしょうか?〟

高橋はうなだれて、暫くの間考え込んでいたようでしたが、急に顔を上げました。目には涙が一ぱいたまっていました。それでも、落付いた声で感情を押えながら申しました。

〝――分りました。実は近江さんとは小学校からのお友達で、そして一番いいお友達だったのですわ。アスカニヤに勤めていられた時には、月に二度位、私達は便りをしておりました。それが突然十一月の半ば頃から、音信不通になってしまいました。私の方で出した手紙は何度も空しく返って参る始末なのです。随分心配しておりました。ところが今年の一月十日に近江さんから手紙が参りました。それっきり今まで何の便りもございません。その上、その手紙は本当に、変な手紙で、おまけに住所も書いてないのですわ〟

しめたと思いました。けれども何気ない風をよそおいました。

〝そうですか、その時何か警察にでも連絡して下さるとよかったですネ〟

〝――だって、そんな〟

〝そうでしょうネ。誰だってこんな風になるとは考えられなかった所ですからネ。ところて高橋さん、その手紙を読まして頂くわけには行かないでしょうか?〟

〝ええ。けれども近江さんの失踪の手がかりになるのでしたら、御見せしなければならないでしょう――〟

不承々々でしたが、ともかく承知してくれましたので、課長さんにことわって、待たしておいた自動車で、一緒に高橋の家に参りました。高橋の家で丁重な取扱を受けました。そして近江ゆき枝の最後の手紙を見せてもらいました。それは決定的なものでした。そして夕方の汽車で発って今朝東京に着きました。その問題の手紙は今ここに持っております」

和田刑事は額の汗をふきながら、内ポケットから、角の封筒に入れられた一通の手紙を取り出した。人々の目は激しい光に燃えて、その一片の黄ばんだ紙片の上に注がれた。

「それでは今からこの手紙を、私が読んでみます」

番茶を一のみすると、和田刑事は、その封筒の中から白い幾枚かの便箋を取り出した。

十四、挑戦

「なつかしいなつかしい美智子さん、随分御無抄汰したわネ。御めんなさいな。でもこれには深い深いわけがあるのよ。私ネ、美智子さん、毎日見張りされているのよ。このお便りだって、あなたの想像もつかない所で書いているんだわ。ああ、あたし随分変ったわ。アスカニヤに居た時の事を思うと、私、堪らなくなるの。あの頃は僅か許りのサラリーを頂いて貧乏だったけれど、本当に楽しかったわ。私ネ、お馬鹿さんだったのよ。十万という大金に目がくらんで、清潔な生活と、健康な青春を売ってしまったんだわ。その上、あなた、私の自由もよ。青い空の下を誰に気がねする事もなく、胸を張って歩けるという事が、どれほど大きい意義を持っているか、私には分らなかったのよ。去年の十一月、アスカニヤを止めてから暫くの間、あるブルジョア階級の住むアパートで暮らしたの。それから今までここの邸で小間使をしているの。月給は三食の外に二万円よ。驚くでしょう？　その代償として向う何ケ月かは、私は外の空気を吸う事が出来ないの。もしこのような手紙を出した事が分ったら、それは、大変な事になるのよ。それが約束だったのだから仕方がないわ。でもネ美智子さん、最近は私の看視が益々ひどくなってきたの。御主人や奥さんは、それはそれは親切にして下さるわ。けれどもそれが却って、私にはとてもこわいの。何故だか分らないけれど。そしてこの頃、あたしは昔の自由の時が恋しくて、狂いそうになる事があるの。あなたや房ちゃんと一緒に遊んだり、唄ったりした女学校の庭や、福井の春の暮色を思うと――ああ、ほんとに堪らなくなるわ。でも忍耐するんだわ。いつか自由な時を、きっと神様が返して下さると思ってネ。

美智子さん、あたしこの頃ネ、この世に生きているのはそう長くないような気がして、ぎょっとする事があるの。勿論、何故だか分らないわ。一そのこと逃げ出そうかと思う事もあるわ。でもネ、必死になって、その衝動を押えるの。そんな事をしたって、たちまち摑って、またどんな事になるか分らないんだしネ。――もしネ、美智子さん、私が死んだという話でも聞いた時には、この手紙を警察の偉い方に見せて下さいネ。それまでは何もしちゃ駄目よ。そんな事をしたら、それこそ大変な事になるんだから。それに私、神経衰弱になっているのかも知れないわ、本当はそんな事、幻想かも知れないいんだし。そしたらわたし、物笑いの種になるでしょう？

ああ、こんな苦しみをするのだったら——これが金などに魂を売った女に下された懲罪なのネ。だから黙って我慢するわ。美智子さん、こんな愚かな私を笑わないで、哀れんで下さいな。東京って、そんな所なのよ。若い女だったら、実際金が欲しくなるわ。けれども、こんな所に幸福なんて、何もないのよ。福井のような静かな北の町で、平凡な生活をするその中にこそ、どんなに大きい幸福があるか分らないのよ。

ああ、会いたいわ。あなたや、房ちゃんと、あの湖の畔で、肩を組んで、もう一度シューベルトの冬の旅でも唄ってみたい！

さようなら、幸福に暮らして下さいネ。そして時には、都の空に涙の毎日を暮らしている、哀れな一人の女のために神様にお祈りして下さいな。

さようなら

追伸。私は荻窪の小磯っていう大きい邸に居るのよ」

和田刑事の朗読は終った。寂しい沈黙が一座を支配した。若い五人の青年達は腕をこまぬいて深い嘆息をした。

「畜生！　そうだったのか」

渡辺巡査が突然卓をどんと叩いた。

「それにしても、どうして思い切って警察に連絡してくれなかったかな——」

両眼が、涙に濡れたように大きく輝いていた。

「しかし近江ゆき枝の霊、また以て冥すべしですネ」

広淵警部補が悲痛な口調でつぶやいた。

「追伸の項、よく小磯の死命を制したではありませんか」

「全くだ！」

元気な小林刑事と和田刑事が殆んど同時に叫んだ。

「和田君の活躍で」

菊地警部がしめくくりをつけた。

「小磯を摑まえる決定的なキメ手が手に入りました。その上もう一つ大きい問題を解決してくれたようです。つまり小磯は、前にもお話ししたように、十一月二日にはアスカニヤに行かなかった事は確かなのです。いろいろ考えてみますと、彼はアスカニヤには行く事は行ったのです。しかしそれは十一月三日の夕方と推定されるのです。それにもかかわらず、彼の名前が二日の欄に出ていたわけが、はっきりと分ったのです。小磯はその記入の代金として、近江ゆき枝に十万円出したのです。そして永久に彼女の自由を奪い去ってしまったのです。——ところが変なものですネ。それが彼のアリバイを覆がえす一つの手がかりとなったのですからネ。実際これは天意だったと思うのですよ。そんなわけで我々幾人かの協力は、終に成功の彼岸に達したようです。相手は聞こえた実業家、こうなったらもうどこに逃げたって、日本の中に居る限りは簡単に摑えられますよ。一つ肩の荷をおろして今日は大いに歓談をしましょう」

再び朗かな気分に立ち返った五人の青年達は、かつ談じかつ空腹を満たした。その間、種々論議の末、明日中に裁判所に逮捕令状を申請して、明後日令状を執行する事に相談が一決した。その間、出来るだけ傍証を固める事にした。

暮色は既に大地からはい上って街々を包み、地平の涯を濡らし始めた。電燈がともり、戸外が闇に包まれた頃、素晴らしい江戸前の寿司が届いた。そこで、一座の歓談は益々白熱していつ果てるとも見えなかった。

それは、このような若人達の歓談が絶頂に達したと思われた八時頃の事であった。一通の手紙が菊地警部のもとに届けられた。それは一階の受付け警官に、一人の男が、菊地警部に手渡してくれるように依頼して立ち去ったものであった。その表書《おもてがき》を見た時菊地警部の顔色は一瞬蒼白く緊張したように思われた。それは理由のない事ではなかった。表書には何と、菊地警部殿、広淵警部補殿と二人の名前が並べて書いてあり、送り主の名前は何も書いていなかった。二十九日に上京した許りの広淵警部補の所在を一体誰が知っているのだろう？　封を切って真っ白い、素晴らしい便箋幾枚かに記された内容を読み始めた菊地警部の顔色は、誰の目にも分るほど、深刻な表情に変って行った。最後まで読むと、更にもう一度始めから目を通し始めた。そのような事は、菊地警部にはかつて無かった事だけに、その内容はよほどむずかしいものである事が推察された。読み終ると、彼は黙って、隣に座っていた広淵警部補にその手紙を渡した。受け取って読んで行く内に、警部補の血管からは恐ろしい勢で、血液が心臓部に集って行くのが見受けられた。それほど急激に、彼の顔色は蒼白に変って行った。先ほどまで愉快に談笑していた他の連中も、さすがに気附いたものか、黙って広淵警部補の顔を見守っていた。深い沈黙が再び夜更けの部屋に立ちこめて来た。読み終った警部補もさすがに深く腕を組んでしまった。

「菊地さん」

堪りかねたように和田刑事が菊地警部の顔を仰いだ。

「どうも、大変な手紙が舞い込んだようですネ。差しつかえなかったら発表して頂けないでしょうか？」

腕を組んで考えこんでいた菊地警部が、腹を決めたように言った。

「いいだろう。広淵さん、一つ皆んなに披露してくれませんか」

広淵警部補は一度おさめた内容を取り出すと、静かに読み始めた。

「じゃー読みますよ。驚かないで聞いて下さい。

一九五〇年一月三十日午後五時

小磯　昭家

菊地警部殿

広淵警部補殿」

冒頭の数行を読むと、聞いていた警官達は自分の耳を信ずる事が出来なかった。それは正に晴天の霹靂《へきれき》であった。かすかなざわめきが秋の風のように夜更《よふけ》の部屋を吹き抜けた。けれども警部補は相変らず沈んだ声で先を読み続けた。

「拝啓

厳寒の砌《みぎり》いよいよ御清昌御悦び申上ます。本日一面識もない両警部殿に突然拙便を呈上致しまする失礼の段は平に御寛恕《かんじょ》下さるよう御願申上ます。噂に違わぬ菊地警部殿の敏腕に、霧に包まれたベールも、一点の残りなく取り払われましたる事、ただ感嘆の外はありません。また大島屋に始まり、大島屋に終る三つの証拠の裏にひそむ謎も終に広淵警部補殿の慧眼に底を割ってしまいましたる事、ただ天を仰いで長嘆息するのみです。

しかしながら、両警部殿と同様に、私もまた銀行破りの犯人の何人なるかを、最も能く知っている一人である事を申上ねばならぬ段階に達したと愚考致すものであります。恐らくは菊地警部殿の結論は、嘗つて広淵警部補殿が大島屋を真犯人であると断定された手法と同様と思うものであります。即ち貴君はこの小磯昭家が事件の真犯人であるとの結論に到達した事を信ずるのであります。谷口製作所の財政状況の推移、十一月二日のアリバイの破綻、更に遡っては湯の町における橘支店長との秘密の会見、これ等の連鎖は、不肖小磯を犯人と断定するに、一点の疑問の余地を残しませぬ。

しかしながら本事件は、更に複雑にして困難なる某大事件に連関するものであります。しかしていかに事情は困難でありましょうとも、愚生がその真犯人を知悉致しまする事は、天地に誓って断言し得る所であります。恐らくは、当局は明日裁判所の令状を申請し、明後日中には不肖を逮捕せられる段取と愚考致します。元より身に省みて聊かも恥ずる所を持たぬ愚生は何等の怖を抱く者でありませぬ。ただ不肖の憂うる所は、かの恐るべき真犯人が、終に当局の権限の及ばぬ際涯に逃るる事であります。

かかる説明は恐らく両君を納得せしめ得ない事は元より愚生の知悉する所であります。しかしながら、もし不肖が、橘支店長今なお健在なる事を申上ますならば、一部の事情はあるいは御了解頂けると存ずるのであります。本日敢て奇怪の言説を玉案の下に述べまする所以は、もし御両君にして、一臂《いっぴ》の力を致さるるを惜しまれざらんか、明三十一日午後二時、荻窪町の喫茶店フローレンスに御光来下さる事を御願致したく存ずるからであります。

最後に、もし危険と思し召さば警官幾人を御召し連れ下さるとも、あるいはまたいかなる警戒網を完備せられるとも何等意とする所ではない事を、申し上げますならば、愚生が微意の一分を御汲み取り頂けると存ずるものであります。

敬白』

広淵警部補の朗読は終った。それは実に怪奇な内容のものであった。また一方、当局の捜査の進捗状況は心憎いまでに、彼は知っていた。一体彼はいかにして、広淵警部補の上京を知ったのであろう？　実に先ほど決定した許りの小磯逮捕の日取りまで、いかにして見通す事が出来たのであろう？　その数葉の便箋は、実に重大な意義を含んでいる事が推察された。深い沈黙が息苦しい許り、深夜の会議室に立ちこめた。

「広淵さん」

暫くして菊地警部が明るい確信に満ちた眼を上げた。

「とにかく予定の通りやりましょう。誰が何と言っても、小磯が犯人である事を私は確信致しますよ」

「私も賛成です」

広淵警部補が、しっかりとした声で答えた。

「これでも小磯が犯人でないと言うならば、私は探偵を止めますよ。まして橘支店長が生きているなんて

――」

そして静かに笑った。

「そうですか、そうすると広淵さん、敵の最後の挑戦をどうされる積りです?」

「愉快ですよ、菊地さん。売られた喧嘩、一つ買って行こうじゃありませんか」

「いいですとも。あなたさえその気なら、私だって元より望む所ですよ」

二人は顔を見合わせて微笑した。

「ところでどうなるのです? 私達は」

突然和田刑事が、不満の色を顔一ぱいに浮べながら抗議した。

「私達もお伴の列に加えないっていうテはないでしょう。ねえ、小林さん」

「そうです。全くその通りです。最後のクライマックスをあなた方に許り味われては堪りませんよ」

太い腕をまくって小林刑事が賛成した。

「そうですネ」

菊地警部が取りなすように言った。

「じゃー、こうしたらどうでしょう? 二時に私と広淵さんがフローレンスに行く事にしましょう。話は簡単に終ると思うのですが、もしそれが五時過までも掛るようでしたら、あとはあなた方の自由にお委せしましょう。そうすれば、男の一分が立つわけですからネ」

和田刑事、小林刑事、それから渡辺巡査の三人は小躍りして悦こんだ。

「しめた、どうか五時過まで、運命の時を延ばして下さいよ。お願します」

五人の青年達は声を合わせて笑った。そこで了解が成り立ったので、この日の会議は十一時過、終におわった。

あくれば一月三十一日である。夜来の雨は残りなく晴れて、春はもうそこに歩みを止めているようなうららかな日であった。背広にオーバーという簡単な服装で、菊地警部と広淵警部補は二時十分頃、荻窪のフローレンスに表われた。それとは分らないが腰にはめいめい二ちょうの精巧を極めた小型拳銃をのんでいた。ドアを開いて中に入るや否や、若い綺麗なマダムが目ざとくも二人の青年に目を止めた。

「あのー、失礼ですが、もしかしたら菊地さんに広淵さんとおっしゃるのではないでしょうか?」

マダムは白い歯を見せて美しく笑った。

「ハアー」

幾分気をのまれた形で、二人は返事をした。

「そうだったら、どうぞこちらに御入り下さいませ。先ほど小磯さんからお電話がありまして、もう十五分ほどお待ちして頂くようにとのお言づけでした」

そして二人を二階の、狭いけれどもほんとに美しい部屋に案内した。小磯はよほどのお得意と思われた。やがて本もののリプトンの紅茶と、素晴しいチョコレートケーキが出た。ものの二十分も過ぎたと思われた頃、入口の戸が静かに開いた。彼等の神経は異常な経験に鍛え上げられていたにもかかわらず、二人の青年は我にもあらずおののいた。

「やアーどうもお待たせ致しました」

堂々たる体格の小磯は、グレーの背広をゆったりと着こなして二人の前に立った。敵ながら天晴れの男前であった。ふたつの眼は人懐かしく微笑をたたえていた。

「さアー、どうぞおかけ下さい。明日は逮捕される身ではありますが、今日は未だ一介の自由人ですからな。そういう意味で対等のおつき合をお願い致しましょう。それにしても、時間の正確は王者の儀礼である事を信条と致しております私が、三十分もお約束の時間に遅れました事は、実に何とも申し訳なく存じております。まげてお許し下さるようお願致します」

小磯は静かに頭を下げた。

「いやいやその御懸念には及びませんよ。どうせ閑で困っている私達ですから。それに、アリババの洞窟に入る者は、木の上で休まなければならない事は良く存じております。その上素晴しいリプトンの紅茶を御馳走して頂いたのですから、別に申上るような不満もないわけです」

しっかりと踏みこたえて、菊地警部がやや紅潮した顔をまともに、小磯の円熟した童顔の前にさらした。何故か小磯の顔色がそれとは分らないほどではあったが、曇ったようであった。

「それでは私のお詫も聞き入れて頂いたと存じますので、一つ今日は心ゆく許りお話し致したいと、こう思うのですが」

「ええ、実に結構です」

そこでゆったりと深椅子に腰を下ろして小磯はポケットからいぶし銀のケースを取り出して、パチリと開くと、綺麗に並んでいる楕円形の形をした、珍らしいウエスト

ミンスターの金口を一本無雑作に抜きとって口にくわえると、

「失礼ですが、一ついかがです?」

と二人の前にケースを差し出した。

「ウエストミンスターですネ。では遠慮なく――」

二人は輝くように美しいシガレットを一本ずつ抜き取った。ケースを閉じると小磯は別のポケットから豪奢なダンヒルのライターを取り出してカチリと止め金を押した。蓋が軽い音を立てて開くと、黄色い焔がまるで流れるように燃え上った。

「さアー、どうぞ」

次々と二人の煙草に火をつけると、最後に自分のに点火して、大きく一息吸い込んだ。そして静かにライターの蓋を閉じるとポケットにしまい込んだ。それは全く名優の所作を見る如く、一寸の無駄もない手のさばきであった。二人の警官は完全に押えられた形であった。小磯が椅子のよりかかりに背中を持たせて、もう一息大きく吸い込んだ時であった。卓上の電話のベルが小鳥のさえずりのように鳴り響いた。それはわざわざけたたましい音を消すように作り変えられたものだった。つと、いいつやをした逞しい腕を伸ばすと、小磯は受話器を取り上げた。それは店の電話から、その部屋に切り換えられたものであった。

「ああ、もしもし。小磯です。――ああ、お前か、うん。――そう? ちょっとお待ち」

送話口を左手におさえて、小磯は二人の方を静かに向いた。

「実は先ほど、家内に電話しておいたのです。今日はお話も長くなると思ったものですから、何もありませんが、一こん差し上げたいと思いその用意が出来るかと話しておいたもので。今電話がありまして、準備が出来たから是非御案内するようにと、申して来ているのです。一つ曲げて御承認下さるわけには参らないでしょうか?」

一瞬二人は顔を見合わせた。何かしら不安な陰影《かげ》が彼等の心をよぎるのを感じた。けれども別に拒絶する理由もなかった。静かな、不敵な微笑が、二人の頬に上ってきた。

「そうですか、どうもいろいろ御心配をお掛けして申訳ないように存じます。では御言葉に甘えさして頂きましょうか」

「それはほんとに有難いですネ。何しろここはあまり落付きませんからネ」

そして再び受話器を取り上げた。

「もしもし、御二人共、お引受下さったので、今から直ぐ行くよ。——うん、よく分ったよ」

受話器を置くと、小磯はのみさしの煙草を取り上げて、ゆっくりと、一息吸い込んだ。確信に充ちた動作だった。

「さアー、それでは、ぼつぼつ参りましょうか」

三人は立ち上って、マフラーを首に巻きオーバーに腕を通した。

「実は」

微笑を浮べながら、小磯は二人の警官の方をふり向いた。

「ここの店から私の家までは、約六丁の距離があるのです。ところが戦時中、私の家は一時大隊本部になり、この店が前哨の位置になったのです。何しろあの頃は米軍がいつ相模湾や房総に上陸して来るか分らないといった、緊迫した時だったですからネ。そんなわけでここの地下室から、私の家のガレージまで、割合に気持のよい地下道が出来ているのです。これをまいりますと、約二丁半でうちに到着致します。そこで、あんまり気持のよいおさそいでもありませんが、もし興味が持たれるようでしたら、その道を御案内したいのですが。もっとも天気もいいし、遠廻りをして行っても結構ですが——いかがでしょう?」

「ええ、どちらでも結構です。あなたに御一任致しますよ」

「そうですか。じゃーそう致しましょう。まんざらでもない通路ですし、将来何かの御参考になるかも知れませんからネ」

二階の階段を下りると、更に店の奥のカウンターの陰から狭い階段を地下室に下りた。淡い電燈が、いろいろの形をした酒の容器の影を不気味にかげらしていた。小磯が先に立ってその突き当りの戸を引いた。冷めたい風がさっと吹きつけてきた。かすかな電燈に照らされたコンクリートの通路が遠くのびていた。ふりかえって小磯は静かに微笑した。そして三人の姿は地下道に消え去った。

十五、わな

幅は二米《メートル》ほどであった。所々にともっている十燭光の電燈が寂しく輝いていた。むき出しのコンクリートの浅黒い壁が、じめじめと限《かぎり》なく続いていた。小磯と並んで菊地警部が先をゆっくりと歩いて行った。そのうしろ、三歩ほどの距離をさがって広淵警部補が続いた。右手を腰の拳銃の引き金に当て、安全ボタンをはずしていた。そして一瞬の間に拳銃を抜いて発射する許りの身構をとっていた。それは実に神経の疲れる行進であった。実際、いつ何が起るか一分の予断も許さなかった。相変らず小磯は悠々として、さながら春風の中を歩いて行くようであった。曲り角をまがると、百米ほど先に出口が見えてきた。全くホッとした感じであった。突き当りの石段を三段ほど上ると、彼等は早春の夕暮の庭に出た。広淵警部補は吐息を大きくはき出しながら拳銃の安全装置を掛けた。ひどく疲れた感じであった。彼等が出た所はガレージになっていて、四九年型のビックがつやつやした素晴しい体をゆったりと構えていた。はい松の茂っている築山をめぐると、堂々とした玄関の前に出た。チョコレート色にぬった四枚扉の鋼鉄のドアが、がっしりと大地に立っていた。広い階段を上って、小磯が呼びりんのボタンを押した。暫くすると厚いキリコ硝子のはまった扉が、重々しく外側に開かれた。そして小磯の家内と思われる若い美しい女が、にこやかに挨拶した。小磯は二人を顧みた。

「さあ、どうぞ御遠慮なく」

靴を脱いで、小磯は豪奢な絨毯の上に並べてあったスリッパを引っかけた。そして鈎の手に曲った廊下の側の応接室に二人を招じ入れた。

それは豪華の限を尽した部屋であった。広さは十二畳ほどで、天井には美しいカットグラスのシャンデリヤが、月光のように輝いていた。窓々は既に固く閉されて、橙《だいだい》色をしたカシミヤのカーテンが、重々しく下っていた。ただ一枚、未だ鎧戸を下していない硝子戸の向うには、暮色に煙るヒマラヤひばの美しい植込が見えた。南側の飾り棚の上には、大理石の置時計や、アルバムが飾ってあった。その棚の下は暖炉になっていて、その奥にことこと音を立ててガスが燃えていた。暖炉の前の、丁度シャンデリヤの斜め下に、低目の丸テーブルが置かれて、四ツの安楽椅子がそのまわりに置いてあった。入口の右側には桃色のカバーが掛ったソファがゆったりと横《よこたわ》っていた。黒檀のように磨かれたピアノがその奥の方にどっしりと座っていた。エジプト模様を図案した、橙色を主調とした壁紙をはった壁の所々には、ゴッホ、ゴーギャン、野口弥太郎などの傑作が掛けてあった。部屋の隅の硝子戸棚の中には、博多人形やフランス人形のコレクションがまるで生あるものの如く立っていた。その傍に大きい籠に一ぱい盛りつけた独逸バラが、激しい芳香と奔放な色彩をほしいままにしていた。

二人の警官は招ぜられるままに、奥の方の二つの安楽椅子に腰を下ろした。テーブルを距てて、小磯は暖炉の近くに座を占めた。その上には銀のセットの中に、チェスターフィールドが姿よく入れてあった。

「さアー、どうぞ」

自分で一本取り上げて口にくわえながら、小磯は二人にすすめた。やがて、九谷の茶碗に八分目入れられた、ほのぼのと香の匂う緑茶が運ばれた。

「それでは話を先に片づける事に致しましょうか?」

香ばしい茶を一すすりすると、小磯は静かに口を開いた。

「私という人間の正体を分って頂かないうちは、一ぱいのウイスキーでも御安心して召し上っていただく事は出来ないでしょうから」

小磯は静かに微笑した。その微笑は見ようによっては皮肉な微笑とも、また謎に充ちた微笑とも受け取れた。

「全くおっしゃる通りです」

広淵警部補も驚くほどの率直さで、菊地警部が答えた。さすがの小磯もかすかに苦笑のかげを浮べた。

「では一体どれほどの説明を希望していられるのです?」

「そうですネ。銀行破りの件に関して、あなたの知っていられる所を全部、お話し願えないでしょうか?」

「承知しました。しかし大部分は、もうあなた方の知っていられる通りですから、なるべく簡単にお話し致しましょう」

別に興奮するでもなく、淡々として小磯は話し始めた。二人は今更の如く、底知れぬ小磯の奥深かさに、ともすれば眩惑されそうになった。

「話は最後にあなた方が予想も出来ない急旋回をしなければなりませんので、あなた方が犯人と信じている男——つまりこの小磯ですな、その男を〝彼〟という言葉で呼ばして頂きましょう。途中で腑におちない所があったら御遠慮なく質問をお願いしましょう。

彼の会社が、もうこのままでは二ッチも三ッチも行かなくなるという見通しを得たのは八月でした。けれどもまた彼には、業界は年末から来年の三月に掛けて、中小工業の大部が崩壊するけれども、その時まで生きのびた会社は、その将来は素晴らしいものだという見通しがあったのです。そこで百万金策に奔走したのですが、各銀行はひどい金融引締めをやっていたため、どうにもならない事が日を追って明かになってきました。この調子では九月には七割程度の人員整理をやって、ここを切り抜けるより外はないとの考えに到達しました。けれどもそのような出血は九分九厘まで、命取りになる事は過去の経済発展史の物語る所です。そこで、どうしても死中に活を求めるためには静かな所で、数日考えねばいかんと思ったものですから、時々行っては清遊を試みた遠田温泉に出掛けました。丁度九月の始めでした。それから中旬近くまでも居ったでしょうか。

その時土地の興産会社が五百万の株の増資を公募する広告を出したのを、見たのです。それを見た途端、彼の頭には一か八の計画をやってみようという冒険が浮んだのです。それから手下を東京から呼んで、興産会社の登記予定などをさぐらせますと、五百万の見せ金は、十一月始め頃八十八の支店に入る事が分ったのです。そこでここに二案が出来ました。一つはその金を、本当に無理な話ですが、二ケ月ほどそっくり浮き貸ししてもらう案です。他の一つは最後案でして、その金を横からひそかに失敬してしまう案なのです。第一案は幸い、親しい関係にある橘支店長なのですから、うまく行けば問題はないのです。しかし支店長の人格を知っている彼には、これは見込がないような気がしてきたのです。そうすると、最後の案を敢行するより外はないのではないかと考えられたのです。そこでその方法をゆっくり研究しました。奪うのはわけは無いのですが、自分に嫌疑が全然掛らないように片づけるのがむずかしいのです。そこでまず第一に誰か嫌疑を掛ける相手を捜がさなければならないわけです。深い理由があって、彼は大島屋を選びました。そして多分あなた方がよく了解していられるような方法をとる事に決定したのです。

十月二十五日、彼は遠田温泉に落ちついて、興産会社の方を調べますと、五百万の見せ金は十一月六日まで、八十八の支店に入る予定である事が分りました。それではその正確な日取りはいつだろうという事になり、八十八の本店の方を調べた結果、十一月二日の朝、現金輸送がなされる事が分りました。そこで早速第二案を敢行する手配を完了しました。けれども第一案で済ませれば、これに越した事はありません。そこで十月三十日の夜、橘支店長を宿に招待しました。交渉の結果は案の定、見事に拒絶されてしまいました。そこでこの問題は彼の名誉のために、絶対秘密にしておいてくれるように頼みました。支店長は、公表した所で別にどうにもなるわけでもなし、今までの友情の手前も決してばらすような事はしないと、約束しました。そこで、その夜は愉快に飲んで別れました。なお別れる際、彼は二日の夜行で東京に帰るから、五時頃銀行で会ってくれるよう依頼して、承諾を得たのでした。

そこで万端の手筈をととのえて、予定の通り正確に第二案を実施する事にきめました。凡ゆる事は、既に研究し尽してあったのですから、感情を絶して冷徹に事を処せばいいわけなのです。十一月二日の朝、彼は宿を引き払らい、マダムからS町の駅長に当てた、ハイキング招待の手紙を手に入れて出発したのです。S町の駅では、予定の通り、彼が急行列車に乗った完全なるアリバイが設定されました。彼は福島駅で下車する積りだったのです。ところがこの急行列車は藤田駅の近くで、トラックを引っ掛けたために相当の時間立ち往生しました。彼にとっては、これは天与の機会でした。誰に見とがめられる事もなく、反対側の線路の方に降りてしまったのです。一方資材課長の木村厚と資材主任の竹谷正夫は正午のバスで宿を出て、深山タクシーにうまく話をつけて、ハイヤーを一台、一週間の契約で引っ張り出しました。その自動車は三時頃福島駅に来る予定だったのです。彼はそこで、藤田駅の近くで、二時頃から見張っていました。何しろ予定を変更したのですからネ。その頃、案の定、木村を乗せたハイヤーがやって来ました。早速手を上ると、彼も相手を見つけて、そこで下りてちょっと打合わせをやりました。そこから早速自動車を引き返してS町に向いました。途中時間をつぶして、銀行に着いたのが五時近くでした。あんまり良い話をしに来たのではあるまいとでも思ったのでしょうか、支店長は部下を帰らしたと見えて、残っていたのは高橋という預金課長ただ一人でした。これはまずいと思いましたが仕方がありません。三人で中に入って支店長と、いろいろ話を始めました。丁度ひどい風の荒れた日でした。そのうちに時間は遠慮なく過ぎて行きます。思い切って行動に移る事にしました。彼が目くばせすると、竹谷が大通りの入口の方に、何気なく歩いて行って、静かにこちらをふり向いて、得意のコルト拳銃で一発のもとに高橋を射殺してしまいました。そして用意していた、香水をしめしたハンカチーフを口に押し込んで、屍体をテーブルの下に蹴込んでしまいました。色を失って驚いた支店長に、彼もまたピストルをつきつけ金庫を開かせました。中にあった五百万の札束を二つの大型トランクに押し込みました。あっけなくこれで目的は達せられたわけです。それから支店長の帽子とオーバーを娘さんに届けさして、支店長を伴なって外に出ました。銀行の中にはひそかに竹谷が残っておりました。

わざと距離を置いて止めてあった自動車は町の某所で落ち合った総務主事の長谷川信夫が乗っていました。そこから自動車を大原温泉に走らせました。町はずれで、二つのトランクと長谷川を車から下ろしました。そこは販売主任の深沼守が泊っていたバクロウ宿でした。結局車には、彼と木村の二人が支店長を間にはさんで、夜の険わしい道を大原温泉に向いました。途中、適当な所で車を止めさしました。ピストルをつきつけて、驚きうろたえる運転手と支店長に、クロロホルムをふくませたハンカチーフを、口と鼻にあてました。間もなく二人は昏睡状態に落ちてしまいました。そこで自動車にエンジンを掛け、ギヤを全速に切り換えてバックさせました。すさまじいスピードで道路を躍り越えた車は、闇の中に転落して行きました。二回ほど物凄い響が聞こえましたが、あとはひっそりとした恐ろしい許りの静寂が、天地を満たしていました。彼と木村は道を逆にとって、大急ぎで例の、バクロウ宿にとって返しました。宿では長谷川と深沼が用意をととのえていました。殺した高橋の家には一応電話して、支店長と一緒に急に仙台に出張した事にしておいた事は、述る必要もないと思います。

実はあなた方も既に調査済と思うのですが、偶然にも深沼は大島屋に長い事勤めた事があるのです。その上三十日の真夜中から二日の夜中まで川乾《かわひ》になる事も既に計算してありました。そこで、ついたちの夜更け深沼は堀切川に注ぐ水路から大島屋の店に忍び込んで、かねて目をつけていた香水をしめしたハンカチを二枚奪い、ついでに金庫の中の在り金も調べました。二枚のハンカチの内、一枚は既に使用済になっていたわけです。これに先だって木村は、八十八の本店の会計課長織田氏の性癖も研究済でしたので、――もっとも、銀行家というものは、そんな癖は、よく持っているものですよ。五百万の札束のうち――勿論これは一万を一束にして、十束ずつ一緒にくくってありましたが、その上になった札を二枚ずつ引き抜いて、ともかく三十万の札束を作り上げました。これを持って、その夜更け、深沼はもう一度店に忍び込んで金庫をあけました。丁度二十万の金が整然とまとまって入っており、他にも、一万近くあったそうです。ともかくその二十万と、持って行った金の中から二十万の札束をすり換えました。これで大島屋の方の処置は終ったわけです。これに先だって木村は、八十八の支店に行き、窓の外からひそかに戸を叩いて、中に残っていた竹谷と連絡をとり、外部を見張りました。そこで竹谷は、あなた方が既に手に入れられたようなトリックを窓の所に作って、入口の丁度二階に当る板戸から外に逃れ、屋根づたいに道路に下りました。精細に検討し尽した計画とは言いながら、実にスムースに成功したわけです。

これでS町には全く用がなくなりました。バクロウ宿では、トランクから取り出した札束を八つに分けて、こも包みにして荒縄を掛けました。何しろ百万円の札の重さは御存知でもありましょうが、三貫五百匁あるのですからネ。様子を見届けるために、あとには私が残り、四人のものは十一時三十分発の最終列車――所謂、闇列車ですネ、こいつの所々に分かれて乗り込みました。そんなわけで、翌日の昼頃には五百万の金が、東京の何処かの倉庫の金庫の中におさまってしまったのです」

静かに話を止めた小磯は、吸いさしの煙草をうまそうに吸い込んだ。二人の警官は計画の素晴らしさと、小づら憎いまでに落ちつき払った小磯の態度に、不思議な錯覚にとらわれた。

「いかがでしょう、ここまでで何か御質問があるでしょうか？」

心憎い落ちつきを見せて、小磯は二人の方に目をやった。

「ハアー、実は一つだけあるのです」

菊地警部が静かな声で、つぶやくように口を開いた。

「銀行の窓の格子の所と、自動車のドアの所に、私達は、一つの指紋を発見したのです。しかもそれが大島屋の主人のものだったのです。その事情がどうしても分らないのですが――」

「ほう、そうですか。そいつは実に簡単なのですよ。十月始め、深沼をS町によこしたのです。目的は勿論、大島屋の指紋を取るためなのです。ともかく彼はうまい事をして大島屋には全然気どられずに、彼の左手の親指を除いて、全部の指先の指紋をとって来たのです。何でも彼がある夕方、大島屋を母屋の方に訪ねた所、彼は道楽の時計修理をしていたらしいですネ。そこでいろいろ話しているうちに彼は、用事で、左手をそこに置いてあったボロキレでふいて店の方に立って行ったらしいのです。その間に彼は珍らしいほどはっきり指紋の浮き出している布の一片を手に入れたのですネ。それを土台にして、精巧を極めた写真版を作りました。それによって腐蝕法の助《たすけ》を借り、最近のプラスティックの技術を用いて素晴らしい指紋の型を作り上げたのですよ。S町の時には、確かその人指し指と中指を時計油にひたして持って行きました」

「——そうだったのか」

二人の警官は、今更の如く小磯の計画性に驚ろきを新にした。そしてその間の事情が分らなかったのは、大島屋の番頭の桐野さんが、全く深沼の訪問を知らなかったためであろうと考えられた。もしその事さえ分かれば、指紋の謎もあるいは解き得たかも知れなかった。——小磯は更に語り始めた。

「翌日まで、彼はそのバクロウ宿に泊っていました。朝になっても、銀行は静まり返えり、平和そのものなのです。高台の公園では、盛んに花火が上がり、町の中はお祭り気分で満たされていました。九時頃になると、町の人達は店の大戸を閉めて、山の公園へ繰り出して行きました。そんなわけで町全体はまるで空家のような雰囲気に包まれてしまいました。当局も銀行も、未だ昨晩の大事件に気づかない事を確めた彼は、その日の十一時の急行で東京に引上げました。

彼にとっては、ここまでは実に念入《ねんいり》に計画したのですから、あとの成り行きに関しては、殆んど確信を持っていました。けれども東京に帰ってからのアリバイの設定の事は、実は何も考えていなかったのです。ここに大きい誤謬があったのです。実際以後のアリバイの設定は、彼が列車に乗っていた間に考えた事なのです。そこで随分木目《きめ》の荒い仕上になってしまったのですネ。上野に着くや否や、まずアスカニヤに行って夕食を済ましました。それから家に帰って妻と打ち合わせをしたのです。一日が丁度妻の誕生日なのですから、その翌日の二日に帰った事にしたのです。こうしておけば、間違える恐れはありませんからネ。次に、どうしても、彼が二日に東京に着いた事を明瞭にするためには、昨日行ったアスカニヤの人名控簿に、何とかその旨を記入しなければならないと考えました。そこで既にあなた方が探知されたようにアスカニヤの女給仕の近江ゆき枝を買収してしまったのです。

これだけの事をやってのけたので、実は枕を高くして時の流を眺めておりました。勿論彼は、それとは分らないように、あらゆるものを有効に使いました。社運は見る見る立ち直って行きました。おまけに十二月には一千万の融資に成功したので、彼の会社は最早や後顧の慮がなくなってしまったわけです。

一方事件は全く彼の予想した通り動いて行って、大島屋は終に逮捕されたのです。あとは裁判の結果さえ待てばよい事になったのです。彼は、正直に言って実に安心したと言っていいでしょう。ところが一月の二十日、彼の家と会社に警視庁の一警官が、十一月二日前後の様子を調査しにやって来たのです。彼の驚きは察するに余りあると思われました。これはてっきり、かの菊地警部が、これも優れた探偵である広淵警部補と共同して動き出した事を感知しました。そこで警視庁の様子をさぐらせますと、確かに菊地警部——つまりあなたがS町に行かれた事を知りました。これは容易ならぬ事だと感じました。しかし、S町の証拠は完全だし、東京のアリバイも立派に出来ているのだからと、一応タカをくくったのです。けれども、その後あなたが、執拗にアスカニヤを調べられている事から、彼も不安になって、自分の設定した、アスカニヤのアリバイを考えてみたわけです。ところが重大な誤謬に気がついたのです。つまり二日の人名控に、名前を記入さしたという事は、実は二日にはアスカニヤに行かなかったのだと、書いたも同じ事なのに気づきました。その時の彼の驚きは想像に難くありません。そこで彼は終に意を決して、事件に関聯した人間を一応全部口の利けないようにして、完全に証拠を湮滅せねばならない破目に追い込まれたのです。既に心臓を抜き取ってしまっていた彼には、そんな事はわけの無い事でした。そこで木村を始め、四人の男達は、二十三日の夕刻自動車と一緒に眠ってしまったのです。そして近江ゆき枝もまた、今頃は涯しない波の下で、とこしえの復活を待っている事でしょう。

ところがです、和田刑事が福井に出張された事を翌日知ったのです。そして、この時ほど、彼が驚いた事はなかったと思うのです。〝万事休す！〟と言ったような空白な気持ちに襲われました。そして終に、彼は遺憾ながら総ての事情をあなた方の前に明かにせねばならない破目に落ちたのです。恐らくはそのために彼は敵に殺されるかも知れないのです。それは、実に恐るべき敵なのです。けれども彼はまた、出来得るならば、あなた方と了解し合いたいと思い、意を決して昨夜お手紙を差し上げたわけなのです」

　ここで彼は語を切って、煙草に火をつけた。そして鎧戸を下ろす事を忘れた硝子戸越しに、暮れ果てた戸外を眺めた。二人の青年警官は黙念として、蒼く燃えるガスの焔を眺めていた。彼等は全く自分の力がどこかに消え去ったような虚脱感に襲われていた。それは実に不思議な、いたましい青春の幻であった。――実に小磯は煙草を置くと、これもまたガスの火を眺めながら、沈んだ口調で語り次いだ。

「以上申上げた事が、あなた方の捜査の結果得られた結論と思うのです。さて、今や私が、本当のこれ等の事件のそのまた背後にあるものを、あなた方に語るべき時になったと思うのです。今まで私が敢て〝彼〟と申上げた人物は一体、本当は誰なのでしょう？　まずこの問題から解いて行く事に致しましょう。あなた方はその〝彼〟を、この小磯昭家と確信されたのです。ところがですよ、よく聞いて下さい。この小磯自身はですよ、その〝彼〟なる人物を――」

　そこで小磯の声は俄かに断絶した。菊地警部と広淵警部補が思わずハッとして、顔を上げると小磯の方を見た。その時であった。小磯の柔和な眼が、野獣のそれのように蒼白く燃えて、立ち上りながら鎧戸の下りてない窓外をひたと凝視めた。その途端、窓の外を蒼白い光芒が二人の眼に喰い入るようにきらめき、それと同時に激しい銃声が轟いた。

　二人が立ち上ろうとした途端、幾千のコップが一度に叩き割られたような音を立てて頭上のシャンデリヤが部屋の中一ぱいに飛び散った。真の闇であった。戸外の、月光に照らされたほの白い庭を背景にして、小磯が何か叫び声を上げながら、いきなりその窓辺に突進する姿が見えた。その途端、また植込の中から二発の銃声が、すさまじい光芒を引いて轟いた。そして、一枚あいていた鎧戸が外側から激しい力でとざされた。小磯の体は崩れるように、床に沈んでしまった。いつかストーブの火も消え果てて、部屋の中はうるしのような闇にとざされた。その時二人の警官は鋭く回転するモーターの音と入口のドアがとざされる錠のきしみを聞いたように思った。それは全く悪夢のような一瞬の出来事であった。

——恐ろしい許りの静寂がそのあとに続いた。

十六、終りの章

いつか総ての物音は消え果てて、蜘蛛の巣を掛ける音も聞こえるような静けさが立ちこめていた。

「広淵さん」

菊地警部が、暫くして、元の落ち付きを取り返した声で、その静寂を破った。

「どうやら敵のわなにはまったようですネ。まんまと——」

「全く」

広淵警部補が懐中電燈を取り出して天井を照らした。部屋がぼーと浮き出してきた。

「小磯もどこかへ姿を消してしまったし、ドアにも錠が下りたし、その上窓という窓は缶詰なのですからネ」

「それにしても広淵さん、何とか一秒も早く逃げ出す事を考えましょう」

部屋は頑丈な鉄筋の建築で、入口のドアも頑丈を極めた鋼鉄製のものであった。窓という窓も、彼等が想像したように鋼鉄の鎧戸でとざされて、外部からしっかりと錠が掛けられていた。逃れようにも逃れる術《すべ》があろうとも思えなかった。それでは一体小磯はどうして姿を消したのだろう？　懐中電燈の光で、小磯が立った窓側の床を精しく調べた彼等は、そこの床が二尺四方ほど四角に仕切られている事が分った。そこで、その床の中に小磯が立った時、床は急激に沈んで、小磯は地下室に逃げた事が考えられた。先ほど聞こえたように思ったモーターの音は、恐らくその床を元の位置に再び固く持ち上げたものであろう。

「——一体小磯は自分達をどうする積りなのだろう？」

激しい不安が、やがて彼等の胸を嚙みしめた。二人は椅子に腰を下ろして考え込んでしまった。その時であった、彼等は何か激しく気体の吹き出るような音を聞いた。そして鼻をさすニンニクの臭が彼等の鼻孔につきささった。

「ガスだ！」

二人は同時に叫んだ。そして心臓から吹き上げた血液が、こめかみに大きく脈うって行くのが感じられた。最早や一刻の猶予も出来なかった。一体何処からガスが吹き出しているのだろう。懐中電燈の光で、彼等はその音の方向を確めようとした。ストーブから漏っているのでない事は直ぐ分った。では一体何処だろう？　その音はどうやら天井に近く聞こえてくる事が分った。白い懐中電燈の光の中に、彼等は天井の四つの隅に暗い円形の孔を見た。掌をその下部に持って行った時、何か冷めたい流《ながれ》が、その上に落ちかぶさって来た。最早や疑う余地がなかった。この勢で、四つのパイプから、このあまり広くもない密閉された部屋に、ガスが吹き出しているのでは、ものの五分もすれば彼等の肺臓は、一酸化炭素のために最後の呼吸《いき》を引き取る事は明かであった。激しい恐怖が彼等の頭蓋を突き上げてきた。

突然立ち上った菊地警部は、部屋の隅のパイプの真下に椅子を引き寄せると、その上に立ち上り、腰の拳銃を引き抜いて、パイプの中に筒口を向け、引き金を引いた。激しい銃声が部屋を打ちふるわした。銃弾はその出口からとび込んで、鉛管の壁をどこか打ち破ったらしい。見る見るガスの噴出する勢が減って行った。けれどもやはり相当の量が、漏ってくるのは止まらなかった。菊地警部は更に他の隅のパイプも同じように処理した。彼の発砲に一時茫然とした広淵警部補も、その意味を瞬時に了解し、他の二つのパイプを片附けた。

「広淵さん、これでどうやら三倍は命が伸びましたよ。少くともあと十分は大丈夫でしょう」

二人は声を合わせて笑った。恐怖の影は消え失せて、そこには逞しい二つの魂が、信頼と友情とに結ばれて、蒼白な光芒を引いていた。

「ともかく、やれるだけはやってみましょう」

ドアの側によると、菊地警部は鍵孔のやや上部に拳銃の口をあてて、続けざまに引き金を引いた。すさまじい銃声が壁や戸を揺り動かした。硝煙の薄らいだ後には、けれどもドアはまるで巌のように立ちはだかっていた。押しても引いても小揺ぎさえしなかった。そこへ、まるで人間わざとは思われないような力で、広淵警部補が数十貫もあろうと思われる安楽椅子を差し上げて、迫った。彼の意図を知った菊地警部は拳銃を腰に収めて、一歩退くと、警部補の差し上げた椅子の片がわに両手を掛けた。二人は渾身の力を振りしぼって、目よりも高く差し上げた安楽椅子をドアの中ほど目掛けて叩きつけた。重い激しい音がした。そして椅子の一つの脚は、激しい衝撃に折れて飛んだ。けれどもドアは小ゆるぎもしなかった。

続いて二撃、三撃した。汗が二人の額を珠となってころがり落ちた。吐く息は、懐中電燈の淡い光の中に焰のように躍った。彼等の必死の努力にもかかわらず、ドアは依然として立ちはだかっていた。それは、二人の青年にはあたかも大きい山のように思われた。

今や彼等は最後の試みを実行しなければならない段階に追い込まれた。二人は硝子戸を引き上げて一歩下ると、その前面をふさいでいる鎧戸に向って、続けざまに発砲した。けれども彼等の予想した如く、拳銃弾は苦もなく後ろにはじき飛ばされた。最早や尽すべき手段は何も残っていなかった。そして拳銃の弾丸は僅かに、二人の分を合わせても四発を残すに過ぎなかった。その上部屋の中には嘔吐をさそうガスが潮のように充満してきた。最早や息をするのも苦しかった。二人はいつか長椅子の上に寄りそって腰をおろして、深い息をした。次第に霞んで行く意識の働きを彼等は感じた。ひどく物倦く、腕を動かすのさえたいぎであった。そして凡ゆる意識や思考の力は、圧迫され、混濁して、彼等の体は、湿った、日の光を見る事もない山陰の谷間に落ち込んで行くように思われた。

「広淵さん、あなたには奥さんや子供さんがおありですか？」

今や消え失せんとする最後の焰をかき立てるように、菊地警部がたずねた。その声はさながら地の底から這い上ってくるように思われた。

「ええ、ありますよ。妻と、四つの男の子と、生れた許りの女の子が――」

夢の中で話をするような声で、警部補は答えた。

「――申し訳のない事をしましたネ――」

「え？　何がです？」

そして寂しく広淵警部補はつけ加えた。

「運命と言うやつですよ、これは。その上わたしの死ぬ事なんか、あなたの失われる事による損失に比べれば、物の数ではありませんよ――」

二人はどちらからともなく逞しい腕を伸ばすと、力の限りお互の手を握りしめた。彼等の眼からは、二つぶ、三つぶ、大つぶの涙が静かにあふれて頰をつたった。――彼等の会話は終った。その後には、ただ死の静寂が二人の体を包み、あらゆるものをひたして来た。握りしめた二つの手からはいつか力が潮のように引いて行った。呼吸も脈も、最早や白い糸のようにかすかになった。彼等の魂は今や最後の旅路に旅立とうとしていた――

気狂じみた激しい力で、入口のドアが外側から立て続けに乱打されたのはこの時であった。その音は、今まさに闇の中に消え失せようとしていた二人の耳には、今その門をくぐろうとするあの世のかすかな物音と思われた。その時また、

「菊地さん！　広淵さん！　確っかりして下さい‼」

と言う叫びが、遥か遠い国の呼び声のように聞こえた。残った最後の力をふりしぼって、二人は立ち上ろうとした。そして長椅子の前に崩れるようにうつ伏してしまった。

突然激しい力でドアが開かれた。強力な懐中電燈の光芒が白く入口から部屋の中に走った。そして長椅子の前に倒れている二人の姿を照らし出した。その光の中に、数人の人影がおどり込んで来た。倒れている二人の体をかかえると、魔物の如く外に逃れ出た。

――大きい息をして、菊地警部と広淵警部補が目を覚ましたのは、それから暫く後の事であった。その瞳には、おそい二十日の月が濡れてうつった。芝生の上に毛布を敷いて、二人はその上に寝かされていたのだった。その顔を幾人もの人がのぞきこんだ。

「菊地さん、広淵さん、気がつかれましたか――」

和田刑事と小林刑事が眼に涙を浮べて傍に座った。

「よかったですネ――本当に危機一髪の所でしたよ」

二人は未だぼんやりとした眼で、澄んだ早春の月を眺めていた。それから静かに上半身を引き起した。割れるように頭が痛み、吐き気を覚えた。二、三度大きい深い息をした。そして、終に完全に意識を取り戻した。

「やー、有難う。もうちょっとで参る所だったネ――のどが乾いたな――。一つ水をくれ給え」

氷のような水が持ってこられた。そして金色のウイスキーをその上に滴々とたらして一気に飲み乾した。

「広淵さん」

菊地警部は傍の広淵警部補の蒼ざめた顔を眺めた。

「どうやらあの世に行かずに済んだようですネ。それにしても小磯ってやつはシャクにさわるやつだな――」

「畜生！」

突然広淵警部補は唇を噛んだ。激しい怒が彼の頬に紅をさした。

「菊地さん、最後の決闘をやろうじゃありませんか」

「いいですとも。しかしあなたの体は大丈夫ですか？」

「勿論大丈夫です。奴をひっくくらない限り、私は死んだって、死にませんよ」

二人は燃えるような眼を見合わせた。

「和田君、時に小磯はどうしました？」

和田刑事がつと前に出た。そして蒼ざめた顔に、目ばかり激しく燃えている菊地警部の憔悴したおもてを見守った。

「奴は今、四九年型のビックに乗って、京浜国道を飛ばしていますよ」

「ホー。すると連絡は完全なんだネ？」

「勿論ですとも。谷田刑事と渡辺巡査が、あとを追いかけています。無電連絡はこの車と完全についています」

「じゃー、早速出掛よう」

そばに静かに横わっていた四九年型シボレーに菊地、広淵、和田、そして小林の四刑事が乗り込んだ。和田刑事が運転台の窓から顔を出して叫んだ。

「田島さん、あとは頼みますよ」

和田刑事はハンドルを取り、ペダルを踏んでクラッチを入れかえた。大きくカーブを切ると、車は築山を廻って小磯邸を出た。あとに残った数人の警官が手を振って、そのあとを見送っていた。

間もなく十三号国道に出た。幅十八間の、鋪装された美しい道路が、壮大な弧を描いて、月光に白く輝いていた。その上を四人を乗せた車は制限速度すれすれの壮烈なスピードで疾駆して行った。両側の並木や、店舗の灯や、街燈が流れるように後ろに走り去った。運転台に乗っていた小林刑事が耳にホーンを当て、渡辺巡査の車と無電連絡をしていた。

「菊地さん、やっこさん今蒲田の辺を走っているのですよ。未だ六郷はわたらないそうですよ」

小林刑事が後ろをふり向いて報告した。

十三号国道は旧東京市の外かくを走る一級道路であった。そして南品川で京浜国道を直角に交叉していた。二十分の後には、彼等を乗せた車は京浜国道を疾走していた。急に車が輻輳して、スピードを上るのはなかなか容易ではなかった。それが和田刑事を大部いらいらさしているらしかった。鈴ケ森を過ぎて暫くすると、眼界が急に開けた。六郷の鉄橋に出たのであった。遠い対岸には、爆撃のために破壊された壮大な工場の廃墟が亡霊のように霞んでいた。そして、あちこちに遠い電燈の光が眠気をさそうようにまたたいていた。水の枯れた多摩の流が月光をうつして、真珠の帯の如く流れていた。広い河原には霧が流れて、その細かい水滴が月光を吸って、夢幻的な眺めであった。けれどもそのような美しい景色も一瞬の間に車窓を流れて、遥か後ろの方に消えて行った。またたく間に車は川崎の市街を通り抜け、やがて横浜の市街に入った。

そこの十字路を、車は、杉田を過ぎて横須賀に通ずる幹線道路から別れて、東海道を疾走して行った。程ケ谷を過ると、横浜の市街は後ろに消えて、人の家もまばらな丘陵地帯にさしかかった。美しい芝生の丘や、雑木林の茂った、なだらかな丘が蒼い月光の中に、まるで、お伽噺の国を思わせた。この頃になると、始めて、菊地警部と広淵警部補の頭が、どうやら普通の状態に立ちかえってきた。――その頃渡辺巡査を乗せた車は、小磯の車を追って、茅ケ崎の近くを走っていた――距離は大分縮まったが、追いつくのは容易でないように思われた。この調子では、小田原で追いつけたらいい方に思われた。四九年型シボレーは砂塵をまいて、カーブからカーブへと疾走して行った。殆んど七十キロの壮烈なスピードを出していた。時折り、道端の百姓やの庭から、犬がとび出して来て、吠えかかった。けれども、あまりの激しい速力で、自動車が、渦巻く砂塵の中に消えて行ったので、俄かに吠えるのを止めて、後足の間に尾をはさんで立ちすくんだ。それから暫くすると、月に向って、わんわんと吠え立てた。

「一体どこに行く積りなのだろう？　小磯は」

大きくバウンドする車の中で、後ろのクッションに身をもたせて、吊り革を握りながら菊地警部はじっと考えた。

「ひょっとしたら、どこかの海岸からボートで逃げる積りではないのか？」

そしたら、横浜から本牧を通過して、どうして杉田に行く道を選ばなかったのだろう？　杉田を過ぎれば、富岡、金沢、追浜、更に田浦というように、到る所に深い入江があるはずだった。そこの海岸からモーターボートで逃れるならば、あとは一路浦賀水道に出るだけではないか？　この海峡を突破しさえすれば、一望さえぎるもののない黒潮の流れる外洋であった。ともかく、敵の意図を知って急速に手を打たねばならなかった。何故に横須賀に通ずる幹線道路を選ばなかったか、という点に関しては、この附近の水域は連合軍の海軍基地に指定されている上から、うるさいものと考えたものと思われる。ともかく今は東海道を疾走しているのであった。そして最も海に近接するのは、平塚の入口の馬入川の河口と、小田原の海岸であった。端倪すべからざる小磯の事であるから、何をどう計画しているのか、全く一分の油断も出来なかった。

程ケ谷、戸塚を過ぎ、大船の町を通過すると、行手には一望千里の相模平野が展開して、先の車からの連絡によれば、小磯の車は、馬入川などには目もくれず、東海道をまっしぐらに西に疾走して行った。菊地警部は全く小磯の意中を推測する事が出来なかった。

「広淵さん、一体小磯はどうする積なのでしょう?」

「分らないのですよ」

広淵警部補は、前方を凝視めていた眼を、菊地警部の顔に移した。

「さっきからそれを考えているのですがネ――しかし、やっこさんは明日逮捕されるって事を知っているのですからネ。――何処かの海岸からでも逃げる積りなのじゃないでしょうか?」

「そうですネ。私もそう思うのですよ。きっと、行きがけの駄賃に私達を片附ける計画だったのですネ。実際しゃくにさわる奴だな――しかし、奴の計画は、どうもそれ以外にはないようだとすると、一つ手配をしなければならないですネ」

そして菊地警部は身を乗り出して、前の席に座っている小林刑事の肩を叩いた。――それから数分を出でずして警視庁との連絡は完成した。警視庁からは熱海警察署に至急電話が送られた。小田原署に手配したのでは、間に合わない恐れがあるからだった。電話で急を告げられた熱海署では、取るものも取り敢えず、菊地警部の自動車と連絡を取るべく、百方手をつくした。同じ周波数のF・M・無電装置を積み込んだ二台の自動車がエンジンを掛けて、一瞬の間に出動出来る準備が整った。終に菊地警部の車との直接連絡が完成した。ここで菊地警部は一息ついた。

その間に和田刑事は藤沢駅の近くから本道をはずれて、鵠沼《くげぬま》の海岸に道をとった。やがて、江の島を起点とする鋪装された素晴らしいドライブウェーに出た。その道は相模灘の波打際を走って、辻堂、茅ケ崎、平塚等を経て、小田原で東海道に合していた。発達した砂丘や小松の丘が、流れるように後ろの靄の中に消えて行った。辻堂を過ると、道は相模灘の波打際に出て白い帯のように遠く伸びていた。沖天に冴えた月光を浴びて、人影一つない孤独な黒潮の海が、低いはい松の向うに澎湃《ほうはい》として、限無い夜の息吹を呼吸していた。まるでオパールのような薄い霧の中を、車は殆んど八十キロに近いスピードを出していた。それはまるで颱風の精を思わせた。軽くハンドルを握った和田刑事は、あごひもをぐっと引き締めせいかんな眼を上げて前方をひたと見すえていた。右手に遠く伊豆半島が墨絵のように連らなって見えた。海岸にただ一つ電燈のまたたいているサナトリュームの窓々が、印象的に彼の眼にしみた。

平塚、二の宮などを一瞬の間に通過して小田原に近づいた。ここで相模の大平原は箱根路の山懐に終っていた。暗い、まるで巨人のような箱根山塊の峯とが、車窓にぐっと迫ってきた。この頃、彼等の乗った車は終に小磯のビックを追いつめた。その距離は僅か十キロ程度のものとなった。菊地警部の予想した通り、小磯の車は、箱根の峠を越して行く東海道からはずれて、伊東に通ずる道をとった。それは真鶴、湯ケ原を経て、熱海の町に入る道であった。小磯の車が箱根路を取るのならば、それは最も簡単に押える事が出来るはずだった。何しろ峠道は、ただ一筋の険わしい道であったから。

小田原を過ぎると、道は丘を越え谷を過る羊腸の曲線道路となった。さすがの和田刑事も、スピードをひどく落さないわけには行かなかった。小磯の車と接近して走っている渡辺巡査の車との連絡は、まるで隣りの人と話すように明瞭になった。真鶴から湯ケ原を過ぎて熱海に入る道は二つあった。一つは海岸にせまった山々と、箱根山塊との間の盆地を走る道であり、他の一つは海岸の絶壁に沿う道であった。そこで菊地警部は、熱海署に待機する二台の車に連絡した。一台は山ぞいの道が街に入る地点で待機し、他の一台は海岸沿いの道が町に近づくあたりの適当な地点で網をひろげてくれるように手配した。袋は完全であった。いかに慧眼な小磯といえども、彼等があれほどすき間もなく計画された死のあぎとから逃れたとは、夢にも知る事が出来なかったであろう。今や獲物は完全に袋小路に追い込まれたのであった。

真鶴を過ると小磯は海岸沿いの道を取ったという知らせが入った。そこで和田刑事も、絶壁の道に車を乗り入れた。右手は険わしい山々が車窓にせまり、左手は数百尺の断崖をなして、その脚下には太平洋の怒濤が崩れていた。目よりも高い水平線は、ぼうばくと煙り、いさり火が二ツ、三ツまたたいているのが見えた。壮大な海のうめきが聞えるようだった。それは涯しない孤独な眺めであった。湯ケ原の町の海沿いの部分が目の下に見え始めた時、和田刑事の眼がらんらんと燃えた。

「菊地さん！　見えますよ」

三人の眼は前方を凝視した。後ろの席にいた菊地警部と広淵警部補は、前方に体を乗り出した。彼等の道は、ゆるい傾斜をなして一直線に波打際に下り、十町ほどもあろうと思われる波打際をよぎると、またゆるい上りの勾配に沿って遠く伸びて、山の稜線の彼方に消えていた。その上り勾配を彗星の如く上って行く赤いテールが見えた。その後ろ一キロほどの距離を置いて、実に一つの赤い光が流星の如く、そのあとを追いつめて行くのが遠く見えた。それはまるで一つのドラマであった。

ハンドルを取り直おすと、和田刑事はその下りのスロープを一気に滑って行った。数分の後には、彼等が遥か後ろの丘で見た追跡戦の行われた上りの勾配を、激しいスピードで上って行った。カーブは一層数を増し、その曲率も一層ひどくなった。ハンドルを握っている和田刑事さえ、思わず背筋に冷めたい汗が幾度となく浮んだ。ほんの一瞬の前には、彼等の車を洗うように見えた外洋の波が、今は遥かに遠い脚下に崩れていた。険しいスロープを描いている壮大な山々の稜線が、月光をさえぎった暗い谷の向うに、次々と表われては後ろへ走り去った。目もくらむような断崖に沿った道のふちには、低いコンクリートの安全用の頑丈な胸壁が、長く長く伸びて、白く月光を反射していた。暗い杉の林が、深い谷の所々に、太古の静けさにひっそりと冷めたい夜の露をすい込んでいた。しばらくして、一つのカーブを大きく曲ると、重畳と折り畳まれた山波の稜線の彼方に、無数の燈火のきらめく不夜城が突如として視界に入ってきた。蒼い月光の山々と、暗い雄大な黒潮の太平洋にとりかこまれて、それはこの世の眺めとも思われなかった。荒寥とした大自然の中を、幾時間となくさまよって来た身にとっては、懐かしさの極みであった。

「ああ、熱海だ」

菊地警部が思わずつぶやいた。ゴールは正に寸前に迫っていた。四人の心臓は、互に手を取るほど高く脈うっていた。

深く深く山肌に喰い入った暗いカーブを曲った時であった。彼等の顔という顔からは、夜目にも分るほど血が引いて行った。あらゆる血管は、血という血を集めて、一滴も余さずに、心臓に送り込んだように思われた。手を伸ばせば届くほどの、距離にしては数百米の向い側の絶壁の下を、一台の自動車がカーブの突端目がけて疾走していた。それを追って、更に一台の車が、これもまた火箭《ひや》のようなすさまじい速度で走っていた。二つの車の距離は八百米《メートル》を越えてはいなかった。その端の稜線を曲って、更に一つのカーブが横っていた。その先の断崖の突端に、一台の自動車がライトを点じたまま停ってい た。二つの蒼白い光芒が向い側の山肌を白く輝らし出していた。それは熱海署から出掛けて来て、小磯の自動車を待ち受けていた車であった。その車を渡辺巡査も見たであろうし、また小磯も眺めたはずであった。戦の数《すう》は、最早や数分の後に迫っていた。和田刑事は突端を大きく曲ると、深く山肌に喰い込んでいるカーブの底部に衝突するような、激しいスピードで疾走して行った。菊地警部と広淵警部補は、きつく唇を噛みしめて、前方に身を乗り出していた。カーブの底部を曲ると、瞬時にして車は、海の底に沈んだような月光の陰から、蒼白い月光の中へ再び滑り込んだ。そして終に運命の突端を大きく旋回した。

暗い、深い断崖を距てた谷向いに目をやった彼等は、先ほど眺めた光景と同じものを見た。相変らず、同じ距離をへだてて、二台の自動車が、力の限を尽して疾走していた。けれども、その突端を曲がれば、その向い側の突き出た山の稜線の下には、熱海警察署の自動車が、ライトをあかあかと輝やかしながら待機していた。恐らくは太いロープが道をふさいで張ってあったろう。また拳銃を握った幾人かの警官が、ライトを手にして停止信号の準備を終っていたであろう。即ち小磯にとっては、そのカーブは最後のカーブであったと言い得るであろう。

カーブの突端は最早や数百米の先に迫っていた。けれども、小磯を乗せた四九年型ビックは全く減速した様子がなかった。それ許りか一層猛烈にスピードアップした。恐らくは、百キロに近い速度のように思われた。後ろの車との距離は、見る見る開いて行った。一体その壮烈なスピードで、どうして眼前に迫った急カーブを曲る積りなのであろう。その瞬間であった。菊地警部には、小磯の行動が稲妻のようにひらめいた。

「和田君！　ちょっと止めてくれ！」

和田刑事の耳元で菊地警部が怒鳴った。何か、異常な予感に身のすくむのを覚えて和田刑事は全制動をかけた。回転を止めた車輪は、今までの激しいスピードの惰勢をかって数十米滑って終に停止した。

「見ろ‼」

噛みつくような声で菊地警部が叫んだ。そして四人の瞳は向い側の断崖の突端を、ひたと凝視《みつ》めて息を飲んだ。

それは凄《せい》そうを極めた眺めであった。追いつめられた小磯の車は、エンジンを全開にして、断崖の突端に迫っていた。最早や百米の距離を残す許りであった。四人は激しく手を握った。カーブの突端を躍り越えた自動車は、大きい弧を描いて、蒼ざめた空間に投げ出された。そして断崖の果てを下へ下へと落下して行った。向い側で見ていた四人の警官は短かい叫びを上げた。その時、空間百米余りを墜落した自動車は、断崖の中ほどに突き出している巨大な岩頭に、激しい勢で突き当った。そして更に大きく空間に放り出されると、一気に下の波打際まで落下した。大石や小石で一ぱいになっている狭い波打際に激突すると、その勢で、ごろごろと二、三度ころがって、水際で停止した。二つの車輪は何処かに飛び散って、前と後ろに一つずつゆがんだ車を身につけた、今は一つのむくろと化した自動車が、車を上に向けて無雑作にころがっていた。その破壊し尽された窓のあたりに、太平洋の怒濤が次々と押し寄せ、月光を千々にくだいては無雑作にたわむれていた。

それは悪漢の最後としては実に劇的な終焉であった。

——いつか車の外に出た四人の警官は、静かに月光の中に立ち、胸に手を当て、頭を垂れて彫像のように立っていた。

エピローグ

翌日の調査によると、善美を尽した一隻の快速艇が熱海の町の入口に近い入江に泊っていたが、前日の真夜中、何れかへ出帆してしまった事が分った。それはどこにどうなったか、その後の精細な調査によっても終に明かにする事が出来なかった。

一方、大島屋は二月十日の公判に先だって釈放された事は、述べる必要がないであろう。更に事件の全貌が発表された時の全日本の熱狂ぶりは、恐らくは読者にも想像がつかれるであろう。

最後に、木蓮の花にも似た、菊地警部と橘しづ子の恋は、いかに発展したであろう? それはしかし、また別の物語りを形作るにふさわしい一篇の詩を以って報告されねばならない。ともかく、この物語はここに終った。

指紋

　何という悲しさであろう。このじめじめとした晩秋の夕暮のような物悲しさは。それは救い難いほどの重さをたたえて、僕の心に押し込んでくるのだ。歩いても歩いても、例え地の涯までさまよおうとも、

「小島さん、あなただけです。わたしを救い出してくれるのは」

　とつぶやいた橘の顔が、僕を追いかけて来る。しかも僕は彼のために一体どれだけの事が出来るというのだ？　光の鈍い独房の寝台に腰を下ろして、まるで地の底をみつめているような彼の眼。ああ、彼を救うことが出来るのだったら、僕は自分の血の最後の一滴さえも惜しくはない。

　十月二十三日、彼は逮捕されたのだった。あの咲きほこるダリヤにも似た賀川鮎子惨殺の容疑者として。僕のみではない、彼にとってもそれはまさに晴天の霹靂《へきれき》であったろう。

　白髪童顔、白金町の高台に、小さくとも近代設備をほこる飯島病院の院長、飯島博士を知らない人があろうか？　その立志伝中の人物にも比すべき博士の苦闘史もさることながら、まさに人道の戦士とも思われる博士の行状記はあまりにも知られ過ぎている。

　賀川鮎子。彼女はまた何というおおらかな美貌のひとであったろう。博士のただ一人の遠い縁戚に当る彼女は、医専を出るや否や、博士の懇望により、産婦人科の助手となった。彼女の出現は、日の射さない谷間に咲いた白百合の如き輝きをもたらした。

　彼女に対する博士の愛情はまたなきものであった。

　その苦闘の時代に、愛する若き妻を失った博士は、以来独身の生活を押し通していた。子供もなく、親しい身寄とてもない博士にとっては彼女は娘以上の娘であり、ある意味においては魂の故里にも似たものであったろう。

三年の月日は流れて、今年彼女は二十三歳の春を迎えた。博士の寵を一身に集めた彼女は、一年ほど前から博士の自邸で起き伏しをしていた。あるいは、博士は、その眼がねにかなった人物を彼女に迎えて、自分の跡を継がせる考えであったのかも知れない。博士の自邸――それは病院から四キロほど離れた芝の一隅にある広壮な邸だ。仕事と生活。その完全なる分離こそ、博士の今日をあらしめた智恵の小槌なのだ。で、なかったら、腕の冴えた博士は過労の果て、果して今日まで命を保つことが出来たであろうか？

五年前、学部を出ると直ぐ、僕は郷党の先輩である博士の病院に勤めて、平和な日を送っているのだ。時には博士の邸宅を訪ねて、美しい彼女と楽しい会話を持つことも許されている。青春の血が躍らないわけでもない。

橘がこの病院に来たのは、二年前の春である。学部を出るや否や、貧しい彼は、それでもやっと都合して作った灰色の背広を着てやって来た。僕と彼とは、その晩、夜を徹して飲んだことを覚えている。またなき朋友を得て、僕の生活は更に楽しいものとなって行った。

年に似合わぬ彼の手筋と才能、更に立派な風貌は、次第に博士の信任を得て行った。今日、この頃では、子供のない博士は、自分の後継者《あとつぎ》として、彼を見ていたと言ってよいであろう。僕とても木石ではない。多少の羨望と嫉妬を感じないわけではなかった。だが、あまりにも僕は自分を知り過ぎている。その上些少の財を郷里に持っている僕は、いずれ故郷に帰って、年老いた父の跡を継がねばならない。むしろ年若く、才長けた親友の幸を悦ぶの情、切なるものがあったのだ。

清瀬川――それは幅にしては三米《メートル》そこそこのどぶ川に過ぎない。けれどもその川口は、茅ケ崎の海岸では知らない人のないところだ。海水浴の季節には、誰かこのあたりで命を失わなかった年はあったろうか？　海岸に迫ったその左手に当る高台に、老松に包まれた別荘がある。夏の頃だけ、持主はやって来ると見えて、秋から春の末までは、多くは雨戸が戸ざされたままになっている。二千坪は優にあろうと思われる広壮な庭の周囲は、老松の林である。海岸に面した方は、その老松の間に、二米ほどの高さの小松が密生している。風の日には、白く泡をかんで磯にくだける白波の音に和して、松籟《しょうらい》の音が果しない孤独さを感じさせる。雨戸を戸ざした家の直ぐ前は、黄色に色づいた芝生だ。

十月二十一日、この物寂しい庭の、海岸によった小松の下の芝生の上に、賀川鮎子は一このむくろとなって発見された。割合地味な和服を着た彼女は、無慙なほどに恥かしめられた上に、心臓をピストルで射抜かれ、あけに染って倒れていた。現場には、彼女の心臓をつらぬいたただ一つの拳銃弾の外には、何物も発見されなかった。鮎子はその二日前の日に休暇をとって、牛込の生家に帰っていた。その後の調査によると、彼女は二十日の一時頃芝の邸に帰ると言って出掛けたのだ。生母の話によれば、その日の彼女の服装は、死体のそれと同じであった。死体は直ちに東京に急送した上、解剖に附された。その結果、誠に奇妙な事実が発見されたのである。彼女は射殺されたのではなくて、絞殺されたというのだ。血液中の水素イオンのテストによると、彼女は発見された日の前日の午後三時から五時の間に殺されている。更に彼女の命を奪ったものは、見事に心臓をつらぬいた拳銃の弾丸ではなくして、その首にからみついた二つの逞しい腕であったというのだ。

芝の邸に住んでいた三人の人物――博士、女中の千代、そして年老いた下男の爺や――この三人の男女に嫌疑が掛ったのは当然であろう。次いで二人の青年――即ち僕と橘の上に疑惑の目が向けられるに至った。鮎子が生家に帰ったその日から、勝手を知っている僕は、博士の依頼を受けて、留守番兼監督をかねて、博士邸に寝とまりをしていた。何という不運な自分であったろう。そのために僕の上にかかっていた当局の疑惑は、一層深く大きいものとなって行った。

つまりこの五人の男と女とが当局の疑惑の前に立たされたのだ。けれども博士は直ぐに解放された。なるほど、その日の博士にはアリバイらしいアリバイは全然なかった。朝、病院に出勤すると、その日は何となく閑暇だったので、博士は急に用事を思い立って、逗子の友人を訪ねたというのである。ところで、せっかく訪ねた友人は居なかったので、直ぐ東京に引返した。けれども博士が訪ねた時、取り次ぎに出たその家の女中は迂闊にも、主人の帰宅した時、博士が訪ねたことを伝えるのを忘れたというのだった。後日警察の照会があった時に、その女中は博士が訪ねたことは記憶はしていたが、その日が何日であったか忘れたというのだ。博士が帰宅したのは確か七時頃であったろう。だが博士の人格については、何人といえども疑問をさしはさむ余地はなかった。人道の戦士――そんな男が居るとしたら、それは博士に違いないのだ。

次に女中の千代が捜査線上から姿を消した。それは犯罪そのものの手口から言っても当然のことであろう。ただ当局に一応疑惑を持たれたのはその背後関係にあったらしい。けれども、それも直ぐ霧消した。と、いうのは、鮎子が十八日に牛込の生家に帰るお供をして、彼女は一緒に牛込に行っている。鮎子は、数日の間邸を留守にするので、彼女も埼玉の実家に帰ることを許され、鮎子の生家からその足で池袋に行き、東上線で自分の家に帰ったのだ。そこで僕の留守番が必要になったわけなのだろう。それはともかくとして、彼女が東京に帰ったのは、鮎子の死体が発見された後、警察の照会があってあわてて戻って来た二十二日のことだったのである。

爺や、橘、僕――この三人が結局、最後に問題として残ったわけである。爺や――今年六十七歳の爺やは、門の側に建てられているバンガロー風の小さい独立家屋に住んでいた。妻もなく、子もなく、彼は独り邸の草木を友として、つつましく暮していた。二十日の日も一日中、庭の奥のヒバ垣の手入をしていたというのである。けれども、何一つとしてアリバイはなかった。だが小腰のかがんでいる今や人生の夕暮に立っている実直な老人に疑惑を持つことは、誰の目にもあまりに愚かなことと思われた事であろう。敏腕を以って聞えた警視庁捜査第一課の和田刑事さえも、恐らくは最初から問題としてはいなかったであろう。事実、かかる老境に入っては、鮎子の体内から検出されたような、多量の男性エネルギーを保持することは、生理的に不可能なことであったのだ。

橘。彼もまた不幸にしてその日のアリバイはなかった。言い忘れたが、彼は学生時代から親戚の家に身を寄せていた。二十日は彼の休日だった。朝食を終ると間もなく彼は外出して、家に帰ったのは夜の九時近くとのことだった。彼の言う所によれば、久し振りで日比谷の図書館で新着の洋書に目を楽しましめ、次いでスバル座で「赤い靴」を観賞し、銀座や日本橋の通りをブラブラして来たというのであった。疑惑を持とうとすれば充分にその余地はあった。だが、何のために彼は鮎子を手ごめにした上、絞殺し、挙句の果て、拳銃で射殺しなければならなかったのだろう？　飯島病院の世継に目され、博士の信頼を一身に集めていた彼が！　なるほど、彼と若く美しい鮎子との交渉は、相当親密なものがあるように見受けられた。殊に最近では、博士の留守の折などには、目に余るような行為が見られないでもなかった。だが、それが一体どれほどの問題であろうか。博士にとっては、それは望んでもない事ではなかったろうか。彼女は博士のまたなき寵愛を一身に集めていたではないか。一方橘は博士の後継者と目されて、これまた博士の一方ならぬ信頼を受けていた人物なのである。――博士が彼女を恋人として愛していたとでも言うのであったら、話は別であろうが。だが、そんな馬鹿気たことが？

珍らしいほど艶聞の少なかった鮎子を、茅ケ崎くんだりまでさそい出すことが出来たのはあるいは彼をおいては考えられない事であったかも知れない。事実、後に至って和田刑事はこの点を徹底的に追求して、彼を逮捕する端緒をつかんだ。だが、それだけのことが、果して、それほど重大な意義を含んでいたとは誰一人として考えることは出来なかったであろう。

ところで、最後に、もっとも疑惑の目で見られたのは僕である。それは、当局の見解に従えば、全く無理のないことであった。

当局の見解、それは――

彼、小島は、橘が現われるまでは、院長の寵を一身に集めていた。博士は自分の後継者としてひそかに彼を嘱目していた。事実博士の今日の成功の陰には、彼の力を忘れることは出来ない。かくて博士の信任は日と共に重くなって行ったのだ。そればかりではない。若く美しい鮎子までが、次第に彼に傾倒して行くようになった。こうなって見ると、彼の如く、故郷に多少の財産のある安定した身とすれば、あるいは彼女のような美貌と豊満な肉体の方が、飯島病院の建物やノレンよりも魅力があったのかも知れない。かくて彼はただ静かに時期の熟するのを待てばよかったのだ。

ところが今や事情は一変した。彼よりも更に有能であり、更に美貌の橘が現われたのだ。果せる哉、かつて彼の肩に置かれていた博士の寵は、日と共に橘の上に移って行ったものだ。そして彼が、あるいは命までもと思っていたかも知れぬ鮎子の愛情さえも。失望と、嫉妬の炎に焼かれた彼は、終に最後の決意を固めたのではあるまいか――。

これが当局の見解だった。だが、誠に偶然のことで僕のアリバイは確認された。

実は二十日の日は、朝から僕は邸で調べものをしていた。もっとも僕が出掛けては、屋敷は全くの空家になったはずである。そんなわけで、留守番をも兼ねて、僕はずっと邸の中に居た。ところで多分、あれは一時頃だったと思うのだが、僕は思いついたことがあって日本橋の小西薬店に、ある試薬の問い合わせをした。だが、それは未だ到着していないという返事だった。事件の発生後、当局の調査によれば、小西では、自分の問い合わせがあったかどうかは記憶していないということだった。だが恰度その時刻病院の看護婦が僕のところに用があって、二度電話をかけた事が判明した。看護婦の言によれば、二度とも話し中であったというのである。とにかくその時刻には僕が邸に居たことは一応確認された。だが、それから僕が行動を起したとしても、鮎子が殺害された時間に、僕が茅ケ崎に居ることは可能だと言うのである。だから決定的なアリバイとはならなかった。

けれども三時頃には、僕は邸を戸締りして二時間ほど外出した。それは、二日ほど前に、学部の研究室に残っている林に会う約束をしていたからである。そんなわけで、彼を生理学の教室に訪ねて、四時近くまでいろんな話をして引き上げた。邸に帰ったのは五時頃でもあったろうか。それからはずっと翌日までとじこもっていた。――この事実が旧友林によって確認された。それでやっと僕の二十日のアリバイは確認されたわけである。

なお、博士を初めとして五人の人物が、参考のため両手の指紋を採られ、更に拳銃を発射した人物を判定する目的のもとに、両手を蒸溜水で洗われたことを附記しておこう。

僕のアリバイが確認されたお蔭で、当局の疑惑は、今や橘の上に集中された形となった。

勿論僕は橘の無罪を信じている。僕の考えによれば、鮎子を殺した者は、恐らくは僕達の知らない第三者であったかも知れない。だが当局の考え――特に和田刑事は犯人は僕達の中にあると確信しているように思われた。それは恐らくは彼等のカンであったかも知れない。その非科学性を僕は心から冷笑した。だが、犯人は外部の者であろうとも、僕としては終に一歩も前進することは出来なかったのだ。――何という無力な自分であったことか！

ところで何としたことであろう。橘が述べたアリバイにもならないアリバイが、総てでたらめであった事が判明した。一応は凡ゆるものを疑わねば満足の行かない和田刑事は、彼の証言を一々当って調査したというのだ。

まず第一に、彼は「スバル」で、「赤い靴」を見たと言う。だが、「赤い靴」は十九日で打切りとなり、二十日には新しく「無防備都市」が封切られている。更に彼が訪れたという日本橋の「角善洋書店」は、店内の改装のため、二十一日まで休業している。こうなって見ると、橋の二十日の行動は謎に包まれたものとなってきた。一体彼は二十日の日をどこで過したのであろう？　また彼は何のために偽りの証言をしたのであろう？　和田刑事は彼の上に深刻な疑惑を抱いた。

十月二十三日、事件は急転直下した。その日和田刑事は、重ねて鮎子の生家である賀川家の人達について、滞在中における彼女の行状を精細に調査した。その時のことである。二十一日の日に、大磯に避寒していた同家の祖母を訪ねて二十二日に帰京した一女中の口からその証言がなされた。それは二十日の午前十一時頃掛ってきた電話についてであった。

その電話――

「――あの、賀川さんのお宅ですか？」

「はア――」

「実は、鮎子さんにお伝え願いたいのですが」

「はい――、お嬢さまでしたら、もしもし、お嬢様にお代り致しましょうか？」

「いやいや、それには及びませんよ。ただちょっと御伝言下されば結構なのです」

「かしこまりました」

「実は、わたしは橋と申す者なのですが、今日は予定を変えて、午後二時、茅ケ崎駅の東口でお待ち申上げております――って、お伝え願いたいのですが」

「かしこまりました……けどちょっとお待ち下さいませ。お伺い致してみますから」

「いやいや、お伝え下さるだけで結構です。――じゃお願いします」

「もしもし。もしもし」

――だが、電話はもう切れていた。そして午後一時頃、鮎子は自宅を後にしたのだった。

和田刑事の眼は静かに燃えていた。僕はあの眼を思うと、今でも戦慄を覚える。彼は橋を激しく問いつめた。だが、橋はその電話のことは徹頭徹尾否定した。そこで、色をなした和田刑事は、彼のアリバイの証言は一さいでたらめであった事を述べて、更に激しく彼に迫った。だが頭を垂れた橘は、一言もその申し開きをしなかった。何故であろうか？

その日の夕刻、様相は橘にとっては更に険悪なものとなって行った。――各人から採取した指紋からは、当局は何一つとして得る所はなかった。鮎子の体のどこからも、指紋は一つとして見出されなかった。更に、各人の両手を洗って得られた洗滌液の中にも、拳銃を発射した際の生成瓦斯《ガス》の痕跡は、遂に発見されなかった。それは、当局が最初に仮定した五人の人物の中には少くとも拳銃を発射した人物はいなかったか、あるいは居たとしても犯人は爆発の際の生成瓦斯が手に附着するのを妨げるような均一な物質――例えばゴム、あるいはプラスティックの如き物質で作られた手袋をはめていた事を結論づけるものだった。

ところで、その日の夕刻、折から清瀬川の川口の近くで、貝を拾って遊んでいた数人の子供が、殆んど砂の中に埋まっている小型の拳銃を発見した。捜査班は俄かに色めきたった。それは旧式のコルトであった。残された弾丸と、赤く錆ついた拳銃とを精細に検査した鑑識の結果によると、鮎子の体を貫通した弾丸は、その拳銃から発射されたことが明確にされた。しかもその拳銃は、不在勝の博士が、年若い美貌の鮎子の護身のために、ひそかに与えておいたものであったことが確かめられた。不断、彼女はそれを寝室のベッドの下に隠とくして置いたのであった。今や鮎子を殺害した犯人のひそむ円周は、その半径を極度に短縮されたのだ。

僕がひどく苦しい立場に追い込まれたのは実はこの時であった。何故ならば、彼女が惨殺された二日前の日から、僕は博士の邸に泊っていたからであった。けれども僕は、彼女がそんな物そうなものをベッドの下に、忍ばせておいたなどということは全然知らなかった。そのために、橘が容疑者として逮捕されるまでは、僕は当局の疑惑の眼の前にまともに立たされたのであった。

翌二十四日、最後の追い込みに気おい立った当局は、重ねて厳重な現場捜査を行った。鮎子の死体が横わっていた位置を中心として十名に近い警官が、一本の松の落ち葉の果までも探さくした。草の葉を起し、木の根を分けてもという形容を地で行った捜査であった。けれども夕刻に至るまで、何一つとして得られたものはなかった。捜査に当った人々の落胆は大きかった。

だが、栄冠は遂に、執念の鬼の如き和田刑事の頭上に輝いた。その朝一週間ぶりで、附近のごみ箱を清めた市の清掃人夫のあったことを知った彼は、夕刻その人夫を確認することが出来た。しかも彼は別荘の近くのゴミ箱から、一個の、そう古くはない薄手のゴム手袋を発見している。興奮のため蒼ざめた和田刑事は、人夫からその手袋を貰い受けた。

科学捜査研究所――。一時間を出ずして、ここに一さいが判明した。そのゴムの手袋には、あまりにも明瞭な「窒素酸化物の反応」があった。まさしく、犯人はまず鮎子の寝室からひそかに拳銃を盗み出し、次に彼女を茅ケ崎の海岸のあき別荘におびき出し、暴行の果扼殺し、更にその拳銃をもって彼女の体に最後の止めをさしたのだ。

十月二十五日、僕の家と橘の止宿先は、徹底的な家宅捜査を受けた。その結果、彼の洋服箪笥に納めてあった、鼠色に紺の縞の入った合着にもまた、窒素酸化物の痕跡が検出された。最早や疑問の余地はなくなった。

だが、いかなる目的で彼は鮎子を殺害したのであろう？　しゅん烈な当局の取調べに際しても、彼は一さいを否定している。彼が犯人だとは僕にも考えられない。

だがそれにも拘わらず、彼を犯人とするための証拠はあまりにも動かし難いものである。結局当局のこの点に関する推定は、次の如きものであった。

彼――橘は、もしかしたら博士の信頼を失ったのではあるまいか。あるいは失ったものと考えたのではないだろうか。それは彼の如き貧苦の中を生きのびてきた者にとっては、まさに致命的なものであったろう。凡ゆる栄光に輝やく彼の将来は、暗い冷めたい灰色の霧の中に消えていかねばならない。彼は改めてその第一歩から、人生の中へ踏み出さねばならないではないか。ところで、博士の信頼を失った彼に、更に大きい不幸が待っていようとは！

――女は波のようなものだ――

昔シェークスピアが嘆じた言葉が、不滅の真理の如く、今の世にも生きていたのだ。博士の信頼を失った彼に同情するどころか、みじめにも転落した彼に対して、鮎子の情熱は急激に冷却して行ったのだ。彼女の愛が去ったことは、恐らくは、彼にとっては博士の信望を失ったよりも悲痛なものであったろう。失意と絶望のうちに悶々の日を送ったであろう彼は、いかなる決意に到達し、いかなる焔に身を焼いたことであろう？

ある淋しい晩秋の午後、僕は彼を未決に訪ねた。彼は眼に涙を浮べて僕の訪問を悦こんだ。不精ひげの生えた、蒼白い彼の顔には憔悴の色が濃く浮んでいた。暫く話をした後、彼の態度には急に厳粛な気配が現われた。僕は思わず彼の姿を見守った。

「小島さん、わたしはもう総てをあきらめようと思うのです。地位も名誉も。そうすれば二十日の日のわたしの行動は、包まずお話することが出来るのです。——わたしは未だ決心はつかないのですよ。ですから当局に対しては、今なお何も申してはいないのです。もっとも、本当のことを話したら、それは一層わたしに対する当局の疑惑を深めるに過ぎないのですからね。だが、あなたはわたしの親友です。どうぞわたしを救って下さい」

赤い色が彼の蒼白い額を彩った。僕は暫くの間、茫然として彼の眼をみつめた。一体何が彼の心の扉を叩いたというのだろう。

「出来ることだったら何でもするよ、ね、橘君、あるいは僕は君の信頼に値しない人間かも知れない。だが、出来るだけのことはするつもりだ。一つ、何もかも打ちあけてはくれないか」

彼の目には何か光るものが見られた。

「小島さん、出来ることなら、わたしは黙って通り過ぎてしまいたかったのですよ。けれども、それはどうやら出来ない相談のように思われてきました。小島さん、ある意味ではわたしは先生を裏切ってしまったのですよ」

驚いて僕は彼の眼をみつめた。あるいは、僕の顔は、色を失っていたかも知れなかった。しかも彼の額は、苦悩の色が赤く染めていたのだ。

「死んでしまった人には口がないのだからとはどうぞ考えないで下さい。うかつな話でした。わたしは最初、鮎子さんの好意を、好意のための好意と考えていたのでした。というのは、わたしはゆくりなくも、先生が彼女を深く深く愛していられたことを知ったからでした」

思わず僕は息をのんだ。それは全く僕の知らないことだった——。彼は僕の驚きには気がつかないもののように、静かに話し続けた。

「それを知った時から、ともすれば彼女に傾いて行こうとするわたしの心に、わたしは自分で袂別をつけたのですよ。ね、小島さん、今や初老の坂にある、あの気高い先生から、誰がその最後の望を奪う事が出来るでしょう？　ましてやわたし達の恩師とあってはですよ。

その上にです、小島さん、浅ましい話ですが、わたしがもし鮎子さんと一緒になったらわたし達の将来はどうなるでしょう？　勿論、わたし達は、飯島病院を去らねばならないでしょう。この平和な満ち足りた生活を捨てて！　小島さん、わたし達のように貧窮の中に生い立った者は人生に対しては極度に臆病なものなのですよ。それは、わたし達は幸運というものを容易には信ずることが出来ないからなのです。

結局、わたしは平和な静かな途を選ぶことに決意したのです。それなのに小島さん、わたしの歩いて行く途は、苦悩の淵に終っていたのです。忘れもしません、あれは先月の十日のことでした。わたしは、偶然のことから鮎子さんと茅ケ崎に行く破目になったのです。そして彼女の切なる希望で、ある家まで送って行ったのです。その家――それこそあの別荘だったのですよ」

がく然として僕は彼の口元を眺めた。

「鮎子さんは
〝まァ――、留守だわ。――あれほど今日お伺いするって約束したのに〟

と言ったのですよ。戸は総て固くとざされていたのですからね。

〝仕方がないわ、橘さん表の方へまわって見ましょうよ〟

そう言って、勝手を知っているらしい彼女は、屋敷をまわって、表の方へ行きました。それは本当に綺麗な庭でした。松の林にとり囲まれて――。しかし、もうあの邸は、あなたも御存知ですね？

その庭の奥まった芝生の上で、鮎子さんとわたしは遂に最後の一線を越えてしまったのです」

さすがに彼は顔を伏せていた。

「勿論、わたしも本当は彼女を心から愛していたのでしょう。しかし、このような関係に立ち至ろうとは！　それ以来、二度ほどあの物淋しい奥庭で、彼女と関係を持ちました。

わたしはそれ以来、先生の顔を正視することが出来なくなってしまいました。一度誓った自分の心に叛いて、あれほど信頼して下さる先生を、わたしは一度ならず裏切っていたのですからね。自責の念に、眠れない夜も幾度もあったか知れません。あまりの苦しさに堪えられなくなって、わたしは先生に打明けて、許しを請おうと思いました。だが先生の温顔に向うと、どうしても切り出すことが出来なくなってしまうのです。ああ、あの時思い切って総てを先生に申し上げていたら！　何はともあれ、彼女は無事でいたかも知れなかったのです。それを思うとわたしはあきらめ切れないのです。

——だが小島さん、男女愛慾の悲しさは、——それは人間以前のものであり、また人間以上のものであるのでしょう。わたしはどうしても鮎子さんを忘れることが出来なくなってしまったのです。彼女もまたきっとそうだったと思うのです。わたしにとって生存の第一の意義は、鮎子さんにあったと思うのです」

彼の眼には、遠い見果てぬ夢を懐かしむような光が浮んでいた。だが、それは僕の心には言い知れぬ不快な気分をひき起した。それと知らずして、僕は橘をひどく嫉妬していたのかも知れない。

「小島さん、どうぞ、わたしを哀れんで下さい。実はあの怖ろしい事件の起った二十日の日わたしは鮎子さんと茅ケ崎の駅で五時に落ち合う約束だったのですよ」

右手にはさんだ煙草を、僕はとり落した。そして茫然として彼の眼をみつめた。

「小島さん、わたしは約束の通り、四時四十分に茅ケ崎に着きました。そして来る電車毎に、胸を躍らせて改札口を眺めていたのでした。けれども遂に彼女は姿を見せませんでした。それでもわたしは七時頃まで待ち続けました。——もて遊ばれたという怒りと、いや鮎子さんに限ってという寛恕《かんじょ》の心を抱いて、わたしは七時半の上りの電車に乗りました。暗い夕闇の中に、駅の電燈が遠く去って行くのを見た時には、わたしは泣きたいような侘しい気持になっていました。

小島さん、何ぞ知らん、その頃には鮎子さんは、誰か別の男に恥かしめられ、挙句の果てに殺害されていたのです。——しかも彼女はわたしを信ずるのあまり、誰が掛けたか分らない偽りの電話におびき出されて、わたしが着いた二時間も前に茅ケ崎に着いていたのです。

小島さん、今、わたしは捕われの身なのです。今あなたにお話ししたようなことを、当局は果して取り上げてくれるでしょうか。ことにあの頑迷そのものとも思われる和田刑事が！

わたしは実に口惜しいのですよ。出来ることなら、彼女を殺した人間を捕えて、復讐をしたいのです。小島さん、そいつは二十日の日の、わたしと鮎子さんの密会の約束を知っていた男なのです。それからわたしと彼女の関係も。——あるいは、考えようによっては、彼女を愛し、それ故にわたしを憎悪している男かも知れないのです。わたしはまんまとそいつのワナにかかった――。だが今のわたしには、そいつは誰であるか想像さえも出来ないのです。わたしは実に残念なのですよ。出来ることなら、そいつの首を叩き折ってやりたい。

お願いです、小島さん。わたしに代ってそいつを捕えて下さい。あなただけが、わたしを救って下さることが出来るのです」

彼の眼には無念の涙が浮んでいた。憔悴しきった彼の瞳に燃えている、ぞっとするような復讐の焔を眺めて、僕は慄然とした。

僕は橘を信じている。彼は決して鮎子を殺した男ではない。それは僕の信念とも言うことが出来よう。と、すると犯人は一体誰なのだろう？　その男は、ひょっとしたら僕達の顔見知りの男かも知れない。少くともそう信ずる理由がある。橘の言にして誤りがないならば、その男はまず最初に、二十日の午後五時の橘と鮎子との密会の約束を知っていたのだ。そこで二十日の午前十一時、彼は鮎子の生家に偽の電話を送って、会合の時間を午後二時に繰り上げた。

彼は僕達の住んでいる博士の邸に忍び込んで、彼女の寝室から護身の「コルト」を奪い去った。ついで橘の下宿におもむいて、彼の洋服箪笥から、ひそかに彼の洋服を盗み出したのだ。それから何が起ったか？――しかしそれは、既に我々の知ったところである。

だが、次が問題だ。もし橘が犯人でないとするならば、鮎子を殺害した犯人は、再び橘の下宿先にとって返して、何食わぬ顔をして着て行った彼の洋服を、彼の洋服箪笥の中に返して行ったことになる。それは時間的に見るならば、少くとも午後七時以後になるはずだ。だがその頃には、彼の下宿先の親戚の人達は、ずっと家に居た。すると犯人は、多くの家人の知らないほどひそやかに彼の部屋に忍び込み、そしてまた去って行ったことになる。何という恐るべき男であろう。それはまるですき間風のような人物であったに相違ない。何とならば、二十日の夜は実に静かな夜であった。にも拘わらず、家族の人達はこそとの音も聞かなかったと言う。

犯人は誰であろう？　僕は空しく暗中に模索するのみであった。暗い冷めたい獄舎のベッドに腰を下ろして、今日もまた蒼ざめた顔をじっと床の上に伏せているであろう彼！

それは十一月の末のことだった。長いこと姿を見せなかった和田刑事が私服でやって来た。夕食の後のことだったので、博士も一緒になって、玄関脇の応接室で話し合った。言い忘れたが事件の発生以来、僕は博士の懇望で、ずっとこの邸に起き伏しをしていた。

外は木枯が吹きまくり、まるで氷を断ち切ったような月が、落ち葉した欅の枝に掛っていた。けれどもこの美しい応接室にはストーブのガスの焔が音を立てて燃えている。

その夜の和田刑事の様子は、何か奇妙な印象を与えた。何というか、今にも獲物に襲いかかろうとする野獣が、爪を隠して、時と距離とを測っているとでもいった気魄が漂っているように思われた。彼はそれを隠そうとするのに随分骨を折っているらしい様子が見えた。それは僕の思い過ごしであったかも知れないが——

「和田さん、いかがでしょう? 橘は白状しましたか?」

紫色の煙を天井に吐き上げながら、老博士は訊ねた。その眼には恩讐を超えた光が宿っていた。博士の童顔を、和田刑事は静かに眺めた。複雑な表情が一めんに現われていた。

「はァ——お蔭様で、事件は漸く片附くところです」

「ほ——、するともう一息というところなのですな?」

「ええ、まァ——」

聞きようによっては曖昧な答とも受け取れる。彼は飲みさしの煙草を灰皿に置くと、じっと腕を組んだ。

「博士、あなたはこのような物語りを御存知ですか?」

沈んだ口調で彼は語り出した。だが、その静けさの中に僕は何か激しいものが明滅するのを感じた。

「これは、博士、あなたの場合には全然あてはまらないものですが、どこかに似た点もあるように思うのです。アメリカのニューメキシコの近くのある大学に起った事件なのですがね。某教授としておきましょう。彼には二人の愛弟子がありました。若い方をハーディー、三つ年上の弟子をフォスターとでも呼んでおきましょうか。実は、ハーディーが教授の弟子に来るまでは、教授はフォスターをとても愛していました。そんなわけで、二、三年もすると、彼は助教授に任命されたと思うのです。ところが三年も後輩のハーディーが来るに及んで、事情は変って行きました。教授の寵愛は、次第にハーディーの方に移って行ったのですね。その上に教授の年若い夫人の愛情までも。

　フォスターは非常に悩んだらしいのです。彼にとっては教授の愛情を失ったことよりも美しい夫人の情が移ったことの方が、むしろ痛手だったのです。しかもある日、彼は教授の留守の日に、夫人の寝室でかつての日の彼の如く、抱き合っているハーディーと夫人の姿をかいま見たのです。最早や回復すべくもないことを知った彼は、嫉妬に身を焼かれて、魂を悪魔に売り渡すことを約束しました。すねに傷持つ彼にとっては、夫人との情事を暴露して、ハーディーを葬ることは出来ない相談でした。また出来たとしても、恋に破れた彼にとって、そんなことが、どれほどの慰めになったでしょう。彼はもっと恐ろしいことを考えたのです。いかなる点においてもハーディーに劣る彼は、今更ら夫人の心を引き戻すということの不可能なことを知ったのでした。そこで彼は、夫人を殺し、重ねてその罪をハーディーに着せることによって、復讐の快感をかち取ろうと決意したのです。

　だが、そう決意したのは彼のみではありませんでした。教授、その人もまた、その一人であったのですよ。何一つとして教授は、口にはしませんでしたが、彼は自分の年若い妻の無軌道をひどく憎悪していました。また二人の年若い弟子をも。教授は何もかも知っていたのです。彼はこの三人の男女に対して永遠の復讐を誓いました。

　今や期は熟したのです。そして遂に機会はやって来ました。ある日教授は、ハーディーが夫人と郊外の涯しない沙漠の中にある、とある砂丘の陰で、二人だけの会う瀬を楽しむ約束をしたことを知ったのです。そこで教授は、ひそかにフォスターの部屋のテーブルから、彼が忘れていた拳銃を盗み出しました。次にハーディーのアパートを訪ねたのです。ハーディーが何かの用事で、ちょっと部屋をあけたすきに、教授は彼の、洋服箪笥から、彼が着そうもない古洋服の上着をひっぱり出しました。万事につけて無頓着な彼はそのことに全然気がつかなかったのですよ。そこで教授は、夫人の所に電話を掛けて、電話に出た女中に約束の時間を三時間ほど繰り上げる事を伝えてくれるように頼んだのです。これで計画の第一段階は終ったのですよ。


　次に周到な教授は、自分のアリバイを確立しておこうと前々から考えていました。そこで、その二日前、彼の親友で、鉱物学教室の助教授をしている――まァA助教授ということにしておきましょう、その助教授に電話してそのうちに訪ねることを約束したのでした。そして目的の日の前日、計画の時間に、教授は地下室のA助教授の研究室を訪ねたのですよ。——あとで分ったことですが、最初教授のアリバイを確認したのは、実にA助教授だったのです。けれども、どうも腑に落ちないことを知った当時のゲオルグ名探偵は、遂にそのアリバイが当にならないことを確かめたのです。まァ、少くともA助教授の証言は信頼し得ないものであったという事をですね。博士、あなたも御存知でしょう？　日本にだって国を挙げて戦った明治三十七・八年の日露戦争を知らなかった学者もいたのですからね。A助教授は、実にそういった研究の鬼とも言うべき男だったのですよ。彼にとっては、夜も昼も、土曜も日曜も、まるで区別がなかったのです。彼は全く時間の観念をそう失した男でした。こう申し上げたらもうお分りと思うのですが、彼は教授の訪問は、確かに記憶はしていたのですが、その日が犯行の日であったかどうかは、確かには記憶していなかったのですよ。そこを利用した教授は、まんまと彼に、自分の訪問した日は犯行の日であったと思い込ませることに成功したのですよ。

その翌日、荒寥とした涯しない沙漠の、とある砂丘の陰に、一糸もまとわず暴行の限りを尽された夫人が、揚句の果て、射殺された一個の死骸となって発見されたのですよ」

静かに話を止めた和田刑事は、逞しい右手を伸ばすと、無造作にコーヒー茶碗を取り上げて、一息に飲み乾した。博士の面上には、酷《きび》しい表情が浮んでいた。何となく嵐の近づいたことを思わせた。腕を組むと、彼は更に語りついだ。

「教授の計画は実に素晴らしいものでした。案の定、ハーディーは逮捕されてしまったのです。そして彼は教授の信頼と将来の地位と名誉の総てを失ってしまったのです。と言いますのは、夫人の殺された現場からは一ちょうのピストルとプラスティック製の手袋が発見されたのですよ」

僕は思わず息を飲んだ。

「更にその後の調査で、彼の持ち物の中から例の洋服の上着が発見されたのですが、その何れからも明瞭な窒素の酸化物が検出されました。最早や疑問の余地はなかったのです。

ところが、そこは今なお米国探偵史の中に燦として光り輝いているゲオルグ警部の偉大さです。彼はまず、一つの疑惑に突き当ったのです。もしハーディーが犯人であるとするならば、その犯行の原因が薄弱に過るということでした。唯一の考え得られる点は、夫人との情事を教授に気づかれかかったために、自分の将来の栄達を考えてやったのだという位のところでしょう。だが、それにしてはあまりにも計画が不味過ぎはしないかということでした。

次いでゲオルグ警部は、教授の旧友A助教授を追求して、彼は学究一点張りの男であることを知りました。ここにおいて、教授のアリバイは崩壊したわけなのですよ。もっとも、その日教授の部屋に、重大な時刻に偶然にも電話した一友人は、彼の専用電話は話し中であったことを証言しました。だが、ゲオルグ警部は、こう考えたのでした。――教授は恐らくは自分の留守をした間中、受話器をはずして、人の居るはずのない部屋に通話したままの状態にして行ったのであろう――と。けれどもその推定は、遺憾ながら今日に至るまで今なお謎とされています。

ところで、ここまで考えたのであったら、充分教授を疑うべきであったのですが、その当時においては、教授の地位と名誉とは大層なものでした。良く言えばその名声に眩惑されたとでも申すべきでしょう。さすがのゲオルグ警部も、博士の追求を打ち切ってしまったのですよ。

と言いますのは、使用された兇器はフォスターのものだったからなのです。そこでこれはフォスターが万一ハーディーを犯人とすることに成功しなかった時には、その疑が総て博士に懸るように企らんだことかも知れないと考えたからでした」

和田刑事の頬には、見ようによっては皮肉とも取れる微笑が浮んでいるように思われた。博士の口元をじっとみつめる彼の眼には刺すような光が浮んでいた。激しい戦慄が背筋をつらぬいて去るのを、僕は押えることが出来なかった。――だが、彼は更に語り続けた。

「話は前後しますが、ともかくゲオルグ警部の頭には、もう一つの疑問が夏の夜の稲妻の如くきらめいたのでした。それは、もしハーディーがあいびきの時間を変更したのであったら、何故彼は直接夫人を呼び出して話し合わなかったのであろう、ということでした。後になって行われた調査によると、時間の変更を通告した時のハーディーの態度には、何かあわてて逃げ行く人間の様子があったことが分ったのでした。それは女中の証言からも推定されたことなのですが、少くともそう考えられるべき節があったのですよ。例え、夫人の腹心の女中にではあろうとも、ともかく、ひとには極秘にすべき事柄を何故人伝えにしたのでしょう？

ここにおいて天才的な教授の策略はまさに図星に当ったのでした。即ちさすがのゲオルグ警部もこう結論してしまったのです。それは、ハーディーの兄弟子であるフォスターが、あまり世に知られていない極微窒素酸化物の検出法をよく知っていて、逆にそれを利用したのではあるまいか？　という事でした。それ故にこそ、夫人を殺害したあとで、わざわざ兇器と手袋を現場に残しておいて、その後機会を見て、その時着て行ったハーディーの洋服をひそかに元に戻しておいたのではないでしょうか？　と、申しますのは、徹頭徹尾フォスターのアリバイは成立を見なかったのですよ。それは略しますが、実はその裏に、実に複雑な事情があったのでした。

結論を急ぎましょう。──彼、フォスターもまた逮捕されたのです。まんまと教授の思う壺にはまって──」

和田刑事の物語りは終った。深い歎息が胸の底からこみ上げるのを、僕は抑えることが出来なかった。

「和田さん」

突然博士は口を開いた。思いなしかその語調は鋭かった。そして白髪の童顔は熱を帯びて赤かった。

「結局、教授は逮捕されなかったのですか？」

全くだ、我々の予期した結論は、教授が逮捕されたという事であったはずだ。ハーディーはともかくとして、フォスターを容疑者とするには、これではあまりにも証拠が薄弱に過ぎるではないか。怪げんな顔を上げて、僕は和田刑事の口元を見守った。

「今に分りますよ」

謎のような微笑を浮べて、彼は静かに立ち上った。そして窓辺によってカーテンを揚げた。皎々として冷めたく冴えた冬の月が、蒼ざめた光を投げかけていた。

やがて、静かに振り向くと彼はゆっくりと歩いてきて僕の側に坐った。カーテンがかすかに揺れている──。彼はゆっくりとその逞しい腕を伸ばすと、優しく僕の両腕を握った。

そして博士の顔を仰いだ。

「そうです。教授は逮捕されなかったのです」

だが、次の瞬間、彼の眼は僕の顔の上に激しく燃えていたのだ。

「小島君、わたしは法律の名において、君を今逮捕する」

がく然として立ち上ろうとした僕の腕に、金属性の音が鳴った。二つの手首には手錠が白く輝いていた――

「理由は？　だが理由は？」

僕はかっとなって叫んだ。すっくと立ち上って。

「まァ――落ちつき給え」

心憎いばかりの落ちつきを見せて、彼はゆっくりと腰を下ろした。

「小島君、わたし達は――（彼はゲオルグ名警部とは言わなかった）――そのゴムの手袋を指の上側から切りさいたのだ。すると、その中には実に美しく指紋が残っていたのだ。脂汗にまみれて――。それはまがうかたもない君のものだったのだ」

言いようのない沈黙があたりを満たした。

「今話をした教授の物語りは、実は教授は無関係であるとして、教授の位置に重ねてフォスターを置き、更にフォスターの代りに、君とすればいいのだ。君はそれについて、何か言い分があると言うのか？」

燃えさかっていた心の焔が音を立てて崩れ落ちたのを僕は感じた――永久に。

辰砂

　和田長三の両親から、彼の捜査願が出たのは、三月六日のことである。二日の夕方、窯《かま》たきに出たまま、今日になっても彼は帰らないという。西郷町の警察署では、とりあえず彼の足どりを調べることにした。そしてその日のうちに、彼の足どりは明らかになった。

　長三は今年二十四になる好もしい青年である。町の高等科を出るとすぐ、父親に仕込まれて窯たきになった。この県では封建時代の昔から、会津塗りと共に陶磁器業――つまり窯業は、松平藩の二大産業の一つであった。現在でも町の三割までの人口が窯業に従事している。

　この仕事で一ばんむずかしいのは、窯たきである。たき方が悪ければ、精魂を傾けた名工の作も、瓦より始末の悪いものとなる。七年にわたる父親の仕込のおかげで、長三はどうやら、半人前ほどには通用するようになった。そして二年前から玉置陶業の専属の窯たきになったのである。

　会社の調べによると、二日の夜から三日の朝にかけて二番の小窯がたきあがっている。二日の夜から窯はやき（最終工程）に入り、三日の朝で火止めになった。元来小窯は二人でたくので、彼の相棒をつとめたのは、名手として名高い高橋市兵衛という老人である。市兵衛老のいうところでは、やきは三日の夜の午前三時頃に終った。そこで火止めは老人が引き受けて、長三は家に帰らせたというのだった。

　いい若い者だけに、長三には同僚の相沢と張り合った、よし子という娘がいる。両親もそれを知っているだけに、若い者が一日二日家をあけたといっても、別に気にもかけない。しかし三日となると、すこしは不安になったのであろう。

　手始めに刑事達は、恋仇の相沢と、二人の若者の胸をこがしたというよし子を調べた。相沢は二日の夕方、帰りしなに彼に会っただけだという。よし子はまた、彼が彼女のところに遊びに来たのはついたちの夕方で、夜遅くなって帰ったまま、あとは彼の消息は全然知らないというのだった。

長三の遊仲間や近所の人々の話でも、三日からこちら、彼の姿を見かけた者はないらしい。せまい町なので、彼が二日の夜を境として、姿を消したことは事実と見ていいようだった。

そこで刑事達は、ひょっとしたら彼は若松に遊びに出掛けたのかも知れないと考えた。そして長三の親戚や、飯み屋、あいまい屋などを徹底的に調べた。しかし、何の手がかりも得られなかった。それに窯たきは相当の重労働である。どんな若い者でも火止めが終ると、家に帰って死んだように眠るのが、普通である。だから三日の朝の汽車で街に遊びに出たのではないかという考え方は、ちょっとおかしいのである。その上、駅員も通勤の人達も、彼の姿を見かけた者はないらしい。

それでは変装して他国に出かけたのであろうか。もしそれがあり得ることであるとしても、二世までもと誓った恋娘に何の挨拶もせずに出かけるということは、ちょっと考えられないことであった。まして彼には、家出をしなければならない理由があったとは、少くとも調査の面からだけでは、出てこない。

以上が三月十九日の夕方まで明らかになったことがらである。この事件の調査を命ぜられた若松署の斎藤刑事は、ひどく張りきったが、また途方に暮れたのも事実である。どこから手をつけていいのか、見当がつかないのであった。彼はまず長三が自殺したのであるか、それとも失そうしたのであるかを確かめようと考えた。そこで第一に消防署や営林署に応援を求めて、附近の山々や、大河《おおかわ》筋を調査した。

大河というのは奥会津の尾瀬沼のあたりを水源とする長流である。しかし雪解け前なので、水は枯れて荒涼とした河原を僅かばかりの水が流れているに過ぎない。一方、山々も雪は残っているが、松林の外は、落葉したままの雑木林であったから調査は割合に簡単であった。そんなわけで彼の死体は、大河筋からも附近の山々からも発見されなかった。

若松と西郷との間の駅々や、近郊に網を張っているバス会社の調査でも、彼の姿を見たものはない。いろんな聞きこみもたん念にやったが、何の成果も得られなかった。そこでともかく、長三は自殺したのでもなければ失い、そうしたのでもないということが、考えられていいように思われてきた。

——とすると残る結論は殺人ということになりそうである。謀殺ということにでもなると、その死体をたくみに隠せば、犯行は容易にわかるものではない。だから彼の姿が消え失せてからもう十日にもなるのに、未だに何の消息もないというのも、うなずけるように思われる。

——殺人！　若い斎藤刑事は獲物を追う猟犬の情熱を感じて、血の熱くなるのを覚えた。

ではいったい何のための殺人であろう？　彼を殺して、誰が利益を受けるというのだろう。ともかく、第一の容疑者としては、長三と恋を争ったという相沢を考えなければならない。次には一緒に窯をたいたという市兵衛を。

そこである夕暮れ、彼はバスで若松から西郷をたずねた。市街を出はずれると、車窓には広漠とした会津高原が展開した。春の遅い地方だけに、あたりをめぐる山々はまっ白だった。その波のように起伏する山々が一条の筋になって霞んでいる越後路のあたりに、光沢のない夕日が近づいている。バラ色の照りかえしが山々の雪を染めている——

暮色のたちこめる頃、トランクをさげた背広姿の彼を乗せたバスは、西郷の町にはいった。瀬戸町というのは、どこも同じ情緒をたたえている。それはやくざの世界と一脈相通ずるものでもある。馴染の浅い彼にも、町にはいった途端、何かそういった時代離れのした空気が感じられた。

バスを下りた彼は、土地での一級旅館である立田屋の門をくぐった。通された部屋は二階の奥まった六畳で、絹布の厚いふとんが炬燵にかけてある。季節はずれのこととて、ほかには泊り客は一人もなかった。しかし普通ならば酒の好きな雪国だけに、宴会の一つや二つは毎晩あるはずなのに、その晩は至ってひっそりとしている。

夕飯を終ってしばらくすると彼は退屈そうな顔をして、台所の隣りの、茶の間にでかけた。そこでは後片づけの終った三人の女中達が、年輩の夫婦と若い娘をかこんでいた。大きい切り炉には炭火があかあかと燃え、南部鉄びんが音を立てている。昔はきっと男を泣かしたであろうと思われる、あかぬけのした話好きの女将《おかみ》が彼の姿をみると、厚い座ぶとんを正座にしいた。

しばらく東京の話をしたのち、彼は、自分は生命保険の会社員で、若松に支店があるのだがと説明した。支店では、なんでもこの三月三日に見えなくなった和田長三の保険金の支払請求が出ているが、どうしたものだろうという指令を本社に求めてきたので、自分が一応調査にやってきた——と話した。

酒も入ったので話ははずんだ。このようなせまい町では、毎日のように寄り合いのある旅館のマダムは噂の主である。いろいろ話が出たあとで、結局、マダムの結論では、相沢には少しも後ろめたいところはないのだということ。

当局の調査では相沢のアリバイは一応確かなものであった。二日の日に彼は会社から帰ると、その日支給された遅配のサラリーを懐にして、二、三の悪友とさそい合せて若松の歓楽街である栄町に出かけた。そこで夜を明かして、三日の朝会社にまっすぐに出たのである。この事実は細かい時間的関係まで、その夜一緒に行った仲間達の口裏と一致するので、アリバイは成り立つものと思われた。

だが彼が知りたいのは、神様だけが知っていられる事実であった。

「マダム、それはまたどうしてですか。恋の恨みというやつは恐ろしいもんでしょうに」

「それがですよ、あなた。相沢さんはおとなしい気の小さい人ですよ。色街にちょくちょく行くようになったのも、よし子坊をあきらめたからですよ。それに誰かのように、なんでも根に持つ、しんねりむっつりとは違いますからね」

マダムは顔をほてらせながら、いろんな人達の、この旅館での話を伝えた。それらは彼にとっては、単なるゴシップ以上のものである。噂話も十人の話を綜合すれば、真相はおのずから浮び上ってくるもののように、彼には思われた。

そこで彼は活題を第二の焦点に移した。

「高橋さんて、マダム、どんな人でしょう？　長三君と一緒に窯をたいたという——」

「市兵衛さんでしょう？　ねえ、父さん、あの人は変人ですねえ？」

マダムは口の重そうな亭主のほうに、ちょっと顔をむける。

「あなた、窯たきにかけちゃちょっと西郷でも、おんの字でしょうよ。五年ほど前女房をなくし、子供もないせいか、やきものが何より可愛いのですよ」

「ほう、すると、自分で瀬戸物も作るのですか？」

「作るのだんじゃーありませんよ。去年も、あの人の作った皿が、東京で十万で売れたという話ですよ。あなた、十万ですとさ。

そうそう父さん、なんだったかね？　なんとか山《ざん》とか自分でいうんだってね」

「朱山《しゅざん》だよ、お前」

亭主は盃を上げて舌の上に酒を転ばした。

「ああ、そうそう。あなた、朱山——あかい山と書くのですとさ。自分の作ったものには、そう書いてあるのですよ」

ふと彼は、小山の陰に暗い沼を見つけたような感じがした。

客人が興味を覚えたのがわかったのか、こんどは口の重い亭主がいろいろと朱山の自慢話を始めた。聞けば亭主は片手間に、瀬戸物の仲買いもやっているのだという。

彼が自分の部屋にひきとったときには、窓のカーテン越しに蒼い月の光が、静かに伸びていた。

翌日はいい日であった。風は冷めたかったが、遠い雪の山々のあたりには春のにおいが漂っている。彼が玉置陶業を訪ねたのは十時頃であった。四十そこそこの、田舎には珍らしい風貌をした若い社長が、彼を工場のすみずみまで案内してくれた。

広さは二千坪もありそうであった。一番窯というのは登り窯である。事務所の近かくにあるのは三番窯といわれ、たき口が八つもある大窯で今はめったにたかないとのことだった。広さは十畳敷ほどもあった。この大窯の煙をはき出す高さ三十米《メートル》の大煙突のそばに、長三が最後にたいたという二番窯があった。たき口は前後に二つ、高さは二米そこそこの小窯である。

一時間もかかって工場をめぐり、事務所にもどったときには、彼は少からず疲労を感じていた。その年は雪がひどかったので、工場の屋根は至るところ傷んで、ひどいところでは青い空がのぞいている。経営も苦しいのであろう。皿や小鉢、高圧線や電信線の碍子《ガイシ》を作っている、いわゆる作り場にも、何か徳川以前の古さと暗さとが感じられる。

長三のライバルだったという相沢は、そこの事務員であった。彼は意外に感じた。なるほどこれでは人は殺せまいと思われる。きゃしゃな痩せた男で、手首も細かった。しかし話はしっかりとして、何か信頼を置ける誠実さがあふれている。彼は二、三の質問を相沢にむけた。

相沢の返事は彼のメモに記録した供述書の要点と、よく一致している。

昼食を馳走になって、彼が高橋市兵衛の住いを訪ねたのは二時頃である。それは公園山といわれる松茸山の東斜面にある旧家の離れになっている。松風が老松の枝をならしていた。妻もなく、子もない市兵衛老はこの旧家の離れを借りて暮していた。彼が訪ねたときは丁度留守だったが、その家の人のよさそうな老婦人が、彼を炉辺に招じて茶をいれた。

市兵衛老が帰ってきたのは、三時頃であった。腰の少しまがった年の頃は六十五、六の老人である。しかし多年鍛えた骨組は太く、額にも、きかない気迫がみなぎっている。落ちくぼんだ眼が、ことに強く彼の胸をゆすぶった。彼は宿屋や会社に行ったときと同じように、自分を保険会社の出張員として紹介した。そして長三の件に関して二、三のことを老人にただした。固ろうな老人の答えは簡単であった。それはとりつく島もない明瞭なものであった。

何の得るところもなく、ほうほうの体で彼は老人のもとを辞した。外に出て青い大空を眺めたときには、ほっとして、額の汗をふいた。

だが、気がついたとき彼は自分の心が、老人の上に深く根をおろしているのに驚いた。

しかし事件は迷宮に入ったまま、ふた月の時が流れた。

もう五月である。高原の春は一度にやってくる。梅、桜、桃、すもも、水仙、梨——何もかも一ぺんに花を咲かせる。小川の水がにごって、山々の雪は消えてしまう。菜の花が咲き乱れ、毎晩かさをかぶった月が出た。そして女の頬にも桃色の若さが燃えはじめるのだった。

水島三四郎という、今年十五歳になる少年が行方不明になったのは、こうした春の日であった。頭の狂っている少年のこととて、一日か二日ぐらい家に帰らなくとも、家人は気にもかけない。気がついたときには四日も過ぎていた。夕方——それは五月五日のことであった——彼が蓮華畠で花をとっては頭にのせているのを、母親が見たという。その後は町の人で三四郎を見かけた者はない。

三四郎の姿が見えないというので、両親は奉公人達を手分けして、五つもある大きい土蔵の縁の下までさがした。しかしどこにも姿は見当らない。水かさの増した裏の小川に落ちたのでは？　とも思い、作男達をはげまして川沿いはもち論のこと、大河筋までさがしたが無駄であった。

もっとも、水島家の裏を流れる小川が盆地の間をめぐって、再び大河に出るまでは一里近くもあった。至るところに田んぼに水を引くせきがあるので、どこにも死体がかからないということは考えられない。また、一方三四郎は家の近くを離れたことがない。家を離れると町の子供達に石を投げられるのが、白痴の子供にもこわかったのであろう。

署長とも旧知の仲である水島家の依頼なので、署でも全力を挙げて捜査した。しかし終に空しい努力に終った。

——やっぱり大河に流されたのであろう——

それを結論として捜査は打ちきられた。


しばらく東京に出張していた斎藤刑事が、若松に帰るや否や、一日、部長から三四郎の失そう事件を聞いた。彼の驚きは、大きかった。漠然とではあったが彼には和田長三の失そうは、それだけでは終らないように感じられていたので、その衝撃は一そう大きかった。

三四郎の失そうは、ふとあらわた第二の氷山の一分に過ぎない。水の下には彼の未だに知り得ない、大きい冷めたい塊があるに違いない。それは、そのままにして置けば、第三、第四というように水面に頭をもたげて来るであろう。しかし、その度に一人、また一人というように罪のない人間が行方不明になるのでは——

彼はこの第二の失そう事件を契機として、徹底的に調査して、第三、第四の犠牲を救わねばならないと決心した。翌日から彼は町に出かけて調査に手をつくした。しかし、何一つとして彼の心の琴線にふれるものはなかった。

ただ三四郎の場合は事件は一層単純であった。少年は白痴なのである。汽車に乗ることもバスに乗ることも出来ない。もち論お金は一銭も与えられない。家を離れれば石を投げられる。しかも彼の姿を見たものは誰もないという。白痴とはいえ、体は成長した十五歳の少年である。そんな少年が川に流されて、大河まで、どこのせきにもかからないということは、あり得る話ではない。そのような結論は、とうてい彼の理性を満足させるものではなかった。

町には流言が流れていた。しかし、一つとして信頼し得る聞きこみを得ることは出来なかった。来る日も来る日も彼は背広姿で、西郷町に出かけて、町の周辺を人の目につかないようにさまよった。あるときは公園山の松林の中を。また、あるときは大河の涯しない堤防の上を。

日がたつに従って市兵衛老に対する彼の疑惑は、深まるばかりだった。だが、それは全く彼の直感的本能のなすわざに過ぎない。だから順を追って理性的に考えてゆくと、老人に対する疑惑は何の根拠もなくなってしまう。それにもかかわらず、

——市兵衛こそ、何かを知っているぞ！

と彼の本能は叫んでやまないのである。

しかし百歩ゆずって、もし老人が長三の姿を消し三四郎をどうかしたとしても、だからといって、それが市兵衛老にとってどんな利益をもたらすのであろう。二人の失そう者と身寄りのない老人との間に、いったい、どんな利害関係があるというのだろう。

彼は途方に暮れてしまうのだった。謎！　それは全く、彼にとっては、解き得ない謎であった。

それは五月末のある夕暮のことであった。彼は公園山に登って暮れゆく会津盆地を眺めた。ひろびろとした眺めであった。霞が低く棚引いて広い平原を一そう遠く見せている。夕暮のかもし出す雑然とした物音が、足もとにぎっしりとつまっている家々の軒端から這い上ってくる。晩春の侘しさが彼の胸を噛んだ。松風が淙々として枝をならしていた。

夕暮の太陽の虹のように変ってゆく色彩を眺めた後、彼は何気なしに裏坂を下っていった。もう二十間《けん》ほどで町の通りに出るというところで、彼はふと足を止めた。そこからは、彼がいつか訪ねた市兵衛老の離れ座敷が一目に見える。何気なしに彼は眺めた。

丘の陰になっている離れには日がかげり、夕暮の色が濃く流れていた。ぽつんとついた電燈の下で、小机を寄せて市兵衛は、何かを手にとって、一心に眺めているのだった。彼は老松の陰から身を乗り出して、その様子をみつめた。

——何を見ているのだろう？

彼は視力をその一点に集めた。だが距離が遠いので判断のしようがない。

しばらく様子をうかがっていた彼は、何を考えたのか足音を立てないように、坂道を下っていった。やがて市兵衛の離れに面している裏庭の木戸を押し開いて、体を庭の中に入れると音もなく戸を閉じた。

それから足音を忍ばせて離れの角をまがった。座敷の様子がよく見えた。老人は一枚の大きい皿の上に目をさらしているのだった。それは、何かに乗り移られた目《まな》ざしであった。呼吸をはかると彼は足音を響かせて、つかつかと濡れ縁に近づいた。その音に始めて気がついたのか、老人は皿を机に置くと、蒼ざめた顔を正面にむけた。

「いい晩ですね、市兵衛さん」

彼は微笑した。だが、その瞬間、老人の蒼ざめた顔には、ろうばいと憤怒の色がごっちゃになって乱れた。立ち上るや否や、皿の上に、そばにあった新聞紙を投げかけ、縁側に近づくと彼の目の前で、障子をぴしゃりとしめた。

はらはらと、枯れた松の葉が濡れ縁の上に落ちてきた。

その夜彼はどこをどう歩いて、若松の下宿に帰ったのか全く記憶になかった。ただ、いい春の月が中天にかかっていたのが、頭のどこかに残っているばかりだった。

市兵衛老のろうばいは彼の想像さえ出来ない、大きく深いものであった。ちょっとは驚くかも知れないとは思ったものの、今にして思うと、老人の仕草は気違いじみたものだった。何が老人をそれほど驚かしたのであろう?

彼にも、その理由を理解することは出来ない。ただ、深く垂れこめたカーテンの彼方をちらと眺めたのに過ぎない。しかしそのカーテンは何か怖ろしい秘密の入口に、はりめぐらされたものであった。

どうしたらその中をのぞくことが出来るであろう。彼は幾箱となく〝光〟を灰にした。そして寝床に体を横たえたのは、一番どりの鳴く頃であった。

翌日の午後、青い背広をまとった斎藤刑事が西郷署をおとずれた。そして顔見知りの岩淵巡査に、市兵衛老が五時までは家に帰らないようにしてくれ、と依頼した。老人はその日岩本の窯をたいているのだった。怪げんそうな顔をしながらも、岩淵巡査はこころよく引受けてくれた。そうしておいて、彼は市兵衛老の住いを訪ねたのである。

彼が面会を申し入れると顔見知りの老婦人は、老人は直ぐ帰るから待っていたらよいといって、彼を老人の部屋へ通してくれた。それは彼の思いもかけない幸運であった。老婦人があつい茶を出して引きこむと、彼の眼はいそがしく動き始めた。床の間つきの六畳の部屋である。

小机が二つと、瀬戸物の大きい火鉢が一つ置いてあるだけだった。床の間や違い棚の上には所せまいばかり青磁《せいじ》の器が置いてある。形の珍らしいものや古めいたものは、きっと古代の支那や朝鮮のものであろう。

だが、この間彼が垣間見た皿はどこにも見当らない。彼はそっと押し入れをあけて中を調べたが、書籍や夜具の類ばかりで、彼の望むものは何もない。ちらと腕時計を眺めた。四時を少しまわっている。額に汗が、じっとり浮かんだ。

残るのは違い棚の上のふくろ戸棚だけである。高さにしては八寸そこその、四枚の横に長い戸がひっそりとしめきってある。そばによって彼は戸を開いた。そして爪立ちしてのぞきこんだ。しかし、そこにあるものも、やはり青磁の瀬戸物ばかりだった。

——どこに隠したのだろう?

彼にとっては老人が危険を感じて、あの皿を隠したことは疑の余地がなかった。幾分のあせりを彼は感じた。そして最後に一番左の戸を開いた。眺めると雑然と古書が積んである。市兵衛は、だいぶ古い書籍が好きなのだなと思った。

ところがその書籍類の積み重ねかたに、彼は何かしら調和を欠いたものを感じた。というのは書物類は、戸にふれるばかり近か近かと積まれているからだった。そうするとその奥に、さらに書物が積んであるはずであった。彼は数冊の書物を持ち上げて、その間から奥をのぞきこんだ。だが、目についたものは何か白味を帯びた平べったい表面である。手早く彼は前に積んである書籍類を、すっかりとりのけた。するとその奥には、棚がいっぱいになるほどの大きさの木箱が座っている。

深い心づかいをして彼は静かに木箱をとり下ろして、畳の上においた。そうとうの重さである。高さも奥行も七寸ほどで幅が一尺ほどの桐の箱である。心臓の音が聞こえるほどであった。彼はハンケチをとり出して額の汗をふいた。箱の正面の扉のところにある鍵をさしこむ丸い小孔が、暗い眼を上げて彼をみつめている。箱には錠がおろしてあった。ちらと時計に目をやると、針はちょうど四時半を指している。約束の時間までは三十分しかなかった。

ポケットから曲りくねった一束の鋼《はがね》の線をとり出した。そして両手で適当な二本を持つと、鍵孔にさしこんだ。数回こころみた頃、冴えた音がした。微笑が口のあたりに浮かび上った。前の扉を彼はそっと取りはずして箱の中を眺めた。三段になっている。一番上の段には、奉書紙に包んだ径六寸ほどの皿が入れてある。彼はそれをとり出して、静かに紙をほどいた。

――それは昨日彼が眺めたものであった。そして老人をあれほどろうばいさせたものである。珍らしい皿であった。それは、かつて彼が一度も見たことのないものであった。皿の内面全部にわたって赤い釉《うわぐすり》がかけてある。その色は、昨日公園山の上で彼がみとれた、光のない春の夕日の輝やきである。その奥深い美しさ。彼は茫然としてみとれた。その色はべかべかした鉛の上絵《うわえ》でもなければ、柿衛門が骨をけずった鉄の赤でもない。硝子《ガラス》質のうわぐすりの下に、しっとりと沈んでいるところを見ると、よほどの高温で焼きしめたことは確かであった。

いったい、なんだろう?

裏を返して見たが字は一つも書いてない。ただ、形から受ける感じでは古代の支那の皿である。もと通り紙に包んで上段の棚に納めた彼は、さらに二段目の紙包みをとり出した。包みをとりのけると、前の皿よりは少し径の小さい四枚の皿が出てきた。その皿の色も、赤い色であった。ただ違うところは、第一の皿よりも幾分色がにごっている。それは吐血した血の色であった。その一種凄惨な色彩に彼は打たれたのである。

何気なしに裏を返した。彼の顔からは、見る見る血の色が引いていった。目を見張り口を丸くすると、彼は音もなく口笛を吹いた。

裏には次のように書いてあった。

昭和二十三年一月作之

同　　年三月焼之　　朱山

外の三枚の皿にも、まったく同じ署名がしてあった。ふるえる手で、彼は四枚の皿をしまいこんだ。そして最後の段の紙包みをとり出した。ほどくと幾つかに割れた十枚ほどの小皿が、何の秩序もなく入っている。その壊れた皿の色も、総て赤であった。だがその発色はまだらであり、端のほうは青くなっているものさえある。それは焼きそこないであることは、彼にもわかった。

皿の裏を全部返してみた。破片を寄せ集めてどうやら一枚の皿の形をこしらえた。それを眺めたときの彼の驚きは、実に大きいものであった。それには次のように書いてあった。

昭和二十三年四月作之

同　　年五月焼之　　朱山

時計を眺めた。五時十分前である。焼きそんじた皿の破片を上着のポケットに素早くしまいこんだ彼は、残りをもとのように紙に包んで箱に入れた。そしてはずした戸をもとに戻して、ピンと錠をかけた。それから、むささびみたいな動作で、ふくろ戸棚にしまいこむと、その前にもとのように、書籍類を積み重ねた。

老人が帰らないのを理由に、彼は引きとめる老婦人にいとまごいを告げた。門に出たとき、彼は近づいて来る市兵衛の姿を遠くにみとめた。そこで老人が直ぐそばまで来るのを待って、実は自分は今晩東京の本社に帰らなければならないのだが、その前に一度お会いしたいと思って訪ねたのに、残念であった。汽車の時間もないので、いずれまた、というようなことを述べた。

老人はなにかぶつくさ、つぶやいた。

丸い大きい月が、ぼんやりと公園山の上に、のぼってきた。

翌朝早々彼は西郷署の岩淵巡査に電話して二つの調査事項を依頼した。一つは市兵衛老が、火止めをするようなたき方をした日どりである。他の一つは、老人が自分の作品を窯に入れた日どりであった。正午近くにその返事は到着した。それによれば老人が窯をたいたのは、今年に入って五回である。一月初め、二月中旬、三月初め、四月中旬、そして五月の初旬である。

老人の作品をついでに入れて焼いたのは、三月初旬と五月の初旬だけである。岩淵巡査の精細な調査によると、さらに老人は三月二日の夜と、五月六日の朝に火止めをしている。長三が行方不明になったと考えられるのは、三月三日のことである。また三四郎少年が失そうしたと推定されるのは、五月五日の夕刻であった。それはあまりにも恐ろしい一致であった。彼には、とても偶然とは考えられないのだった。

しかもこの二回の窯には、僅かではあるが老人の作品が入れてあったのだった。二日前に彼が自分の目で確かめた朱山の署名を、彼はまざまざと眼底に思い浮べた。彼の作品を収容した窯と二人の失そう者。その間には怖ろしい関係があることは、最早疑を入れない。しかし一歩立ち入ると、彼は、はたと当惑するのみであった。関係？　いったいやきものと人間との間に、どんな直接のつながりがあるというのだろう。

深く深く彼は腕を組んだ。そのときだった。彼の頭には、あの血の色を思わせる、老人が手にかけた皿の色が、ゆっくりと浮び上ってきた。

その夕べ、日が沈んで間もない頃、プレーンをまとった斎藤刑事の姿が、西郷町の郊外にある県の窯業研究所の門をくぐって行くのが見られた。所長は、マイセンの独逸《ドイツ》国立磁器研究所に、三年も留学した篤学の老学者である。妻は既になく、二人の息子は都で何とか暮しを立てている彼にとっては、心にかかることはないのであろう。ただ一人、附属の官舎で、夜は蔵書に埋もれた平和な生活をしているのだった。

鶴のような老人を前にして、彼は自分の職掌をはっきりと述べた。老人は幾分驚いたようでもあったが、同時に、興味を感じたらしい。一通り世間話の終った後、彼はポケットから一片の瀬戸の破片をとり出した。それは過日、市兵衛の秘密の手文庫から奪いとったものである。そして彼は老人の前にそれを置いて鑑定を求めた。

「ほほう、これは珍らしい」

とり上げて老人は細い目を一層細くする。

「これは辰砂《しんしゃ》ですな。誰の作でしょう?」

「高橋市兵衛がやいたものです」

「え? 市兵衛の? ほう」

老人は破片を下に置いて茶をすすった。電燈の光のせいか、その一片の瀬戸かけは、まるで牛の血でも凝結させたような、すさまじい色をたたえている。

「市兵衛なら青磁朱山と呼ばれ、青磁の名手として知られた男ですぞ。いつの頃から辰砂に手を染め始めたのでしょうな?」

老人は彼の顔をまともに見守った。答えも出来ず彼は黙った。しばらくの沈黙がおちた。遠く若松行の終列車の汽笛が、一沫の哀調をこめて響いてくる。やがて彼は口を開いた。

「所長さん、恐縮ですが、その辰砂というのを御説明願えないでしょうか」

「辰砂ですと? いや、これは専門外のひとには分らないのがあたりまえでしょう。辰砂といいますのは、つまり硫化第二水銀のことを申すのです。文献によれば、ヨーロッパではキリスト紀元前三百年、辰砂から水銀をとったことが見えるのですよ。また同じく紀元前六百年の昔、古代ヘブライ人が神殿を辰砂で塗ったことが、古典に見えるのです。純粋なものは朱の色をした見事なものなのです」

老人は番茶で唇をしめした。

「だが斎藤さん、やきものでいう辰砂というのは、実は辰砂のような色をしたうわぐすり、つまり、辰砂釉《ゆう》のことなのです。正体は酸化銅、あるいは銅の塩《えん》類に過ぎません。それを土台にして、適当なうわぐすりを作り、やきものに塗って、強い還元焰でやきしめて、銅を還元するわけです。

よく出来たものは、透明なうわぐすりの下に、還元されたバラ色の銅の粒子が細かに並び、それが光を反射して得もいわれぬ美しい赤色を呈しますな。

だがそのような逸品は、古来十指を屈しますまい。多くの場合、どうしても色が濁り、凝結した血の色になるのです。この程度にやき上ったものさえ、名品の部類に入りましょう。血の色に焼きあげるさえ、難事中の難事なのですよ」

老人は口を閉じてもう一度破片を手にとって、しみじみと眺めた。彼には終局は既に近いように感じられた。それでいながら、その最後のベールをはぎとることの出来ないいらだたしさが、額に汗をにじませる。

「所長さん、その辰砂について何か面白い逸話といったものがあるのでしょうか」

老人は静かに眼を彼の顔にむけた。

「逸話ですと？」老人はつぶやいた。

「いや、やきものにとって、逸話は山ほどです。斎藤さん、やきものを人間が最初に発見したときの喜びと驚き、それはどんなものでしたろう。それから、うわぐすりの発見ですな。話せば恐らくつきることはありますまい。

我々が賞美する青磁、あれは実は酸化鉄に過ぎません。柿衛門が苦心した柿衛門赤、あれも同じく酸化鉄です。

まして辰砂に至っては、支那の古典によれば、名工と呼ばれ辰砂に手を染めた者は、骨をけずったものですよ。成功すれば幸い、生涯何一ついいものも作れず、悶死した名匠も幾人いることでしょう。

後漢の末期には、人柱を立てて焼いた記録があるのです。また本朝においても城を築くに人柱を立てた如く、やはり人柱をやいた、すさまじい物語が残っているのです。

いや辰砂にとりつかれた者は、怖ろしい運命にみいられたものですわい」

老人は静かに笑った。

「それにしても、妙なことに話が落ちたものですな」

だが、彼は凝然として、一片の破片の上に燃えるような眼をさらしていた。

それは、このときであった。閃々とした光は彼の頭をつらぬき、今まで不可解だったことは、たちまち明るい日の光に照らし出されたのである。あの時の市兵衛老の、ろうばいと憤怒！

彼は思わず叫ぶように、声を上ずらした。


待ちあぐんだ岩淵巡査からの通知が入ったのは六月も半ばのことである。それは次の二つのことを報告していた。第一は、市兵衛老は六月二十日から玉置陶業の二番の小窯をたくというこ と。第二は、自作の皿を十枚ほど一緒にやくということである。

斎藤刑事の血は躍った。こんどこそ自分が集めた事実の上にたつ推定が、真実であるか否かを身をもって確かめることが出来る。もしそれが正しかった場合、そして事実が明らかにされたとき、そのときの世間の驚き、ひいては彼に対する賞讃はどうであろう！　思っても彼の胸は高鳴るのであった。

彼の指令によって、さらに精細に行われた岩淵巡査の調査によれば、やきに入るのは二十一日の夕方から夜半にかかり、二十二日の朝にはたき上る予定であるという。


彼は、およそ、考え得られる場合に処する身のふり方を、いろいろと研究して当日を待った。

六月二十日の朝、予定の通り火がはいったとの報告が到着した。そして二十一日の朝がおとずれた。空は曇っていた。恐ろしいほど暗く大きい雲のかたまりが、生あたたかい南風にのって低く飛んでいる。予報は、午後から暴風雨になり、夜半雨はあがると繰りかえしていた。

昼近かくになると雲は一そう低くなり、山々の肌にふれるあたりは、白い幕を垂らすように雨が風に乗って走っている。そして次第に盆地の中心に近づいてくるのだった。

斎藤刑事が武装して、その上から雨合羽をひっかけてバスに乗った頃には、顔もむけられない豪雨になっていた。町の入口でバスを下りた。土地の様子は既に研究し尽してあったので、彼は自分の定めた予定に従って、正確に行動することにした。岩本窯業の横の小路づたいに、彼は稲荷の社におもむいた。

荒れすさぶ風雨は、むしろ彼にとっては都合のよいものであった。というのは、往来は殆んど人の影を見なかったから。稲荷の社の裏がわにまわって、彼は一時休んだ。雨も風も、そこまではまわって来ない。手ぬぐいで顔と手をふいて、彼は腕時計を眺めた。三時半である。それから煙草に火をつけて、ほっと大きい息をした。

稲荷の社からは、目ざす玉置陶業までは裏道づたいに五町ほどの距離に過ぎない。会社は四時半にひけるはずであった。そこで、彼はその時間まで待つことにした。

五時半であった。彼は立ち上って合羽のずきんを深く下ろした。いつもなら未だ未だ明るい時間なのに、まるで夕暮の暗さである。土砂降りの嵐の中を、一歩一歩踏みしめるようにして歩いていった。やがてのこと彼は玉置陶業の作り場の裏手に出た。そこからまわりこんで、横手の出入口の近くに身をひそめた。中をそっとのぞきこんだ。まっ暗で人の気配はまったくない。

そこで彼はもう一度あたりを見廻わして、人目のないことを確かめた。そうしておいて再び出入口にとってかえした。そこには大きい南京錠が下っている。手早く、鋼の線を使ってその錠をはずすと、そっと戸を開いて中にはいった。そして再び戸を閉じると障子紙の破れたところから右手をのばして、錠をもとの通りかけてしまった。

作り場の中には、暗くひっそりとした空気が淀んでいる。外には大いなる神の営みが爆発しているのに、中にあるものは墓場の静けさである。吐息をつくと、彼は合羽をぬいで壁にかけた。じっとりと、肌まで汗ばんでいる。

入口の近かくに積んであったボロで靴をつつみ、足あとが残らないようにして、みしみしいう階段をふんで二階に上った。そして、一そう暗い隅のほうに身を寄せて、あおむけに寝ころんだ。

——それから、どれだけの時間がたったろう。いつか、彼は窯場の様子が一目に見える中二階のひさしの間に、体を横たえていた。そこは、先ほどまで身をひそませていた作り場の二階から狭い廊下で連絡しているのだった。外側は直接、外気に開いているが、風の方向と反対側になっているので、雨は少しも吹きこんでは来なかった。

体をずらして下を眺めた。たき場は眼下に展開している。それは、一種こうこうとするような、すさまじい眺めであった。窯の、のぞき窓からは真紅の舌が、生あるものの如く吹き上げている。上半身、裸になった二人の男が、数分置きに、たき口を開いてはスコップで石炭をほうりこんでいる。その度に、まっ黒な煙が爆発的に上昇してくる。そして瞬間にして、赤熱の焰がめらめらと燃え上るのだった。

窯の中では、白熱したガスが咆哮をあげて猛り狂っている。あたりの壁に、夕日のような反映が、あるときはかげり、あるときは流動する。ごろごろと轟く焔の響きは、外の嵐よりもすさまじいものであった。

彼の身をひそめているところまでは、熱風は来ないはずなのに、彼の額には玉の汗がふつふつと湧いてくるのだった。

窯の、遠いほうのたき口を受け持っているのは、逞しい若者である。そして、彼に近いところを受け持っているのは、一人の老人であった。老人とはいいながら、見事な筋肉が胸を厚くおおい、スコップを握る腕にも、壮者をしのぐ力があふれている。

彼――、それは、まがうようもない市兵衛老であった。斎藤刑事は魂を奪われた男のように、しばし茫然として、その姿を見守った。

いつか嵐は止んで、冷めたい風が吹きこんで来た。彼は思わず身をふるわした。ふと後ろを眺めると、無数の星くずが風の落ちた暗い空にまたたいている。腕時計を眺めると、もう一時をまわっている。

先ほどまで、殆んど数分毎に投炭していた二人の窯たきの速度は、ずっと落ちていた。もうやきも終るのだな――ということが、素人の彼にも了解された。

そのときだった。ふと気がつくと、老人はしゃつに肩を入れて、相棒の若者に近づいていった。彼は身を乗り出すようにして、下の様子を眺めた。しかし、何をしゃべっているのか、炎の音に消されて何も聞えてこない。

やがて、老人は、もとのたき口に歩みよった。若者は、にこにこと笑を浮べて、たき口の右手の小部屋に走りこんで行った。しばらくすると、老人のところにやって来た。見ると、すっかり服を着こんでいる。

「爺さん、じゃー、あとは頼むぜ」

元気な声が、彼の耳までかけ上ってきた。

「ああ」

と答える老人の声が、また聞えた。そして若者は、暗い廊下の闇の中に姿を消してしまった。

一人――、ただ一人――

斎藤刑事は、何かしら肌に鳥肌がたつのを感じた。

老人は十分くらいの間を置いて、石炭を二つの口に投げこんでいる。気温は下がって、暁の近いのが感じられる。

思い出したように、彼が時計を眺めようとしたときである。老人はスコップを下に置いた。そして、じっとあたりを見廻わした。それから裏の出入口に出て、外の様子を注意深く眺めている。

彼は背筋に走る戦慄を押えることが出来なかった。脈はくの音が、ふいごみたいに耳のそばで鳴っていた。

やがてのこと、老人は先ほど若者が出て行った廊下の戸をしめると、その右側になっている暗い部屋の戸を開いて、中に姿を消した。そこは、煙道の余熱を導いた乾燥室であることを、彼は思い出した。

腰につるした麻ひもの一端を、彼は手早くけたかまちにしばりつけた。そして息をととのえた。一瞬の時間があれば、彼はそのロープを伝って、下におりられるはずである。

やがてのこと、老人は再び暗い部屋を出て佗しい電燈の下に姿をあらわした。彼は思わず目を見張った。老人は、肩に何かを、かついでいる。予期したこととはいいながら、彼は全身の血液が氷りつくのを感じた。そして息をのんだ。

老人は、しっかりとした足どりで、たき口のところにやって来た。かついでいる荷物は彼のところからは一そうよく見える。それは一人の少年であった。顔は蒼ざめて、二つの眼は閉じられている。――いつか、彼が大河の堤防の上で出合った浮浪児であることが、ちぎれちぎれに思い出された。

少年を、たき口の近かくにおろすと、老人はじっと瞳をおとした。――まるで祈ってでもいるかのように。それから窯の中に燃えさかっている炎の音に、耳をすましているようだった。

突然、老人はスコップを握ると、反対側にまわって、たき口を開いた。そして、スコップに一ぱいの石炭を投げこんだ。一瞬、焔の照りかえしを受けて、壁や天井が夕映えのように燃え上った。

ふたを閉るや否や、老人は自分のたき口に歩みよって、その口を開いた。一ぱいの石炭を投げこんで、がらりとスコップを横にすてた。つかつかと歩みよって、そばに横たわっている少年の帯をつかんで、かつぎ上げた。

まっかな口を開いた、たき口からは、いま投げこんだ石炭の焔が、白熱の舌となってのび上っている――

――その時だった。斎藤刑事はロープ伝いに、するするとすべり下りると、大きい音を立てて土間におりたった。同時に何か叫んだ。

その物音を老人は聞いたはずだった。それとも感じたのかも知れない。燃えるような眼を上げて、老人はちん入者をかっとにらんだ。蒼ざめた額から、とび出してくるような眼だった。

無言のまま、二人は、にらみ合った。

次元を超絶した時が流れた――

――がくりと老人は頭を垂れて、かつぎ上げた少年を地べたにおろした。彼もまた、ほっと肩で息をした。

――はっとして、彼がおどりかかっていったときは遅かった。おそろしい勢で、老人は窯をめがけて、走りよった。彼の全身はそそけだった。走りよりざま、老人の袖をとらえた。だが、一瞬早く、老人はたき口の真っただ中に、身をおどらしていた。

彼の手には、老人のよごれたシャツの右腕が、ちぎれて残っている。茫然として立ちすくんだ彼の眼の前に、まっ黒い煙が、すさまじい勢でふき上げた。何か、はじける音がした。そして、いいようのない悪臭が、つき上げてきた。それに続いて、白熱の焔が帯のように長く、のぞき窓から吹き上げたのである。

――ごうごうと、初夏の暁闇をついて、赤熱の焔が、咆哮し続けていた。

黒水仙

一、三十五号室

彼は腕時計を眺め、それから大時計を見上げた。

渋谷駅、東横口の改札口の上に高くかかっている電気時計は、十時五分前を指している。ほっと大きい吐息をついた。約束の時間まで、残すところ僅かに五分である。

二十八歳の彼の血はさわいで、ひとりでに顔がほてってくる。清潔な白いワイシャツ、銀色の横縞のはいったえんじのネクタイ、グレーを帯びた紺の合着、それらは、色白の彼の風ぼうを、ひどく引立てている。

太い柱を背にして、シガーを取り出すと、それを口にくわえて、彼はマッチをすった。一息深く吸いこむ。その香りは、一しお胸にしみこんでゆく。

開店もま近いことと、その上今日は日曜のためか、電車が着くごとに、改札口は流れるような人の波である。その度に彼は緊張の色を浮べて、眼はいきいきと輝やくのだった。やがて人波が引くと、彼の顔には安心したような、といって、がっかりしたようにも見える表情が浮ぶのである。そしてハンカチーフをとり出しては、こめかみに当てているのだった。

——ふと気がつくと、いつのまにか、時計は十時を十五分も過ぎている。ようやく焦躁の色が浮かんでくる。彼はまた一本のシガーを灰にした——更にもう一本。ちょうど十時半であった。期待と不安とに緊張した心は、いつか憤まんに変っていた。それは裏切られたのではあるまいかという落胆と、もしかしたら何か事故でも起ったのではあるまいか、という心配をまじえている一種奇妙な、心の懸垂状態なのである。

そのときだった。彼は自分の前に、一人の男が立っているのに気がついた。驚いてじっと相手を眺めた。だが、全く見覚えがない。それなのに、灰色の鳥打帽をかぶり、太ぶちの濃い色眼がねをかけた、その男は真直に、彼の前に立っているのである。

右腕をつと上げて、帽子にあてると、男は静かに会釈した。

「――あの、甚だ失礼でございますが、もしや、あなたは中島信彦さんとおっしゃりは致しませんでしょうか」

見かけによらず、細い美しい声である。

「はア――」

彼は驚いて、男の顔を見守った。

「そうでしたら、どうぞこのお手紙を御覧下さいませんか」

ポケットから四角な白い封筒をとり出すと、男は彼の前にさし出した。

まるで、あやつり人形のような動作で、彼は右手を伸ばすと、くだんの封筒を受けとった。表には中島信彦様と書いてある。そして裏には、星野あけ美まいる、としるしてある。ややふるえを帯びた、美しい字体であった。

封を切ると、中には走り書きした一葉の便箋が入っている。それをとり出すと、彼はじっと眼をおとした。

前略、御免下さいませ。都合が出来まして、今日お約束の時間に、お伺いすることが出来なくなりましたの。つきましては、誠に恐れ入りますが、午前十一時、左記にてお待ち申し上げておりますゆえ、何とぞお越し下さいませ。

くさぐさのことはお目もじの上。

楽しみに致しております。

かしこ

品川区東大崎四ノ五一九

和田ビル三階、三十五号室

悦びの色が、彼の頬に紅をはいた。だが、一度も東京に出たことがないといった彼女が、どうして、指定してきたような場所を知っているのだろう？　その上、長らく東京に住んでいる彼にも、そこは全く見当のつかない所だった。

時計を眺めた。十時四十分である。彼女がいってよこした時間までは、僅かに二十分をあますばかりである。途方にくれたように彼は顔を上げた。その前に、くだんの男はパイプをくゆらしながら立っている。

彼は、はっとしたようだった。

男の存在を、彼は忘れていたらしい。――それほど、彼の心は彼女のことで、いっぱいになっていたのであろう。

「じゃあお伴致しましょう」

パイプをしまいながら男はうながした。

「あなたがですか?」

怪げんそうに青年がたずねる。

「そうですよ。奥様の御依頼で、車を待たしてあるのです。鶯色の素晴らしい新車ですよ」

その声に、調子は大分変っているが、どこかで聞きなれた響があるように感じた。けれども、それを反省してみるひまは、今の彼にはないのである。

「ほう」

彼の声は明るく上ずっている。

「それは本当に有難たいですね。実は奥さんの指定された場所が、僕には全く見当がつかないのですよ」

青年の眼は輝いている。男はうながすように、先にたって広場のほうに歩き出した。だが、その頬には、何か皮肉な微笑が浮んでいるように思われた。あるいは、それは、ひどくふくらんでいる右の小鼻と、左頬にある大きいほくろのせいであったのかも知れないが——

彼女の手紙を上着の右ポケットにおさめると、彼は足どりも軽く、人波をぬって男のあとに従った。

空はよく晴れて、その果てしなく澄んだ十月の青さのなかを、橙色に染まった羊のような雲が、高く飛んでいる。外に出ると、彼は目がくらくらするように感じた。広い街路のガード寄りに、一九五〇年型の真新しいフォードが、ゆったりとその体を横たえている。車体の色が、彼の目には秋の日ざしに輝やいて、ひとしお美しくうつった。つかつかとそばに寄ると、男はドアを開いた。招じられるままに、彼はうしろの座席に腰をおろす。ドアを閉じ、ハンドルの鍵をはずすと、男は前の席に坐って、スターターのノッブを引いた。

彼の知らない幾つかの小路を通りぬけ、見たことがあるような気もする大通りを通り、再び迷路のような側道を十も通過したと思った頃、車は、とある街かどに止った。そこで、いままで、車の動揺に身を委せて、楽しかるべき彼女との会合に思いふけっていた彼は、現実にひきもどされた。

ふと前方を見ると、見上げるばかりに高く、そして電柱のように細い、古びたビルが車を圧するばかりにそそりたっている。

「さあ——、ここが和田ビルですよ」

坐ったまま、ドアを開いて男はいった。

「階段を上っていらっしゃると入口です。じゃ——失礼します。奥様によろしく」

歩道におりた彼が、合図するひまもなく車は滑り出していた。その後ろ姿を、彼はじっとみつめた。

幅にしては十米《メートル》ほどの街路である。決して広いとはいえない、その通りは、しんかんとしている。気のせいか人影もまばらだ。さんさんと降りそそぐ日光の中に、何かしらじらとした眺めである。実にひっそりとしているのである。歩いている人さえ、足音を忍ばせているように彼には思われた。明かるいだけに一そう現実を離れたものを感じさせるのだった。

何気なしに腕時計を眺めた。針は十一時二十分を指している。きびすを返して、彼は入口の石段を三段ほどのぼった。回転ドアを通ると、受付があって、小柄な老人が坐っている。居睡りでもしているのであろう。彼のほうを眺めたようであったが、別に何もいわない。そこで、彼も無言のまま、奥の階段をふんで二階に上った。更に三階へ。

三十五号室は、かなり奥まった右側になっていた。彼はそこで立ち止まった。汗がひどく額に浮かんでくる。もう一度、彼はハンカチーフをとり出してふきとると、それを左のポケットにねじこんだ。

何かに憑かれたように一歩進んで、こつこつとドアをノックした。その音は、まるではがねの槌で、じかに彼の心臓を叩くように思われた。

——音もなく、ドアは内がわに開いた。顔色の蒼い、けれども美しい少女が立っている。彼は会釈した。

「あの——僕は中島と申すのですが——」

少女は皆までいわせなかった。そして彼をなかに招じ入れると、音もなくドアを閉じた。

広さは十畳ほどもあろうか。かなりがらんとした感じの部屋である。入口には帽子掛をかねた大きい衝立が部屋の内部をかくしている。北側に面しているとみえて、窓には日がかげっている。その窓辺にひき寄せて、小さい丸いテーブルと、それをとり囲んで、椅子が三脚置いてあるばかりだった。

壁にはくすんだ何かの模様のかすかにみえる壁紙がはってあり、二、三点の絵がかかっている。

すすめられるままに、彼は窓辺によって、椅子に腰を下ろした。部屋は二つになっているように思われる。というのは、壁のところにかかっている幅にしては三尺ほどの、暗緑色のカーテンをかかげると、少女は奥に姿を消したからである。

　ほのかに香水の匂がした。それは彼の胸にあまずっぱい哀愁と、悔恨とを呼び起したのである。それをふり払うように、シガーをとり出して口にくわえ、テーブルの上にあったマッチをすった。一息深くすいこんで、彼は外を見下ろした。

　脚下には幅にしては三十米ほどもある和田堀が、どす黒い水をたたえている。芝浦の海まで通ずる運河である。その向うの通りをバスが走っている。ごちゃごちゃした細民街が、堀の彼方をおおうていた。灰色の街の上には、青く澄んだ秋の空が、白い雲を飛ばしているのだった。

　先ほどの少女が再びカーテンをかかげて、部屋に入ってきた。彼の前にコーヒー茶碗を置き、更に、コーヒーが半分ほどしかはいっていないもう一つの茶碗を、真向いの席に置いて、彼の眼をじっとみつめた。

「あの――」

　沈んだ調子であった。何かに、ひどく心を奪われているような。

「奥様は、直ぐお目にかかるそうですわ。もうちょっと、お待ち下さいますようとのことでございますが――」

「ええ結構です」

　微笑を浮べて彼は答えた。ほっとするように一礼すると、少女は音もなく、カーテンのかげに姿を消した。彼には、それが消え失せてゆくように思われた。

　何か話し声が、かすかに聞こえたように思った。だが、そのあとに続いたものは、深い静けさであった。

　コーヒーを一口すすった。いい香りである。意識しなかったけれども、のどが乾いていたので、とてもおいしかった。

　――漂よう如く、香水の香りが匂おってくる。それは、気のせいかカーテンの向う側からさまよい出でてくるように思われた。きっと化粧室になっているのであろう。彼には、そこは寝室になっているように感じられてくるのだった。すると、息をするのも苦しくなるほどの速度で、血が、かっと頭に上ってきたのである。

　血のさわぎを静めようとして、彼は眼を閉じた。だが無駄であった。その閉じたまぶたの裏に、いつかの嵐の夜の出来事が焼けつくように浮かんできた。それは彼が始めて、彼女によって、女の肉のあたたかさを知らされた夜である。

　まれにみる豊満な彼女の肉体が、じかに彼の眼の前に

たちはだかってくるのである。すると、

——楽しみに致しております——

と結んであった彼女の言葉が、黒い壁にはめこまれたダイヤのごとく、彼の脳裡にきらめいてくるのであった。吐息をつくと、彼は眼を開いた。そして緑色の厚地のカーテンをみつめた。それは熱い瞳であった——。

二、落花

けたたましい響をたてて、緊急ベルが鳴り渡った。交換室の赤い豆ランプが、同時にはげしく明滅する。走りよって佐竹刑事が送受話機をとり上げる。その途端、ベルは鳴りやんで、パイロットランプも消えてしまった。刑事は舌打ちした。

だが、何か名状し難い緊迫したものが、その電線の幾キロか先に起っているように感じられてならない。そこで彼は、電話機を耳に当てたままじっと耳をすました。一分、二分、何も起らない。電話は切れているのだ。

もう一度舌うちして、電話機を置こうとした途端、更に長くベルが響き渡った。そして、スッパリと切れていた通話信号が突如として、せきをきった水の如く、彼の耳にとびこんできた。

「もしもし……」

送話口に向かって彼は怒鳴った。何の返事もない。彼はいらいらした。その時である。細い電話線の遥か彼方で、何かもの音がした。長い笛の音がしたように思った。

何かが起っているのである。もどかしさに、彼は額に汗を浮べている。彼は、もう一度送話口に怒鳴った。相変らず、電線の彼方にあるものは深い沈黙であった。

「畜生！　どうしたというんだ」

彼がいまいまし気に独りごちた時である。信号音が突然止んだ。はっとした。と、次の瞬間、まるで、絹を引きさくような女の悲鳴が、彼の耳にとびこんできた。

「——くっ、くるしい。たすけて——」

頭をがんとくらわされたような衝撃が、彼の体を走った。電話機を握りつぶすほど固くつかんだ彼は、その振動板が、どうかなってしまうのではないかと思われるほどの勢で、どなった。

「き、きみは一体誰だ！」

だが、電話は切れていた。まるで何事もなかったかのように。電話機を握りしめたまま、硝子《ガラス》戸越しに、彼は交換嬢に怒鳴った。

「いまの電話を調べてくれ！　はやく」

彼の腕時計は十一時三十分を指している。

「なに！　東大崎の和田ビルだって？　ふーん、あの妙ちきりんな建物だな。三階、三十五号室か？　よし、わかった」

立ち上りながら、佐竹刑事は、相棒の栗原刑事をうながした。拳銃バンドをしめ上げ、警棒をおとしこむと、二人は車溜りにとんで行った。

払い下げのジープを改装したパトロールカーに乗りこんで、ぐいとスターターを引いた。次の瞬間、品川警察署の車は、時速五十キロのスピードで、砂塵の中に見えなくなっていた――


ほのぼのと香料の漂よう部屋の中に、五分あまりの時が過ぎ去った。ゆっくりとではあったが、彼は、ほのかにこげついた匂いのするコーヒーを飲みほした。それから煙草を二本も灰にした。

「――随分待たせるな――」

そう思いながら、彼は、自分の真向いの席におかれた、主待ち顔のコーヒー茶碗を眺めた。白い湯気が静かに立ちのぼっている。

そのときである。いい知れぬ孤独な空気が、彼を包んだように思われた。血という血が、一度に氷りついてしまったみたいに感じたのである。

その部屋にいるのは彼一人であり、その隣りの室にも、人は誰もいないような気がした。彼は立ち上った。すると、恐怖にも似た寂寞が彼をとりこめて、霧の如く忍びよってくるように思われた。

ふと時計を眺めた。針は十一時四十分を指している。息をするのも苦しかった。はく息は、まるで機関庫の中の機関車のように、あたりの壁に反響した。――少くとも、そのように彼には感じられたのである。

だが、彼は勇気をふるい起した。隣室との境をくぎっている重いカーテンの方へ、進んでゆく。足がふるえて、ともすると、膝頭が崩れそうになる。

冷めたい汗が、じっとりと背筋をぬらしてくる。歩、一歩、ふみしめるようにして、彼は部屋の境に近かづいて行く。

――終に、暗緑色のカーテンを右手でとらえた。そして、静かにかかげた。

更にひっそりとした空気が彼を包んだ。入口の正面、一米ほどのところに、大きい目かくしの衝立が置いてある。中に踏みこんだ彼は、その衝立をまわると、ゆるゆると部屋の中を眺めた。

彼が待っていた部屋とは反対側の壁に寄せて、ダブルの寝台が坐っている。彼の眼は、ひたとその寝台に釘づけになった。そして息をのんだ。

その部屋は、割合に豪華に飾ってあり、窓辺には重い橙色のカーテンが、半ば垂れこめ、三脚の安楽椅子と、壁に寄せて、美しいソファが置かれ、部屋のすみには、大きい花びんに、フランスバラがあふれるほど生けられてあることも、彼の目には全くはいらなかった。

——目を奪うばかりあでやかな絹布の羽根ぶとんをまとって、一人の女が静かに眠っている。乏しい光の中に、薄く紅をはいた、ろうたけた顔が、彫像の如く浮かんでいる。かすかに開いた唇の間から、象牙のような前歯がほのかにのぞいて、深く閉じたまぶたの上に、長いまつ毛がかげっている。

彼女——それは彼に、人生の楽しさと悲しさ、そして愛と憎しみとを始めて教えた、彼女であった。

「あけ美さん——」

低い声で、彼は女の名を口にした。そして懐かしさのあまり、寝台のそばに走りよって、膝まずいた。あふれる愛に堪えないものの如く、彼は頭をかしげた。笑っているような寝顔であった。

ほのかに紅をひいた唇が、小児の唇のように清らかな色をたたえて、愛に燃えるもう一つの唇を持っている。心をこめて、彼は、その唇の上に、自分の唇を重ねた

——

——はじかれたように、彼は身を引いた。そして凝然として、彼女の寝顔を眺めたのである。

——唇は冷めたかったのだ。

まるでメヅサの頭でも眺めるように、彼は女の顔を凝視した。身動きもしない女の顔を。それから、急がしい動作で、ふとんの中に手を入れると、ふくよかな女の左手をまさぐった。まだあたたかだった。だが、握った手首には脈はくを感じない。

彼の心臓は、ふいごみたいな音をたてている。油のような濃い汗が、蒼ざめた顔をぬらしている。身動きもしない女を前にして、彼はふるえる手で、女の胸元をはだけた。

ふっくらとあたたかい豊かな乳房が、春の雪を思わせ

る。だが、今の彼には、そんな感触を楽しむ余裕はない。あわただしく、乳房の下がわに手をさしこむと、心臓の上に、たなごころをのせた。

秒、一秒——彼女の心臓は、永遠の彼方に、その鼓動を消していた。女は死んでいたのだ。茫然として、彼は立ちつくした。開いた瞳の中に、女の美しい首のまわりに残っている暗紫色の条痕が、焼けつくように映じた。

いまこそ、彼は一さいを了解した。女は絞殺されたのだ！

体がふるえて、立っていられなかった。どう乱した頭の中で、先ほどの少女はどうしたのだろうと思った。確かに、その部屋に退いたはずなのに、どこにも見当らない。ともかく、漠然とではあったが、彼は、自分が何かのわなにかかろうとしているのを感じた。

がくがくする膝頭をはげまして、彼は前の控え室へ、とってかえした。そして、ドアにとびつくと、力まかせに、ノッブを握ってねじりながら手前にひいた。だが、ドアは微動だにしない。

錠がおろしてあったのだ。彼の頭には、一度にかっと血がのぼった。脳髄は、さながら火にあぶられているように感じられた。

——どこにかぎがあるのだろう？——

彼はあたりを見まわした。それから意を決した如く、女の眠っている寝室にとってかえした。部屋の隅においてある化粧台が眼にうつる。走りよって、そのひきだしを調べた。ない。

それから彼は狂ったような動作で、テーブルの上、花びんのかげ、スダンドの下——手当り次第さがした。だが、どこにもないのである。

茫然として、彼は女の死顔を眺めた。その顔は、もとのままに静かに笑っている。先きほどは、あれほど彼の胸に憧れの灯を点じた微笑が、今は、深海のクラゲのような不気味さを投げかけるのだった。

頭をかかえると、彼は崩れるように、ソファに腰をおろした。

——そのときである。控え室のドアが激しく叩かれた。バネ細工の人形のように、彼はおどりあがった。気のせいではあるまいかと思った。脈はくがこめかみに、潮の如く脈をうってくる。耳を澄ました。

と、またしても、激しくドアをなぐる音！

もはや疑問の余地はなかった。彼はいま、自分がいかに危険な状態に置かれているかを、直覚した。

——逃げよう！

彼の本能がわめいた。だが、はたと彼は当惑した。いったいどこから逃れたらいいだろう？　唯一の出口は錠が下ろされ、しかも、どうやらその廊下には、人が立っているらしい。

続けざまにドアをなぐる音！

彼はおどりあがった。まるで傷ついた虎であった。その焼けつくような瞳に、寝台の枕もとの正面、窓とならんでカーテンにかくれて、非常口のあるのが目についた。さきほどの少女は、そこから姿を消したのであろうことが、ちぎれちぎれに頭のどこかに浮び上ったのであった。

追われるように、彼は走りよった。ノッブを握ると、ぐいと引いた。しかし、そのドアも動かない。錠がやっぱりかかっている。蜘蛛の巣におちこんだ蟬であった。も早や身動きもならない渦の中におちこんだのである。

かちり！　と金属性の音が響いたように感じた。控え室のドアがあいたのかも知れない。狂ったような激しい力で、これを最後と、彼は体ごと、そのドアに体当りした。激しいきしみ音をあげて、ドアは外側に開いた。彼は身をおどらした。

それは、彼が直覚したように、非常口であった。くねくねとまがった細い鉄のはしごが運河のそばの物置き小屋のかげに、姿を消している。まろびおちるような勢で、彼は、はしごを走り下りた。

もう二米ほどで、大地を踏めると思ったときだった。彼は頭上に、鋭くひびきわたる呼子の音をきいた。勇を鼓して、彼は残りの階段を一挙に飛び下りた。それから颱風のような勢で、物置小屋のかどをまがった。

そのとたん、彼の足は大地に根を生やしたように動かなくなってしまった。五米ほどの前方に、逞しい警官が、拳銃をぬいて立っていたのだ。

——彼の前に、天と地とが大きく、ぐるりと回転した。

三、たそがれ

K鉄道代々木研究所第一部勤務の技師、中島信彦逮捕の記事は、人目をひくに充分であった。彼は現行犯として、逮捕されたのである。

品川署の連絡によって、時を移さず、警視庁の捜査活動が開始された。

女は絞殺されたものである。解剖の結果と、その他の化学的判定によると、彼女の生命は、その日——それは十月十五日であった——の午前十一時三十分前後に終っていた。

女の胃の腑の中には、僅かのコーヒーと、唾眠薬としては、そうとう強烈な効果を持つブロバリン錠が、殆んど分解して残っていた。

そのことから考えられることは、犯人は、甘言をもって、女にブロバリンをのませ、そのうえで絞殺したものであろう。だが恥かしめられた形跡はない。

彼女の枕の下からは、彼があれほど懸命にさがしたドアの合鍵が発見された。部屋は既にひどく荒らされていたために、捜査に役立つであろうと考えられるものは、別に発見されなかった。それは、彼が恐怖にかられて、合鍵をさがしたためであったが、当局としては、そうはとらなかったことは当然であろう。

ついで、指紋の調査にうつった。いろんな指紋があったが、そのなかで必要と思われるものを、当局はたん念に洗った。それは次に述べるように、中島信彦を第一の容疑者とする決定的な証拠となったものである。

彼が否定したにもかかわらず、控え室の窓ぎわのテーブルに置かれた、かの主なきコーヒー茶碗には、二種類の指紋が見いだされた。茶碗の中には、コーヒーが半ばほどしか残っていなかった。不足の分は、既に述べた如く、彼女の胃袋の中に発見されたのである——

ともかく、握りのところに右手の拇指と人さし指の指紋があった。その反対のがわには、左手の第二指と、第三指のものが見出された。それは明らかに彼女のものだったのである。

彼が、がん強に否定したにもかかわらず、彼女は彼の前の席に坐って、談笑したことは明らかであろう。そして左手をそえて、コーヒーをすすったものと考えられた。

空になっているコーヒー茶碗からは、勿論、彼の指紋が見出された。それは、形の美しく保存されている点においても、全く典型的なものであった。

彼が逃がれた非常口のドアの内側のノッブからは、彼の右手の指紋がとられたが、外側のノッブには、指紋らしいものは、何一つなかった。そのドアの錠はちぎれていた。

それだけであれば、彼のために、まだ弁護の余地はあったかもしれない。だが、誠に天命というのであろうか——夜具の中に、投げ出すように置かれてあった彼女の右手は、半ばセロハン紙につつまれたラレーのケースを握っていた。中には数本のタバコが残されている。

そのケースには、彼が全然見覚えがないと断言したにかかわらず、セロハンの包みの表面に、二種類の指紋が見いだされた。一つは彼女のそれである。他のそれは、底部のあたりを前後から握ったとおぼしい、第一指と二指の指紋であった。――しかもそれは彼のものだったのだ。

ここにおいて当局は、彼が主張して止まない、蒼白い顔の少女のことや、五十年型の自動車や、彼をそこに案内した人物などは、総て彼のデッチ上げたものと考えるに至ったのである。

当局がそう考えるのにも、無理がない点があった。というのは、彼は、自動車の形と色とは記憶しているが、番号は全然――その第一番目の数字さえ、記憶していないという。とにかく、当局は一応は彼の言葉を信用して、日本人の車については、総て調査した。

鶯色の車は、数が少なかったので、市内のものは割合短時間のうちに、調査が終った。だが、一台として、十五日のその時刻に、渋谷駅の近かくに居ったものはない。

すると、もしその自動車が実在するとしても、それは占領軍関係の車であるか、あるいは、その時刻には市外に逃がれた車ということになる。そこで当局は、関東一円にわたり、非常調査を行ったが、該当する車は終に発見されなかった。

残る車は、占領軍関係のものということになったが、その後、当局の依頼を受けいれた占領軍民事部からの回答では、やはり該当車はないのである。

彼を和田ビルに運こんだ人物について、彼の記憶にあるものは、鳥打帽をかぶった三十五ほどの男で、右の小鼻がふくれ上り、左眼の下にホクロがあり、黒の色めがねをかけた男である。だが、その男はどんな服装をしていたか、更にどんな色の帽子をかぶっていたかさえ、記憶にないというのである。

ともかく、その後行われた徹底的な調査でも、そのような人物は発見されなかった。そればかりではない。著名な新聞紙に掲さいされた似顔の写真に対しても、さして注目すべき反応は見受けられなかったのである。

さらに、三十五号室で彼にサービスしたという少女に至っては、彼の言は奇怪を極めている。それによると、蒼白い十七か八の女というだけで、何の記憶もないという。取調べに当った刑事も啞然として、ペンを置いたほどであった。そんな女は、どこの街角にも、ザラに見受けられるであろう。

これを要するに、総ては彼のねつ造と考えたほうがいいようであった。

では、なぜ彼は、女を殺したのであろう?

女――彼女は、美貌の聞こえ高いK鉄道仙台支店長夫人、星野あけ美である。かつては、「ミス仙台」として全国の美人コンクールに参加して、第二位を得た明眸皓歯の麗人であった。

彼のいうところによれば、彼が彼女を知ったのは、二ケ月にわたる長期出張の間である。挨拶に、支店長宅を訪ねた折を契機として、子供のない今年三十二歳のあけ美夫人は、そこはかとない興味を、彼に持ったらしい。

出張の寂しさに困惑していた彼の宿に、彼女から電話がくるようになったのは、その後幾許もない頃であった。

次第に親しみを増した二人は、彼女の夫である星野忠男氏が、東京に出張した留守の一日、最後の一線を越えたのである。それは激しい雷鳴をともなった嵐の夜の出来ごとであった。その夜を境として、二人の間には、なんのわだかまりもなくなってしまった。

仕事に席のあたたまる暇とてもない忠男氏は、二人の関係は、恐らく何も知らなかったのであろう。

やがて、二ケ月の出張を終って、彼は再び東京に帰ることになった。それは十月十日のことである。その機会を利用して、夫人は、横浜の弘明寺《ぐみょうじ》の高台にある実家に、帰ることにした。久しぶりで、年老いた父母を訪ねようというのだった。

忠男氏の鄭重な依頼を受けて、頭を垂れた彼は、仙台発九時の準急で、夫人を伴ない、帰京の途についた。

その車中で、まだ一度も東京を見たことがないという――それは実に不思議なことであったが――彼女の頼みで、彼は東京の名所案内をひき受けた。彼女は十五日に、東横線で渋谷に出るという。そこで、おちあう時間を十時と定めたのだった。

後に当局の調査したところによると、その朝彼女は、横浜の実家を朝の七時に出掛けたことが判明した。しかし、ふだんと変ったことは、何一つとして見受けられなかったというのである。

ついで、当局は三十五号室の来歴を調べた。それによると、三十五号室は、昭和十五年から、向う十五ケ年の契約で、印度の某富豪に貸していた。その債権は、もちろん現在でも有効であり、それは昭和三十年六月末日で満期になっている。というのは、彼は前屋賃で、十ケ年分を払ってしまったという。よほどの富豪であったに違いない。

二た間続きの部屋を簡素に飾った彼は、そこを東京の本拠として、阪神地方を交通し、貿易関係の仕事をしていた。戦争の直前、彼はデリーに帰ったまま、太平洋戦争に突入した。以来、音信不通のまま、今日に至った。

戦後のやりくりの苦しいのは何処でも同じことである。和田ビルの支配人も、悪いとは知りつつも、その部屋を二日、三日というような短時日の希望者に対しては、適当な料金をとって、借していた。


十二日の午後、一人の青年が、支配人を訪ねてきた。

「三十五号室はいまあいておりますか?」

「ええ、あいておりますが」

支配人は鄭重に、手をさすりながらこたえた。

「実は、友人に聞いてまいったのですが、十五、十六の二日間、貸していただきたいのですが——是非」

青年は、紺の上着をまとい、えんじのネクタイをしめ、光線よけのために、今はやりの濃い色眼鏡をかけている。態度も立派だし、容貌は、いいそだちの人であることが、支配人には直感された。そこで、支配人は彼の身元と、部屋を使用する目的をたずねた。

「ごもっともですな」

青年は名刺入から名刺を出しながらこたえた。

「実は、十五日の朝、仙台から伯母が上京してくることになっているのですよ。伯母の希望で、お宅に白羽の矢を立てたというわけでして——」

青年は笑った。

その間に、支配人は名刺を眺めた。彼は青年を間違いのない人物と判定したのだった。

そこで契約は成立し、青年は使用料を払い、支配人は合鍵を渡した。


「じゃあ、高橋さん」

警視庁捜査第一課の渡辺刑事がたずねた。

「ごめんどうですが、その名刺を見せていただけませんか」

「ええ、おやすい御用です」

半白の老人である支配人がこたえた。そして名刺入から、くだんの名刺をとり出して渡した。それには、くせのない活字で次の如く印刷されている。

K鉄道技師
中島信彦
勤務先 K鉄道代々木研究所第一部
電話渋谷(46)一二三六—三九
自宅 渋谷区桜ヶ丘町三ノ一五八(佐藤方)
電話渋谷(46)二八六五

「ふーむ」

渡辺刑事はうなった。

「高橋さん、これを暫らく借していただけないでしょうか」

「ええ、どうぞ。何かのお役に立てば結構ですよ」

「ところで、高橋さん」

刑事は煙草に火をつけた。

「あなたは、その当人に会ったら、今でもわかりますか」

「はあア、実は毎日いろんな人に会っていますので、何とも申し上げられませんが、思い出すことは、思い出すかも知れません」

「と、いうと、あまり確信が持てないわけですな？」

老人は苦笑した。

「じゃあ、一つ、今日の様子をおしえていただけませんか」

刑事は話をすすめる。

「はあア、実はそれ以来、わたしは一度も中島さんには会っておらないのですが」

老人は、しばらく口をつぐんだが、やがて顔をあげた。

「そうそう、受付の小林を呼んでみましょう」

立ち上ると彼は、支配人専用の卓上ベルを押した。

「あなたが小林さんですか。おいそがしいところを恐縮です」

「はあアー」

古色蒼然とした和田ビルを象徴しているような老人である。

「今朝、中島がたずねて来たときの様子を、精しく知らしてくれませんか」

頭上には既に電燈が輝やき、一日の旅路を終えた灰色の街々の上には、たそがれの色が濃く流れている。

「はあア。そうそう、あれは丁度九時十分前でした。三十二、三の美しい御婦人を伴った、若い立派なかたが、受付の階段を上っていらっしゃいました。そして、笑いながら、合い鍵を示されました」

老人はつばを飲みこんだ。

「前に、支配人さんから連絡がありましたので、わたしは〝どうぞ〟といいました。お二人は、小型のボストンを下げたまま、階段を上っていらっしゃいました。たったそれだけです」

「そうですか、いやありがとう」

刑事は腕をくんだ。しばらくの沈黙が続いた。頭上の電燈の燃える音が、聞こえるようである。遠くの街々の雑音が、潮の音に似て、その静寂をつつんでくる。

「いや、よくわかりました」

刑事は腕をほどいて、メモを取りあげる。

「もう一つお伺いしますが、小林さん、それからあなたは、三十五号室をたずねた人は知りませんか」

「はあア、あとは一人もありません」

「一人も？　ですか」

「はあア」

「そうですか。十一時二十分頃、一人の青年が来たはずですがね――」

「いいえ、そんなことはありません」

老人は、複雑な表情を浮かべた。

「いや、来ないなら来ないでいいのですよ。ただ間違いのないところを聞きたかったのですよ」

老人は、ほっとしたような気持ちだった。

「十一時半頃には、このビルにたずねて来た人は、一人もありません。控え帳を見て頂いても結構なことですて」

「そうですか。そしてあなたは、十一時四十五分頃、警察自動車の訪問を受けたわけですな」

私服の刑事は笑った。

「ええ、全くびっくりしてしまいました。――無理もありませんよ。生れて始めてのことですからね――」

思いもよらなかった、今日一日の変転のためであろう、老人の顔には、疲ろうの色が濃く浮かんでいる。

「ところで、あなたは、いまその青年に会えば、顔を思いだしていただけましょうか――いかがでしょうな？」

「洋服の色なら覚えておりますが。どうでしょうな――、顔となると。――一日中いろんな顔ばかり眺めているものですから」

「ハッハッハッ、いや、そうですか」

健康な笑いを刑事は爆発させた。それは、いんきな夕べの部屋の空気をあたためるに充分であった。

「ともかく、ご苦労様ですが、当人にあっていただけないでしょうか。時間はとらせません。車が待たしてありますから」

立ち上ると、三人の男は部屋を出ていった。

そのあとには、明るい電燈が、物淋しい部屋の天井に、ひとり輝いている——

四、サングラス

「君が和田ビルについたのは、いったい何時頃だったのだ?」

和田係長がたずねた。

「十一時二十分です。それは、なんべんもいったじゃありませんか」

幾分むっとしたように彼はこたえる。警視庁一階の狭い調べ室。頭上に電燈が一つ、ぽつんとついている。粗末なテーブルと、椅子が二、三脚置いてある。

和田係長は〝光〟を一本引き出してくわえると、青年にもすすめた。

晴れやかな今朝の面影は、いまは彼のどこにも見当らない。それは全く、五月の朝のようなすがすがしい彼であったのに——。いま、彼をつつんでいるものは、疲労と疑惑とこん迷と、そして心労の渦であった。それは、彼の赤らんだ眼にも、蒼ざめた顔色にもうかがわれた。

「どうもねー、そこが合点がゆかないのだ。君は渋谷駅を出発したのは十時四十分頃だといっているね。和田ビルに到着したのが十一時二十分とすると、ちょう度四十分もかかっている。

あそこの距離は、自動車でなら、どんなにゆっくりとばしても、二十分そこそこだ。そうすると、よっぽど速度を落して走ったわけだな?」

「さあア、どうですか。そんなことは、僕にはわかりません」

「いや、そこが大切なところなんだ。僕はなにも、君を犯人ときめてかかっているんじゃないよ。だが君は、現行犯として逮捕されているのだ。

だから、よほどしっかりした、まともな口をきいても

「だから十一時二十分という時間が大切になるのだ——。分ったろう?」

「つまり、アリバイですね?」

青年は眼を輝やかした。

「うん、ある意味でのアリバイだな」

「そんなら出来ますよ。まず鶯色の自動車と、その運転手をみつけて下さい」

「ところが、それが見当らないのだ」

刑事の眼には、皮肉な微笑が浮かんだように見えた。

「ともかく、市内の調査では、そんな車はないのだ。もっとも、更に広はんな調査をやっているがね。それには、全部済むまで、一週間はかかるだろう」

「一週間もですか?」

青年の眼は悲しそうにかげった。

「その外、なにか思い当ることがないかね?」

無言のまま、彼は眼をふせる。それを見守りながら、刑事はぽつんと口を開いた。

「一ツ、君に智慧を借そう。だいぶ困乱しているように見えるからな。和田ビルの入口には、受付があったろう? 小柄な老人が坐っているはずだが」

「あっ、そうでした」


らいたいのさ。もっとも、君が興奮していることは、よくわかるがね」

三十八にはなっていると思われる和田刑事が、おだやかな声で尋問を続ける。青年は、両手を机の上に組んで、その上の一点をじっとみつめている。

「ねえ、女が十一時三十分前後に絶命したことは、疑をいれないところなのだ。それから、これは僕の好意で教えてあげるのだが、品川署に緊急電話がはいったのが、やはりその時刻なのだ」

青年は、刑事の顔を仰いで目を見張った。

「ところで君の場合、もし十一時二十分に、君が和田ビルに到着したということが証明されると、それは君にとって、実に有利になるのだ。

——つまり、こういうことになるわけさ。君は、和田ビルに着くと一瞬の間に、三階の三十五号室に現われ、コーヒーを女にのませ、続いて、ブロバリンを押しこみ、女が眠ったのを見すまして、ベッドに運びいれ、そして絞殺した——一瞬の間にだよ。

そんなことは、誰にだって出来はしない。それこそ、おかしな話というものだ」

刑事は煙草を灰皿においた。

とび上らんばかりの勢で、青年がこたえた。

眼がいきいきと輝いている。

「あの年寄に聞けばわかります。そうです。彼は僕を見たはずですから」

「そうか、それはよかったな。実は、いま和田ビルの支配人と、その受付係――小林というんだがね、その二人をつれて、渡辺刑事が出発したという知らせがあったのだ。

どうか、君のためになるような証言をしてくれるといいがね」

「いや、受付係の爺さんは、僕を見たはずです。そしたら僕は救われます」

興奮して彼は叫んだ。その様子を、和田刑事は興味ありげに眺めた。複雑な表情が浮かんでいる。

「ところで君は、先きほど女の手紙、女の手紙といっていたな、それは、どうしたわけかね」

「ああ、そうでした。もうこうなったら――」

「うん、一ツ是非見せてもらおう。何かの手がかりにはなるだろう」

「さあ、どうか見て下さい」

彼はそういいながら、右のポケットに右の手をねじこんだ。途端に困惑の色が、顔に浮かんだ。

「左だったかな?」

彼はひとりごちた。それから、せかせかと、左手を上着の左のポケットに入れた。

――油汗が、彼の額にふつふつと浮かんだ。

――手紙は見当らないのだ。

立ち上ると、彼はズボンのポケットを調べた。彼の顔は、蒼白い上にも蒼白く変っている。その様子を、刑事は眼のすみからじっと、みつめている。

「ない! どこへいったのだろう?」

すると、三十五号室での、気違いじみた合鍵の捜査活動と、そこをのがれるときの超人的な身のこなしが、稲妻のようにきらめいたのである。

「あっ、きっと、あのとき落したのだ」

絶望的に、彼は頭をかかえると、どうと椅子に腰をおろした。

「ねー、中島君、思い違いをしてはこまる。われわれは、あの部屋はもち論、君が走ったところは、チリ一ツ止めないほど調査したのだ。しかし、そんな手紙はどこにも落ちていなかった」

刑事は静かに煙草をとり上げる。

「だからねー、このごになって、夢みたようなことをいうのは、止そうじゃないか。もともと、そんな手紙なんて、ありっこないのだ。子供だましは止したほうがいい。君のためだ」

頭を上げると、茫然として、彼は刑事の顔を眺めた。

ドアが開いて、私服に案内された二人の老人がはいって来た。その小柄な老人の顔を見たとき、青年の目は燃えた。

すすめられるままに、二人の老人は、和田係長の後ろのほうへ腰をおろす。係長に何か耳打ちすると、渡辺刑事はテーブルの横へ、黙って腰をおろした。

係長は、引き続いて、青年に五分ほど質問した。その間中、二人の老人は、注意深く青年を見守った。容貌、声の調子、服の色、ネクタイの柄それらをたん念に観察して、何かを思い出しているように思われるのだった。

しばらくして、係長は尋問を打ち切って、後ろのほうに回転椅子をまわした。

「いかがでしょうな？　高橋さん。部屋を契約したのは、この男でしょうか？」

支配人は、なおも青年の顔に瞳を向けながらこたえる。

「そうですね——、服やネクタイなどは、そっくりだと思いますね。しかし顔は、幾分違っているように思うのですが。声の調子はそっくりです。——どうもあのときは、色眼鏡をかけていらっしゃったですからな」

唖然として、青年は支配人を見守っている。その様子を、渡辺刑事は、横からじっとみつめている。

係長は、小林受付老のほうに、顔をむけた。

「小林さん、どうです。見覚えがありますか？」

老人は困惑したように見えた。

「そうですねー、実はわたしも、ただいまの支配人さんと同じ意見です。やはり眼鏡をかけていらっしゃったですからね——」

係長は卓上のベルを押した。

「こんな色めがねですか？」

幅のひろい、アクリール樹脂製の柄のついた黒の色めがねを、給仕の手から受け取って、係長は二人の老人にしめした。老人はうなずいた。係長は、渡辺刑事にそれを渡した。

手にとって、しばらく眺めた渡辺刑事は、それを青年に手渡して、かけるようにうながした。

怪げんな色を浮かべて、めがねを手にとった青年は、じっとそれをみつめている。何かちゅうちょする様子である。

八ツの眼が、青年を見守っている。その熱い瞳を感じたのであろう。青年の手はかすかに、ふるえているように見えた。やがて、かなり荒い調子でくだんの眼鏡を、その蒼白めた顔にあてると、無言のまま正面をむいた。

――能面を見るような、無表情な顔である。

大きい溜息が二人の老人の胸をついて出た。係長は、その様子をじっとみつめた。

「いかがでしょう?」

「いや」

支配人は額の汗をふいた。

「はっきりとは申し上げかねますが、どうやら、このかたと考えて間違いがないと思いますよ」

そのそばで、小林老もうなずいている。

悦びの色が、青年の顔にさっとのぼった。幾分割りきれない表情もまじえて。だが、次の瞬間、係長が口を開いた途端、悦びの色は、深い絶望の悲しみに、とって変った。

係長は、青年のほうを向いていたのだ。

「ねー、君。この御二人の老人はだよ、君に見覚えがあるというのだ。こちらは支配人だがね、和田ビルの。君には十月十二日に会っていると言われる。それから、こちらの受付の小林さんは、今朝八時五十分、君の顔を見ているといわれるのだ」

蒼白な顔を二人の老人の上に据えると、青年は叫んだ。

「そんなことはありません。こちらのかたには、一度だって会ったことはありません。それから、受付のかたに会ったのは、十一時二十分頃です」

眼がねをはずして、彼は小林老の顔をひたとみつめた。眼が血走っていた。

「あなたは、僕を知っているではありませんか。めがねなんて、僕はかけたことがないのです」

青年の気迫に押されて、二人の老人は、後ろに身をひいた。

「いや――」

小林老が、しゃがれた声で、彼の声を抑えた。

「先きほども、申し上げましたように、わたしは、その時刻には誰も見掛けてはおりません。勿論このかたも――」

そして老人の声は、蒼く燃える槍のように、青年の胸をつらぬいた。

「このお若いかたは、どうかしていられるのではありませんか。可哀そうに——」

すっくと立ち上って、青年は老人を指さした。

「あなたは——あなたは——、僕を見なかったのですか？　本当に見なかったのですか？　この僕を！」

凍てついた沈黙が、そのあとに続いた。

五、愛と悲しみと

——警視庁三号応接室。

「ほう、十二日の午後、あなたは中島と一緒に、銀座を散歩していたというのですか。間違いはありませんな？」

渡辺刑事は、煙草をくわえながら、メモにペンを走らせる。

「はい。三越で買い物を致しまして、終ってから銀座のほうへ歩いたのでございますわ」

えんじのジャケツのよく似合う、目を見張るような美少女である。としのころは、はたちほどでもあろうか。栗色の髪にくまどられた蒼白い顔は、北欧のひとを思わせる。

「中島は、何も言わないのですがね——。もっとも、役所は午前中しか出勤していないのですがね」

田坂由美子と印刷してある名刺を、もう一度眺めながら、言葉を続ける。

「そこで、あなたが中島と別れたのは何時頃か、覚えはありませんか」

「はい——」

少女は額の汗をふいた。しばらくして顔を上げる。眼が輝いている。

「思い出しました。服部の時計が、丁度二時を指しておりました」

「そうですか。それからあなたは、ひとりでおうちに帰られたのですかな？」

「はい。中島さんは用事があるといわれるものですから、お別れして有楽町の駅から、ひとりでうちに帰りました」

渡辺刑事は、先きほどから、何か心にかかっているように見受けられた。しかし、若い彼は、それをなかなか切り出せないようである。

調書によると、十二日の午後、中島はひとりで銀座を歩いたといっている。その日は、ひとりの青年が、和田ビルの支配人をたずねた日であった。支配人の記憶によれば、それは午後の三時前後になっている。

彼女が、彼と別れた時刻が二時であるというのでは、彼のアリバイにはならない。だが、幾分かは、彼にとって有利になることは事実であろう。

彼はじっと、少女の顔を眺めた。懸命な色が瞳に輝いている。

――彼女は、彼を愛しているのかもしれない――

彼は、ふと哀れみを覚えた。もっとも、そうでなければ、こんな所に若い女がひとりで訪ねてくるはずはない。

「田坂さん、失礼なことを伺うようですが――」

彼は顔の汗をふいた。決心がついたものらしい。

「あなたは中島と、どのような関係のかたですか？御親戚でも？」

蒼白めた頬に、花のような血の色がのぼった。伏せた顔の、美しい首筋のあたりまで、匂うような清潔な感じであった。

やがて、静かに彼を見上げた瞳が、澄んだ情熱をたたえて燃えている。

無言であった。だが、彼は一さいを了解した。

「あなたは、中島を無罪だとおっしゃるのですね。何か、それだけの理由を、お持ちなのですか」

少女は無言である。が、しばらくすると、彼女は口を開いた。その声には、沈痛な響がこもっていた。

「――いいえ、あたしには、何もそんなものはございません。ですけど、中島さんは、ひとを殺したりなどなさるかたではありません。きっと、何かの間違いと存じます」

彼女は一息した。

「あたし、それをあなたにつきとめていただきたいのでございます。

あたしで出来ることでしたら、どんなことでも致します。

あなたは聞こえた名刑事で、いらっしゃるでしょう。無実の罪に、なげきの底に沈んでいる中島さんを、助けて下さいませ」

ハンケチをとり出して、少女は眼にあてた。肩がふるえている。

――給仕がはいって来て、彼の耳元に口を寄せた。

「ちょっと失礼。五分ほとです」

そういうと、渡辺刑事は立ち上って、給仕と一緒に、部屋を出ていった。


しばらくして、彼は応接室にとってかえした。すると、女の姿は見当らない。ふと見ると、机の上にハンドバッグが置いてある。口が半ば開いている。

「ははー」

彼は、彼女がトイレットに行ったことを知った。

かすかな苦笑のかげが、彼の頬に浮びあがった。

「なかなかみつからなくて、困っているだろう」

ゆっくりと、腰をおろして、深く煙草をすいこむ。

——彼女はなかなか帰ってこない。彼は、テーブルを隔だてて、目の前にある豪華なハンドバッグを眺めた。

ふと、好奇心にさそわれる。それは職業意識とでもいうのであろう。何か、はばかられる気分もないではない。

すると、半ば開いたバッグの中ほどに、四角い女用の封筒が眼についた。煙草を灰皿に置いて、瞳をこらした。みるみる彼の顔には、緊張のいろが浮びあがったのである。

せきばらいをして、彼はドアのほうを、じっとみつめた。そして、もう一度、封筒を眺めた。

なにが、彼の注意を、それほどひきつけたのであろう？

封筒の上には、女文字で何か書いてあるのだ。化粧紙でふさがって、よく見えないのであるが、

野　あけ美　まいる

という文字が、彼の瞳をやいたのである。

つと、右手をのばすと、彼は人さし指を、バッグの中に入れて、そっと化粧紙を押えた。眼が燃えている。そこに彼は、彼の望んだものを見た。

美しい文字で、〝星野あけ美　まいる〟と書いてあったのだ。

彼の指は、かすかにふるえ、顔色が蒼白めている。もう一度、彼はドアのほうを眺めた。それから、むささびみたいな動作で、彼は対筒をとり出した。そして中味をひき出した。白い便箋が、四つにたたんである。それを開いて、彼はその上に目をさらした。焼けつくような眼であった。


——ゆみ子さま、あなたが、どんなに歎かれるか、わたしにもよく分ります。けれど、もうどんなことが

あっても、たとえ、この世が火の海になったと致しましても、わたしは、中島さんを思いきることなどとても出来ません。

　あなたが、どんなに中島さんを愛していられると致しましても、わたしの愛にくらべましたら、もののかずではないでしょう。中島さんは、わたしの総てです。心の太陽であり、悦びの泉です。

　中島さんゆえに、わたしは悩み、愛し、悲しみ、そして泣くのです。

　ゆみ子様、どうぞ中島さんをあきらめて下さいませ。どんなことがありましょうと、わたしは中島さんを、あなたの胸にお返えしすることは出来ません。また、あなたが、どんなに骨を折られても、それは一さい無駄と存じます。わたしは、決してあなたにひけをとったりなどは致しません。

　中島さんは、ときどき寂しい顔をなさるときがあります。それはきっとあなたを思い出されたときと思います。そして、あたしは、狂おしくなって、中島さんを殺したくさえなってしまいます。

　そうです、もし中島さんが、あなたの胸にかえるようなことになったら、あたしは中島さんを、殺してしまうでしょう。そして、あたしも死ぬつもりです。

　ああ、どうしてこんなに恋しいのでしょう――

　それなのに、あたしが、こんなに愛しているのに、中島さんは、あなたをあきらめきれない――

　しかし、わたしはどんなことがあっても――


　ことり、とハンドルがなった。はじかれたように顔を上げた渡辺刑事は、素早く便箋をたたむと、封筒にいれ、それをハンドバッグに押しこんで、パチンとふたを閉じた。

　彼が手を引っこめるか、引っこめないうちに、ドアが開いて、彼女が静かにはいってきた。彼は、ぎこちなく再びメモをとり出した。


　十五分の後、彼女は立ち去った。寂しい後ろ姿である。彼は出来るだけのことはすると、彼女に約束した。だが、実のところ、彼の頭はあの手紙のことで、いっぱいであった。

　深くソファに腰を下ろして、彼は幾本も煙草を灰にした。

　どうしても理解されなかった、星野あけ美殺害の原因が、いまこそ彼にはわかったのである。それは、暗夜、森のたたずまい、荒野の涯を、蒼白に彩る稲妻であった。

十月十二日の午後のアリバイも、彼にはなり立たない。十五日の午前七時前後には、彼は家を出ている。およそ二時間の後に、一人の青年が美しい女をともなって、和田ビルを訪れた。彼のためには、アリバイがまたしても成り立たない。

あらゆる証拠は、彼の犯行であることを物語っている。しかも、殺害にいたった原因は、ついに了解し難いものであった。

だが、彼が今日ぬすみ見た女の手紙は、あまりにも重大な物語りを語っている。

——中島は、その恋人である田坂由美子を、忘れることは出来なかったのだ。いかに爛熟した中年の女の恋であろうとも、はた、いかに優れた技巧をもってしようとも、彼の心に点じられた、消えなんとして消えざる憧れの焔を、消し得なかったのであろう。

そのまぶたの裏に浮び上がる面影こそ、峯の百合の如き田坂由美子の、清純な姿であったに違いない。

ここにおいて、恋に狂ったあけ美は、何も知らない彼女に対して、自分と中島との関係をすっ破ぬいたものであろう。その手紙こそ、先きほど、彼が垣間見たものに違いない。

一方、あけ美は彼にせまって、由美子を忘れてしまうことを、要求したのであろう。だが、頭をたれた彼は、一言も口を開かない。ただれた愛慾の生活にたんできして、彼の心に開いた百合の花は、さらにさらにその可憐な美しさを増していった。

彼にとって、それはどんなに高価なものであったか、始めて彼にはわかったのであろう。彼の心の変遷を洞察したあけ美は、彼との関係を由美子に暴露するといって、彼に迫った。そうなれば、一さいは終ることが、彼にも既に了解されていた。

来る日も来る日も苦情の連続であった。そして彼は心を決したのであろう。

——あけ美を殺そう。ほかに途はないのだ。

立ちあがると渡辺刑事は部屋を出ていった。

第一審、彼は死刑の判決を受けた。

彼は控訴した。だが、訴願は脚下されてしまった。物的証拠は、更に加うるべき何物も必要とはしなかったのだ。

秋深い武蔵野のただ中、落ち葉した雑木林の彼方に、灰色の高い塀が、荒寥として、丘を越えて続いている。望楼がそびえ、その背景をなしている秩父の山波には、白いものが光っている。

報われぬ愛、失われたる自由、尽くるなき悲哀——来る日も来る日も、しょうじょうとして秋風が吹きめぐった。

——それは、東京刑務所の遠い眺《ながめ》である。

その一室に、中島信彦は、彼の二十八歳の生涯の、最後の日を待っているのであった。

ある日、美しい少女が彼を、おとずれた。面会所の格子戸越しに、やつれ果てた彼の眼に、かつての日の面影が浮かびあがった。それは幸福な日のかがやきであった。

「中島さん」

少女は唇を嚙んでいる。

「由美子さん」

力なく彼の口が動いた。

「よく来てくれたですね——」

涙が、彼の目じりに浮かび上った。

「由美子さん、僕はもう駄目です。報いですね——。これが、あなたのようなかたを裏切った男の末路です。けれども、由美子さん、僕は決して人を殺したりなどしませんでした。あなただけには、わかってもらいたかったのですよ」

少女は、すすりあげている。

「しかし、もう駄目です。のがれるすべもないのです。由美子さん、——じゃお別れしましょう。どうか幸福になって下さいね。そして、時には不幸な男のために祈って下さい。

それはきっと、不運な男の魂に、平和とまではゆかなくとも、すくなくとも慰めは与えてくれましょうからね」

彼は、ほうり落ちる涙を右手でぬぐうと、さらに言葉をついだ。

「じゃ——さようなら。いつの日までも、健康で幸福であって下さいね」

戸が下ろされた。時間がきれたのだ。その硝子戸越しに、彼女は叫んだ。血を吐くように。

「中島さん、あきらめてはいけません。あたしは、あなたを信じています。奇蹟だっておこりますわ。中島さん――」

ハンカチーフを取り出すと、彼女はそれを噛んだ。おえつの声が、その間からもれてきた。

――そして、それから八ケ月の時が流れた。

六、ある契約

今日も冷めたい雨が、しとしとと降っている。心の中まで濡れてしまうような雨である。街々には、既に灯が輝いていた。さらでだに、ふる里を思わせる秋の夕暮である。

彼女は大きい溜息をはくと、しっとりと湿ったレインコートをとった。頭を大きく二ツばかり振ると、その栗色のウェーブをうった豊かな髪から、細かい水が、あたりに散った。

今日一日の勤めを終って、彼女はいま、ようやく自分の部屋の前に立った。ポケットから合い鍵をとり出して、鍵孔にさしこむ。冴えた音がした。ドアを開いて、彼女は中に入り、壁ぎわのスイッチを押す。部屋が明かるくなる。

レインコートを壁にかけ、ドアを閉じて、靴をぬぐ。目かくしの衝立をまわって、中に入った彼女は、壁に寄せてあるソファを眺めた。そして、その場に立ちすくんでしまった。顔は蒼白めて、大きく開いた眼が、恐怖の色をたたえている。

ソファの上に、紺の背広を着た一人の男が、顔にソフトをのせて、深々と腰を下ろしている。深い眠に落ちているもののように身動き一つしない。

やがてのこと、彼女の顔にはうっすらと紅味がさしてきた。眼が燃えるように輝いているのは、激しい怒《いかり》を覚えてきたからであろう。

くるりと、きびすを返して、彼女はスリッパのままドアのノッブを握った。管理人に抗議する積りなのであろう。そのときだった。太い朗かな男の声が、背後から彼女を追ってきた。

「田坂さん、失礼したですな。留守中を拝借して」

彼女は思わず立ちすくんでしまった。

「しかし、二時間も三時間も待たされては、かないませんからね。一つ気げんを直して下さい」

その声を聞くと、彼女は一人の男を思い出した。それは、いつか警視庁の応接室で会った渡辺刑事である。

彼女の顔は蒼白に変ったように思われた。限ない悦びが、不安をともなって、小鳩のような胸をゆるがしたものであろう。

「ああ、渡辺さんですの、ほんとうに――」とってかえすと、彼女は静かにほほえんだ。画家も筆を折ったであろう微笑であった。

コーヒー茶碗から白いいきが、静かに立ち上っている。頭上に輝いている電燈が、暖かい部屋を一そう暖かにする。日は暮れ果てて、さらに勢をました雨が、風をさえさそって、窓硝子を叩いていた。垂れこめたカーテンが、時折りゆらぐのだった。

チョコレートをほおばると、彼女はカップをとり上げ、懸命に語り続ける彼の若々しい顔を、湯気の向うに眺めた。微笑が、絶えず彼女の頰に上ってくる。電燈の光のせいか、高貴にさえ見える少女を、彼は嘆息するようにみつめた。

「由美子さん」

彼は煙草を深く吸いこむ。

「そんなわけで、しばしば会っているうちに、僕は彼の何といいますか、つまり彼の誠実さに打たれたのですね。そこで、二、三の彼の友人に会ってみたのですが、彼等はそれを裏書きしているのです」

一息すると、彼は語りついだ。

「そこで僕も、ひょっとしたら彼は本とうのことをいっているのかも知れないと、考えるようになったわけですよ。

幾日も考えた末、もし彼のいうことが真実であるとすると、それは実に面白いことになるということに気がついたのです。そこで、繰り返し、彼の陳述を調べてみました。その結果、ある確信を持ってもいいと考えたのですね。

事態は慎重を要することは明かでしょう？　そこで僕は課長に話し、部長の了解を得ました。むこう二ケ月の時間を貰ったのですよ」

「まア――」

嘆息するように、彼女はつぶやいた。顔が上気して、目が輝いている。

「そこで、僕には助手が必要になったのです。女の助手ですな。しかも信頼の出来る」

彼はじっと彼女の顔をみつめた。臆する色もなく――それどころか、期待に燃えている美しい二ツの眼を、彼はそこに見た。

「そこで御相談したいのですが、是非あなたに引き受けて頂きたいのですが――」

無言のまま、彼女は眼を伏せる。しばしの沈黙が続いた。再び顔を上げたとき、白く輝やく二ツの頬と、長いまつげの下にかげっている二ツの眼とは、決意の色を浮かべている。

「あたしに出来ましょうか?」

「さアー、僕にもよくは分りませんよ」

彼は静かに笑った。

「しかし、要は誠意と愛情の問題でしょう。それがなければ、この仕事はつとまりません。けれども僕は、あなたより打ってつけの人は、外にはないだろうと確信しているのです」

テーブル越しに、彼は逞しい右の手をのばした。そして恥かしそうに差し伸べられた、彼女の美しい手を握った。

契約が成立したのである。次に彼は、丸い小さいバッヂを取り出して彼女にわたしした。

「これを服のどっかにつけておいて下さい。ふだんは、かくしておくのですよ。いざというときに、それを警官に示して下さい」

彼はおごそかな口調でいいたした。アルプスのいただきに立ったシーザーが、ローマを指さしたときのように。

「総ての門は、あなたの前に開かれるでしょう」

彼は、からからと笑った。つり込まれて、彼女も微笑する。

「さて、それではどこから手をつけましょうね」

「――」

「まず、彼の陳述に耳を傾けてみようじゃ、ありませんか。そこが何といっても、出発点でしょうからね。そうすると、非常に大きい特徴をもっている一ツの事実に、ぶつかるでしょう?

中島君が、あけ美夫人と密会する手筈をきめたのは、十月十日の準急の中でのことだというじゃありませんか。中島君も、恐らく、誰にも口外はしなかったでしょうし、いかに女が、はすっ端であったとしてもですよ、そんなことをひとにいいふらす者はないでしょう。

だから犯人は、もし中島君でないと仮定すると、すぐなくとも同じ車内の、しかも内しょ話が、聞きとれるほどのところに乗っていたことは、まず間違いがないという想定が、生まれてきましょう?」

彼女は目を見張った。

「次に一般的に考えてみようじゃありませんか。明らかに、この犯罪は、ものとりや強姦といった種類のものでは、ないようです。特に、中島君を犯人でないとすると、その範囲は、一層せばめられることが分りましょう」

彼女はいろを変えている。みいられたように目が光り、油汗がじっとりと額に浮かんでいる。渡辺刑事の推定は、いまや彼女の愛人の運命の中に、白い光ぼうを引いて行く流星のように、思われたのであろう。

「犯人が中島君でないとすると、興味深い問題が残されたことになるでしょう? 彼は、わなにかかったのですよ。そして当局も。

それでは、わなを道に用意したものは、誰でしょう。しかも、こんな素晴らしいわなを。

それは、明らかに彼をにくみ、それ故に、彼をうらんでいる者でしょう。

ここまで考えると、ある一人の男の姿が、浮かびあがってくるでしょう?」

彼は、消えた煙草をとりあげる。

「わかったでしょう? 僕が怪しいと思うのは――」

低い沈んだ声が、彼女の胸をしめ上げた。ほっと吐息をもらすと、ハンカチーフをとり出して、顔にあてた。

「可哀そうな中島さん」

彼女はつぶやいた。しかし、それは彼の耳には聞こえなかったかもしれない。

「つまり、嫉妬の兇行ですよ。しかし彼は、当時仙台に居ったのですから、この推定が正しいとすると、アリバイさがしは大変でしょう。敵も、さるものですからね」

悦しそうに、彼は逞しい腕をなでる。さそわれて、彼女も微笑する。信頼にみちたほほ笑みであった。

「渡辺さん、それでは、あたしの第一の任務は何でしょう」

「そうですね。ともかく、よく考えてみることにしましょう。今日は、ともかく、あなたの快諾を得ただけでも、大したものですからね」

耳のかげまで赤く染めた彼女を、彼はこよなく美しいとみた。

それから十五分ほど話しこむと、渡辺刑事は、彼女の部屋を辞した。

雨はどうやら、嵐になったらしい。沛然《はいぜん》たる雨と、猛り狂う風とが、街々の上に咆哮していた。カーテンの外の硝子戸に、滝のように雨がしぶいている。

ただひとり、彼女はソファに腰を下ろしていた。冷めたくなった二つのコーヒー茶碗が、何かわびしい影を、明るい電燈の下に引いている。

やがて、頭をかかえるようにして立ち上った彼女は、もう一度つぶやいた。

「可愛そうな中島さん」

彼女の目の中には、光るものが見られた。顔色は一そう蒼白めて、切ない息が、苦しそうに胸からあふれた。

頭をかかえて、再び椅子に、深く腰を下ろした。肩がふるえている。

限りない悲しみと、涯てしない慕情とに堪えないものの如く――

彼女は、すすり泣いているのであろう――

七、霧の夜

交代の時間であった。彼にくらべて、更に弱々しい老人と代ると、小林老は階段をふんで外に出た。塔の上の大時計に続いて、それぞれ違った場所から、真夜中を告げる二つの時計が鳴った。

それからあとは、遠く響く電車の音の外は、あらゆるものが、深い沈黙の中に沈んでいった。

しめっぽい、冷めたい夜である。遅い月が、薄い雲に蔽われた空から、ぼんやりと下界をのぞいている。灯の消えたビルが、あちらの街角、こちらの通りに亡霊のようにそびえているのだった。

小林老は、オーバーの襟もとをかき合わせた。おぼつかない足音が、鋪装された道路にこだまして、こつこつと響いて行った。ふと彼は前方を眺める。老の目をしばたたいて、冷めたい霧の流れる街路を見渡した。そしてほっと、吐息をついた。

数日前から、彼は不思議なことに気がついていた。それは気にするほどのことでもない、つまらないことのようにも思われたが、また考えようによっては、何か恐ろしいものが感じられるのである。

それは、彼が日直を終って、夜更けの道をとぼとぼと、省線の大崎駅に歩いて行くときのことである。彼の前、五十米ほどの所を、灰色のレインコートに深くあごを埋めた男が、歩いているのだった。

足音一ツたてない、まるで亡霊のような出現なのである。酔っぱらいの外は、ひと一人歩いていない時間なので、妙に彼の気になった。その上、霧の中からのぞいているみたいな、冷めたいおぼろ月の夜であったので、一そう彼の心に陰をおとしたのである。

――男は駅の近くで、かき消す如く見えなくなった。明るい構内に入ると、彼はほっとした。終電車を乗りついで、大井で降りた彼は、仙台坂の上にある引揚げ者の住宅に向って、重い足を運んだ。

近い道があったが、深夜の帰りではあり、ことに、その道は欅の大木で蔽おわれた森かげを通っている。そこで彼は、いつも遠廻りではあったが、京浜国道に出て、京浜電鉄の鮫洲《さめず》駅の近かくから、仙台坂を上るのである。

その夜のことであった。彼が坂の近かくに来たとき、彼は後ろに、かすかではあったが、足音を聞いたように思った。ぎくりとして、ふりむくと、三十米ほど後方の葉の落ちたプラタナスの並木あたりに、一人の男が立っている。

彼は、自分の心臓がどうかなってしまうのではないかと思った。男は灰色のレインコートを着て、深く襟を立てている。それは、先ほど、和田ビルの近かくで見かけた人影のような気がしてならなかった。

彼は、一気に仙台坂をかけ上って、ガタピシした長屋の戸を開いて内に入り、その戸を力いっぱい閉じた。体中汗でびっしょりであった。

同じことが、昨晩まで四回も起っている。それも殆んど毎晩のことであった。それから雨の夜が二日続いた。しかし、その間は何のこともなかった。

雨のあがった今夜――。彼がほっとしたのも無理はない。あの――彼にとっては、まるで恐怖の精とも感じられる、灰色の人影は、どこにも見えなかったのである。ほっとした気持で、彼は駅に出た。その途中でも、彼の心をわずらわすものは、何もなかった。

明るい駅の灯影を見ると、彼は心から安心した。それと同時に、ここ一週間ばかり、毎晩彼の心をおびやかした出来事は、まるで夢のように思われてきたのである。

大井町で終電を降りたのは一時に近い頃であった。いつものように、彼は駅の横を通って、京浜国道に通ずる小路を歩いて行った。街燈があちらこちらに、またたいている。霧は一層濃くなってきた。月影さえ定かでないほどの濃い霧が、寝静まった家々の屋根を、冷々として低く流れ、落ち葉した欅の老樹の枝にからみついた。

都会の裏町の寂しさは――、時折り聞こえてくるものは、京浜国道を疾駆して行く自動車の音ばかりであった。

もう一町ほどで大通りに出るというところに、一むら大きい欅と、杉の木立がある。それは稲荷《いなり》の森である。この通りでの一番寂しい所なのである。そこを通り過ると、彼は、いつも胸をなでおろすのだった。

しかし、いつもはその鳥居の近かくに、暗くはあるが街燈がまたたいているので、少しは寂しさをまぎらしてくれる。

ところが、今夜は街燈が消えている。ふと気がついたときは遅かった。彼は、その数米ほどの近かくまで来ていたのだった。

月のおもてを包んでいた濃い霧が、僅かに薄れた。あたりが、ぼうとした色に染まったとき、彼の足は大地に植えこまれたみたいに、動かなくなってしまった。鳥居の近かくに、ひとりの人影が佇んでいたのである。それは明らかに、彼を待っていたのであることが、彼には直感された。

恐ろしい勢で血管が収縮すると、彼の血という血は心臓に集まってしまった。灰色のレインコートの男は、身動きもせずに立っている。襟を立て、目深かにかぶったソフトの奥に爬虫類を思わせる二ツの眼が、何の感動もなく彼をじっとみつめているように思われた。

総身そそけだち、足がふるえて、立っていられないくらいであった。それはまぎれもない、灰色の男であった。一そう濃い霧が、月のおもてを蔽うてしまった。

いつか灰色の影は、彼の前に立っている。低い、細い声が、彼を金しばりにした。

「――小林さん、時間はとらせません。ちょっとそこまで顔を貸してもらいましょう」

くるりときびすを返して、レインコートの男は、ゆっくりと歩き出した。そのあとから小林老は、ふらふらとついて行く。まるであやつり人形のように。

暗いしめっぽい境内をつき切って、男はとある大きい石造の倉庫の前に立った。重い戸を開いて、老人が中に入ったのを確かめてから、自分も中に入って戸をとじた。

老人は、すすめられるままに、彼と向かいあって、むき出しの石に腰を下ろした。

カチリとライターをすると、男は煙草に火をつける。それから老人にも一本すすめた。瞬間ではあったが、老人は、男は黒い太ぶちの色眼がねをかけているのを、みとめた。顔の皮膚はすべすべとして、女のように美しいのが、ひどく頭の中にくいこんだ。

「小林さん」

煙草を右手にはさんで、低い声が尋ねる。

「あなたも早く帰りたいでしょう。僕もそうですよ。そこで、僕の質問に簡単に答えて下さい。しかし、でたらめをいうと、あとの責任は持てませんよ」

その声は妙に胸にしみて、老人は身ぶるいした。

「随分古い話ですが、――そうです、去年の十月十五日の午前十一時半頃のことです。あなたは確かに、ひとりの男をみたはずです。そのときに、あなたは受付台に坐っていたと思うのですが――」

「は、はい」

老人は、どもりながら答える。

「そのときの様子をくわしく話してくれませんか」

老人は、白暮の如き暗がりの中に、二つの眼が自分の唇に注がれているのを感じた。

ポケットに入っている彼の右手が気にかかって、生きた気持ちもないように思われる。

昼であったら、やつれた額に、にじみ出している油汗が、したたり落ちるのが見えたかもしれない。

「はい。――そう、四十前後とおぼしい、色眼がねをかけた一人の男が、いきなりわたしの前に立ちました」

「ほ――」

意外そうに低い声がつぶやいた。

「はっとするまもありません。やにわにピストルを突きつけられました。そして〝俺を見たことは忘れろ〟というのです。しゃくにさわりましたが、何とも致し方がありません。〝――もし俺を見たということを、ばらしたら命はないぞ〟――そういって、男はビルの中に姿を消しました」

「ふん、それは間違いはないでしょうな?」

「はい、決して」

不安げに、老人はあたりを見まわした。冷めたい霧が、二人の腰を下ろしている所まで入って来ていた。

「それだけではないでしょう」

「はい。実はその直前に、青い服を着たお若い方が、入っていらっしゃいました」

「な、なんですって?」

うわずった声が、鋭く響いた。

「それは本当?」

「本当ですとも。ところが、その若いかたは黙って、奥の階段を上っていってしまいました」

「そう――、それは中島信彦に違いない。では、なぜあなたは刑事のとり調べのときに、そう言われなかったのです? 裁判の時だって、そうです。そうすれば、中島は死刑の宣告をまぬがれたかも、しれないのに」

「は、はい。ところが、それが出来なかったのです。と申しますのは、その若いかたを呼びとめようとして、立ち上ったときには、姿はもう見えなかったのですよ。実は、それまで居ねむりをしていたものと、みえますね。

ところで、それから二十分もたった頃、またしても、わたしは何かに気をとられていたのでしょう。ひどく背中を、どやされました。後ろをふりむこうとした途端、ぬーっと目の前にピストルがあらわれました。はっとしたとき、後ろを見てはならないと、その男がいうのです」

「ふーむ」

男はつぶやいた。

「いや、なかなか面白いですな」

「どう致しまして。わたしには、面白いどころのさわぎではありません。――すると、別の手が、するするとわたしの前に伸びて、幾枚かの千円札を目の前にならべました」

「ほう」

「後ろから、男が申しました。――さきほど若い男が入ってきたのを、お前は見たろう。そのことを、すっかり忘れてしまえ。お前の記憶を、俺はこれで買うのだ――と申しまして。それから、もし、このことをひとに知らせたら、一昼夜のうちに、お前の命はないものと思え――とつけ加えました」

老人は声をおとすと、不安そうに、あたりを見まわした。

「それから?」

「はい。それから、そいつはわたしに目をつぶらせました。あい変らず、ピストルが頭の後ろに冷めたく、ひっついています。そして、ぐるりと後ろをむかされました。

——三十秒の間、そうしていろ。表の方を向いたら一発のもとに射殺する、というのです。

確かに一分は過ぎたと思った頃、わたしは前のほうを向いて、入口を見ました。男は、影も形もありません。夢ではないかと思いました。しかし、目の前には、確かに千円札が、しかも十枚、畳んで置いてありました」

老人は額を腕でぬぐった。

「その男は、前にあなたを、おどかした男と同じ人間ではありませんか」

「いいえ。まるで違うと思います。姿こそ見ませんでしたが、あとの男には、どこか優しいところがありました」

「そう——」

男は考えに沈んだ。やがて、ぽつんとつぶやいた。

「いや、有難とう。これで中島も助かったというものだ。あなたはそれを、明日警視庁で証言してくれますか?」

老人は身ぶるいした。

「いや、あなたの安全は保証します。中島は、死刑の宣告を受けていることを、思い出して下さい」

怒りをふくんだ声が、老人を押えた。仕方がなさそうに、老人はうなずいた。

「いや、有難とう。これで僕の用事もすみました。さア——、これをとって下さい。そして、一ぱいやって恐怖を、おっぱらって下さい。思えば、僕はあなたを、おどかしたようですね。それは一つ許して下さい」

男は立ち上った。

「僕が先に帰ります。十分ほどしたら、あなたも帰って下さい」

男は低くつけ加えた。

「そしたら恐らく——」

重い戸を開いて、男は外に出た。そして、その戸を閉じた。

寂しい沈黙の時が過ぎた。いい尽せない、恐ろしさが、老人をつつんだ。それは、二人で向き合っていた時よりも、更に恐ろしく、更に血を氷らせるものであった。

ふと、老人は上を見上げた。そして、あっと驚いた。その庫には屋根がなかったのだ。ぽっかりと、あいた天井に、月の影が霧の中から浮かび出している。——それは、戦の廃墟であった。

まるで、酔ったような足どりで、重い戸に手をかけた。戸は静かに開いた。体がふるえて、それがどうしても止らない。歩、一歩、彼は暗い境内の中に進んでいった。だが、何も起らない。

鳥居の前の小路に出たとき、彼は心から安心の吐息をついた。街燈が静かにまたたいていたのだった。しぼるような汗である。彼の頭の毛は、一本残らず白くなっていた。

大通りの近かくに、いつものように屋台のかん酒やが出ている。気がついてみると、彼は幾枚かの千円札を握っていた。

しばらくの間、彼は屋台の燈を眺めていた。それから決心したように、そののれんをくぐった――


それから、どれだけの時が過ぎたろう。霧は一そう濃くなって、あたりは厚い雲に包まれたように見える。黒々と濡れた、幅員二十四米の京浜国道が、ぬめぬめとして尾をひいて、そのむこうに消えていた。

街燈がまるい暈《かさ》をかぶって、夢のように輝いていた。――まるで、何も見なかったかのように――

八、バランスせざるバランスシート

午前十時。由美子の報告を、渡辺刑事は腕を組み、驚嘆の眼を上げて聞いている。

「そんなわけですので、直ぐ迎の自動車を和田ビルに出して下さい」

上気した眼を彼女は悦しげに輝やかした。うるんだような瞳である。

「ああ、これで中島さんも救われるんだわ――」

「いや有難とう」

彼は腕をほどいた。

「それにしても由美子さん、うれしそうですね」

彼女は頰を染める。無言のまま――。

立ち上ると、彼はテーブルの上のベルをおした。婦警さんが入ってきた。彼は早口で、和田ビルに電話をかけ、小林老が出勤しているかどうかを確かめ、それから大急ぎで、車で迎えに行くように命じた。一礼して、婦警さんは出て行った。

「さて、手配はすみましたね。――しかし、由美子さん、あなたの活躍は見上げたものですよ。本職の探偵だって、そんなうまいテは考えられませんからね」

彼は上機嫌で、おもはゆそうにうつむいている彼女の、聡明そうな顔を眺めた。

——女は変るものだ——

昔のフランスの偉大な王様の嘆息が、いまは彼の実感でもあった。

——彼女のどこに、そんな勇気がひそんでいるのだろう——

改めて、彼は男と女との愛情の切なさに打たれたのである。

「まもなく小林老がやって来ましょうから、その前に、二、三の疑問を考えておこうじゃありませんか」

彼は煙草をとり上げる。

「——すると、十一時半頃、一人の若い男がやって来たことは、確かなようですね。我々には都合のよい話です。それは、我々の見方からすれば、中島君ということになりますからね」

煙草の煙が、明るい窓硝子を背景にして、ゆらゆらと立ち昇る。静かではあるが、充実した朝の空気が感じられる。

「さて、その次にピストルをもって現われた四十前後の男とは、一体誰でしょうな。その男も、ビルの中に姿を消した。このへんから疑問の連続ということになりそうですよ。

その男が見えなくなる。すると、二十分もした頃、またしても男が現われて、ピストルをつきつける——」

天井を仰いで、ぼんやりと彼は煙を輪にして吹き上げる。いつか彼女の存在も忘れたような、忘我の境に入って行くように思われるのだった。

窓ぎわのソファに腰をおろして、彼女は彼の横顔を見まもっている。彼の沈思をさまたげまいとする思いやりが、体にあふれていた。

「ピストルを持った男は、自分を見たことを忘れろという。二十分もすると、また男がやって来て、今度は、若い男の姿を忘れろという。登場した男は二人か？」

しばしの沈黙が続いた。突然、彼はテーブルを叩いた。

「その時間的関係だ」

彼女のほうに向けられた眼が輝いている。

「そうだ。——由美子さん、この二人の登場人物の時間的関係は、わかりませんか。そこがキーポイントだ」

「はァ——」

彼女は顔を赤らめた。

「それは、確かめませんでしたわ。――申し訳ありません」

「いやいや。――なるほど、これは現場では無理ですね――。いや、直ぐ小林老が来ましょうから、まもなく分ることでしょう。それにしてもですよ、由美子さん、あなたはどう考えられます?」

「どうって申しましても」

頬を赤らめて、彼女は答える。

「そう。どうやら、こんな関係になるのじゃないでしょうか。十一時半頃、第一番目の男が現われて、黙ってビルの中に姿を消します。

続いてピストルをもった第二番目の男が現われたのですわね。その男は、自分を見たことを忘れろ、といったのですから、きっと姿を見られたくなかったのだと思いますわ。様子からいって、第一番目の男を追っていたのじゃないでしょうか?」

「御名答というところでしょうな。僕も同感です。ただ一番あとで、第一番目の男を見たのを忘れろといったところが、面白いと思うのですよ。この男は、しかもビルの中から外に出ていったのですからね」

眼を閉じて、彼は先を続ける。

「十月十五日、この記憶すべき日に、僕達の舞台に登場したと考えられる人物は、一体何人なのでしょうね。中島君の証言をも考えに入れると、全く分らなくなって、しまうのですよ。

まず、小林老の話をとり上げてみようじゃありませんか。午前八時五十分、美しい男にともなわれた美しい女が現われる。

十一時半、二人の人物が登場する。一人は中に入り、他の一人は、中に入ったが間もなく外に出る。差し引き勘定が成り立つとすると、ビルの中には三人の怪しい人物が残っていることになる。

中島君の話によると、少女が一人居ったという。それは、どこから入ったのか、ともかく、どうやら小林受付老の目には、はいらなかったと考えられそうですね。

これを入れると、ともかくビルの中には、なお四人の人物が残る。最後に、あけ美は殺され、中島君はつかまったのだから、これを差し引くと、二人の人物が、結局、答えとして登場していることになる」

彼は、更に深く腕を組んだ。

「中島君が見たという、蒼白い少女の行方は、分らない。しかし、彼女が無事にビルから逃れたとしても、なおビルの中に一人の人間が残っていることになる。つまり、どうしても僕達の計算は合ってこない――」

彼は目を輝やかした。

「そうだ、ねえ由美子さん、僕達のバランスシートは不完全なのですよ。つまり、その現金面はこうなるのです。

まず入金の面を見ましょう。九時頃二人、十一時半頃二人、ついで蒼白い顔の少女、計五名です。――そうですね？

次に支出面を見ましょう。第一に――、これは推定ですが十一時五十分頃一人、つまりピストル氏。ついで年若い少女、計二名でしょう？　最後に残金です」

彼は静かに笑って、メモを彼女の前にさし出した。

「中島君、あけ美女史、計二名。つまり支出と残金とを合わせると金四円也となって、どうしても、入金の五円とは一致しないでしょう？」

驚嘆の目を上げて、彼女は彼の口のあたりを眺めている。

「さて、僕達は、このバランスシートを完成することが出来れば、謎を解いたことになりますね。

結局、借方勘定において二人の男が残り、貸方の残金面において、男が一人残りましょう？

十一時三十分頃、訪ねたのが中島君とすると、残金面に残っていた男は、中島君であったのですから、これを消し去ると、どういうことになりましょう。

行方不明の男が一人出来ることになりますね。その男は、どうやら八時五十分頃、あけ美夫人をともなって来た男――つまり、今まで僕達が、中島君と信じていた男ということになりますね？

しかも、このバランスシートを合わせるためには、その男は、ひそかに、人に見られずに、和田ビルを逃れたとしなければならないようですな」

話にひき入れられて、よほど興奮したのであろう、彼女の頰はひどく蒼白めている。

時　分	借　　方（入）		貸　　方（出）	
8―50	男X．女a	2		
11―30	男A．男B	2		
11―50			男B	1
t_1	少女b	1		
t_2			少女b	1
11―50			(男A．女a…残)	2
	計	5	計	4

嘆ずるが如く、彼はつけ加えた。

「――こいつを完成することが出来ればな――」

しばらくの沈黙がおちた。


部下の刑事がはいって来た。

「渡辺さん、仙台からの電話がはいりました」

「ほう。大分早いじゃないか。して？」

「K鉄道の支店長、星野忠男氏は、本社に出張中なのだそうですよ」

「ほう、すると、いま東京に居るわけだな。それは好都合だ」

「約二週間の予定というのです」

「すると、上京したのはいつで、仙台に帰るのは？」

「丁度一週間前の十月二十日に上京して、十月末日か、十一月ついたちに帰る予定だそうです」

「それは、ありがたい。ねえ――君、すまんが大いそぎで、星野氏の宿所を調べてもらいたい」

煙草をさし出して、すすめながら彼はつけ加えた。

「それから、会見を申しこんでもらいたいのだ。そう、時間は一時間とみてもらえば充分だろう」

会釈して刑事は出て行った。

給仕が持ってきた朝茶を一服すると、彼は彼女のほうに体をずらした。

「遅いですねえ、由美子さん、小林老は。まァ、それはそれとして、由美子さん、頑張って下さいよ。いよいよ問題の核心に入るのですからね」

彼女は怪げんな顔をして、彼の顔をふり仰いだ。笑いながら、その肩をたたいて、彼はつけ加える。

「星野忠男氏に会見するのはあなたですよ。どうか、しっかりやって下さい」

蒼白い頰にさっと血がのぼった。

「まあ。あたしに出来ましょうか」

「出来ますとも。僕はあなたを確信しているのですよ」

彼女の肩をもう一度、力強くたたいて彼は立ち上った。

「面白くなってきたようだ。頑張りましょう」


突然ドアが開いた。先ほどの婦警さんが立っている。興奮しているとみえて、目が異様に輝いている。冷々とした空気が、彼女の後ろから、部屋に流れこんだように思われた。

「佐々木さん、どうしたのです。小林老は来ましたか」

無言のまま彼女は一片の紙片をさし出した。それは品川署から、本庁の捜査課に報告された至急報のうつしであった。

茫然として、渡辺刑事は立ちすくんだ。蒼白めた頬がけいれんし、激しい光をたたえた眼が、空《くう》をみつめている。

しばらくすると、無言のまま彼は紙片を彼女に手渡した。彼女の顔は、不安気に彼の変貌を見守っていたのだった。

「ああ――」

やがてのこと、胸をさかれるような叫びが彼女の口をついて出た。

「可愛そうな中島さん！」


紙片には、次の如く走り書きしてあった。


――今朝六時三十分、京浜電鉄鮫洲駅の筋向かい、京浜国道山の手よりの歩道の近かくに、一老人のれき死体が発見された。所持の名刺によれば、被害者は、品川区東大崎和田ビルの守衛、小林市太なる老人であることが判明した。

泥酔による奇禍なることは明らかなるも、至急検屍を請う――

九、消えた手紙

「いや、それは非常にはっきりしておりますよ」

星野忠男氏は、血色のよい、半白の堂々とした体を、ふっくらとした肘かけ椅子に深く埋めて、パイプをくゆらした。

「妻を中島君に頼んで、僕は一足早く家を出たのですよ。この日は丁度、宇都宮の高田助役に会う用事があったのです、そこで仙台発六時三十九分の上りで出掛けたのですな。これは宇都宮に午後の二時十七分に到着します。妻の乗った準急より、三十分ほど早いのですよ。まあ、不しんな点があったら、高田助役に問い合わしてみられるのですな。それから、十二日の日は一日中会社に居ったことは、仙台に行って調べて頂けば、明らかでしょう」

落ちつき払った、泰然とした態度に、彼女は少なからず面くらったように見える。それは汗ばんだ額にも、白熱した頬にも見受けられる。まるで、大きい岩の前に立った感じである。

それは豪しゃを極めた、あたりの調度品からくる圧迫でもあった。東京ホテルのロビーともなれば、どっしりとした家具類や、煖房装置は、眼を奪うに充分である。

「まア、一つ菓子でもつまんで下さい」

彼もまた、彼女の美しさに眼を見張った。婦警さんに対する彼の認識は、大幅に改善されたことは、いなみ難い事実であろう。

「有難とう存じます」

メモを閉じると、彼女は豊かな腕をのばして、コーヒー茶碗をとり上げる。謹しみ深い中にも、おくするところのない態度を、彼は好もしそうに眺めた。

「あのう、当方の調査によりますと、あなたは十四日にお宅を出られて、十五日の夜、おもどりになっていらっしゃいますが」

「ああ、分りました。それが、あなた方の精しく知られたい点なのですな」

静かに笑って、彼はパイプを右手でおさえた。彼女は無言のまま、微笑をたたえた彼の眼をみつめた。まるで深い沼を眺めるような感じである。ともすると、自分の頭が硬化して、ぼうと霞んでしまうのである。

「そうですよ。実は妻は十五日に帰る予定になっていたのです。下度、事務の方もひまだったものですからな、一つ昔を思い出して、妻を迎えに行ってやろうという、殊勝な考えを起こしたわけですよ」

彼は声もなく笑った。

「それに、久しぶりでお江戸、銀座通りを眺めてみたかったものですからね。

そこで、午後一時三十六分発の急行で、上京したのですよ。

ところが、のみ助というやつは、いやしいものですな。宇都宮につくと、またしても高田助役と、一ぱいやりたくなってしまったのですよ。つい、そこで降りたのが、運のつきというのでしょうな——。

二人で夜を徹して飲んじまい、目が覚めたのが、何と翌日の午後の一時です。

妻は急行で帰ったはずだから、もうまに合うまい。そう考えて、また軽く二人で一ぱいひっかけて、午後二時五十五分宇都宮発の準急で、仙台に帰った——つまり、こういう次第なのですよ」

彼は静かにパイプを口に持って行く。それは、確信にみちた態度であった。

「御苦労さまでした。それにしても、星野支店長は大した男らしいですね?」

「ええ、とっても。まるで大きい岩の前に坐らされたようよ」

渡辺刑事は声を上げて笑った。

「それに、大将のアリバイは極めて単純ですね。こういうやつが、一番苦手なのですよ。たとえ、後から作ったやつでも、その尻っぽを握るのは、そりゃむずかしいのですよ。ともかく、宇都宮の、その高田助役に当らしてみましょう」

「渡辺さん、いかがでしょう?」

上気した顔を上げて、彼女は彼の若々しい顔をみつめた。

「あたしの報告は終りました。次は、あなたの、あのバランスシートの研究の結果を聞かしてはいただけませんか?」

頭をかかえこんで、彼は笑った。

「そ、それがなかなかうまく行かないのですよ。二つの矛盾につき当ったまま、今もって何の発展も見ないのです。どうやら未だ、材料が不足しているのですよ。それどころか、小林老に、あの世に旅立たれた今となっては、やっと見つかった手がかりがまたまたどっかへ見えなくなってしまったのですよ」

「矛盾とおっしゃいますと?」

「つまり、時間的に見ると、あけ美が殺されるまでには、相当の時間が必要だったのですからね。十一時半頃現われた二人の男は、それが誰であろうと、犯人でないのは確かでしょう。

そこで犯人は、どうしても、八時五十分に彼女を伴ってあらわれた男ということになりますね? その男は、僕達のバランスシートでは、行方不明になった男に当りそうですから、ますます有望です。

ところが、そうすると前に当局が結論したところに、来てしまうでしょう?」

彼は頭をかいた。

「その男はですよ、どうしても、被害者と同じ列車に乗っていたはずですよ。——これはいつか説明しましたね。

その上に、ラレーについていた指紋がものをいう——。つまり、こうなると、犯人は中島君ということになってしまう。

これは、僕達の最初の出発点とした、彼は無罪であるという確信に真っこうから矛盾するものですな」

煙草をとり出して、彼は静かにそれをくゆらせる。いつか、蒼ぼうとした、たそがれが、都の空を染めている。立ち上ると、彼は壁のスイッチを押した。華やかな電燈の光が、部屋にあふれる。

「僕達の推定の如く、もし忠男氏が犯人であるとすると、八時五十分にあけ美を伴なって現われたのは、彼ですな。これは極めて自然でしょう。ところが、問題はなお残るのです。

十二日に一青年が、支配人を訪れたことは、事実でしょう。僕が、直接支配人に当ったのですが、どうもそれは真実のようです。その上、支配人はこの事件には関係を持っていないようですよ。

その点は、小林老と違うと考えていいでしょう」

彼は再び腰を、おろした。

「つまり、十二日に部屋を契約した男は、彼だということになりましょう。ところが、僕の感じでは、十二日は、彼は仙台におったという気がするのです。いわゆる我々のカンというやつですよ。

ところで、あなたは今日、彼も、仙台におったという返事をしたといっているでしょう?

これは、たぶん本当ですな。

すると、十二日の青年は、彼のゆかりのものということになりますね。ここが、ちょっとおかしいと思う第二の点です。

それはそれとして、前にもいったように、十日の準急には、彼も確かに乗っていたと、考えねばならないわけですが、これが問題の核心ですね。

何しろ彼は、準急の三十分前に宇都宮についているというのは、疑問の余地はありますよ。——ともかく、同じ日に、彼は宇都宮まで、汽車に乗ったというのですからね」

煙草を置くと、彼は腕を組んで、深く考えこんだ。

「もっとも、彼が犯人だするると、中島君は、しばしば仙台の彼の家を、訪れていたのですから、一応指紋の謎は解けたと見ていいでしょう。つまり忠男氏が、中島君の知らない折に、彼の手のふれたケースを保存しておいたのですよ」

彼はさらに言葉を続けた。

「だから、僕達のバランスシートの完成は、前途遼遠というところですな」

彼は笑った。寂しい笑いである。彼女も肩をすくめた。だが、その顔には、彼を慰めるが如く、美しい微笑が浮んでいた。

銀座で食事を終ったあとで、二人は有楽町から省線に乗った。中央線の信濃町駅で降りた時には、もう八時をまわっていた。彼女のアパートは、青山一丁目の乃木坂よりである。

空はよく晴れて、凍てついたような空に、星がらんらんと輝いている。酷しい寒さだった。彼等は肩を並べて、外苑の広い通りを、明るい青山の街のほうに、歩いていった。

「寒いですね――」

肩をすぼめて、彼はつぶやいた。

「ほんとうに――」

肩をよせて、彼女は答えた。もしも、知らない人がみたら、二人は仲のよい恋人同志と見えたであろう。

「由美子さん」

ぽつんと、彼はつぶやいた。

「いま思い出したのですよ。あなたは、死んだあけ美女史から、いつか手紙をもらったでしょう?」

彼女は歩みをとめた。いぶかるように、彼をみつめているのが、渡辺刑事にもよくわかった。しかし、彼は無言である。

「まア――」

彼女は吐息をついた。

「どうして、それをご存知ですの?」

「いや、知っているから、知っているのです。深くは聞かないで下さい」

「でも――」

「いや、由美子さん、それよりもですよ、あなたはなぜ、それを僕に見せて下さらないのです?」

「はい」

嘆息するように、彼女は声をおとした。

「だって、あたしはそれを忘れてしまいたかったのですもの。思い出すと、信彦さんが、にくらしくなるものですから」

「ほう、それはまた、どうしてでしょう」

「だって、あけ美さんたら、一度も会ったことのないあたしに、信彦さんをあきらめろなんて、いってよこすんですもの」

「それは、いつごろの手紙でした?」

「十月三日頃のものですわ」

「すると、仙台から来たものですね?」

「はい」

しばらくの間、彼は黙って歩いた。絵画館の側をぬけ、権田原《ごんだわら》の出口から出て、青山御所の塀ぞいに、青山の大通りに歩みをはこんだ。

「その手紙は、お持ちですか?」

「それが——」

「なくなったのでしょう?」

ふしんそうに、彼女は彼の顔を、ふり仰いだ。それにとん着することなく、彼は続けた。

「なくなるのですよ、あけ美から来た手紙はね」

謎のように、彼はつぶやいた。

「中島君のところに来た手紙も。それから、あなたのところに来た手紙も。——なぜだろう?」

彼は、なにか深く考えこんでいるようだった。

アパートの前まで来ると、彼は静かに立ちどまった。

それから彼女の肩に、両手をのせた。何かが、彼の心を圧迫しているように思われた。

じっと頭を垂れて、彼女は彼のなすままに委せている。

やがて、彼女の肩を軽く叩くと、彼はやさしく、彼女をいたわった。

「由美子さん、ご苦労でした。うんと頑張って下さいね。出来るだけのことを、僕はするつもりです。さようなら」

そういうと、暗い大通りのほうに、彼は消えて行った。大またに、ゆっくりと歩く靴の音が、冷めたい星空にこだましました。

たたずんだまま、いつまでもいつまでも、彼女はその後ろ姿を見送っていた。——

十、アリバイ

「渡辺さん、早速ですが、御報告しましょう」

はたち、そこそこの林刑事が、顔を輝やかした。

「うん、そうしてもらおう」

ケースから〝光〟をとり出して、渡辺刑事は林刑事にすすめる。

「最初に仙台の方から片づけましょう、支店のほうの調査によりますと、星野支店長の出勤した日は、彼のいったとおりです。秘書にあって、調べましたし、またいろんな書類の、既決として決裁したものの日附印からも、疑問はないと思います」

「ああ、そう。で、十二日は？」

「十二日は勿論、彼は出勤しています。これも実に明瞭です」

「やっぱり、そうだったか」

がっかりしたともとれるし、安心したともとれる返事である。

「つまり、彼は十月十日に仙台を出掛けて、十一日に帰っているわけだね？」

「そうです。第一回目の出張はですね」

「うん。次の――つまり第二回目の出張は、十月十四日から十五日というわけだね？」

「その通りです」

「そうだろうと思ったよ。彼ほどの人物が、小細工をやって、ごまかすなどということは、するはずがないからな」

煙草を一服して、彼はつけ加える。

「それは、確かに間違いはないだろう」

メモの頁《ページ》をかえして、林刑事は更につづけた。

「次に、宇都宮の高田助役を、たずねました」

「そう」

「彼の証言は、星野支店長の言と全く一致しています」

「そうだろうと思ったよ。――して、何か証拠があった？」

「何もありませんよ。ただ、彼が十一日には、十時四十五分発の急行で仙台に帰り、十五日には午後二時五十五分発の準急で帰ったことは、駅長も証言しているのです」

「ほう、するとそれは、間違いないわけだな。――うん、多分その通りだろう」

「それから渡辺さん、写真をもらって来ました」

「何の写真かね？」

興味深かそうに、渡辺刑事が体をのり出した。

「まア、一ツ、見て下さい。支店長が写した高田助役の写真ですよ」

そういいながら、彼はかばんの中から、一葉の手札型の写真をとり出した。渡辺刑事は、それを手にとって眺めた。K鉄道の制服を着た四十四、五とも思われる、立派な体格の男の上半身が写っている。

三号程度のフィルターを使い、しぼりも深かかったとみえて、背後の建物の黒い屋根の上に、群がりたっている秋の雲が、美しく出ている。それは引伸しの写真であった。

しばらく眺めた彼は、何気なしに裏を返してみた。彼の顔は急に緊張した。目が大きく見開らかれている。その変ぼうを、林刑事は啞然とした顔をして、見守った。

何が、彼の注意をそれほど引きつけたのであろう。写真の裏面には、太い万年筆で次の如く書かれていた。

謹呈　高田大兄

一九五〇年十月十日

午後二時四十分撮影

星野　生

沈黙の時が過ぎた。やがて写真から目をはなすと、彼は林刑事の顔をみつめた。

「林君、これは、いつ頃送ってきたのだろうね?」

「十月の十五日頃だというのです」

「そう、これをしばらく貸してもらうよ」

「ええ、どうぞ。しかし、何かあるのですか?」

「いやいや」

渡辺刑事は意味ありげに笑った。

「ちょっと思いついたことがあるのだ。——はかりごとは密なるをもって、よしとす——というのでもないが、あんまり子供じみているんで——。うまくいったら、あとで話そう」

「当分おあずけというところですか」

林刑事は愉快そうに笑った。

「次は最後の御報告です」

「うん、それを聞かしてもらおう」

「K鉄道も、大したものになったものですよ。八月以来、主要客車の発着は、総て定時です。すっかり戦前並に返ったですな。遅れても、最終の駅で、最高十分というのだから、恐れいりますよ」

「たいしたものだね」

「念のために、十月十日、十一日。それから十四日、十五日、この日に支店長が乗った列車の発着時間を、仙台と東京の監理部で調べてみました。これは確かな記録として、責任者の印が押してあるのだから、間違いありません」

「うん——」

「それによると、仙台、宇都宮、上野においては、一分と狂っていないのです。まるで、印刷されたみたいな正確さです」

「そう、それは見上げたものだね。――しかし、一方僕達にとっちゃあ、三十分程度、狂っていてくれたほうが、有難かったのにな――」

二人は声を上げて笑った。

二日後の夕暮。空ぎわのソファには、由美子と林刑事が並んで坐り、その正面には、肘かけ椅子に渡辺刑事が腰を、おろしている。由美子は、いつかの手札型の写真を、気のない様子で、手にとって眺めている。

「ねえ、林君、見事に僕の予想は、はずれてしまったのさ。写真は確かに、十月の初旬に送られたものなのだ。僕は、ある考えから、それはきっと、十七日以後に送られたと思ったのさ。つまり下旬だね」

彼は、組んだ腕をほどいた。

「がっかりしてしまったよ」

興味深い色を浮べて、林刑事は腰をずらした。

「そうですか。しかし、そんなことが、どうしてわかるのです?」

「種明かしかね? 簡単なんだ。林君、インクというやつは、どうして作られ、どんな条件を満足しなければならないか、知っているかい?」

「化学やじゃあるまいし、そんなこと分りゃしませんよ。書けりゃいいんでしょう」

渡辺刑事と由美子は、思わず吹き出した。

「いや、そうは行かないんだ。インクはまず、綺麗な、落ちついた色でなくちゃあならない。まさか、見えない色じゃあ困るし、といって、真赤な色でも感心しないじゃないか。

そんなわけで、現在のような青系統の、有機染料が使用されるのさ」

「ずい分、精しいですね」

「鑑識の知識の第一歩だよ。――ところで、君、書いたものが、明日わからなくなったのでは困るだろう? つまり、幾十年たっても、読みとれなくっちゃあ困る。ところで、有機染料というやつは、すぐ褪色してしまうのだ。だからここに、その染料に代る何かを使用しなくてはならない。

最近の、殊にパーカーの研究では、いろんな無機の金属酸化物が、利用出来ることが分ったが、現在は、多くタンニン酸第一鉄と、没食子《もっしょくし》酸第一鉄が用いられるんだ。

これは空気にふれると、酸素と化合して、黒色の第二鉄となる。こいつは永久不変だよ。その外、早く乾かすためにはどうするとか、いろいろあるが、今日は、よそう――」

「どうしてどうして、いやなかなか面白いですね。もっと続けて下さい」

「ほう、すると君は化学者になり得る素質はある。――しかし、これ以上の深遠なる学理の講義は、別の機会に譲ろう。

ところで、タンニン酸第一鉄と、没食子第一鉄が、酸化して、その第二鉄に変るのは、急激に変化するんじゃないんだ。日を追って、徐々に、酸化作用を受けるのさ。ねー、もう分ったろう？　だからインクの中に含まれている第一鉄の、第二鉄への移行程度を調べれば、日の浅いうちなら、そのインクの文字は、いつ頃書かれたものか、割合正確に鑑別が出来るのさ」

「素晴らしいですね――」

二人は目を見張った。

「近世の魔術の一つだね。

ところで、その写真だが、裏にインクで、謹呈とか何とか書いてあるだろう？　そこで僕は、そいつを早速科学研究所に送ったのだよ。

そしたら、先ほど写真と一緒に、報告が届いたんだ。それによると、万年筆で書きこまれたのは、十月初めの頃だろうというのさ。がっかりしたよ」

「それはまた、どうしてでしょう」

由美子と林刑事は、更に膝をすすめた。

「いや、なんでもないことなんだ。僕達の推定では、犯人は支店長というのだろう？　そうすると、彼は十日以来、いろいろ準備をしなければ、ならなかったのだから、友達の写真の現像、焼付を写真やにやらしたり、引伸しをやらしたり、――まア、それが出来たとしても、送ることまでは出来なかったろう。

アリバイを作るために工作したとしても、それは十六日以後のことだろうと、考えたわけさ。まアー、早くとも、二十日頃にはなるだろうね。

ところが、科学研究所の返事じゃないか。がっかりさせられるよ」

「しかし、始めからアリバイの材料にするつもりとすると？」

「それにしてもさ、送るのは随分あとになると考えたほうが、自然じゃないだろうか？　十五日には、大変な仕事が残っているのだからね」

「しかし、ほかの人間にやらしたのでは?」

「いや、そんなことはないと思うな。筆跡鑑定をやっても、それは確かに彼の筆だろう。何の目的もなかったとすれば、当然自筆だろうし、目的があって、やったことだとすると、なおさらのことだろう」

しばらくの沈黙が続いた。

「ただ、こんな考えは、あるいは成り立つかも知れない——、ただし、どこまでもプロバビリティーの問題だが、彼は極めて几帳面な男で、おまけにインクの変色状態が、鑑識の役に立つということを知っていてさ、そして綿密に計画を立てたかも知れない——とね」

「確かにそうじゃありませんか」

林刑事が叫んだ。

「いや、そう考えるには、これは、あんまり専門的であり過るからね」

日は既に落ちて、大地からはいあがった、たそがれの色は、街々を包んでいた。——いつか部屋の中は薄暗くなっている。

林刑事は、ふと気がついて立ちあがると、スイッチを押した。まぶしそうに顔をかしげて、渡辺刑事は腕時計を眺めた。

「ああ、もう六時か。なにか、とろうじゃないか」

彼は卓上のベルを押した。

夕食の後、さらに雑談が続いた。その夜は、どうやら渡辺刑事は、漫談の中に幾日かの神経の緊張を、ゆるめたいように思われた。

しかし、いつか話は、捜査のことに落ちて行く。二人の会話を黙って聞いていた彼女は、話がとぎれた折をみて、林刑事に、ふと問いかけた。

「林さん、この写真は十二日の午後二時四十分に、うつしたことに、なっていますのね。間違いはないでしょうか」

「はア」

虚をつかれた形で、彼は彼女の微笑を浮かべた美しい顔を、眺めた。

「間違いはないと思います。高田助役も確言しているのですから」

「そうですの? すると、準急が到着するちょうど十分前ですのね」

渡辺刑事の目が、きらりと光った。

「ええ、そう。思い出しましたよ。高田助役も、あれは、〝準急がつくちょっと前だったから――〟って言っていましたから」

何を見つけたのか、彼女はなおも、その写真を眺め続けた。奥日光の山々から群がりおこった、白い秋の雲のあたりを。それから、ぽつんと、つぶやいた。

「この建物の尖塔は、駅のおも屋ですの?」

「ええ、多分そうでしょう」

そのまま、会話は、とぎれてしまった。やがて、渡辺刑事に向けられた彼女の頬は、上気して、眼が輝いていた。

「あの――、この写真の原画のフィルムを、とりよせて頂けないでしょうか」

「お安い御用ですよ。早速何とかしましょう。――しかし、何かあったのですか」

無言のまま、恥かしそうに彼女は微笑した。

二日の後、そのフィルムは彼女の手許に届けられた。

十一、昼の月

各紙の広告欄へ――

昭和二十五年十月十五日、東大崎、和田ビル三階三十五号室に居られた少女に、申上げます。

あなたは、一人の青年にコーヒーをサービスされました。

どうぞ、左記に御連絡下さるよう、お願い致します。

あなたの御消息は、一人の男の生命を左右するものであります。

あなたは夕月のように美しいかたでした。お心も、そうであられることを、確信致します。

姓名在社　二三六号

広告に対する反応は、終になかった。

三日後のある午後、由美子が顔を真赤にして、とびこんで来た。応接室に、彼が珍しく私服であらわれると、そのドアが閉じられるのも、もどかしそうに、彼女は彼の胸に、身を投げかけた。

「渡辺さん、わかってよ」

彼女は息をはずませている。

「あたしはとうとう、あいつのアリバイを、くつがえしたのよ」

大きい眼を見開いて、彼は彼女を眺めた。眼に涙さえ浮かべて、いつもの静けさに、にげなく興奮している女を、彼はいぶかるが如くに眺めた。

「さア、これを見てくださいな」

彼女は一片の紙片を差し出した。それは厚手の日本紙であった。狐につままれたような面持ちで、彼はそれを取り上げた。

それには、次の如く書かれていた。

証　明　書

中央気象台天体観測課
課長　橘　信也　［中央気象台長之印］

呈出せられたるブローニー半截型のフィルム原板は、該フィルムが一九五〇年十月に撮影せられたものであるならば、その撮影日、及び時間は左記の通りであることを証明する。

記

撮影日時　十日午後三時五十五分
中央標準時

一九五一年十一月三十日

殿

二度繰り返して読んだ。彼は茫然とした。それはまさに、晴天のへきれきであった。よろめくように一歩前に出ると、彼は彼女の肩をしっかりと抱いた。指先はまがり、彼女の肩が、折れてしまうのではないかと思われた。

瞳孔は見開かれ、熱い息が、彼女の顔に荒くかかってくる。かっと血の上った顔に、髪が一房、ぱらりとずり落ちた。

女を抱くようにして、ソファに腰を、おろした。

「由美子さん」

彼は、あえいだ。

「わけを説明してください——わけを！」

「ええ、致しますとも」

彼女は涙をふいた。

「どうぞ、聞いてくださいな」

「さあア、聞かして下さい。——全く奇蹟だ」

彼女は、かばんから一そろいの書類を、とり出して、それを小さいテーブルの上に置いた。引きよせると、その中から一葉の写真をとり出した。

それは幾日か前、林刑事が宇都宮の高田助役から、もらってきたものである。裏に、一九五〇年十月十日午後二時四十分撮影、と書いてある——

彼は、怪げんそうな目を上げて、彼女の顔を見守った。

「ねえ、渡辺さん、この写真を見てよ」

彼は、たんねんに写真を眺めた。だが、何の変哲もない写真である。

「由美子さん」

彼は頭をかいた。

「無条件降伏ですね——全くわからない」

「そう？　じゃあ、ここをよく見て！」

群がりたっている白い雲のあたりを、彼女は指さした。するど、そこには白いしみのようなものが、四分の一ほど雲にかくれて、写っている。

「おわかりになったでしょう？」

彼は無言である。だが、しばらくすると、再び頭に手をあげた。

「残念ながら、わかりませんね」

「そう？　じゃあ、これを御覧なさいよ。そしたら、子供にだってわかりますわよ」

さらに、もう一枚、キャビネ型の引伸し写真を、彼女はとり出した。

それは、明らかに原板の一部を、相当大きく拡大したものであった。屋根の尖塔の部分と、さらに近くの、先ほど彼女が指さした雲のあたりが、大写しされていた。

彼は目を見張った。今度こそ、白いしみの正体が、彼には分ったのだった。

それは遅い真昼の月であった。

熱い血潮が、再び彼の体を駈けめぐった。目を閉じて、彼は燃えあがる感動の静まるのを待っていた。やがて、半ば目を開くと、細い——まるで蜘蛛の糸みたいな線が、幾本か正確にひかれている拡大写真を、眺めいった。

「いやあ、見事なものですよ」

彼は思わず彼女の手を握った。

「全く恐れいりました。一つ説明してください」

「説明なんて、別に」

彼女は口ごもる。

「いや、そうではありません。これは貴重な記録ですよ」

「はい。実は、いつかこの写真を眺めたとき、白いしみに気がつきましたの。始めは何だかわかりませんでしたが、そのうちに、もしやと気がつきました。

それで、ともかくと思ってフィルムを、お願いしましたの」

「なるほど」

「うちに帰って、早速暦を調べてみましたら、月の出が午前九時三十五分になっているじゃアありませんか。

それから、この写真には、何かの建物の尖塔がうつっています。ですから、写真をうつした位置から、月の位置と尖塔を仰いだ角度がわかれば、時間がわかるのじゃないかと、漠然と考えました」

「素晴らしい推定だ」

彼は感嘆した。

「それから、早速三鷹の気象台に行って、事情を話して、お願いしましたの。数人の若い技師さん達が、たいへん興味を持って下さって、鬼怒川行きの慰安旅行を、測量演習に切り換えて下さいました。

それは、この間の日曜のことです。宇都宮駅に行ってみますと、この建物は駅の主屋であることが分りました。技師さん達が、高田助役の説明で、これを写したと思われる位置に、いろんな写真機を据えて、テストを致しましたの。

それによって、何でもこのフィルムは、F・三・五の写真機で写したことが、証明出来たのだそうです。

それから二、三人の若い人達が、屋根に上って、長い竿の先に小さい旗を立てて、それを移動しましたわ。

何でも、写真の原板を基礎にして、望遠レンズをつけた、素晴らしい六分儀とかいうものなどを使って、いろいろ測量して下さいました。

原理は、わたしの想像したとおりですが、三つだか四つだかの仰角とか、伏角とかいっていましたわ――それを測定して、計算するのですって。

今朝、電話をいただいて、気象台に行きましたの。規定だからと申されて、手数料を出しなさいといって、若い技師さん達が笑っておられました。

証明書にもありますように、何が正しいといっても、大自然の運行ほど正しいものはない。必要ならば、どこへだって出て証言してやると、おっしゃって下さいましたわ」

彼はうめいた。

「ところで、日附はどうしてわかるのでしょう?」

「あっ、あたしもそれを聞きましたの。そしたら、それは何でもないことだって言われました。写真にある、お月さんの部分を、うんと拡大して、その曲率とかいっていましたが——その丸くなり具合を正確にはかれば、何日の月かってことが、わかるんですって」

「いや、全く恐れいったものですね」

彼は、沈んだ、どちらかというと、沈痛とも思われる語調で、つけ加えた。

「この国の始まって以来、恐らく、これほど完全なアリバイ崩しの反証は、かつてなかったでしょう。何という素晴らしいことだ」

若い彼の感激は、限りないもののように思われた。立ち上ると、彼は彼女の両手をとって、ソファから引き起こした。

「由美子さん、行きましょう。今日は乾盃です。そして前進あるのみだ」

彼の眼は、美しい光をたたえて、燃えていた。

十二、北山

午前八時四十五分、上野発仙台行の急行は二条の鉄路を轟かして、那須野ケ原の高原地帯を疾駆している。灰色を帯びた冬の雲が、遥かに見える那須の山々から、触手を伸ばすが如く、白ちゃけた青い空にひろがってゆく。むら雲のたちまようあたりは、新雪につつまれた山々が、波濤の如く起伏しているのであった。

枯れた、褐色の背の高いすすきやよしは、吹きおろしてくる木枯にそよぎ、幾枚も残っていない、乾からびた枯葉をまとった雑木のわい林が、灰色の肌をさらして遠く続いている。それは、荒寥とした眺めであった。

季節はずれのこととて、車内はがらんとすいている。スチームが快よい音をたてて、流れている。その二等車の中ほどに、一人のがっしりとした体格の青年と、美しい若い女とが並んで腰をおろしている。

——次々と移り変ってゆく、北の国の寂しい冬の眺めを、みつめているのだった。

睡気を覚えるほど、車内は暖かで、静かなのである。

轟々と鉄路をならす車輪の音と、リズミカルな動揺が、快よいほどの速度感を与えるのだった。列車は、いつか西那須野を過ぎている――

「昨日、中島君に会ったのですよ、由美子さん」

青年が話しかける。深い色を浮べた澄んだ眼を、彼女は彼のほうに向けた。

――そう？――

というように、うなずく。

「僕は、一つの疑問があったのですよ。それはですね、彼が、あけ美と渋谷で落ち合う約束をしたのは、列車がどの辺を走っていた頃だろう、ということなのです」

煙草を一息して、彼は先を続ける。

「彼のいうには、どうもはっきりしていない。白河辺のような気もするし、宇都宮を過ぎてからのような気もする。というのですね。そこが、大切なところなんだが、記憶がまるで、でたらめになっているらしいですね。無理もないでしょうな――

あなたが骨を折っているってことを話したら、感謝していましたよ」

悲愁の色が、彼女の頰をかすめた。窓のほうに顔を向けると、遠い国境の山々のあたりを眺めた。

「由美子さん、それからこれは内しょですが、彼の刑の執行は、どうも二十日頃からクリスマスの間に行われるらしいですよ」

彼女は顔色を変えた。声がふるえている。

「それは本当ですの？　渡辺さん」

「本当らしいですね。しかし、それまでに僕達は、彼を救い出してみせますよ」

両手を彼の膝にのせると、彼女は彼の顔を見上げた。涙が一ぱい、二つの眼にあふれている。彼は胸がせまってくるのを覚えた。そして彼女の肩を抱いた。

「ねえ由美子さん」

しばらくして、彼は話題を変えた。

「和田ビルの守衛、小林老の死は、きかによる死亡ということに決定しましたね。解剖の結果から見ると、彼は前後を覚えないほど、酔っておったというのです。同僚の話では、その少し前から、彼は何かにおびえておったといいますね。彼の死んだ頃は、日数を追ってみると、ちょうど星野支店長が、出張で東京に来ていた時にあたります」

興味にあふれた眼を、彼女は彼の唇のあたりに向ける。

「ホテルのほうを調べてみると、雨の降らない日は、彼の帰りは、いつも遅くなっています。小林老の死んだ日は、ことに遅いのですよ。それは、ちょっと単なる偶然とばかりは言えないと思うのですよ。

実際、小林が生きていてくれたら、事件の様相は、少しは変っていたでしょうからね。

あけ美が里帰りをした時も、彼は同じ列車に乗っていたらしい。

あけ美が殺された時も、彼は仙台を離れている。

彼の十日のアリバイは崩れた。

彼が上京しているあいだに、小林老は自動車にひかれて、死んでしまった——」

彼は、白い水のように車窓を流れる機関車の煙を眺めた。

「さぐればさぐるほど、彼を包む疑惑の雲は深くなってゆく」

じっと彼をみつめている彼女をむかえて、彼は微笑んだ。

「——ともかく、今度は徹底的にやろう」

立ちあがると、彼は彼女をさそって、食堂車にはいって行った。いつか列車は白河を過ぎ、涯しない荒野の中を、矢吹ケ原にかかっていた。

その日の夕暮、凍てついた空に星が蒼く燃える頃、彼等を乗せて急行列車は、そのくろがねの巨体を仙台駅の一番ホームに横たえて、最後の息吹を、白く大きく、暗い大空にはきあげたのであった。

仙台の街は、三方を広い低い丘陵にとりかこまれ、東南が遠くひらけて、一望十里の仙台平野に連らなり、その涯は太平洋に終っている。まわりの丘は、黒ずんだ松の林にとりかこまれて、至るところ美しいハイキングコースとなっている。

北につらなる丘陵を北山といい、封建時代の昔から、魂の安息所である寺院が、その中腹一帯を埋めている。太平洋戦争でも、この辺は殆んど、その被害を受けていない。

星野支店長の広い大きい家は、この丘の中腹に建っている。だらだら坂を登ると、しょうしゃな門があり、広い芝生の庭との境は、バラのからんだ目隠しの垣である。

玄関のわきが、十畳ほどの広さの応接室で、窓の硝子越しに、仙台の街々が一目に見渡された。

十二月十日のことであった。彼女は会社に電話をかけて、星野支店長に会見を申しこんだ。彼は都合がつかないといい、秘書を介して、その日の午後七時半、彼の自宅に来てほしいといってきた。

何がなし、彼女は不安を感じた。そこで渡辺刑事にうちあけた。彼は笑って、彼女の肩を叩いた。

相談がまとまって、彼は、支店長の自宅から、ほど遠からぬ北町署で、彼女を待つことにした。待機して、いつでも、瞬間にして、彼女のもとに駈けつけるというのである。

それから、小型のコルトをとり出して、彼女に渡した。

「由美子さん、百万の味方がここにありますよ」

静かに彼は笑った。だが眼は、ゆっくりと燃える焔に輝いている。それは戦の焔であった。

温暖前線が太平洋に、はり出したためであろう。冷めたい霧が、街々を流れている。ウールのツーピース、厚地の紺のオーバーをまとった彼女は、北山口で自動車を降りた。

日は暮れ果てて濃く薄く流れる霧の中に、街燈が黄色い暈をかぶっている。

いつか小林老人を待ちぶせた霧の夜のことが、思い出された。気のせいか、向うのほうから歩いてくる人影が、彼のように思われてくる。彼女は身をふるわせた。だが、その人影は黙って近づいて来て、また黙って霧の中に消えていった。

輪王寺の山門にかかった。支店長の家は、そのそばの道を百メートルほど、登ったところになっている。頭の上に亭々と枝をはった杉のこずえから、ばらばらとしずくが落ちてきた。

ふと見上ると、霧の中に十三夜の月が、凝然として老杉の梢にかかっていた。市街の雑音が、うめき声のように、ここまで、聞こえてくる。それは、一そう寺町の静寂を深かめるのである。

西風が、しめっぽい空気と一緒に、遠い寺の三ツの鐘の音を運こんできた。最後の響が消え失せたとき、彼女は総てのものが、この世の境を超えて、遠い世界にとけこんだことを感じた。

彼女は、自分の胸の動きが早くなったように思った。いかに危険を覚悟した人でも、またいかに攻撃的な人でも、やはり心がときめき、体のふるえることを感ぜずにはいられない。

それは夢と現実との差、計画と実行との違いが、どんなに大きいものであるかを、痛切に思い知らせるものである。

小門を開いて中にはいり、玄関に立った。まるい、すり硝子の軒燈が、ぼんやりとした光を頭上に投げかけている。ベルを押す。遠いところで鳴るのが、かすかに聞こえた。

ひっそりとしているのである。彼女は体がきつく引きしまるのを感じた。やがて、玄関の中が明るくなった。かけがねをはずす音が聞こえる。静かに、彼女はあとにさがった。

戸が開かれた。そこには、品のよい老婆が立っている。彼女の姿をみとめると、静かに微笑した。

美しい部屋である。ストーブが、音をたてて燃えている。窓々には、橙色を基調とした厚いカーテンが下り、頭上にはシャンデリヤが真珠色の光をにじませていた。

真紅の絨たんが、ふかぶかと敷きつめられ、低いテーブルのまわりに、安楽椅子が四つ置かれている。壁ぎわによせて、鼠色のソファが、何かの花を刺しゅうした、三つのクッションを抱いている。二、三点、泰西の名画の小品が、壁にかかっているのだった。

二つ、熱いコーヒーを置いて、老婆はひきさがった。オーバーの前のぼたんを、はずしたまま、彼女は肘かけ椅子に腰を、おろした。ほっと、吐息をもらした。肌着が汗ばんでいるのを感じた。

いつか右の手が、スカートのポケットにひそめたコルトに触れた。氷のような冷めたさが、彼女の血を一瞬燃えあがらせる。

静かな微笑が、蒼白い彫像のような顔に、浮かびあがった。——

十三、物語り

——音もなくドアが開いた。ふりむくと、童顔をほころばして、忠男氏が立っている。大島をゆったりと着ながして。

彼女は立ちあがった。

「いや、そのままそのまま」

機嫌よく制すると、ドアを静かに閉じて、彼女とテーブルを距てて、安楽椅子に腰をおろした。

「とうとう、いらっしたですな」

逞しい腕を伸ばして、卓上のケースの中から、ピースを一本ぬきとった。

「してご用は?」

その落ちついた態度に、彼女は舌をまいた。どこまで自信の強い男だろう、と思ったのである。

「去年の十月十日から、十五日までの間の、あなたの行動を、すっかり話していただきたいと思いまして」

蒼白い顔が微笑をたたえて、彼の目をじっとみつめる。無言のまま、彼はゆっくりと煙を天井にふきあげる。それから煙草を右手にはさむと、ストーブの火をみつめた。

「ほう、それはまた、どうしてでしょう?」

「あたし達は、十日の日のあなたのアリバイが、でたらめであるということを発見しました。それから――」

「それは、また――」

彼は微笑した。

「しかし、一体それはどういうことなんでしょうな?」

「あなたは、準急の一ツ前の列車で、宇都宮に行かれましたのね」

冷めたいほどの落ちつきを見せて、彼女は言葉をついだ。

「高田助役もそういっていました。それから、あなたは彼の記念撮影をなさいました。それは、準急の到着する十分ほど前のことですわね?」

「そうです。その通りですよ」

「その写真の引伸しを、あなたは十三日ごろ発送されました。裏には、一九五〇年十月十日午後二時四十分撮影、と署名して――」

「その通りですよ」

「それでは、どうぞこの写しを、御覧下さい」

そういうと、彼女は内ポケットから、一枚の紙片をとり出して、彼の前に置いた。

――ほう――

と感心するように、彼は紙片をとり上げた。かすかにではあったが彼の顔色は鼻白んだように思われた。その紙片は、気象台の証明書の写しであった。

彼は顔をあげた。驚嘆の色が、浮んでいる。

「一つ、御説明を願えませんか」

「なんでもないのですわ。あのフィルムは月齢五・四の昼の月が、写っていたのでした」

彼はうめいた。太い首筋の上にのっている逞しい頭を下にうつむけて、再びストーブの焔に目をさらした。

「そのうえに」

さながら彼の背中を鞭うつが如く、彼女の声が静かに落ちてきた。

「あなたは十四日に東京に行かれ、十五日に宇都宮に帰って、途中下車されました――」

しばしの沈黙が続いた。限りない静寂が、あたりをつつんだ。聞えるものは、石炭の燃える音ばかり――

やがて彼は顔を上げた。眼が、静かな色をたたえている。

「いや、田坂さん、恐れ入りました」

彼はピースをとりあげると、再び深く吸いこんだ。

「実に見事なものですな。では、包みかくさず申上げねばなりますまい。あなたがたの勝利を、僕はいさぎよくみとめますよ」

煙草を灰皿に置いて、彼は、冷めかかったコーヒーを一口のみこんだ。彼女は両手を組んだまま、体をまっすぐにして、彼の口のあたりをみつめている。

「全く御想像の通りです。僕は、僕を裏切った妻を、ひどく憎みました。また、僕などから見ると、青二歳の中島君もですな。

そこで僕は、この二人に対して、復讐を誓いました。幾日かかかって、僕は恐ろしい計画を立てたのです。それは妻を殺して、その罪を、中島君に償わせようというのです。

十月十日、彼と一緒に、里帰りしたいという妻を、僕は中島君に頼んで、一足先に家を出たのでした。仙台発六時三十九分の汽車で岩沼に行き、そこで変装して、準急が来るのを待ち合わせました。

あることから、彼等は一番すいている、最後部の車に乗ることを知っていたのです。――知らなくとも同じことですがね。

あの準急は、福島で院内から来た車を一輛つなぎ、更に郡山で、会津若松から来た車を二輛、後ろにつなぐことになっているのですよ。

車内に入って行くと、案の定、二人は仲のよい恋人同志のように、解放された悦《よろこび》にひたっていました。前向に、並んで坐っていた彼等は、後ろのほうから乗りこんだわたしには、気がつかなかったでしょうし、たとえ、前から乗って顔を見られたとしても、とうてい見分けはつかなかったでしょう。充分の自信を僕は持っていたのですからね。

妻は窓ぎわに坐っていました。ちょうど席があいていたので、僕は妻と背中合わせに、腰をかけたわけです。

白河の近くで、彼等は十五日の午前十時に、渋谷の東横口で落ち合う約束をしました。

それを確かめることが出来たので、僕はひそかに、宇都宮で降りて、高田助役を訪ねて、アリバイを設定したのです。

十四日、最後の計画を実行に移すために、僕は午後二時三十六分発の急行で、上京しました。——妻を殺すべき計画は、実に綿密にととのえてあったのです。

それは、ある場所に妻を、おびきこんで、あの世に旅立たせ、渋谷駅にとって返して、彼をともなって行って、その部屋に押しこめるのです。

次に、彼がそれと気づかないうちに、パトロール中の警官が、そこに踏み込むといった筋でした。

部屋の中には、彼がやったのだという、のっぴきならない証拠を、とののえて置いたのですよ」

メモを置くと、彼女は両手を組んだ。眼が激しく燃え上っていた。その瞳には、啞然とした表情が、浮かんでいるように思われた。

「さて、つぎは妻をつかまえる手順です。妻は東横線で来て、十時に彼と落ち合う約束をしたのです。ですから、僕は東横線の時間表を綿密に、調査しました。この日は、ちょうど日曜ですので、急行電車は相当間引いてあるので、実に助かりました。

田園都市から渋谷までは二十五分かかります。駅の数は十一。運転間隔は五分です。ですから二輛連結の車ならば、二つの駅の間で、全部車の中は調べられるわけです。車が発車したら自分の乗っている車を調べ、次の駅で止まったときに、降りて別の車に乗りこみ、その次の駅の間で、その車を調べればいいのですからね。

こうすると、渋谷駅につく電車は、九時三十分から十時十分までの車は、全部調査出来ることが分ったのです」

彼女は舌をまいた。

「実際、僕はその通りにやったのですよ。ところが、とうとう僕は、妻を発見することが出来なかったのです。渋谷駅まで来てしまったとき、僕は、ふんまんのやり場に困ってしまいました。

ひょっとしたら、彼等はその後、密会の計画を変更してしまったに違いない、と思ったのです。

あきらめきれずに、僕はホームで、しばらく待ちました。もしかしたら——と、いう考えがあったからです。だが、遂に無駄に終りました。

そこで僕は、僕の計画が失敗に終ったことを、知ったわけですよ。それと知らずして、彼等はまんまと、裏をかいたのですな。

　僕は、すごすごと改札口を通って、東横口に出る階段を下りて行きました。なにげなしに前方を見た僕は、その場に釘づけになってしまったのです。

　幸に、変装していたからいいようなものの、本当にあぶないところでした。出口から十メートルほどの所に、太い柱に寄りかかって、中島が浮かない顔をしながら、一心に、改札口から流れ出る人々を、物色しているではありませんか」

　いつか彼女の顔は、蒼白に変ぼうしていた。いまや、彼の陳述は、彼女の恋人の運命の頭上に落ちてきたのである。

「人の蔭にうまくかくれるようにして、僕は改札口を通ると、一度出口のほうに行きました。それから引きかえして、ちょうど、彼の十メートルほど後ろの柱に、位置をしめ、新聞をとり出して、読みはじめました。

　ときどき、色めがねをずらしては、彼をひそかに看視したのです。

　彼が妻を待っていたことは明らかでしょう。僕は、彼等の約束が変更されなかったのを、知りました。妻が何かの都合が出来て、時間に遅れたのに、違いないのです。じだんだを踏むというのは、こういうときのことを、いうのですな。

　もう一度、ホームにはいってみようかとも思いました。

　しかし、デパートが店を開いたいまとなっては、まるで流れるような人の波です。妻を見つけるなんて、とても出来ないことを、知らされたわけでしょう。

　僕は、いさぎよく自分の計画を放棄しました。そして、二人のあとを、どこまでもつけ行き、のっぴきならない現場を押えて、自分の心が満足するような、復讐をすることに覚悟をきめました。

　ところで、妻は、なかなか姿を見せません。しきりにあせっている彼の様子が、なにかこっけいなものに見えてきました。時計を見ると、十時を四十分も過ぎているではありませんか。そのとき、僕は、一人の男が彼のほうにやって来るのを見たのです」

　ペンを握っている彼女の手が、こまかにふるえているように、思われた。

「その男は、ポケットから、なにか手紙を出して、彼に渡しました。むさぼるように、彼はその手紙を読んでいます。読み終ると、ポケットにおさめて、何か男と話をしているのです。

二人は並んで、人ごみの中をぬって行きました。何しろ、ひどい群衆です。

僕も、彼を見失わないように、あとをつけました。人ごみにもまれたとみえて、先ほどの手紙は、彼のポケットから、ちょっとのぞいているではありませんか。

僕は、その手紙を手に入れるためだったら、自分の命だって惜しくはない、と思いました。——二、三人の人が、また前を横ぎったので、彼の下半身が見えなくなりました。ふと見ると、さきほど、のぞいていた手紙は、もう見えないではありませんか。男は、何かズボンのポケットに右手をねじこんで、おりました。

何かがあったように、僕には感じられました。

ガードのところに、素晴らしい車が、横たわっていました。彼等はそれに乗ることを、僕は直感したのです。そこで、早速、車溜りのほうに行って、ハイヤーをやといました。

彼等の車が動き出しました。百メートルほどの間を置いて、僕はあとをつけたのですよ。どうしたわけか、ひどくゆっくり走るので、追跡するのには楽でした。

迷路のような道を、幾度もまがると、彼等の車は、高いビルの前で止まりました。中からは、彼がおりたちました。そこで、僕も、同じ側の街路樹のかげに車を止めさせ、相当の金を運転手に握らせて、どんなことがあっても、この追跡行を、しゃべらないことを約束させたわけです。

見ると、彼を乗せて来た車は、動き出しておりました。

彼は時計を見ているようでした。僕も、思わず腕時計を見ました。ちょうど十一時二十分です」

話をきって、煙草に火をつけ、彼は深く吸いこんだ。

そして、静かに聞きいる彼女の姿を眺めた。

すすり泣きにも似た溜息が、彼女の胸からあふれた。濡れたように眼がうるみ、蒼ざめた顔に、油みたいな汗が浮かんでいる。

「ああ……」

彼女は、つぶやいた。

「中島さん、やっぱりあなたは、わなにかけられたのだわ」

十四、嵐の丘

「突然、彼は階段をふんで、入口にはいって行きました。不意をつかれて、僕はいささか、あわてたのです。急いで入口にかけつけ、階段を上りました。

　廻転ドアを入ると、そこは受付になっています。老人が腰を、おろしていました。だが彼の姿は見えません。あわてた僕は、内ポケットから拳銃を抜いて、つきつけ、僕の姿を見たことを忘れろ、と申しました。もし人に話したら、命はないものと思え……全く、ちんぷなおどかしですが、気がせかれるまま、そういってしまったわけです。

　それから、今の若僧は？　とたずねますと、ふるえながら、二階を指さしました。

　もう一度、後ろをふり向いて、老人をにらんでおいて、ピストルを内ポケットにしまいこみ、二階の階段を走り上りました。廊下を見通しましたが、どこにも彼の姿は見えません。

　廊下を小走りに歩いて、彼がどこに姿を消したか、知りたいと思いました。だが、無駄でした。心臓が激しく打って、馴れない運動のために、汗が肌をぬらしています。

　しかし、そんなことは問題ではありません。僕は、どうしても、彼をつかまえなければ、なりません。二階をあきらめて、三階にあがりました。廊下で二、三の事務員ふうの人に会いましたが、彼のいる様子は、全くありません。

　四階をさがし、五階をさがし、とうとう六階に来てしまいました。そこで、さすがの僕も、へたばってしまいました。窓によりかかって、額の汗をふきました。秋の日に輝やく東京の街々が、まるで見たこともない外国の街のような、鮮烈な印象を与えました。

　そうして、汗をふいているうちに、猛り狂っていた心持ちも、次第に落ちついてきました。年甲斐もない、といった反省の心が、たちかえって来たのですな。しかし、一方では妻は中島と、今頃は何をしているだろう、と思うと、堪えがたい嫉妬を覚えました。

　折々、若い人達がそばを通って、不審気に僕を見るものですから、僕はとうとう屋上に出てしまいました。

　あとで考えると、その日は日曜であったために、ほかには人がおらなかったのです。そんなわけで、屋上に出て、僕は始めてほっとしたのですよ。

実に広々とした眺めでした。日はうららかに燃え上って――。いままでの、のぼせあがっていた自分が馬鹿らしく思われるのでした。

テスリによりかかって、一服しました。それから下のほうを見ました。道を歩いている人や、走っている車などが、蟻みたいに、遠く小さく見えました。

見おろした街路は、ちょうどビルの入口の下を通っている大通りで、あったのです。

突然、けたたましいサイレンの音がすると、一台のパトロール・カーが猛烈なスピードで、遠くの街角をまがって来ました。

――何か、あったのだな――

そう思いながら見おろしていると、流星のようにすべって来た車は、ピタリと和田ビルの入口で止ったではありませんか。

――はてな？――

と思いながら見おろしていると、二人の警官が飛びおりました。一人は入口の階段を、駈けあがり、一人は建物に沿って、ぐるっと廻って、どこかに姿を消しました。

その姿を追って、僕は建物の反対側のテスリのところにやって来て、下を見おろしました。大きな平底舟を幾せきも浮かべた和田堀が、遠くしらじらと伸びています。

しばらくの間は、なんのこともありません。気抜けした形で、遠い街々を眺めていました。それから一服しようとした途端、激しい呼子の音が、けたたましく、かけあがって来たのです。

驚いて、下を見おろすと、くねくねと曲りくねった非常ばしごの中ほどに、先ほどの警官が立っています。更に――もう地面につくほどのところを、一人の男が、ころげるように下に、走りおりているのが、小さく見えました。

逃げるかな、と思って見ていると、小さい小屋の蔭から、先きほど見えなくなった警官が、おどり出て来るのが見えました。右手には拳銃を抜いて」

彼女は、うめいた。それにも気付かないように、彼は先を続ける。

「中島が、つかまったのを見定めておいて、僕はそっと、下におりて行きました。三階まで下りると、十人ほどの人が、ある部屋の前に立っています。それは三十五号室でした。

入口には、受付の老人と、管理人のような男が立っていて、中には、いれません。話を聞いてみると、女が殺されているのだ、というのです。

それは妻であることを、僕は直感しました。今朝から、妻のあとを追い、更に渋谷から彼をつけて来た僕には、妻の死は、普通の死ではないように思われたのです。

そこで、とんでもないことに引合いに出されては大変だと考えたものですから、大いそぎで、和田ビルをのがれました。大崎駅に出て、上野に直行し、日光行の臨時急行で宇都宮に行ったのです」

彼は吐息をついた。

「それから高田助役に会って、アリバイの打ち合わせをして、二時五十五分発の準急で、仙台にひきあげたのですよ」


そのあとに続いて起こった怖ろしい出来ごとについて、翌日渡辺刑事に語った彼女の報告は、次の通りである。


――唖然として、彼女は彼を見守ったのである。彼は、ほんとうに真実を語っているのであろうか？　なるほど、彼の陳述は筋道がたっており、疑のかげさえないように思われる。態度も立派であるし、誠実にあふれている――

だが、そうすると、犯人はどういうことになるのだろう？　十中九分九厘まで、確信して追求した彼が、犯人でないとすると、犯罪は、どのような経路をとって、行われたのであろう。彼の言にして真なりとするならば、彼は一人の犠牲者に過ぎなかったではないか。

茫然として、彼女は深い思索の中に引き入れられた。疑惑と困乱と矛盾と焦そうとの中に、彼女の脳髄は、のたうちまわったのである。

じっとみつめるストーブの焔は、いつか焦点がぼやけて、遥かな国のたそがれのように思われる。何か彼がいったようであったが、それも遠い国の物音としてしか、感じなかった。限りない静寂も、も早や彼女の心に、蔭をおとす、すべもなかった。

時間と空間とを超絶した時が流れた。

――はっとして、現実に引き戻されたときは遅かった。彼女の肩は、巌の如き逞しい腕の中に、ひしと抱かれていた。彼女の顔の上に、のしかかるように、赤らんだ、もう一ツの顔が近づいている。それは、けだもののものであった。

赤くにごった淫蕩な眼が、硝子みたいな色をして、おおいかぶさってくる。ふくらんだ鼻と、荒い息づかいと、すえた牛乳を思わせる前歯——それが彼女の眼をふさいだ総てであった。

両手で、その顎のあたりを力一ぱい押し上げて、彼女は立ちあがろうとした。無駄であった。圧倒的な恐ろしい力である。彼女は、身をよじった。テーブルが傾く。

——その上にのっていたコーヒー茶碗、煙草入、灰皿——、それらのものが、ころげ落ちて、冴えた、だが不規則な音が、こんがらかった。それに続いて、おしつぶされた、うめき声と家具のきしる音とが、まじり合った。

——突然のことであった。その恐ろしい争《あらそい》を、何の感情もなく照らし出していた電燈が、一陣の風に吹き消された焔の如く、消えてしまった。

さらに恐ろしい闇が、瞬時にして、部屋の中に入りこんでくる。ストーブの、のぞき窓からもれる石炭の焔が、幾条かの血潮の流となって、真紅の絨たんを照らし出す。

彼女の混乱した脳髄の中を、

——これでおしまいだ——

という絶望的な想念が、きれぎれに駈けめぐった。そのとき彼女の椅子は、大きく後ろに傾いた。激しい、ぎこちない動作の中に、彼女の脚は床をけった。乱れた髪が、顔にさがった。その毛を、きつく嚙みしめると、彼女は歯を食いしばって、のけぞった。

重い激しい音がした。彼女は、重い大きい椅子ごと、ドアの方向に倒れたのだった。うめき声が、のしかかっている重い体の、どこかからもれた。そして、瞬間ではあったが、男の力がゆるんだように感じた。

男の両腕の間から、いつか彼女は抜け出している。オーバーが、彼女の身代りの如く、彼女の体から抜け出してしまった。しかし、それも、まばたきする間の時間に過ぎない。血と情慾とに狂気した男の顔が、ストーブの焔をあびて、立ちふさがるが如くに、近づいてくる。

彼女は唇を嚙んだ。無意識のうちに、腰のコルトを抜いた。轟然たる銃声が轟く。さらにもう一発。鈍い重い音が崩れた。彼女は、あえいだ。焔の息が、白い唇の間からもれた。

彼女の遅いのを案じた渡辺刑事は、北町署の若い警官をともなって、輪王寺の山門のあたりに来ていた。門の前は花やである。警官の姿をみとめた店の老人は、いつもなら、もう戸を閉じる時刻なのに、二人を店先に招じて、熱い茶などを出していた。もう、九時半であった。

薄暗い電燈の光が、表を流れる霧の渦を、照らし出す。熱い茶を二はいほど、からにした頃であった。二人の警官は顔を見合わせた。なにか銃声が聞こえたように感じたのである。耳をすました。だが、何の音もない。戸外は黒一色の闇と、気味悪いほどの沈黙のみだった。

「佐々木さん、行ってみよう」

渡辺刑事は立ちあがった。いい知れぬ不安が、胸に暗い陰をおとすのである。二人は外に出る。すぐ前の山門のわきに、霧につつまれた街燈が一ツ、わびしい光をなげかけている。うっそうと枝を交わしている杉の梢から、時折り、しずくが落ちてきた。ふと、足音が聞こえたように思った。立ち止まって、二人は耳をすました。暗い木の下道を、濃い霧をわけて眺めた。だが、何の変化もない。二人は顔を見合わせた。どちらの眼にも、不安の色が浮かんでいた。

「行こう」

さういって、渡辺刑事が、通りと直角になっている、だらだら坂に足を踏み入れようとした時である。

人影が音もなく、そうろうとし、霧の中からにじみ出して来たのである。彼は思わずあとに下がった。人影は、彼等の立っているのも目に入らないのか、まるで泳ぐような動作で、暗い光の中に、はいって来るのだった。

——暗い、冷めたい霧が、濃く流れている——

それは若い女であった。髪は額に下がり、死人のような頬に、何か黒いものが、こびりついている。上着もスカートも、よれよれになり、あちらこちらが、かぎざきになっている。凄惨な姿であった。

二人の男は、息をのんで凝然として立ちつくした。冷めたい汗が、じっとりと肌を濡らした。

女はストッキングをはいたままの足であった。靴もはいてない指先には、泥が黒くまつわりついている。だらりと下がっている右手が、何かを握っている。

二人の警官は、それを見た。薄暗い街燈の光を浴びて、無気味な銀色をはなっている何物かを。二人は、目を見はった。それは、小型の拳銃であった。

「ああ、由美子さん!」

突然、渡辺刑事が叫ぶと、人影を目がけて、身を躍らした。その厚い胸に、女は声もなく崩れた。

——彼女は、気を失っていたのだった——

食いしばった、血の気の失せた唇の間から、白い歯がのぞき、目尻には涙が浮かんでいた——

十五、完成されたバランスシート

時を移さず行われた、その夜の調査の結果は、次の通りである。

星野支店長は、玄関に通ずるドアの敷居の上に、半ば身をのり出して、うつぶせに倒れていた。即死である。

部屋の中は、おそろしい有様であった。その争いが、いかにすさまじいものであったかを、語っている。

翌日になって判明したところでは、由美子が訪問のさい、姿をみせた老婆は、支店の一社員の母親である。彼女は支店長の懇望で、あけ美夫人が死んでからは、家事一さいを取りしきっていた。

その夜は、由美子が訪問した後で、支店長の希望で、自分の家に帰ったのである。翌朝、支店長の横死を知らされて、人の世の無常なるに茫然としたのだった。

同時に、支店長の死骸は、翌朝解剖に附された。彼の体からは、三つの拳銃弾が発見された。一ツは彼の腰部をつらぬき、他の二弾は、腹部と左胸部とに命中していた。弾丸は、いずれも体内から摘出された。

ここにおいて、実に驚くべきことが発見されたのである。それは、その三つの拳銃弾は、明らかに、その大きさが異っていたのだった。腰部に食いこんだものは、極めて小型のものであり、かつそれは、致命傷を与えたものではなかった。腹部と、心臓とを貫通したものは、いずれも致命傷であり、弾丸もまた大型のものだったのである。

その後、精細に行われた応接室の調査では、さらに一発の弾丸が発見された。それは極めて小型のものであり、腰部をつらぬいたものと、同じ型のものであった。

渡辺刑事が、護身用として由美子に与えたコルトには、明らかに二発の弾丸が不足している。それは、精細な鑑識の結果、前に発見された小型の二つの弾丸であることが、判明したのである。

では、彼に致命傷を与えた大型の弾丸は、いつ、誰によって発射されたものであろう?

ここに考え得ることは、彼女が星野邸を出てから、渡辺刑事と佐々木巡査が、とって返すまでの時間は、十五分内外と考え得られることであった。

つまり、星野氏が彼女の一撃を浴びて、倒れていたのは事実であろう。だが、一弾は、はずれ、他の一弾が腰部に命中したのに過ぎない。そこで、苦悶の中に我にかえった支店長は、玄関にはい出したのであろう。そして、さらに二発の弾丸を浴びて、即死したものと考えられるに至った。

——犯人は、二人の争をどこかから見ていたものと、推定された。彼は星野氏を倒して、裏山に通ずる道を通って、姿を消したものであろう。

門から玄関までは石が敷かれ、裏山のハイキング・コースに通ずる、だらだら坂にも、じゃりが一ぱい敷いてあったために、それらしいと思われる足跡は一つとして発見されなかった。

この夜登場した人物は二人であり、使用された拳銃もまた、二つであることは疑をいれない事実と考えられた。ここにおいて、支店長の死は、深い疑惑の中に包まれたのである。

なんらの進展も見ないうちに、数日が過ぎた。だが、彼女が支店長に致命傷を与えたものでないことは、誰の目にも明瞭に思われた。また、たとえそうであったとしても、それは正当防衛をもって、律せられるものと考えられた。

だが、渡辺刑事を落胆させたものは、またしても、最も有力と考えられる手がかりを、こつ然として失ってしまったことである。ひどく力を落した彼は、十六日、後事を署長に託して、由美子を伴い東京に帰った。

指を折れば、中島の処刑の日は迫っている。彼にとっては、気が気でなかったに相違ない。

事実、星野支店長が死んでしまった今となっては、ここ数日のうちに犯人を逮捕し得るという公算は、何もなかったといってよい。

——犯人を逮捕することは出来ないとしても、せめて、中島の処刑を免除するか、少くとも延期することは、やらねばならない。——彼は心を励ました。

——それには、どうあっても、かの蒼白い顔の少女を探がし出そう。それよりほかに、てはないのだ。

——それが、このときに到達した彼の決意であった。

由美子の落胆も、はかり知れないものがあった。なかば病人のような有様で、彼女は渡辺刑事に助られて、車を下り、そして列車に乗ったのである。

由美子の報告によれば、死んだ支店長は、偶然にもこの犯行の最後の仕上を眺めた、傍観者であったことは、事実と考えられた。そのうえ、彼の陳述は極めて異常ではあったが、筋道はよく立っているように思われる。

彼が精細にわたって述べたのは、最早や、かくすべき手段はないと観念したためであろう。と、するとその陳述には、信頼を置いてよいと考えられよう。

――後日、彼がひそかに、宇都宮の高田助役に確かめた折、高田助役は、支店長の証言を裏書きしたのであった。

鶯色の自動車を、支店長は追跡した。しかも、その車は消え失せてしまっている。あれほど、当局が手を尽しても、そんな車は見当らなかったのだ。彼の良識によれば、それは理解の出来ない性質のものであった。

中島が犯人でないことは、も早や疑の余地がない。しかし、それを証言すべき男は――二人とも既にこの世の人間ではない。もう一歩というそのときに、いずれも姿を消し去るのである。彼は、何か大きい灰色の影が、いつも彼等の行動や思想を看視し、そして自分の身が危くなったとき、暗黒の中から蒼白い手をさしのべて、その手がかりを無雑作に消し去るように思われて、ならないのである。

いまや、事件の真相を知るものは、中島の言によれば、〝蒼白い少女〟ただ一人となったのである。だが、どうしたら彼女を探がし出すことが出来よう？

渡辺刑事は幾箱となく〝光〟を、からにした。メモをとり出しては、終に完成することの出来ないバランスシートを眺めている。

その後、幾日かが空しく過ぎた。来る日も来る日も、彼は静かな下宿で考えに沈んだ。

由美子の報告によれば、小林老人の陳述と支店長のそれとは、一部一致を欠いている。十一時二十分頃、和田ビルの受付に現われた四十前後の男というのは、確かに支店長であると考えられる。

すると、その二十分ほど後で、再び小林老を脅迫したのは、どうやら、その行方不明の男と考えたほうが、いいように思われる。

――それは、この時のことであった。彼の頭には、一つの想念が光芒を引いて流れたのである。

ゆくりなくも彼は、星野支店長が妻のあけ美を殺そうとした計画を、思い出したのであった。

彼は腕を組んで、深く考えに沈んだ。

――八時五十分、あけ美を伴って現われた男。彼は、あけ美にブロバリンを飲ませ、こん睡に落ちたのを見すまして、寝台に寝かせる。裏口から出て、自動車で渋谷に行き、中島を伴って帰る。留守に止めておいた少女が、サービスする。そのあいだに、とって返した男は、少女を帰宅させ、本当に、あけ美をしめ殺す。その手にラレーを握らせて――。警察に電話する。そうしておいて、非常口から、ひそかにのがれる。――

ペンをとり上げると、彼はメモを開いて、いつか記したバランスシートを眺めると、下のような新しいバランスシートを、こしらえ始めた。

終ると彼は、煙草に火をつけた。それからバランスシートをじっと眺めた。満足そうな微笑が浮び上った。

――八時五十分というのは、犯人があけ美を伴って現われた時間である。その時に乗りつけた自動車――それは鶯色であったに違いない――はどこかに止めて置いたのであろう。九時半頃、犯人が非常口から出て行ったのは、恐らくは留守番の少女を連れて来るためである。

その時には、あけ美は、こん睡状態に落ちていたに違いない。十時十分、犯人は少女を伴って登場する。

時分	借方（入）		貸方（出）	
8―50	犯人。あけ美。	2		
推定（9―30				
10―00			犯人。（非常口より）	1
推定 10―10	犯人。少女。（非常口より）	2		
推定 10―20			犯人。（非常口より）	1
11―20	中島。支店長。	2		
推定 11―30	犯人。（非常口より）	1		
推定 11―35			少女。（非常口より）	1
推定 11―40			犯人。	1
12―00			支店長。	1
		7		5
11―50			残（中島。あけ美）	2
	計	7	計	7

十時二十分、犯人は非常口から出て、中島を迎えに渋谷駅に行く。

十一時二十分、中島は犯人に伴われて、和田ビルに現われ、一人、受付を通って中に入る。その直後、支店長が現われる。だが、彼は終に中島を、とらえることは出来なかった。

十一時三十分、自動車をどこかに隠すか、ともかく、どうにか始末した犯人は、非常口から三十五号室にあらわれる。

十一時三十五分、彼は留守を守っていた少女を非常口から帰らせる。

十一時四十分、彼は、あけ美を絞殺し、一たんは非常口から逃れるが、入口からか、あるいはどこかから再びビルの中に入り、ぼんやりしていた小林老の背後にまわる。

次に拳銃をつきつけ、中島を見掛けたという秘密を、一万円で買収する。

十一時五十分、中島は逮捕せられ、あけ美は死体となって発見される。

十二時、驚いた支店長は、そうそうとして和田ビルを引上げる。

支出五円、残金二円、計七円となり、その金高は入金と一致する。バランスシートは完全なもののように思われた。

――鶯色の自動車と蒼白い少女。

いつまでも彼は瞑想に沈んでいた。

十六、行方不明の女

再び各紙の広告欄へ

寛容にして清純なる一人の美しい少女に御報告致します。あなたのみが、救い出すことの出来る力を持っていられる、有為の青年が、いま死のあぎとに横たわっております。

彼は、昭和二十五年十月十五日、はからざるに東大崎の和田ビルの門を、くぐったのであります。

人生朝露――

最後の機会として、あなたの勇気に期待するものであります。

姓名在社　一三五号

上記の広告は、三日にわたって掲さいされた。

由美子は仙台から帰って以来、心身の疲労その極に達したといった有様で、しばらく床についていた。

渡辺刑事は、時折り彼女を見舞った。彼女は、中島の救出については、それが、まるで命をかけた仕事でもあるような情熱を、示していた。それは、ともすれば沈んでゆこうとする渡辺刑事の心を、明るくするのであった。

仙台における星野支店長殺害事件に関しては、捜査は全く行きづまって、なんらの進展もみなかった。

十二月十九日、K鉄道株式会社、代々木研究所附属診療所における、眼科主任医と渡辺刑事との応答は、次の通りである。

「まず最初におうかがいしたいのですが」

渡辺刑事は、例によって〝光〟をとり出す、ライターをすった。

「もと第一部の技師をしておりました中島信彦は、色別力には異常がなかったのでしょうか？」

「そう、ちょっとお待ち下さい」

半白の温厚な老医師が、卓上のベルを押した。間もなく入ってきた若い看護婦に、彼は、去年の春行った定期身体検査票の綴りのなかから、中島のぶんをさがして来るように命じた。一礼して、看護婦は引きさがった。

看護婦を待っているうちに、彼は老医師に質問した。

「ちょっと御説明願いたいことがあるのですが、たとえば色盲というやつは、どんな特徴を持っておりましょう？　一つお話し願えないでしょうか？」

「なんでもありませんよ。色盲というのは、色の全部、または一部を区別することの出来ない——つまり網膜の病的現象なのですな。

その特徴は、まず第一に、それはメンデルの法則に従って正確に遺伝します。

全色盲というのがありますが、それは極めて小数ですから、問題としなくていいでしょう。そこで、第二には、一部色盲は必ず余色の関係で表われる、ということですな」

「余色の関係といいますと？」

「それは分光学の問題ですよ。よく誤解されるのですが——もっとも用語も悪いと思うのですよ。つまり、印刷される色に関する定義では、ありませんでして、光、そのものに対する定義なのですな」

「そうですか」

「つまり、こうなのです。二つのある異なる色を持っている光を、互に交叉させたとき、その交叉した部分が、無色になるような光について、その光はお互に余色である、というのですな」

「だいぶ、むずかしいですね」

渡辺刑事は苦笑した。

「例えば、ここにプリズムを用いて、太陽の光を七つの原色に分解します。その分解した光線の中から、ある方法で赤と緑の光線を、別々にとり出すとします。このように分離した赤と緑の光線を、交叉させますと、不思議な現象が起ります。交叉する前の光は、勿論赤と緑ですが、交叉した後の光線もまた、それぞれ赤と緑なのです。

ところで、交叉した部分は、無色なのです。それは、白い壁でかこまれた暗室の中で、実験しますと、実に見事なものですよ」

「そうですか――。なるほど、それは美しい実験でしょうね」

「つまり、このような光の組合わせが存在すればいいのですね。実際には、簡単なところで、赤と緑、黄と菫といったところでしょう」

「そんなふうに、色盲には表われるのでしょうか」

「そうですな。そんなに、はっきりしないこともありますが、大体似かよった色で表われます。統計上もっとも多く表われるのは、赤系統と緑系統の色盲ですな」

「そういうのは、赤と緑と区別出来ないのですか?」

「そうですね。――ですから、実際絵などをかかせると、ひどいのは、とんでもない名画? を書きますよ」

老医師は笑った。つりこまれて彼も微笑する。

「例えばですね」

彼は老人の眼がねをみつめた。

「赤と緑との色盲がいるとします。その人間に鶯色を見せたら、どういうことになりましょう?」

「そうですね――」

老人は茶をすする。

「鶯色というのは、あいまいですが、たとえば緑色にかすかに青色がまじったものとしますと、赤色盲の人間にとっては、赤い色と区別が困難になりましょうね。それから――」

「それから?」

渡辺刑事の眼には、興味にそそられた輝やきがあった。

「それから、もし鶯色というのが、緑に近いような色でしたら、緑色盲のものにとっては、牡丹色とか、えんじ色のようなものと、区別がつかないようになりましょう」

「面白いですね。そしたら、そんな人間に何か暗示を与えたら、明るい鶯色を、えんじ色と思いこませることも、出来ましょうね」

「その男の経験のないような形のものについてなら、簡単なことでしょうな」

ドアが開いて、看護婦が入ってきた。四角な大きいタブレットを老医に渡す。渡辺刑事は口をつぐんで、その一枚の白い紙を見守った。

——やがて老人は、彼のほうを向くと、ぽつんと、ちぎり捨てるようにいった。

「ははア、中島君は色盲ですな。ほう、緑色盲ですよ」

渡辺刑事の顔には、悦びの色が、さっと上った。


その日、都下の警察署に、警視庁から緊急の調査命令が出た。午後十一時、各署の報告は完了した。その中に、注目すべき一報告が入っていたのである。それは、渡辺刑事の望んだものであった。


一九五〇年十月十五日、午前七時三十分、品川駅前のミヤコ・タクシーに一人の青年が訪れた。彼は名刺と、その年行われた警視庁の一等運転手合格証とを示し、自動車一台の貸与方を希望した。

タクシーの主人は、午前中との約束で、前金並びに保証金の一部として、一万円を請求した。青年は直ちに支払いを完了したので、主人は彼の希望の車を貸与した。

その日の正午、彼は約束に従って、自動車を返却した。客の渡した、名刺には、長島信夫と印刷されていた。車は一九五〇年型のフォードのセダン。色は、えんじの新車である——


その翌日、彼女は久しぶりで、姿を見せた。元気にあふれた顔色である。かくしきれない悦びの色を浮べた渡辺刑事は、彼女を伴って応接室に入った。

彼は恥かしそうに、彼の作り上げたバランスシートを彼女の前に、ひろげたのであった。

彼女の頰は白熱し、眼は燃え、息はあえいだ。

「ああ、出来ましたのね」

彼女の頰から、微笑の影は消え、肩には確固とした決意の色が見られた。

「渡辺さん、今度こそ、犯人をつかまえて下さいな」

彼女のそばに並んで腰をおろした彼は、彼女の肩を優しく叩いた。

「それにしても由美子さん、体のほうは大丈夫ですか?」

「ええ、有難とう存じます」

彼女は彼の顔を見上げた。信頼の光があふれている。

「もう大丈夫ですわ。——それに、今日はもう二十一日ではありませんの? さあ、何でもおっしゃって下さいな」

彼は微笑した。

「ほほうー、大変な張り切りようですな。じゃあ、一つこれを御覧下さい」

彼は懐中から一枚の便箋をとり出すと、彼女に手渡した。それを静かに受取った彼女は、じっと眼を落した。その間、彼は眼を閉じ、腕を組んで考えに沈んでいる。

——ひどい衝撃を受けたように、見る見る彼女の顔は蒼白に変ぼうした。手がふるえている。感情の高ぶりを沈めるもののように、彼女は二度繰り返して読んだ。

それから、彼女は彼の方に、体をずらした。

「そう、で、渡辺さん、あたしの役目は?」

「ごらんになりましたか?」

眼を開くと、彼はその便箋を受取って、内ぶところにしまった。

「どうしても、あなたに、もう一度虎穴に入っていただくのですな。——充分バックは致しますよ」

何か住所を書いた紙片を、彼女に渡した。

「ちょっと遠いですね。しかし、車でとばせば一息です。そうですね、ちょうど車があいていますから、自由に使って下さい」

何か彼女がいおうとした。彼もまた、よほど興奮していたとみえて、それに気づかないのであろう、さらに言いたした。

「今度こそ最後のチャンスです。しっかりやりましょうね」

もう一度、彼女の肩を優しく叩くと、彼は真新しい一ちょうの小型拳銃を、彼女に渡した。

「今度こそ、思いきってやって下さい。それから、これは車の鍵です。

僕ですか? 僕は部長の命令で、ちょっと熱海までいって来ます。八時には、役所に帰ります。じゃー、しっかりやって下さいよ。――出来れば、そいつを連れてきて下さい」

何か彼女がいおうとしたとき、林刑事が、つかつかと部屋に入って来た。彼女を見かけると、親しそうに会釈した。それから、渡辺刑事のほうに向いた。

「渡辺さん、部長がお待ちです。直ぐいらっしゃして下さい」

渡辺刑事は立ち上った。そして彼女の手を握った。

「由美子さん、御成功を祈ります。――中島君のために、最後の努力をして下さいよ」

そういうと二人は肩を並べて出ていった。

ただ一人、彼女は冬の日射しを背に浴びて、脚を組み、じっと考えに沈んでいる。ポケットに入れた彼女の右手は、ピストルを握り、左手は自動車の鍵を握っている。

――バルタザールの饗宴の席に現われたという蒼白い手が、緑色に燃え上る文字で、その壁に書いたという三つの箴言《しんげん》の如く――それは、マネ、テケル、ファネス、というのであった――先きほどの便箋の文字が、蒼白な光芒をはなって、彼女の脳裡を彩るのであった。

――十二月十七日から、三日にわたって掲さいされた、一少女に告げるとの広告を拝見しました。

僕は、該少女の誰であるかを、明確に申し上るることの出来ない事情にあることを、遺憾と存じます。しかしながら、少くとも彼女の十月十五日における行動は、かなり精しく知っていることを確信致します。

彼女が一人の青年に伴われて、和田ビルに姿を消したのも、僕は知っています。それから再び姿をあらわしたことも、僕は知っております。さらに、彼女が何故に、十一月二十日の広告に答えることが出来なかったかも、僕は知っております。

彼女の背後には、怖るべき手が動いておりました。そして彼女はいかになったか？　僕はいま、僕の良心の命ずるところに従って、僕の行動を確立する決意に到達致しました。

今夜七時三十分、左記にお越し下さることを、衷心から希望致します。――で、なかったら、僕は去るでしょう。永久に――

彼女は身をふるわした。そして、立ち上ると静かに部屋を出て行った。――それは、午後の三時である。

十七、武蔵野の月

果てしない曠野が、地平の彼方まで続いている。葉の落ちつくした巨大な欅の林が、ここに一むら、かしこに一むら、高く佇立している。

波のようにゆるやかに起伏して、目路の限り続いている広い畠が黒々として、僅かに芽ぐんだ麦の行列を、不思議なものでも見るように、みつめているのであった
——

そうぼうとして大地から這いあがった、たそがれの色は、いまこの涯しない曠野を包み始めた。僅かに暮れ残る西の空に、白く光る秩父の山波が、波濤の如く起伏しているのだった。

その白くかすれたあたりに、宵の明星が冷めたい光を投げかけている。——やがて大空には星が輝きいで、遠い黒い林のむこうから、光のないべに色の大きい冬の月が、ぽっかりとあがってきた。

その頃、一台の自動車が音もなく滑ってくると、大きい道路から、とある森蔭に乗り入れて、ライトを消した。

しばらくすると、一人の人影が、にじみ出るように、星空を背にして、あらわれてくる。オーバーをまとい、頭から頸《くび》にかけて、ネッカチーフを結んでいる。それは一人の若い女であった。

しばらく闇の中を、すかして見ていたが、やがて見当がついたのか、足音も立てず、畠の中の路を、すたすたと遠ざかって行く。

このあたりは、もとの朝霞《あさか》飛行場の一部である。成増《なります》のグラント・ハイツの電燈が、遠く点々と輝いている。まるで、遠い大都市を眺めるようである。

道路をはさんで、約一キロの距離を置いて、半月形の壮大な土まんじゅうが、あちらこちらの森の中、籔の蔭に坐っている。それは、土地の人が隠待壕《いんたいごう》と呼んでいるもので、戦争中、飛行機の待避所だったのである。

いまは、その多くは土地の農夫の物置や、漬物の貯蔵所などに変っているが、中には、家を焼かれ、帰るに家なき哀れな人々の、住家になっているものもある。

人影が目ざしたのは、その一つであった。近かづくと、中からランプ——それは石油ランプである——の光が、もれてくる。音もなく近づいた人影は、入口でとまる。

見上るばかりに高い、円いコンクリートの天井が、闇

の中に浮かび出している。冷めたい秩父おろしが、枯れたすすきの葉をゆるがして、通ってゆくのだった。

ポケットから両手を出すと、右手をあげて、上半部を障子紙ではった戸を、ことことと叩いた。なかに人の気配がした。やがて、誰かが立ってくる。

「どなたでしょう?」

若い女の声である。外に立っている人影は、意外と感じたらしい。

「あのう、警察のものですが――」

期待したとも驚いたともとれる、つぶやきが聞こえて、戸のつっかい棒をはずすがたごとという音がした。やがて静かに戸が開かれた。

「どうぞ」

そういって、かすかに微笑を浮べたのは、十五、六とも思われる少女であった。栄養が不足しているのであろうか、ランプの光に照らされた、その顔は蒼白い色をしている。

客は中にはいった。そしてネッカチーフをとった。若い美しい女である。紺のオーバーを、まとった。

戸をしめると、少女は客を中に招じた。靴を脱ぐ。むしろの上に、ござを敷きつめた四畳半位の広さである。天井は、ベニヤか何かで張ってあるが、どこかから絶えず夜風が吹きこんでくる。二枚の雨戸が、奥の部屋をへだてて、いるのだった。

わびしいランプの下に置かれた手あぶりの前に、少女はせんべい布団を敷いて、客を坐らせると番茶を入れる。そして、ほっとしたように、今までやっていた毛糸のあみものを側にのけて、客の顔をじっとみつめた。目じりの切れの長い、美しい少女である。

「警視庁にお手紙を下さったのは、あなたでしょうか?」

女がたずねる。

「あたしは渡辺刑事――もっとも御存知ないかも知れませんが、その下で働いている婦警ですが。どうぞよろしくお願いしますわ」

頬の赤い、紺のオーバーをまとった女を、少女は美しい花でも見るように、眺めいった。

「はい、――あたしこそ」

「実は、お手紙が男の文章でしたので、今まで男のかたかと、思っておりましたのよ」

ほっとしたように女は微笑する。黒々とした髪が、安堵したように、首のあたりに揺れる。

「――いつも危い目にばっかり会っているものですから――。父もそのほうがいいだろうと申しまして」

「お父様がいらっしゃいますの?」

「はあ、今日は板橋まで参りましたから、帰りはまた十一時頃になると思いますの」

寂しそうに少女は微笑する。

「お父様とお二人だけですの?」

「ええ、いまは。もとは姉がおりました」

いたましい表情が、少女の顔に浮びあがった。

「じゃあ、早速ですが」

女は、ひざをすすめた。

「くわしいところを聞かしていただけないでしょうか」

「はい――」

少女はうつむいた。そして、しばらくすると、静かに語り出した。

「あたしは姉と大崎に出かけて働いておりました。あたしは靴みがきをして。あれは、十五日の朝のことでした。ちょっと用事があって、席をはずしましたの。

帰ってみると、姉の姿が見えません。隣りのかたに聞いたのですが、知らないといわれるのです。びっくりしたあたしは、あちらこちら、さがしました。すると、遠いところを歩いているのが、姉ではないかと思われました。誰か、男のかたと歩いているのです。

姉については、いろんなうわさを聞いていたものですから、あたしは、誰か姉の仲のいいひとに違いないと、思いましたの。

帰ろうかとも思いましたが、あとからついて行きたいという心が、とてもあたしを惹きつけたものですから、あたしはそっと後をつけました。そしたら大きい建物の裏がわに、まわって行きます。塀の角を、あたしがまわりましたとき、二人の姿は消え失せているではありませんの。

ほんとにびっくりして、しまいました。そしたら、何か上のほうから落ちてきました。見上げると、姉はある部屋に入るところでした。非常ばしごが、ずうっとあがっているのでした」

少女は苦しそうに声をおとして、番茶をすすった。

「それっきりです。しばらく待っておりますと。――きっと姉と一緒にいらっしゃったかただと思いますが、男のかたが、はしごの上に姿をみせました。驚いて、あたしは物置小屋のかげに、かくれました。

それから道路のほうに出て、随分待ちましたけど、姉はやっぱり出て参りません。もう一度、裏にまわって待ちました。――それでも姉は姿をみせませんの。あがって行ってみようかしら、と思ったとき足音が聞こえました。見ると、ビルの角を、さきほどの男のかたが、まわって来るではありませんか。

あたしは、すっかりあわてて、もう一度物置小屋の蔭にかくれました。――何ごともありませんので、ほんとにほっと致しました。

そっと顔を出して、上を見上ると、男のかたは先ほどのところから、中にはいる所でした。まだ姉さんはいるんだな――と思いましたので、待つことにしました。

それから随分時間がたった頃、あたしはまた小屋の蔭から顔を出して、そうっと上を見上げました。そしたら姉が、先ほどのかたと一緒に、階段の上に立っているではありませんか。

見つかったら大変だと思って、あたしは物置小屋の裏にそってビルの角に出ました。それから大通りに出て、走ってあたしの場所に帰りました。何気ないふりをして、仕事をしながら姉の帰るのを待ちましたの」

少女は急に声を、おとした。

「待っても待っても、姉は帰りませんでした。そして――」

悲痛な声をのむと、少女は口を、おおった。

それから、どれだけの時が過ぎたろう？　若い女は、少女に戸口まで送られて、外に出た。少女の肩に手をあてると、女はいった。

「じゃあ、一足お先に。道路でお待ちしていますわよ。自動車で行きましょうね」

月は高く昇り、すさまじいばかりの冷めたい光が、広々とした曠野にあふれている。まばらに、ふりまかれた星くずが、さも眠くてたまらないというように、目をこすっているのだった。

水煙が白く棚びいて、あちらこちらの森をつつみ――それは千里の涯まで、明るい夜であった。

もう数百米で大通りに出るというあたりに、一むら茂った杉や欅の林がある。彼女は、道を出はずれて、すたすたとその中に入って行った。落ち葉が、かさこそとなる。梢をもれた月の光が、オーバーの上にフを、おとすのであった。

襟を立て深く顔を埋めて、彼女は腰をおろした。林の木々のむこうに、今歩いて来た道が、しらじらと見える。

──そこで女は、少女の来るのを待つ積りなのであろう。

再び、はてしない静寂がおりた。時おり聞えてくるものは、遠く走る東上線の音ばかり。──水のような月光が、蒼くふるえているばかりだった。


──小道のむこうに、一人の人影が現われる。それは先ほどの少女であった。すたすたと、こちらに歩いて来る。

林の端に来たのが、木の間越しに見えた。静かに正面に近づいてくる。何かに気をとられたのか、急に速度がおちたようであった。

やがて──林の正面にかかってくる。女の腰をおろしているところからは、二十メートルほどの距離である。

つと、女は立ちあがった。ポケットにひそめた右手を上げると、腕を水平にのばした。その先には、月光を浴びて白く光るものが、暗い眼を見開いている。──

突然、激しい銃声が月光をふるわした。悲鳴を上げて、少女はばったりと倒れた。

ポロリと拳銃をとり落すと、女は左手で右の手首を押えて、ひざまずいた。白い煙が、彼女の立っている右手の木立ちに、揺えいいしている。キナ臭いにおいであった。

つかつかと逞しい人影が近づいた。そして、膝まずいている女の肩を、その骨が、くだけるのではないかと思われるほどの力で、押えた。

「田坂由美子！」

低い、だが激しい声が叫んだ。

「法の名において、僕はいま、君を逮捕する」

男は渡辺刑事であった。

のろのろとした動作で、女は顔を上げる。その蒼白に変ぼうした顔を、彼は燃えるような眼でみつめた。だが、それは一瞬の間であった。

「おお！」

驚愕の叫《さけび》が、彼の口を衝いて出た。

「き、君は田坂由美子ではない。では、君は一体誰だ！」

凝然とした沈黙が、そのあとに続いた。

十八、黒水仙

あけ美さんは静かに殺されました。

小林老人は、トラックにひかれて死にました。

そして、星野支店長はピストルでうたれて――

それは、女でも出来る殺人の方法である。

――あなたが最後に気づかれた、第一の点であったと存じます。

十二月十九日、あなたは附属診療所を、おたずねになりました。あなたは、中島が色盲であることを、確かめられました。その結果、あたしが車の色を、故意に報告しなかったのかもしれない、というあなたの推定を確認されました。

いつの頃からか、あなたはあたしの上に、深い疑惑を持たれるようになりました。それは支店長の死によって、決定的になったと存じます。けれどもあなたは――何という恐ろしいかたでしょう――色にも、見せられませんでした。

数日前、出来上ったものとして、あなたがあたしに示されたバランスシートは完全なものでありました。それは勿論、あなたが故意に見せられたことと存じます。そうしておいて、あなたは、どこまでも犯人が分らないものとして、あたしを信用していると見せかけていらっしたものと、存じます。

ただ一つ残る疑問――つまり、死んだあけ美さんが、右手に握っていたラレーに残る中島の指紋の謎。

それは本当に簡単なものですわ。十月十日、あたしは完全に変装して、彼の後ろの席に腰をおろしておりました。折をみて、あたしが彼のそばを通ったとき、セロハンに包んだ〝光〟を、とりおとしました。

中島は、それを拾ってくれたのです。セロハンの包みは、後にラレーのカバーと、とり換えられました。

それから、人に知られずに、わたしがどうして彼女を、おびき出したか？――簡単なことです。しかし、それは蛇足と存じますので、御想像におまかせ致しましょう。

本日午後、あなたは最後のわなを投げられました。あなたは、あたしが自動車の運転が出来ることを、調べあげられました。

あなたがあたしを逮捕するのに必要なのは、物的の証拠であったと思います。そのためには、あたしを現行犯として、逮捕するより外に方法がないと、考えられたものでしょう。

ですけれど、それはあなたが最後にやられたミスであった、と存じます。今日、あなたが見せて下さった、あのお手紙は、未だに、あたしには、その真偽のほどがわかりません。

ですけど、あたしは、とうとう姿を見せなかった少女の運命については、一番よく知っているものですわ。その外のことは、問題にすることはないではありませんか?

犯人については、今さら何を申し上げましょう。

最初、彼女は深く中島を愛しておりました。その出張中に、彼が他の女に心を移したということは、彼女に限りない打撃を与え、その自尊心を徹底的に、ふみにじったものであります。

彼女は何を考え、そして、どうしたかということは、最早や申し上げる必要もないと存じます。

しかし、彼が獄窓に呻吟するに至って、彼女の心は変って行きました。そのとき、あなたは彼女の前に、あらわれたのです。——運命と申すのでしょうか。

ひょっとしたら、やり方によっては、支店長を犯人として、葬り去ることが出来るように見えてからは、彼女は命をかけたゲームに、とびこみました。彼女は、全力を尽したのでした。

支店長を倒したとき、彼こそ犯人であったとして、一たんは、彼女は虚偽の報告をしようと思いました。

しかし、あなたの慧眼の前には、空しい茶番劇に終ることを知ったのです。——高田助役に確かめても、真相は直ぐわかることでありましょう。

そこで彼女は、ただ一つの点——それは自動車の色です——にはふれないで、卒直に報告致しました。

一時的にもせよ、それは、あなたを迷わしめるのに、あずかって力があったと存じます。

けれども、支店長が倒れたとき、事態は彼女の考えとは、正反対の結果になって行ったのは、いなみ難い事実でしょう。彼女の失望は、限りないものであったと存じます。

しかも、それは後に至って、彼女こそ犯人であるに違いない、という決定的な確信を、あなたに与えるものとなりました。

今日、あなたの手で捕えられた小島清子さんには、何の関係もありません。小島さんは、女学校時代からの、あたしの無二の親友として、あたしの最後の願を、入れて下さったのに過ぎません。

お調べになっても明らかであった、と存じますが、小島さんのピストル——それは今日、あなたがあたしに渡されたものですが——からは、実弾は総て抜いてございます。

あたしは、あなたの寛大なお心を信じているものでございます。


ああ、思えば、あなたが何の疑惑も持たれずに、あたしを信じて助手として使って下さった頃は、本当に幸福と存じました。

しかし、それも今となっては、かえらない夢です。

あたしは、自分で自分に罰を加えます。ひとの手には、決してかかりません。

では、お別れ致します。
御健康と、御幸福とを祈ってやみません　かしこ
一九五一年十二月二十一日
由美子

渡辺様

——その夜、書留の速達便で、警視庁の渡辺刑事に届けられた手紙であった。


中島は無罪釈放となった。だが、その後間もなく胸の病を得た彼は、湘南の某地で静養を続けている。

隠退壕におった少女は、若い美しい婦警さんである。彼女は倒れた。しかし、それは驚愕によるものであったから、かすり傷一つ負わなかった。

時を移さず、全国に亘って、指名手配されたにもかかわらず、田坂由美子の行方は、遂にわからなかった。


春、三月、渡辺刑事は一通の便りを受けとった。消印は、奥会津の檜枝岐《ひのえまた》村の郵便局になっている。それは、田坂由美子からの便りであった。

無量の感慨をもって、彼はそれを読んだ。

——その前日、若松署から警視庁にあてて、一通の通

知がはいったのである。それは、奥会津の高原の湖、尾瀬沼で自殺した一人の女についてであった。

四月五日、彼は休暇をとった。

三日の後、未だ残雪が谷間を埋めている、燧《ひうち》ケ岳のふもと、尾瀬の高原に、オーバーをまとった彼の姿が見られた。

目の前には、千古の謎をたたえた尾瀬の湖が、静かに横たわっている。——空は高く曇っていた。

そのとき彼は、彼女の死体が浮かんでいたという、とある岸辺に、一本の深山《みやま》水仙が咲き出でているのを見た。

それは黒い色であった。

その深い色の中に、彼は彼女の運命の象徴を見たのである。

さざ波一つない湖の表に、残雪につつまれた、燧ケ岳の尖峰が、その影を、さかしまに、うつしていた——。

夕焼けと白いカクテル

「畜生！」

むしゃくしゃする気分をむき出しにして、いきなりスイッチを切った。開いた二階の窓から、蒼い月の光が流れこむ。いい月である。白い霧が薄く流れて、高原をとりかこむ山々も、おちこちのブナや楢の森も、水を張ったばかりの田んぼも、みんな蒼ざめた色の下に沈んでいる。

遠く夏祭の太鼓の音が聞えてくる。陶祖様の祭りなのである。陶祖というのは、幾百年か昔、はるばると瀬戸の地方から、山深い会津に陶磁器業――つまり窯業を移し植えた人である。窯業のお蔭で日々を過している本庄の町にとっては、年に一度の大切な祭典であった。源介はゆかたがけのまま、台所でなにかごとごとやっている母親に、

「ちょっと出かけてくるよ」

といって外に出た。

源介は三十を二つばかり越している。小男で、頭の後ろが少し薄くなっている。母親が口うるさくいうのに、彼はまだ独身であった。けれども去年の春から、彼には一人の恋人が出来たのである。町の花やの娘で、かの子という今年十九の小娘である。小娘とはいいながら、体は五尺二寸の源介よりも、一寸も高い。重さは十五貫もあろうという大柄な娘《こ》であった。

体がはちきれるように成熟している上に、こぼれるような愛きょう娘だったから、うわさの絶えたことがない。

「俺が女房をもつとしたら――」

といつも源介は思っていた。

「あんな浮気娘はごめんだな。第一……」

その彼がなにかの寄り合いのときに、二たこと三こと口をきいたのが運のつきというのであろう。すっかりかの子にうちこんでしまった。それから二、三度あいびきを重ねた。そうしているうちに源介は、まったくかの子

のとりこになってしまったのである。

ところが、源介が夢中になっているのに、かの子は生来のんきなのか、町のヨタ者や若い衆とのゴシップが絶えないのであった。

「どうしたら、かの子の心をつかまえておくことが出来るだろう?」

波のようにつかまえどころのないかの子を相手にして、うすくなった源介の後頭部は、はだの色がすけて見えてきた。その上、最近では、かの子は彼と同じ職場で働いている高橋と、あつくなっているのだという。彼は愕然とした。高橋は窯《かま》たきで腕っ節も強い今年二十五のいい男である。色白で、きっぷも立派であった。

勝味のうすくなった彼の悩みは一層深くなった。そこで、問題を一度に片づけてしまおうと思った彼は、二日ほど前、祭りの夜に訪ねてくるようにとの手紙を出した。

ところが七時をもうまわっているというのに、かの子は姿を現わさない。二十分、三十分。とうとう、八時の鳴るのを聞いてしまった。

白い霧が静かに流れている畦道を、彼はあてどもなく歩いていった。蛙がないている。三十にもなって、十三も年下の小娘にほん弄されている彼をあざ笑ってでもいるように。

あてどもなく歩いていたのに、いつか、かの子の家の裏手に立っていた。はっとした。胸があえいでいる。後へは引けないと思った。裏口から足音を忍ばせてはいって行く。

「まアー」

土間の暗がりに立っている源介の姿をみつけたかの子は、ちょっと息をのんだ。それから店のほうをふり向いた。人のよい、そのくせ気の強い母親が二、三の客に花束をわたしている。かの子は安心したようにして、源介のそばによってきた。

「どうしたのよ源介さん。――そんなこわい顔をしてさ」

それでも源介は黙っている。

「しようがない人ね――。あんな手紙をくれてさ。今夜はお祭りで、忙がしくって、とても行けないってことがわかるじゃないのよ」

それでも源介は無言であった。娘の大きい色っぽい眼を、じっとのぞきこんでいる。

「とにかく、そこまで行ってみるわ」

草履を引っかけて、ゆかたがけのまま、かの子は裏に出た。家を離れると安心したのかほっとした面持ちでかの子は彼の顔を見上げた――？　せいが大きいので見上げるようにして、見下ろしたのかも知れなかった。

「源介さん、まだ怒っているの？　いやなひとね――」

源介はにやりとした。

「なにを笑っているのさ。気味の悪い――」

彼の笑いが、よほどかんにふれたのであろう。

「かの子ちゃん、おこるなよ。やっと安心したからさ」

ジャジャ馬を馴らすには、意表をいつも衝かなければならないと彼は思った。源介は酒が好きだった。若松に出かけて飲みやの女を相手に、幾年か修業を重ねているうちに、女の操縦法をえとくしたのである。けれども、かの子を相手としては、自分の体得した哲学を忘れていた。それが自分をいつも不利な立場においたということに、彼はいま気がついたのだった。

月は高くのぼっていた。美しい水の下を歩いて行くようだった。足のふれる土はしっとりとしめって、葉末に宿る露の玉が、ふれるごとに音もなくこぼれる。町を離れるに従って太鼓の音は遠ざかってゆく。家々の灯も遠くかすれて――

いつか行手には楢の大きい森がせまってきた。名も知れない鳥が、足音に驚ろかされてキーキーと鳴いている。さらに深い静けさが二人を包む。二尺ほどの小川が、月の光を浮べてさらさらと流れている。やがて、茂りあっている林が、二つに切りさかれている所にきた。鉄道線路の走っている土手である。

人家が遠いのと、夜が更けたのと、その上森の静けさが、太古の時代、女が男に保護されて生活していた原始の心を、女の胸によみがえらせたのであろう。ぴったりと、かの子は源介によりそっていた。一きわ大きい栗の木が、数本、土手の上まで枝をのばしている所にきた。そこで源介は、たもとから新聞紙を出して敷いた。かの子も体をすりよせて、腰を下ろした。

源介は「光」をとり出して一服した。それから、ふいと森の中にほうった。ほの暗い木の間を通って、赤い大きい弧を画いて、ゆっくりと闇の中に消えてゆく。

「かの子ちゃん、おまえ高橋が好きなんだろう？」

源介が、おしつぶされたみたいな声で、かの子の耳もとにささやく。無言である。やがて、ほっと大きい溜意が、ふっくらとした胸からあふれる。

「……だって」

思い直したように、源介の顔をふり仰いだ。

「源介さん、あんた力が弱いでしょう？」

「そんなことがあるものか」

そういって、源介は体をよじっているかの子を、膝の上に抱き上げようとした。餅のように軟らかくて、ずっしりと重い、暖い体。むせかえるような体臭。炭俵二俵の重さはあろう。源介は腕が抜けるのではないかと思った。こん身の力をふるい起こす。――やっと膝の上に抱き上げた彼は、豊かな女の胸を抱いた。それから静かに土手の傾斜面に寝かせた。女は瞳を閉じている。ほの白い闇の中に美しい顔が浮かび上って、赤い唇が燃えているように感じた。


源介の上に奇妙な悩みがやってきた。女というものは、一度許せば崩れるように、よりかかってくるものと思っていた。ところが、かの子は違っていた。まるで、

――あなたもこれで満足したでしょう――

とでもいうように、遠ざかってしまったのである。しかし源介はそうはゆかない。かつて彼が相手にした幾人の女にもまして、かの子の体は素晴らしいものであった。彼女を失ったら、人生はつまらないものであろう。

幾度か彼は手紙を書いた。返事はこなかった。三日に一度は、かの子の家を訪ねた。いないことが多かった。あるいは彼の姿をいち早くみとめて、居留守をつかうのかも知れなかった。運よく町の通りでつかまえる。こぼれるように笑って、彼女は源介をはぐらかす。つかまえどころのない小さい悪魔を相手にするみたいで、彼の体得したはずの哲学もほどこすすべがない。

そうこうしているうちに、二月の時が流れた。彼の悩みは一そう深まっていた。というのは、その頃にはかの子と高橋の間は、もうただの仲ではないという評判になっていた。高橋のほうからというのではなく、熱心なのはかの子なのだという。そこに彼は、手のほどこしようのない敗北を感ずるのである。


夏も終りに近いある夕暮のことである。源介はぶらりと散歩に出た。いつものことではあるが、彼の足はかの子の家の裏手にむけられる。近くを流れる小川のほとりに茂っている葦の葉末から、べに色のうれた月が昇ってくる。

そのとき、家の裏手からかの子が出てくるのを、彼は遠くちらっとみとめた。胸が躍った。だが、彼女は彼の立っている路とは反対の大河のほうに、すたすたと歩い

てゆく。はや足である。ひきずられるようにして、彼はあとをつけた。やがてのこと大河の土手に出る。彼の前に、ひろびろとした眺めが開けた。月見草が一めんに咲いていていた。若松の市街の灯が、遠くまたたいているのが目にうつる。

そのときだった。かの子の歩いてゆく遠いむこうに、人影がじっと佇んでいるのが目についた。彼は足をぴたりと止められてしまった。

「畜生!」

唇をかみしめる。あいびきの時間に遅れまいとして、かの子が路を急いでいたことが察しられる。土手の下におりて小路づたいに足を早めた。かの子は、男の姿をみとめると、小走りになった。

二人は抱きあった。いつまでもそのままの姿で立っている。唇を合わせているのであろう。源介はまるで自分がその当事者ででもあるかのように、熱い目をしてふるえながら、みつめていた。

しばらくして離れた二人の男と女は、手をとりあって大河の土手ぞいに館山のすそのほうに歩いてゆく。館山というのは、昔、葦名の城があった山である。河の底から三百メートルもそそりたつ断崖をなして、会津平野をへいげいしていた。その脚下につき当って、大河の流れは、深い淵となっている。

源介は意地になっていた。男が誰なのか、はっきりと確かめたい。それから——。路は館山の右手に茂る松の林に、通じている。二人の男と女は、きっとその丘に登ってゆくのであろうと思った。ところが、あい変らず、二人は土手の路をまっすぐに歩いてゆく。源介は不審に思った。というのは、路は断崖の下で、行きどまりになっているはずであったから。

ときどき楽しそうな笑が流れてくる。相手の男が誰なのか、源介にはようやくわかってきた。明るい声の調子。男らしい若々しい笑い声。彼は高橋の面影をみとめたのである。

暗い敗北感が、彼の血をかりたてる。彼の耳にしたものは、今までは総て噂話に過ぎない。ところが、いま彼がむかいあっているものは、現実なのだった。妥協を許さないきびしさをもって、源介の胸に迫ってくる。源介は、なおも目につかないように、二人のあとを追っていった。天狗岩が崩れかかりそうに頭上にのしかかってきた。

ふいと二人の姿が見えなくなった。源介はろうばいした。一瞬のことであった。ふきとられたみたいに土手の上には人影はなかったのである。土手の上にかけ上った。だが、二人の姿は見えない。断崖のかげった暗がりに路は終っているのに。彼は目をこすった。

　そのときだった。がけの下の闇の中から暗い淵の中に、ほの白い水脈を引いて、一隻の小舟がするすると滑り出してゆくのが見えた。やがて蒼白《あおざ》めた月光の中に遠ざかってゆく。彼は目をつり上げた。舟の中ほどに、こちらを向いて、月の光をまともに浴びて、一人の美しい女が笑っている。竿をとっているのは、逞しい若者である。広い背中を、こちらに向けていた。

　茫然として闇の中に立ちつくしている源介の眼界から、二人を乗せた小舟は断崖の突端をまがって、やがて消え去った。水脈が、蒼白く残っていた――

　南風が吹いて、六カ月もの間天地をとざしていた会津の冬が姿を消してゆく。高原の町では、春は、待ちこがれているぎりぎりのところにおとずれる。小川の水は濁り、大河の水かさは日毎に河原にあふれていった。

　その頃のことである、高橋とかの子の婚約が、町の話題をさらったのは。式は五月二十日ということにきまった。雇主である金田陶業の社長さんが、粋な役目をつとめるという。

　毎晩のこと、源介は町の酒場に出かけては酎をかたむけた。小料理やの島影のマダムは源介の好もしい女である。二十八という若さに似合わず、彼女は相当の教養を身につけている。そのうえやせぎすの美人で、借金のさい促もそう強引ではない。彼には手ごろの飲み場所だった。だいいち、若松に出かけたときのように、終バスの時間を気にすることもない。

　源介も変ってしまった。かの子のことはあきらめてしまったのか、落付いた毎日を過していた。静かな夕暮れ、島影の小座敷で、これも酒好きな近藤巡査とよくつきあった。島影に、あんまりヨタ者が出入りしないのは、近藤巡査のおかげである。そのうえ、源介が金田陶業の会計主任であるところから、マダムの彼に対する印象も悪かろうはずがない。彼のサジ加減一つで、料亭への支払に、相当な数字が開いてくるからである。

　五月十五日、彼は突然町の警察署から呼び出しをうけた。任意出頭というのであろう。

「きたな?!」

と彼は思った。その頃町には高橋の失そうの噂が広まっていた。十三日の日を境として彼の姿は見えなくなったのだという。結婚の日が七日の後に迫っていただけに、噂は噂をうんだ。源介が呼び出される二時間ほど前、窯たきの親方である信さんが呼ばれたことを彼は知っている。

神妙な顔をして、源介は署の玄関をはいった。署長さんの部屋に通される。正面に、八文字ヒゲをはやした署長さんが坐っている。見掛けによらず、人のよい暖かい人がらであることを彼は知っていた。近藤巡査は、その隣りに坐って煙草をすっている。若いのに似合わず、食えない男であることは、島影のつきあいでよく心得ている。

「まアー一服やり給え」

署長さんは煙草をすすめる。すすめられるままに一服した。そこで彼はやっと落ちつきをとりかえした。

「なー、長谷川君」

署長さんは八の字ヒゲをひねった。

「君にわざわざ来てもらったのは外でもないが、実は君と一緒に働いている高橋が行方不明になったのだ」

「はー」

源介は毛の薄くなった後頭部をなでる。

署長さんの話は綜合すると次のようなものであった。

高橋の足どりを調べると、十三日の正午までは消息がはっきりしている。ところが夜からの彼の足跡は、ふき消されたみたいに分らない。十四日からこちら、彼の姿は見た人が全くないのだから、彼は十三日の夕方から翌日の間に姿を消したことが明らかになった。

そこで、停車場やバス会社のほうも調べたが、彼の姿を見たものはない。それでは、彼は姿を変えて何処かへ行ったのだろうか？　それにしても、旬日のうちに結婚するという女に、一言も挨拶をしないということは実におかしい。

――というのである。そして署長さんは更に言葉を続けた。

「そんなわけで、署でも全力をあげて調査した。するとだ――」

署長さんは、せきばらいをした。

「つまり、なんだな。十三日のその問題の時間に高橋は信さんと君に呼ばれて、お祝に酒をやったということがわかった」

「はあ――」

源介は茶を一口飲んだ。

「そこで、さっき信さんに来てもらって、いろいろ聞いたわけだ。そのときの様子を、参考に、君にも話してもらって、高橋の捜査を手つだってもらいたい——こう思ったわけなのだ。——ねえ？　近藤君、高橋は十三日の日を境にして、煙のように消え失せたってわけだねえ？」

その表現がおかしかったので、源介はもう少しで、ふき出しそうになった。まずいと思った。あわててせきばらいをして、ハンケチをとり出した。近藤巡査の目が光る。

「長谷川君、かぜかね？　気をつけたがいいね」

うす笑いを浮べて、煙草に火をつける。いまいましいやつだと思った。まだ二十八の青二才のくせに。

「別にお話しすることもないと思いますが、ことに信さんにお聞きになりましたのなら」

「うん、まアーいい。参考のために、ねー」

「そうですか。実は御存知かも知れませんがわたしはかの子のことで高橋と随分張り合いました」

「ふーむ」

意外といった面持ちで、署長さんは源介の顔を見守った。かまわず源介は先を続ける。

「ですが署長さん、こうなっちゃー仕方がありませんや。わたしは、高橋に負けたのですよ。そこで仲間の仁義はつくさなけりゃーなりません」

「ふん」

「で、信さんに頼んだわけですよ。かねて心配していたとみえて、よし分った。俺が間に立ってやろう——って信さんがいってね、会社のひけた五時半頃から、工場の裏の蓮華畑にむしろを敷いて、三人でやりました」

「そ、そこなんだ」

近藤巡査が口をはさんだ。

「つまりだよ。飲んでいるうちに、信さんは酔っぱらって寝てしまう。その間に君達は二人で大分やっていたというじゃないか」

「何をですか」

源介は冷静である。心持ち顔が蒼ざめてはいたが。

「何をって、つまりなんだな。かの子のことだろう——信さんの話だがね」

かまというやつだな、これが、と思った。

「そんなことはありません。わたしはいい気嫌で高橋にいってやりました。やい高橋、俺はだよ、てめえに負けた。かの子のがきは進上すら――、のしをつけてだぜ。せいぜい大切にしろよ――ってね。やつも喜こんで、済まねーなー兄貴、てんで、わたし達は抱きあって飲んだんです」

「ふーむ」

「わたしもすっかり安心したのと、もののはずみで飲み過ぎたこととで、俄かに眠くなりました。そこで後ろにひっくり返って眠っちまいました。

それっきりです。信さんに叩き起されたのはもう大分遅くなってからですよ。目が覚めてみると高橋の姿は見えません。大きい月がおそらに出ていました」

「ふーむ、それから?」

署長さんはひげをひねった。

「信さんもいま目をさましたのでしょう。――ちぇっ、若いもんはしようがねえ。薄情なもんだ。俺達を置きざりにしてさ。野郎、いまごろあのガキとちちくりあっているにちげえねえ。

なー、源介、俺は高橋の野郎が好きなんだ。やつの健康のために飲み直そう――てんで、また信さんと二人で飲み直しました。

だから、わたしは、眠ったあと高橋がどこに出かけていったのか、まるっきり知りませんので」

「うん、よくわかった」

署長さんはいった。

「間違いはないだろうな」

「はい」

と源介は答えた。源介の陳述は信さんの口裏とよく一致している。無念そうな色が近藤巡査の顔に浮かんでいる。源介はいい気持だった。

だが、その翌日からあんまりいい気持でもない日が源介には続いた。というのは翌朝早々、若松署から三人の私服が工場を訪ねてきたのだった。近藤巡査が案内を引き受けたのであろう。一緒にやってきた。

風さいもよく態度も立派な金田社長が、希望にまかせて工場の中を案内した。二千坪もある広い工場で、ガラクタがいっぱいつまっているので、一通り見てまわるだけでも二時間もかかった。作り場、乾燥室、どこも暗かった。雪国で寒さがきびしいところだから、壁も厚く、窓も少ない。つけてある電燈は暗く、遠い封建時代の息吹がにじみ出ていた。

工場の中を、一間《けん》半ほどの小川が流れている。そばに大窯の煙をはき出す三十メートルの大煙突が、大空にそそり立っている。その川のむかいに一むねの離れた研究室がある。前が、高橋が最後の宴会をやったという蓮華畑であった。春の日ざしをうけて、目路の限りあかい花が続いている。

研究室の中には、電気炉や小型のトンネル窯がいっぱいになっている。釉《うわぐすり》の研究をやっているのだという。厳重に鍵のかかった硝子《ガラス》の戸棚の中には、硝酸銀とか弗化鉛とか、いっぱいに並んでいる。問題になる青化加里《シアンカリ》や青化曹達《ソーダ》も奥の方にみえた。

事務所にひき返すと、そこでは神妙な顔をして、源介がソロバンをはじいている。近藤巡査は毛の薄くなった後頭部を眺めて、苦笑した。

係長だという佐々木刑事が、隣りの重役室に源介を呼んだ。そして昨日近藤巡査が確めたことを、もう一度精しくたずねた。彼の答えは明瞭で、要点は昨日とちっとも変らない。その態度を眺めていると、近藤巡査は彼に対して抱いている疑惑が、薄くなってゆくのを感ずるのであった。

なんの進展をみることなしに、十日あまりの日が過ぎた。高橋の消息はようとして知れないのである。

ある日、近藤巡査と佐々木刑事とは、事件を違った角度から調査してみようということに、意見が一致した。こうまでしても、高橋の消息が分らないとすると、高橋はどうやら謀殺されたともみられる、という見解である。

ところで、殺人であって犯人がいるとすると、どうも怪しいのは長谷川源介である。そこで、なっとくのゆくまで源介を看視することに方針を定めたのである。

その日から、遠くからする彼の看視が始まった。それは、かなり源介の神経にさわるものであった。どこからか絶えず見張っていられるということは、やりきれないじれったさを彼に与えるのである。

近藤巡査は考えた。もし、かの子との結婚をぶちこわすために、源介が高橋を片づけたのだとすると、源介はきっとかの子との交渉を始めるだろうと。しかし彼の予想は裏切られた。一カ月、二カ月と過ぎても、源介は相変らず落ちついていた。

かの子からは、寂しくなって、源介にあいにくるようにという便りを送ったが、あたりさわりのない返事がきたばかりだという話も聞いた。近藤巡査は、自分の情熱が次第に冷えてゆくのを感じた。ときには、ばかばかしくさえなってくるのであった。

　ところが、せっかく冷めかけていた彼の疑惑が、にわかに焔を点じられるようなことが起った。一日、彼は若松の佐々木刑事から、電話をうけた。それは、高橋が失そうした頃の、窯をたいた日取りの調査に関するものであった。

　彼は少なからずろうばいした。虚をつかれたのである。そこで早速会社に出かけて信さんをつかまえた。信さんは窯の日誌をたんねんに記している。ところで、その日附けをくってゆくうちに、近藤巡査は驚くべきことを発見したのだった。それは、五月の大窯の火入れをしたのは、実に十四日になっていたのである。高橋の行方不明になったのは十三日の夕方と考えられる。そこには何か、おそろしい関係があるように思えてきた。

　早速若松署に調査の結果を電話した。すると折返し、若松にきて欲しいという通知がきた。勇躍して彼は、自転車をとばせたのである。濃い色目がねをかけた、いなせな佐々木刑事が、にこにこして彼を迎えた。二人は奥の部長室に入ってドアを閉じた。

　数日の後、金田陶業の四十人余りの従業員は、両手の指紋を調べられた。生れて始めてのことではあり、もの珍らしさも手つだって大変な騒ぎであった。

　プリントは、その日のうちに若松の本署に送り届けられた。佐々木刑事と近藤巡査は、遠路福島から出張してきてくれた鑑識課員と共に、その整理のお手伝いをした。夕刻、成績は全部まとめ上げられた。それが済んでから、一昨日苦心して手に入れた、研究室の十種類あまりの劇薬や毒物の瓶についていた指紋の写真とを、比かくした。そしてここに驚くべき事実が発見されたのである。

　それは、戸棚の奥の青化加里の瓶についていた右手の第一指、二指、三指の指紋についてであった。まったく、疑う余地もなく、それは長谷川源介のものである。あつい目をして近藤巡査はいつまでもそれを見比べていた。

　中一日置いて、近藤巡査は金田社長の自宅をたずねた。十月末のことである。社長の話によれば、半年も前から研究室の戸棚は開いたことがないという。劇薬が入っている戸棚であるから、鍵は自分が持っていて誰にも貸したことがない。工場もいそがしいので、研究のほうは、しばらく中絶しているとのことであった。近藤巡査は血が熱くなるのを覚えた。

翌日、彼は佐々木刑事に電話した。十時頃佐々木刑事がやってきた。窯たきの信さんに日誌をもって署にきてくれるように電話をすると、体のすいていた信さんはすぐやってきた。そこで五月十四日から窯をたいた男達の名前がはっきりした。

信さんを除いた五人の男達が、つぎつぎと署に呼ばれた。そして五月の十四日にたいた折り、何か変ったことがなかったかどうかを調べられた。ところが誰一人として、異常があったと申し立てるものはない。

最後にもう一度、信さんが精しく聞きただされた。十畳敷ほどもある大窯であるから、さや（やきものを入れて並べる容器）の間に死がいを入れたのではあるまいか、とも考えられたからである。しかし、信さんの説明によれば、直径五十センチ高さ三十センチほどのさやを、びっしりとすきまもなく積み重ねるのだから、猫の死がい一つだって入れるすき間はないのだという。

その上、さや積みの終ったのは十四日の午前十一時である。十四日は、早朝から信さんが監督したのであり、最後に入口を目つぶししたのも自分なのである。また、たとえ何か異物を入れたとしても、たき上ったあとで窯出しするときには、骨とか灰とか痕跡が残るのに、そんなものは何もみられなかった。だから疑う余地はまったくないのだという。

二人の警官の落胆は大きかった。では、いったい死体をどこに隠したのであろう？　最初の推定が、あまりにうまく適中していたので、最後になって崩れたとなると、失望もそれだけ大きかったのであろう。

翌日佐々木刑事は、ともかく、源介にあって日取りや時間を、もう一度確めたいと考えた。そこで若松発九時のバスで本庄町におもむいた。署につくと、近藤巡査が浮かない顔をして、机に坐っている。くったくしているのが、一目でわかった。

しばらく雑談をしたのち、佐々木刑事は、近藤巡査に自分の計画を打ちあけた。幾分明るい顔色になった近藤巡査は、二つ返事で賛成した。もし源介に暗いところがあるのだとすれば、たんねんにつつけば、いつか尻っぽを出すに違いない。

そこで早速、工場の庶務係のじいさんに電話をかけた。ところが、源介は五日前から会社を無断欠勤しているという返事である。二人は顔を見合わせた。五日前といえは、丁度指紋の検査をやった翌日である。

「しまった！」同時に二人は心に叫んだ。あつい目を見合わせる。

「佐々木さん、ちょっと一走り」

近藤巡査は帽子をとって立ち上っていた。

「三十分ほどです。源介の家をみてきます。——それにしても手ぬかりでした」

拳銃バンドをしめ上げるのさえ、もどかしそうにして、署を出ていった。


源介はやっぱり失踪したのであった。母親のいうのには、五日前の夕暮れ、ちょっと出かけてくるといって家を出たのだという。

珍らしく、合いの背広に靴をはき、レインコートも腕にして。あとで気がついたのだけれど、金も一万円は持っていったろう——おろおろとして、母親は近藤巡査に話したのだった。

佐々木刑事の報告に驚いて、若松署では、時を移さず管内に手配した。そして長谷川源介の逮捕状を申請したのだった。夕刻、高橋哲夫謀殺の兇悪犯の容疑者として、全国に指名手配した。

二日過ぎた。何の音沙汰もない。じりじりしているうちに三日目の朝がやってきた。その夜明けごろ、待ちあぐんでいた報告が入った。奥会津の宮下町の警察署からである。それは、今朝一番の上り若松行の汽車に、源介が乗ったらしいという緊急電話であった。

精しい報告によると、宮下町からバスで、かなり行ったところにある山懐の温泉に、源介はしばらく泊っていた。交通の至って不便なところなので、駐在所のお巡りさんが、宿帳でそれと気づいたのは、昨夜のことであった。今朝早く宿をたずねたら、宮下発一番の汽車に乗るといって、暗いうちに出かけたのだという。あわてて宮下署に連絡したのは一番列車が発車した後であった。

若松の本署では、にわかにいろめきたった。一番の汽車なら、若松には七時につくはずである。そこで、源介の顔を知っている二人の警官が、会津線のホームに張りこんだ。佐々木刑事の連絡を受けて、近藤巡査も若松署につめかけていた。源介に泥をはかせる手段は完全にととのっていたのである。

ところが、一番の列車には源介は乗っていなかった。彼等はろうばいした。では二番の汽車であろうか？　二番は十一時に着くはずである。だが、それにも乗っていない。そこで、てっきり途中下車をしたに違いないというので、途中の駅々に手配した。何の得るところもなく昼になり、やがて一時になってしまった。それでもいい知らせは入らない。またしても？　二人は顔を見合わせて、くやしがった。

ところが、午後四時三十分若松着の列車がホームに着いたとき、最後部の車から源介はのどかな顔をして降りたった。あきらめながらも、命令で張りこんでいた近藤巡査は、啞然として目をこすった。しかしどう見ても源介に違いない。知ってか知らずか、彼は静かに出口のほうにやってくる。

重大犯人の容疑者であるというので、若松署の警戒はものものしいものがあった。源介は部長室に通された。そこが調べ室にあてられたのである。正面には精かんな顔をした署長さんと、年配の部長さんが坐っている。佐々木刑事と近藤巡査は細長い机の片側に腰を下ろして、メモをひろげている。源介は署長さんにむかいあって坐らされた。

頭上には、すでに電燈が白く輝いている。源介は心持ち蒼ざめているようだった。

「まアー服やり給え」

署長さんはケースのふたをとって、源介のほうに押しやった。

「はアー、有難う存じます」

源介は、ひょいと右手をのばして一本とった。ゆっくりと一息深くすいこむ。

「長谷川君」

署長さんは確信にみちた声で本論に入る。

「君が鮎川温泉にいったのはいつだね？」

「十三日——、終列車です」

「ふむ。あんなところにまた、どうして出かけたのかな——」

源介は無言である。署長さんの太い指をじっと眺めている。

「ねえ君、どういうわけで出かけたのだ」

署長さんは声を励ました。

「ちょっと疲れたからですよ。ゆっくり休みたかったのです」

「ふーむ、何のためかね？」

源介はちらと署長さんの顔を仰いだ。

「あなた方が、あんまりうるさくつきまとうからですよ」

ずばりと言ってのけた。署長さんは源介の顔に大きい目をすえた。次の瞬間、眉がよって顔に朱を散らした。

「おい、言葉を慎んだらどうだ。失敬な」

「だって、そうじゃーありませんか」

静かに源介は署長さんの顔をみつめた。

「あなた方は、わたしが高橋を殺したとでも思っているみたいに、うるさくつきまとうじゃありませんか。やったらやったで証拠をつきつけて、四の五の言わさずあげたらいいでしょう。まるで、姑の嫁いびりそっくりですよ。それも、二日三日ならともかく、もう半年にもなるじゃありませんか」

「ふむ。証拠といったな？　よし」

署長さんは佐々木刑事に目くばせする。そこで彼は立ち上って、壁の側によせてあるテーブルの上から、白い布をかぶせた盆をとって、うやうやしく署長さんの前に置いた。

「長谷川、よく見たらいい」

そういって白布をとりのけた。幾つもの目が、途端に源介の顔に瞳をすえる。盆の上には血に染んだ十箇余りの煉瓦や瓦がのっている。電燈の光でみるのだから、一層なまなましく凄惨な臭をただよわせる。

源介は虚をつかれた形である。それとも思い当ることがあったのだろうか。顔色が蒼ざめたのを署長さんは見逃さない。

「どうだ、長谷川。おそれいったろう」

しばらく無言である。それからゆっくりと顔を上げる。放心したような表情があった。

「え？　何がですか？」

「何がって、きさま、しらをきるのはやめたらどうだ」

源介の蒼い顔が笑ったようだった。

「しらをきるって？　何をですか？　高橋の死骸でもみつかったというのですか」

四人の警官は思わず彼の顔を見守った。暗い心の奥から出てくる言葉であろうか。それほど源介の声は明るく陰がないのである。

「ふーむ」

署長さんは大きい息をした。

「お前、心当りがないというのだな？」

まずいことをいってしまったな――と佐々木刑事は思った。

「爪のあかほども」

「しらをきるのはいい加減にしろ。なー長谷川」

署長さんは、そこで声を柔らげる。そして、

「佐々木君、ちょっと」

といってテーブルの上を指さした。先ほどの盆のそばに、白布をかけたもう一つの盆がのっている。佐々木刑事が持ってきた盆を前にして、署長さんはじっと源介の顔を眺めた。三人の警官も。――一瞬、あたりはしーんとした空気につつまれる。

「長谷川、おまえ研究室の戸棚をあけたことがあるか」

「いいえ、一度だって」

「ふむ、それは確かだな?」

念を押しておいて、署長さんは白布をとりのける。薄い緑色の五百グラム入りの瓶の中に白い美しい結晶が半分ほど入っている。

「そうするとこの瓶にも見覚えがないか?」

「はい」

相変らず源介は落付いて答えた。木枯の吹き落ちたあとのような静けさが、部屋の中に入ってきた。戦は終ったことを、四人の警官は感じたのである。

「そーか」

署長さんはテーブルの引出しから、キャビネ型の二葉の写真をとり出して、源介の前に押しやった。

「よく見たらいい」

それは青化加里の瓶についていた指紋と、数日前とった源介の指紋のプリントの拡大写真である。しばらく眺めたのち、源介は署長さんの目をじっとみつめた。

「署長さん、これがどうだとおっしゃるのです?」

「おまえにはまだ分らないのか?」

うっすらと血の色が署長さんの頬に上る。

「はー」

幾ぶん蒼白めた顔色であったが、いかにも落付いている。

「なー長谷川、いい加減にしたらどうだ」

無言である。

それを、課長さんは源介の最後の挑戦と感じたのであろう。

「よし、ではいって聞かせよう。お前は研究室の戸棚を、開いたことがないというのだな?」

「は――」

「それからこの瓶にも見覚がない――」

「は――」

「なー、長谷川。ところがだ。お前が開いたことのない戸棚の中にあった、お前の見たこともないこの瓶に、お前の右手の指紋がついていたのだ。――不思議だな

――」

近藤巡査と佐々木刑事は、もう少しで万歳を叫ぶところだった。とうとうこのしたたか者を追いこむことが出来たのだ。熱い目をあげて、源介を見守った。

彼の顔には不思議な変化が起った。しおらしいといった風情がひろがっていった。

「おそれいりました」

「そうだろう。正直に申し上げるのだな」

署長さんは上気嫌であった。ほっとしたように三人の警官も顔を見合せる。

思えば長い戦であった。深い溜息がその胸からもれた。

「はー、何もかも申し上げましょう」

近藤巡査は思い出してペンをとりあげる。

「あれは、先月末のことでした」

「ふむ」

「植松鉄工場に働いている鈴木寅松が、夜遅く電話をかけてよこしました。わたしは決算期を控えて、帳簿の整理のため、毎晩遅くまで仕事をやっておりました」

何をいいだすつもりなのだろうというように四人の警官は、彼の口元と眼の中をみつめている。

静かな声が続いた。

「寅松のいうのには、今夜徹夜で、明日の朝まで、どうしても型を仕上げなければならない。ところが、いまやっと上型《うわがた》が出来上ったのに、気がついてみると青酸加里がないというのです。よく聞いてみると型を焼入れるには、軟鋼《なま》だから青酸加里焼入をするより外方法《て》がないのだそうですね」

あっ気にとられた形で、源介の顔を見守った。

だが、彼の顔をみたしているものは、落ちついた誠実の色である。

「そうすると若松までいってこなければならない。三時間はかかる。全く商売にならないのだ。ところで、お前のところにいつか青酸加里があったろう。それを少しわけてくれというのです。弱ったな――と思いました。

それこそ、社長に大目玉だから、俺はごめんだといってやりました。ところが、やつ、かんかんに怒りやがって、友達甲斐のない野郎だ。黙っていりゃー分りっこないじゃないか。ほんの、盃で二つもありゃー用が足りるんだ。よし、手めえとは絶交だというのです。そうまで言われちゃー、仕方がありません。社長のひきだしを見ると、のんきな社長は今日もまた鍵を忘れていっています。それで、実は戸棚を開いて、その瓶からやつに少し分けてやりましたので。

――さっきはでたらめを申し上げて、実に申しわけないと思います」

源介は頭を垂れた。

啞然として、四人の警官は源介の顔を見守った。


その夜、源介は若松署の地下室の厄介になった。だが、翌日彼は釈放されたのである。彼のいったことは事実であった。近藤巡査は自動車をとばして、本庄町の署にとって返した。その足で鈴木寅松の家を訪ねたのであった。

さすがにほっとした面持ちで、源介がひきとったのち、最後の打ち合わせの会が開かれた。議論が百出したが、ともかく、これ以上源介を追求するのは無駄であろうということになった。幾分疑念は残るとしても、九分九厘まで、彼が犯人でないことは確かであろうという結論になった。

その上、頭の冴えた佐々木刑事は、彼の調査の結果をつけ加えた。高橋が失そうした頃は、奥山の雪どけの水を集めて、大河の濁流は数千メートルの河原を埋めつくして、とうとうと流れていた。高橋の家はその土手の上にたっているのだから、酔っぱらった彼が足を滑らしておっこちるということも、ないではない。もしそうなったら流木や岩石にもまれて、人間の体など、あとかたもなくなるのは、いつものことである――。

そこで、たぶんその辺が真相かもしれない。とまれ、これ以上精力のむだ使いはよそうということに落付いたのだった。


ある朝、国境の山々の頂きが、うっすらと白い化粧をした。そして四、五日すると荒寥とした冬が、会津の天地を埋めてしまった。

源介は楽しそうだった。会社もうけに入っていたので、長いこと悩まされた遅配も解消していた。毎晩島影に出かけては、美しいマダムを相手に、軽口をたたくのが楽しみだった。

近藤巡査との間も昔に返っていた。春になったらハヤ釣りに行こうとか、いやお前には悩まされたとかいう話が肴である。悩まされたのはこちらですよと、源介も苦笑する。

ちりのように細かい粉雪が霏々《ひひ》として降りしきる師走のころ、腕を買われた佐々木刑事は、警視庁に抜かれて遠く去った。そして、若いのに似ず、かんがよいというのを見込まれて、近藤巡査も郡山署に転勤になってしまった。

送別会が土地の一級旅館兼料理屋の吉沢屋の二階で、盛大に催おされた。酒友の一人として源介もまねかれた。ことに荒れた吹雪の夜であった。


それから五カ月の時が流れた。待ちこがれた春がまためぐってくる。切れた雲の間から半年ぶりで、青い空が暖かくのぞいた。

研究室の前の蓮華畑にむしろを敷いて、ただ一人源介は盃を上げている。夕日は越後路を限る山波に近づき、目路の限りあかい花が咲いている。彼の得意とする牛乳入のカクテルが、もう二合ほども空になっている。菜の花畠のむこうに、大きい月が、ぽっかりと浮かんでいた。

「なー、高橋」

源介は空になったもう一つの茶碗になみなみとついで、向うにおしてやった。

「全く久しぶりだ。ところでかの子のがきは俺が引きうける。安心しねえ、なー高橋」

ごくりとのどを鳴らして茶碗を傾ける。三日すると、かの子との結婚式である。

危機だった。彼は思うのである。指紋をつきつけられたときのろうばいが心に浮んでくる。全く意表をつかれたのだった。とっさのことに言いのがれたのだったが、思いだすごとに額に汗がにじむ。運よく寅松を思い出したので虎口を脱したのだったが。彼が寅松に渡したものは、メッキ場で使っている青酸ソーダだったのである。

「高橋、一ぱいやれよ。冷汗ものだった。うん、全く。しかし、なー高橋、安心しろよ。今日のやつには、はいっちゃあいねえ」

源介は顔を赤くして笑った。夕風が側の小川の葦の枯葉をわたってゆく。

彼の頭には高橋の最後のさまが、浮き出してきた。

――源介はひっくり返って眠ってしまった。みせかけである。やがて信さんも。

「ちぇっ、年甲斐もねえ」

夕日に照らされて、赤鬼のような顔をして独り高橋は盃を傾けた。酒――、今日とそっくりの源介得意の酎と牛乳のカクテル。やがて高橋は立上った。それと察して源介は薄く目を開いた。

高橋は畦路の向うに立って前をかかげている。長い間であった。終るとよろよろする足をふみしめて、もとの所にやってきた。崩れるように腰を下ろす。舌なめずりして茶碗をとり上げる――。

やがて後ろに倒れる音がした。――深い息。それっきりだった。源介は立ち上る。十六貫もあろうという高橋の重いこと。渾身の力を振い起こして肩にかつぎ上る。赤い顔がだらりと下って、彼の頬に頬ずりした。十分もかかってがらんとした廊下を通り、息の絶えた体を煙道の中にひきずりこむ――

あの時の脈膊の音が聞こえてくるようである。こめがみに濃い汗が浮んでくる。源介はまた茶碗をとり上げた。

――さんざん苦労して、暗くて狭い煙道の中を、えり首をつかんでひきずっていった。大煙突の基部。半畳ほどの小部屋になって、煙道はまわりこむ。

「あばよ」

そこに眠らせて、二十メートルの煙道を通って外に出た。大窯が燃えさかれば、赤熱の焔は遠くのびて長い煙道を一なめにする。更に三十メートルの煙突をはい昇り、四メートルも大空に吹き上るのである。

基部のドラフトは物凄い。風速なんメートルというのであろう。いつか入れてためした犬の死骸は、ちり一つ留めなかったことを思い出す――

「遠慮なくやりねえ、なあ高橋、おめえはいい男だよ。全く――」

蓮華畠を彼は眺めた。とろんとした瞳に夕日がうつっている。

――信さんは相変らずいい気持そうに、鼻いびきをたてていた。先ほどまで高橋が飲んでいた茶碗を、そばの小川で洗って、彼はなみなみとカクテルをついで飲みほした。顔も体も、しぼるような汗である。幾はいか重ねる。いい気持だった。いつか倒れて、かの子を抱いた夢をみていた――

「ああ高橋、かの子のがきは、俺がひき受けた。うん――」

自分の茶碗をあける。手をのばしてもう一つの茶碗をとりあげて、ぐっと一息にのみ乾す。幸福そうな顔だった。赤く染った首筋に静脈が浮き出していた。

日は沈んで、夕映えが遠い山々の残雪をバラ色に染めている。源介は立ち上った。よろよろと足を前にふみだす。倒れようとする体は、そうしないと、支えていられないのだろう。

一歩、二歩、そうろうとしてあぜ路にでる。

目路の限り、人の影もなく、葉の落ちた裸のニレの木が、赤く染まった大空に黒い枝を伸ばしている。

夕映えのなかに、源介の姿は遠ざかってゆく。バラ色の空の中にしみこんでゆくみたいに、黒い塊りになり、豆つぶになり、そしてとうとう夕雲のなかにとけこんでいった。

夕風が、肌寒く流れていた――

アリバイ

一、美しき依頼者

八帖の部屋の西に面して、広い縁の廊下があった。客はそこの籐椅子《とういす》に腰をおろしている。テーブルの上に、吸いさしのタバコが微かな烟りをあげていた。

「あの、先ほどお願いいたしました中島のお嬢さんを、お連れしましたのですが……」

女中の声に顔をこちらに向けた。清潔な顔に、やさしい微笑が泛んでいる。

「さあ、どうぞ」

青年は宿の浴衣をきている。眼の下が僅かにあかいのは、一人で傾けたビールのせいであろう。

「あの、あたくし、中島由美子と申します。ほんとに、とんだおじゃまをいたしまして、申しわけありません」

青年の微笑に元気づけられて、思ったより軽く言葉が口を出た。

「大体のことは、さっき女中さんにききました。さあ、こちらにいらして、ゆっくりお話をきかせて下さい」

素直に立上った由美子は、テーブルを隔てて、青年の正面に腰をおろした。

暗い海が眼の下にあった。ちらちらと幾つもの漁火《いさりび》が動いている。見なれた景色なのに、それは、由美子を不思議な感動にさそった。

薄い茶をいれた茶碗をテーブルにおくと、女中は軽い会釈を残してひきさがっていった。

「菊地さん」

静かに、由美子は感情を押し殺すようにして、この若い警部の名をよんだ。

「お願いです。兄を救って下さい」

瞼にあついものがこみあげてきた。それをみられまいとするように、由美子は、あわてて視線を窓外にそらした。いさり火は遠くかすんで、波の音が低く聞える。暗い海は、世界の涯に向って、寒々と無限に拡がっている。

青年は無言のまま、タバコをとりあげて、眼の前の女を見た。一息深く吸いこんだ。その頰には、相変らずやさしい微笑が泛んでいる。

「ともかく、詳しいお話を伺いましょう。救える救えないは、そのあとの問題です。もっとも、僕は少しつかれたので、一週間の休暇をとって来たのですよ。佐渡へ渡ってみたいと思いましてね」

微笑が消えて、青年の体に、ふと淋しさが漂った。由美子は思わず顔をふせた。済まないと思ったのである。

「せっかくのところを、本当に申訳ございません」

「はっはっはっ……いや、いいのですよ」

意外に快活な笑い声だった。

「どちらにせよ、のんびりと休んでいられるような性質《たち》ではないのです。ともかく、経過をおききしましょう。それにしても、一つ、いかがです?」

そういって、菊地は、チョコレートの菓子皿を、彼女の方に押しやった。

二、冤罪

小島まゆみは、栄町のカフェー・アザミの看板女給であった。由美子のただ一人の兄である和男は、友人にさそわれて、この春、ふとアザミにいったのがもとで、まゆみと激しい恋におちた。

彼のようにうぶな男にとっては、まゆみの美しさは、抗しがたい力をもっていた。女が女であるだけに、母も、妹の由美子も、結婚には賛成しがたかった。まゆみの美貌と、浮名は、知れ渡っていたからである。

一途な和男の荒んだ生活が始った。それはまた、まゆみが、単純な和男に、あいてきたらしいそぶりがみえてきてからは、いっそうひどくなっていった。外泊することも珍らしいことではなくなった。父は亡く、母一人、子二人の家庭から幸福は去っていった。

和男は山形大学の応用化学を卒業すると同時に、土地の信越化学に入社した。まじめな素直な性格だったので、誰からも愛された。

市の西部二キロのところに、黒松と楢の広い森がある。

海岸の近くである。その森の中ほどに、まゆみが死体となって発見されたのは、ちょうど、三月前の六月二十日、夕刻のことであった。

発見者は、若いアベックの男と女だった。絞殺である。殺されたのが多情な女であるだけに、容疑者は十名余り数えられた。

しかし、いずれもアリバイがあったり、証拠が薄弱だったりして、ホシをきめるまでには至らない。迷宮入りしかねない様子がみえてきたので、当局はいっそうやっきになった。

ところが、一月ほど前、事件は急転して、あっというまに解決してしまったのである。和男が容疑者として逮捕されたのであった。まゆみのとりまきの一人である松田宗助が、六月二十日の暮れがた、森の出口のあたりで、和男をみかけた、と、密告したのである。

それにもとづいておこなわれた当局の調査の結果、和男に対する疑惑は、動かしがたいものとなった。

その第一の理由は、当日、和男は、会社の研究室で、夕方まで実験していたと主張したのに、それを裏づけるアリバイがない。第二には、まゆみの死体の近くに落ちていた彼女のハンドバッグの口金についていた指紋が、実に和男の右手の第一指と二指のものであった。第三には当局の峻烈な追求の結果、彼は、前言をひるがえして、当日、その森に出かけて、しかも彼女の死がいを見つけて、驚いて逃げかえったという陳述をしたのである。

解剖の結果、まゆみの死亡時刻は、三時半から五時の間と推定された。和男は、自分が森に到着したのは五時半である、と主張した。しかし、それを証明すべきものは、何もない。

以上の物的証拠と、状況証拠にもとづいて、まゆみ殺し第一の容疑者として、彼は逮捕されたのであった。ひきつづき起訴されて、いまは未決に、運命の日を待っているのだという。

語り終ると、由美子は、ほっと吐息をついた。菊地警部は、しきりにタバコをくゆらしている。しばらくの沈黙があった。

「それでは、由美子さん」

彼はタバコを左手にはさんだまま、彼女の眼を静かにみつめた。

「第一にですね。あなたが、あなたのお兄さんが、無罪だと信じられる理由を話して下さい」

「はあ……」

由美子は、はたと当惑した。それは、彼女の信念であって、裏づけになるものは、もともと、何も持ってはいないのだった。行きづまって、返事のできない少女の顔を、彼は静かに、冷たいくらい静かに見守っている。

彼女は、容易でないシチュエーションに立っていることを意識した。もし、自分が、この名警部の信用をつなぎとめることができれば、兄は救われるであろう。けれども、もし……？

由美子は、自分の血が凝結して、流れることを忘れたような感じにとらわれた。親しみやすい、親切な男とばかり思っていたのに……。しかし、彼女は、命をかけても相手の信用をつなぎとめなければならないのだ。でなければ、自分のただ一人の兄は、永久に、救いのない人生を終えなければならないであろう。

「菊地さん」

そういった、由美子の顔からは血の気が消えている。青ざめた頬と必死な目の色である。

「あたしには、もちろん、理由などございません。ですけど、長い間、一緒に暮した兄ですから、あたしにはよく分ります。兄はともすると、かっとなる弱いところはあると存じます。しかし、人を殺すなんて、そんな……。兄は、ほんとに気の弱い男なのですわ」

「気の弱い男だって、人は殺せますよ」

彼女は、ふたたび息をつめて、男を見守った。なんという言い方だろう。呆然とした思いである。憎らしいと思った。自分がひどくみじめに思われて、唇をかんだ。

男は静かに、暗い海をみつめている。

由美子は目じりに涙がにじむのを感じた。いいようのない口惜しさと悲しみが、胸にこみあげた。

「菊地さん、どうぞ、そんなふうにおっしゃらないで下さいな。裏づけなんて女のあたしにできるはずがないではございませんか。兄が、無罪だと申しますのは、あたしの信念なのでございます。たった、それだけですの」

沈黙が、また部屋の中をみたした。だが、そのとき由美子は、彼の眼に、何かが動くのを感じた。

「信念……」

彼はつぶやいた自分に、いってきかせるとでもいうような、低い声である。

「そう……あなたの信念……」

そうくり返したとき彼女は警部の顔がさいしょの、あの温かみのあるものにかえっていたのに気がついた。

「由美子さん」

彼は新しいタバコに火をつけた。

「わたしは、新潟には三日しかいられないのです。しかし、この三日の時間を、あなたの兄さんのために、というよりも、正義のために、使ってみることにしましょう。その間、あなたは、助手として働いて頂けますか」

涙があふれるのを、彼女はこらえることができなかった。眼にハンカチをあてながら、由美子は、こっくりとうなずいた。

「そう。では契約が成立したというものですね。今晩はゆっくり眠って下さい。そして明日の朝八時に、ここへ来て下さい」

その夜、家に帰った由美子は、寝る前に、ふとんの上にきちんと坐って、心からの感謝の祈りを神にささげた。そして一晩中、波の音にゆられて眠った。

三、小関《こせき》弁護士

晴れたうすら寒い朝である。佐渡が珍しく青く、海のむこうにくっきりと浮んで見える。由美子が菊地の部屋の前にたったときには、彼は、例の紺の背広をまとって椅子にかけ、コバルトをとかしたような海を眺めていた。

「やあ、お早いですね。早速ですが、でかけましょうか」

週刊雑誌か何かを二つに折って手に持ったままの姿である。由美子は、まぶしいような心で、彼の精気に溢れている浅黒い顔を見守った。由美子は洋装に白いハンドバッグ一つの身軽ないでたちで、警部のあとに従った。

「小関弁護士には八時半に会う約束をしてあるのですよ。ここから、どれくらいかかりますかねエ……」

「はア、あの県庁の裏手ですから、すぐですわ」

玄関に、ハイヤーが待っていた。二人が乗るとすぐスタートした。

八時半きっかり――。二人は応接室に坐っていた。六十前後と思われる、この商売にあり勝ちのでっぷりと太った小関弁護士が、和服姿で現われた。二人が坐り直そうとすると、

「やあ……、そのまま、そのまま」

と太い腕を上げていった。

「小関です。よくいらっしゃいましたなあ」

「先ほど御連絡しました菊地です。中島君の友人です。

東京近くの警察につとめているものです。どうぞよろしく」

こんな挨拶ってあるかしら、と由美子は思った。

「おう、おう、そうですか。本職ですな」

弁護士は鷹揚にうなずいた。

「はア、かけだしの青二才でして。中島君が逮捕されたときいたものですから、一度おあいしたいと思っていました。丁度幸便でこちらに参りましたものですから」

そういいながら、彼はふところから、手帳をとりだした。

「いかがでしょうな小関さん。あなたの御感想は」

「はっはっはっ」

弁護士は大きく笑った。太い腕を無頓着にのばして、ケースからタバコをとりあげる。

「当人は、無実だと主張するのですがね。しかし、わたしの調査では反証が全くないのでして。いや、弱っとります。しかし、まだ時間もあることですし、何とかなるでしょう」

何とかなるかしら……？　と由美子は思った。この弁護士を由美子は、もともとあまり好きではなかった。必要以上に、自分にばかり顔をむけたり、話しかけたりするのが、第一気に喰わなかった。

「あなたにちょっと伺いたい」

というので二三度、一人で会ったこともあるが、何のためにそんな必要があるのだろうと思われる質問ばかりだった。

「しかし、小関さん」

と菊地警部がタバコを置きながらいった。

「中島君は親友です。ひとつ何とかしてやって下さい」

「ええそりゃアもう。第一商売でもありますからなア」

「今から、実は中島君に会いに行く積りなのですが、その前に二つ三つ教えて頂きたいことがありまして」

「はっ、はっ、いや、わしに出来ることでしたら、何でもお知らせ致しましょう」

「有難いですね。じゃあ、お言葉に甘えさして下さい」

菊地は手帳を閉じた。斜め左に坐っている由美子は、いつも笑をふくんでいる青年の横顔を見守った。

「実は、調書の写しも見るひまがなかったのでして、その点御了解頂くことにしまして……。第一はですね、被害者のまゆみは暴行を受けていたのでしょうか」

由美子は思わずぎくりとして眼をふせた。なにか、体のいちばん深い秘密にふれられたような気がして、顔に血がのぼるのを感じた。

「そりゃアもう」

弁護士は、ちらと由美子の顔に視線を走らせた。

「菊地さん、いや、徹底的にやりおったということです」

「それはその……」

「いや、よく分りました。第二はですね。中島君はどうしてでたらめをいったのでしょうか」

もっと、女の体のことについて、語りたかったらしい弁護士は、ごくりとつばをのみこんだ。

「つまり、容疑者と思われるのがこわかった。――当人はそういっているのですよ」

「そうですか、じゃあ第三の質問に移らして頂きましょう。中島君はなぜ、その日、六月の二十日ですね、この日に森になどいったのでしょうね?」

「その日の昼休みに電話があったというんですよ」

「ほう、電話というと、まゆみからでしょうか」

「いや、男の声だったそうです。電話に出たのは中島の助手の少年でまゆみからの伝言を頼むと、すぐきれてしまったそうです」

「なるほど、まゆみが死んでしまったので電話の主が誰であったかは、ついに分らないというのですね?」

弁護士は、毒気をぬかれた形で青年を見守った。菊地は頓着なく先をつづけた。

「電話の内容はどんなことでしたろう?」

「なんでも、五時半に、入谷《いりや》の森……あの森の名前ですよ、その入谷の森の例のところに来てくれ、っていうことだったそうですよ。何んなら、当人から詳しく聞かれたらいいでしょう」

「いや有難う存じました。お蔭でいろんなことが分りました。最後にですな。この事件に対するあなたの御感想はいかがなものでしょう。そう、信念とでもいうやつでしょうか」

「はっ、はっ、はっ」

弁護士はまた笑った。

「どうも。大分むずかしいことですな。全力を尽すだけですよ」

そういって、由美子の顔をべっとりとした眺め方をした。

「ねえ、お嬢さん。誠は天の道なり、これを誠にするは人の道なり、というところですな」

由美子は思わず顔をそむけた。人がいなかったら、あついお湯でじゃぶ、じゃぶ体中を洗いたいと思った。

「どうも大変おじゃましました。何分ともよろしくお願いします」

と挨拶する菊地の言葉も、うわのそらで聞いて、頭を下げ、それから立上って、彼のあとに従った。

玄関を出ると、由美子の大好きな初秋の太陽が、白く燃えている。

四、陽の当らぬ部屋

ぶしょうひげが生えて、日にあたらないせいか、青白い和男の顔を見ると、由美子は胸がいっぱいになった。

「由美子、よく来てくれたね」

笑ってみせた。それから彼女の後ろから入ってきた青年を眺めてちょっと不審そうな顔をした。和男の顔は、素直な顔だと思った。幸福な日の顔だった。

「どんなことをしたって、兄さんを救おう」

と由美子は思った。親切でやさしかったいろいろの思い出が、目頭を熱くする。それをふりはらって彼女は強くいった。

「兄さん、元気を出してよ。――ああ、そう、このかた?」

由美子は、菊地警部をふりかえって、微笑した。

「兄さん、この方、御存知ない?」

無言のまま、和男は、菊地の眼をみつめた。その顔は、静かに笑いをたたえている。

「由美子、わからないなあ。失礼ですが、どなたでしょう?」

「兄さん、菊地さんよ。ほら、警視庁、捜査課の菊地警部さん」

茫然として和男は、菊地を見守った。それから由美子の顔をみつめて、やがて、うつむいてしまった。涙が目尻に光っているのを、彼女は見てとった。胸がせきあげるのを押えるのがやっとだった。

「和男君。失礼しましたな。菊地警部です。どうして突然お伺いすることになったかということは何れゆっくり妹さんから聞いて下さい。時間がありませんので、あけすけな質問をしますから、どうか、はっきりお答え願いますよ」

和男は、親しげな微笑をはなすことのない、自分よりいくつか年上の青年を見つめた。

「はい、とんだ御迷惑をおかけして御礼の言葉もありません。どうぞおたずね下さい。私の知っている限り、なんでもお答えいたします」

「じゃ、お願いしますよ」

そういって、菊地警部はポケットから手帳をとり出し、ぱらぱらと頁《ページ》をくった。

「あなたはどんな事情で、入谷の森にいったのですか？」

「はあ、実は二十日のひる休みに、実験助手の田中君が電話をとりついできました。五時半頃、例のところに来てほしい、と伝言されたというのです。まゆみに頼まれたという男からの電話だったそうです。何故、直接、まゆみがかけてよこさなかったか、幾分の不審はありましたが、急用らしいので、ともかくいってみることにきめたのです。会社から、入谷の森までは四十分かかります。それで、僕は、丁度五時に会社を出ました。森に入っていつも目じるしにしていた樅の木のところに参りました。日の長いときでしたが、森の中は、やはりたそがれておりました」

当時の凄惨な状景を思い出したのか、和男はふと言葉をきった。菊地は無言のまま、あとをうながすように彼の口のあたりを見守っている。和男は言葉をつづけた。

「何しろ三かかえもある大木です。女の姿が見えないものですから、ほっとしました。自分の方が早かったからです。時計を見ました。丁度五時半でした。随分急いで来たものだと思いました。けれども十分も過ぎたと思った頃、急に不安になりました。どうといって理由などないのですが、何か、とてもこわくなったのです」

由美子は和男の額に汗のにじむのをみた。

「そこで、今まで腰を下ろしていた所から立ち上って、何気なしに、その太い根本を、ぐるっとまわってみました。ところが、反対側の草の上に、女が、横たわっているではありませんか。

はっとしました。紫色の顔に、うらめしそうな大きい目をあけて自分の方をじっとみつめているのです。

僕は、ふうっと気が遠くなるような気がしました。間もなく正気にかえった僕は、にわかにこわくてこわくて堪らなくなってしまったのです。それからは、どこをどう、逃げかえったか、自分でも分りません」

そこまで語ってきた和男は、ほっと太い息をもらして、手の甲で額の汗をふいた。

「そうですか。よく分ったようです。しかし、和男君、あなたは、まゆみを心から愛していたのではないのですか」

「はあ」

「それなのに、一目でまゆみだってことが分りながら、それも死んでいるか、どうかも分らないのに、どうして介抱する気にならなかったのでしょうな?」

由美子は、思わずも、はっとした。確かにそうだと思った。心から愛している女が、ひん死の状態にあるとすれば、誰だって、無我夢中で手当てを試みるのが、あたりまえなのではないかしら……。彼女は無言のまま和男を見守った。兄がそんな利己的な男だったということが、彼女には信じられないのである。

「はあ」

苦しそうな色が、和男の蒼白い顔に浮んだ。

「そう指摘されてみると、一言もないのですが、あの時は確かにそうでした。ただ恐怖があったばかりです。一目で、女が死んでいることが分ったのです。——というよりも感じたのです」

興味深かげに見守っている菊地警部の横顔を、由美子は必死な心で見守った。何かしら、これがキイ・ポイントというところなのだろうと思った。

「あなたは利己的な方ではないように思うのです。それなのに、そのような態度に出られたというあなたのそのときの気持が、ちょっと分らないのですが」

菊地は、手帳を閉じた。しばらくの沈黙があった。和男がうつむいて壁の方をみつめているのを、由美子は、いたましい気持で見守った。

「あとで気がついたのですが、ひょっとしたら僕は……」

大きい息をして、彼は菊地警部の顔に眼をすえた。

「つまり、僕は、愛していると思いこんだ自分の心に、あざむかれていたのかも知れないのです。思いこんで、それを真実と考えて、信じこんでしまう。ですから、まゆみが死んで、実は、一度も、心から悲しいとは思わないのです。自分で自分が、いやになるのです。……よく説明出来ないのですが」

「あなたはまゆみに随分ひどいあつかいを受けていたのですね?」

「はあ、いまになってみますと、まるでいぬのように、女のあとばかり追っていた自分が、つばでもはきかけてやりたいくらいです。しかし一生、僕は自分から逃げ出せないのです。まったく、いやな男です。それが僕なのですからね」

和男は眼を伏せてしまった。

「いや、よく分りました。男というものは、そんなものかも知れません」

その声の調子に、由美子はほっとした。何とはなしに彼はわかってくれたのだと思った。自分には、ちっとも分らないのに。男の心というものは、そんな動き方をするものかしら、と不思議な気がした。

ともかく、由美子は、ほんとによかったと思った。心なしか、和男も、重荷をおろして一度に疲れが出たような顔色をしている。由美子は、それが急におかしくなり、声を出して笑ってみたくなった。

五、地図と試験管

「五時まで会社にいたといわれますね？　どんな仕事をしていられたのです？」

「はあ、ちょうど四塩化炭素に塩素を吸収させておりました」

「珍らしい実験ですね」

「そうでもありませんがね。ただ、定められた塩素の量で、もっとも能率を高く、塩素化するには、どんな送り方をすればいいか、といったことを測定していたのです」

菊地の眼の底に光りがにじんでくるのを、由美子はみた。

「で、その時、あなたは、どんな方法で塩素添加をやってましたか」

「はあ、基礎実験ですので、まず一定の量で塩素を送っていました」

「そうすると、塩素の添加量が増加すると、四塩化炭素の塩素吸収量は減ってゆくわけですね」

「そうです、そうです。しかし、菊地さんよく御存知ですね。菊地さんも化学やですか？」

「いいや」

菊地は笑った。

「そうですか。しかし随分化学の方も精しいのですね」

「そうでもないですよ。ただ高校のとき、好きで大分やっただけです。僕は昔は機械やでしたよ。しかし、それはそれとして、あなたはどれ位の割合で塩素ガスを通していられたのですか？」

「はあ、二リットルの四塩化炭素に対して、乾燥したガスを、一気圧のもとで一分間に二十立方センチの割合で通しておりました」

いつか菊地警部は、手帳を出して、書きこんでいる。

「で、その実験は何時頃から始めたのですか?」

「はあ、前日から準備をして、二十日の午前十時頃に終ったものですから、昼休みの終るまで休みました。ですから、かっきり十二時三十分から始めたわけです」

「あなたの作ったサンプルは残っていましょうか?」

「さあ、どうでしょうか。ずいぶん日数もたちますからね」

「そうですね。で、あなたの上司は誰でしょう」

「立花という主任です。阪大の化学を出た若い人です」

いかにも楽しそうに話をしている二人を、由美子は、悦《うれ》しく見守った。話がとぎれた。菊地警部が懸命に何かを書きこんでいるのを、由美子はぼんやりとした気持で眺めていた。しばらくして、菊地は、目を上げた。

ケースをとり出して、ピースをくわえると、和男にもすすめた。それから、ライターを擦って火をつけてやった。

二つに折った週刊雑誌をとり出すと、その間から市の近郊の精細な地図をだしてひろげた。

「和男君、これは昔、参謀本部で作った五万分の一の地図です。まゆみの殺された場所を正確に調べてくれませんか。それから、あなたが会社から歩いた道も印をつけてほしい」

「はあ」

といって、和男は地図の上にかがみこんだ。やがて、右手の人差指でその位置を示した。独立樹の記号がはいっている。

そのときだった。由美子は、菊地警部の目がはっとしたように輝くのをみた。まばたきもしないで、和男の指をみつめている。

「和男君、ちょっと」

光をおびた眼である。和男は、けげんそうに眼をあげた。

由美子は、体がひきしまるように感じた。菊地警部のやさしい体に、何か、まるで鋼《はがね》のようなものが、ぴんとはいりこんだように感じたからである。まじまじと、由美子は、菊地警部の視線の止まるところを目で追っていった。

十分ほどたったのち、事件当日に和男が歩いたコースを記入した地図を手にして、二人は暗い陰うつな場所を辞した。

丁度ひるだったので、彼等はデパートの食堂で昼食をすませた。

それから、海岸にでた。初秋の太陽のもとに、静かな海が遠く佐渡をかすませている。広い砂浜には、人の影もまばらだった。腰をおろして足を投げだした由美子は、心がのびのびとして、楽しかった。じっと沖を眺めている青年の横顔が、まるで十年も昔からつきあっている人のように、思えてくるのだった。

「入谷の森を歩いて帰ることにしましょうか?」

と、いって、菊地は立ち上った。海岸にそって、肩を並べて歩いていった。かわいた風が無帽の青年の髪をなぶり、由美子のカールしたうなじにたわむれた。

日は落ちて、そうぼうとたそがれた頃、二人は宿に帰った。別れる時、菊地はいった。

「由美子さん、あすはいいです。会社に出てくだすって結構です。そのかわり、あさってはまた、助手をつとめてもらいます」

そして、笑いながら手をあげた。

「それで、三日間は終りですね」

六、曙光

由美子は、直江津《なおえつ》にある東洋窒素の勤労課につとめていた。翌日は一日中、落着かなかった。

「由美ちゃん、どうしたのよ、いったい」

同僚が、不審に思うほど、由美子はへまなことばかりやっていた。いつもてきぱきと仕事を片づけているだけに、ちょっと放心したような由美子の態度は、いっそう人目を惹いた。

「いい人でもできたんじゃない?」

などとからかわれて、顔を赤くしたりした。

菊地警部との約束の日は、空は高く曇って、天候は下り坂になっているようだった。由美子は言われるままに、その朝九時頃、宿をたずねた。顔をみるなり菊地はいった。

「昨日、実は、兄さんにもう一度あってきたのです、水入らずでね」

そして明るく笑った。

「どうやら目鼻がついたようです。今日は、これからえらいところに行くのですが、夕方までには、全部終るでしょう」

きっと昨日、なんかいいことがあったんだわ……と、由美子は心が弾んでくるような気がした。

二人を乗せた自動車は、由美子が驚いているうちに、いかめしい県庁の大玄関に横づけになった。菊地は、ゆっくりとした足どりで、正面の広い階段をふんで、二階に上った。受付に美しい女の子がいて、菊地の来意をとりついだ。

警察部長室とかかれた、重い扉をひらいて、女の子がいった。

「どうぞ。部長さんがお待ちかねです」

由美子は周囲のいかめしさに、すっかり圧倒されてしまった。

「やあ、菊地君か。珍客だ。元気かね?」

五十年配の、堂々とした体に、金モールのついた制服を着た紳士が立ちあがって、大きいテーブルに案内した。

「しばらくですね。大沢さん」

「いや全くだ。して、菊地君、このご令嬢は? 君のファイアンセ?」

菊地は笑った。由美子は顔があつくなった。

「いまに分りますよ。それまではしばらく説明を保留さして下さい」

「ああ、いいとも。それにしても、まあかけ給え」

そういって、どっかと腰をおろした。そこへ、給仕が茶をいれて入ってきた。二人の間に親し気な会話が続いた。やがて、菊地が気がついたようにいった。

「いつまでもおしゃべりして、いいんですか、大沢さん」

「うん、なにいいよ、今日は二時から公安委員会があるんだが、どうでもいいんだ。それにしても、都の話ばかりきいても、しようがない。君の用件というのを、一つ聞かしてもらおうか。また難題かね?」

部長は、からからと笑った。

「大沢さん」

菊地は由美子のほうを見て笑うと、つぎたされた番茶にのどをしめした。

「この六月二十日、入谷の森で殺人事件のあったのをご存知でしょう?」

「ああ、知ってるとも。新潟の名花、まゆみ殺しの事件だ。しかし、あれは、片づいたと聞いているが」

由美子は、全身がこわばるような気がした。

「そうです。犯罪の容疑者として、中島和男が逮捕されました。七月二十日のことです」

「うん、そうだった。思い出したぞ。すでに起訴されたはずだ」

「そうです。そこでです。無い智慧をしぼった挙句、この際先輩に、ひとほねお骨折りを、お願いにあがったわけです……」

「なるほど。君のためなら、大いに役に立ちたいが、このわしに一体どうしろというんだね？」

「中島和男の赦放《しゃほう》について、御努力をお願いしたいのです」

菊地はずばりと言った。由美子はどきんと心臓が音を立てたような気がして、思わず両手でハンカチを固く握りしめた。

「ふうむ」

大沢氏は、大きい眼をぐるぐるとまわして、静かな焔をあげている菊地の眼をみつめたが、しばらくして、体を前に乗りだすようにしていった。

「なかなかの大問題だが、その理由を一つ、くわしく聞こうじゃないか」

「承知しました」

菊地警部は、ポケットから大きいハトロンの封筒をとりだして、机の上に置いた。

彼が口を開こうとしたときだった。大沢氏が手をあげた。

「ちょっと、菊地君。ちょっと待ってもらおう。証人に秘書を呼ぼう。いいいだろう？　秘書といっても、司法兼任の村田警部だ」

そういいながら、立ちあがった大沢氏は、机の上のリンを押した。

七、指は語る

村田警部は、由美子に正確そのものといった感じを与えた。紹介がすむと大沢部長がいった。

「ねえ、村田君。菊地君がね、中島和男……まゆみ殺しの容疑者だ、それがどうも証拠不充分だというのだよ。で、ひとつ君にも証人になってもらいたいと思って呼んだわけだ」

「承知しております。一件書類は全部持ってきました」

そういって、後の机の上に積み重ねた部厚い書類をしめした。

「じゃあ、菊地君、始めてもらおうか。遠慮せずに、ずばずばやってもらおう。ああそう、テープ・レコーダーのスイッチを入れておいてくれ」

立ちあがって村田警部が、壁際におかれたテープ・レコーダーのスイッチをいれた。

「じゃあ、お聞き願いましょうか」

菊地は、ピースを灰皿においた。

「中島和男が第一の容疑者として起訴処分になった理由は、要約すると三つあると思います。

第一は、中島にアリバイがないこと。その上彼は、初めは入谷の森へなど行かなかったといいながら、実は森へいって、しかもまゆみの死体をみているのですね。ですから、アリバイがないということは、いっそう重大になってきたわけです。

第二は、まゆみの体から二米《メートル》ほど離れた籔《やぶ》の中に落ちていたハンドバッグの金具に、彼の第一指と第二指の指紋があったこと。それも非常に綺麗な指紋ですね。

第三は、彼がまゆみにもてあそばれて、精神状態がひどく混乱していたこと。それは自分では全然気づかないでいただけに、いっそう危険だったといえましょう。

そのほか細かいことは、きりがないでしょうが、致命的な要点は、この三つに要約されると思いますが、いかがでしょう?」

両腕を組んできいていた大沢氏は、太い腕をのばして、ゆっくりとタバコをとりあげた。

「どうだろうな、村田君、遠慮なく意見をいってくれ」

「はあ」

調書の写しをひっくり返していた村田警部がいった。

「要約書の結論は、菊地さんのいわれた通りです。もっとも第三の点は挙げてありません」

「そうか、一つ抜かれたってわけか」

大沢氏は苦笑した。由美子は体がこわばって、身動きもできないような気がした。運動を支配する神経が、まるでマヒしてしまったように感ずる。

「菊地君、そんなところらしい。で、君の結論をきかしてほしい」

「承知しました。……第三の、精神がひどくまいっていたとする点はあとまわしにしたいと思います。あとで分っていただけると思いますが、これはどちらにでも解釈できる問題と思いますので。

　第二の点、つまり指紋の問題から片づけることに致しましょう。もっともハンドバッグの金具になぜ中島の指紋がついていたかということはわたしにも分りません。しかし、少くともその指紋は、その日に中島が手をふれたためについたのではない、ということは確言できると思います」

　目ばたきもしないで、由美子は菊地の横顔をみつめた。和男の体をがんじがらめにしているきずなを、静かに、確実にきりはなしてゆこうとしている、その顔を。

「村田さん、まゆみのハンドバッグの金具からとった指紋と、中島が逮捕されたときにとった指紋の写真をみせて下さい」

　村田警部がとりだした二枚の引伸し写真を手にとって、菊地はじっとみつめた。赤い線でいろいろのマークがはいり、欄外に註釈がついている。しばらくして、彼は二枚の写真を机の上においた。

「やっぱりそうです。ほら大沢さん、二つの写真をくらべて下さい」

　大沢氏と村田氏はのぞきこんだ。

「ほら、よくわかるでしょう?　金具からとった写真は実にはっきりしているでしょう。渦巻の様子まで、実に明瞭でしょう?　ところでどうです。中島の手からとって、理想的な状況のもとで作った、この指紋の写真は、どうして、こうもぼやけているのでしょう?」

「同一人物の指紋であることには間違いありません……。もっとも、最初、この二つの指紋が全く一致するものである、ということを確定するまでは、相当時間がかかりはしたんですが……」

　と、村田警部がいった。

「そうでしょうな。しかし、どうしてそんな事情になったのでしょう?」

　大沢氏がタバコに火をつけた。

「なるほど、逆にそう質問されると、大いに返答に窮するね。菊地君続けてくれ給え」

「わたしは、おととい未決をたずねて、偶然に気がついたのです。そして今この二枚の写真を見てかくされている事実を知ったのです。

　中島はです、立花氏の証言によると、四月初めから六月末まで電気炉の実験をやっておりました。ですから、まゆみが殺された六月二十日頃は、ひどい火傷《やけど》をくり返したため、右手の第一指、第二指、第三指の三本は、こちこちに硬化していたのですな。

ひとつ、このプリントを見てください」

菊地は封筒から一枚の厚手の紙をひっぱりだした。それには、両手の指紋のプリントが押してある。左手の指紋は、実に綺麗にでているのに、右手の指紋、ことに第一、第二、第三指の指紋は、まるで見分けができない。

「このプリントは、中島の助手をしていた田中少年のものです。昨日わたしが作ったものです。田中少年は、八月末から電気炉の予備実験をやっています。ちょうど一カ月目なのですね。

なぜこんなに、三つの指紋が硬化するかというのは、馴れるに従って、めんどうがってアスベストの手袋を使わないで、じかに手を使うようになるからです。

ところで、中島が逮捕されたのは、彼が電気炉の実験をやめてから一カ月目のことです。それですから、どうやら指紋が識別できたのですよ。まゆみが殺された頃だったら、ちょうど、こんな指紋しかとれなかったろうと思うのです。いまでも、中島の問題の三指はこちこちです。

ですから、逆にいうと、そんな指紋があったということこそ、彼のためには最大の防禦になるのだ、ともいえるのではありませんか。まあ、私はそう思うのですが、いかがでしょう?」

「なるほど」

と、大沢氏がいった。

「どうかな? 村田君」

村田氏は黙ってうなずいている。

八、無言の証人

由美子は不思議なものでも眺めるような気がして、菊地の横顔をみつめた。すると、信頼の心が胸の底からわきあがってくる。

「それでは続けさして頂きましょう」

冷めかかったお茶を一口のんで、菊地は手帳のページをくった。

「最初にもどりまして、中島君のアリバイを検討してみたいのです。まゆみの死亡推定時刻は解剖の結果三時半から五時の間に殺されたことが明らかになっておりますが、一方中島君の言によると彼が森についたのは五時半です。ですから、そのときには、まゆみは死骸になっていたはずです。ところで森の樅《もみ》の木までは、会社から、普通に歩いたのではたっぷり四十分はかかります。昨日僕も実際歩いてみたのですが、随分急いだのに三十五分かかりました。

中島君が三十分かかったというのは、随分急いだわけです。ところで、会社は四時におわります。彼の同僚は、この日、全部四時に帰っています。ですから、彼が五時まで会社におったということを証言してくれる者は、誰もないのですな。不幸なことでした。

しかし、四時までは、彼が実験を継続していたことは、主任の立花氏をはじめ、数人の同僚が証言しているのです。しかし、皆んなが引きあげた後、彼は大急ぎで森に出かければ、問題の時間には間にあいます。彼のためにアリバイがないという事態がもちあがったわけですね。ところで大沢さん、問題はこういうことになると思います。中島君が五時か五時近くまで、会社におったことを証言してくれる人があれば、充分だということです。

五時からでは、かけ足しても二十分か二十五分はかかります。とても、まゆみの殺された時間には、まにあいません。タクシーかオートバイでいったとしても、五時十五分頃でしょう。もっとも、そんなバカげた方法で現場にいって、人を殺すなんてことは、気狂《きちが》いでもしないでしょうが」

大沢氏と村田氏は、つりこまれて、ニヤッと顔をほころばせた。

「そこでわたしは、今日、中島君が確かに、少くとも五時までは会社におった、ということを証明したいと思います」

二人の警官は、由美子の顔をみつめた。大沢氏は、はは アと了解した。そのために、菊地は先ほどの紹介を保留したのだろうと思った。それにして、なんという綺麗なアリバイだろう。

村田氏は村田氏で、信濃川の水でうぶ湯をつかった乙女とは、こうも綺麗なものかと感心していた。

二人の紳士の注目を浴びて、由美子はどぎまぎした。証人なんているはずがない。菊地さんは、どうかしたのかしら？　と思った。

「大沢さん、突然のようで申し訳ないのですが、出発準備を、お願いしたいのですよ」

不意にいわれて、大沢氏も村田氏も、いや由美子までが驚いて、菊地の顔をながめた。

三十分の後、プレーンに着換えた大沢氏と村田氏は、由美子をともなって、菊地警部の案内で、信越化学の研究部長室の美しいソファに腰をおろしていた。

市の名士として大沢氏も顔をしっている坂田部長が、白い仕事着をぬいで、部長室に、はいってきた。

「お待ちしていました。よくいらしてくださったですな」

六十に間もないと思われる坂田氏は、由美子には、大学教授といった印象を与えた。

「おじゃま致します」

立ちあがって大沢氏が挨拶した。それにならって、三人も立ちあがった。

「いや、いや、今回は中島君のことで、いろいろお骨折をいただいて感謝しています。さ、おかけ下さいませんか」

コーヒーが運ばれた。一くさり世間話に花を咲かせる。

「ときに坂田さん」

と、大沢氏がきりだした。

「今日、実は菊地警部にひっぱりだされた形で、お伺いしましたので」

「つまり、誘拐されたわけですな」

坂田氏がニコニコしながらいったので、笑いが一度におこった。

「立花……、中島君の主任ですがね、もうそろそろ帰ってくる頃でしょう。もうちょっとお待ちになって下さい」

そういっているところに、三十二、三と思われる長髪の、せいの高い立花氏がはいってきた。菊地とは、すでにじっこんの間柄なのだろう。にこっと笑った。そのあとから、一人の少年が、二個の三角フラスコを持ってついてきた。

坂田部長が、立花氏を一同に紹介した。終ると立花氏は、その二個のフラスコを菊地警部の前にずいと押しやった。

「菊地さん、ご希望の品です」

「どうもお手数をおかけしました」

と、いって、菊地はそれを受けとって、自分の前に並べた。一つのフラスコには無色で透明な液体がはいっている。他の一つには真紅《まっか》な――まるで黒いのではないかと思われるほどの、深紅色の液体がはいっている。両方とも、きっちりと黒いゴム栓がしてあった。

「菊地君、時間が過ぎたようだ。一つ君の反論を続け

「大沢さん、証人というのは、この液体です。口はきけません。しかし、口のきける人間よりは、遥かに信頼のできる証人です。人間はときには嘘をいいますが、感情のない物体は、真理以外には語りませんからね」

「ふーむ」

大沢氏はうなった。

「一ツ君の無言の証人の言葉をきかしてくれ給え」

「承知しました。簡単にお話しします。中島君は六月二十日、十二時三十分頃から、四塩化炭素に塩素ガスを吸収させる実験をやっておりました。四塩化炭素というのはこれです。油類の溶剤《ソルベント》です」

菊地は、透明な無色の液体のはいったフラスコを、大沢氏のほうに押しやった。

「ところで、中島君は吸収される割合を、二リットルの四塩化炭素について、硫酸で乾燥した塩素ガスを、一分間に一気圧二十立方センチの割合で通じました。彼の言によると、五時にストップして、すぐゴム栓で密封したものです。

昨日の朝、会社の研究部にまいりまして、主任の立花さんに会いました。事情を話しますと、戸棚をさがしてくださいました」

てほしい」

タバコをとりあげながら、大沢氏がいった。

「承知しました」

といって、菊地は恥かしそうに頭に手をあげた。それがとてもユーモラスに見えて、由美子は思わず口にハンカチをあてた。

「しかし、どうも、こう大ぜいの偉いかたがたにとりかこまれては」

「菊地さん、そうでもないでしょう。聴衆は多いほど張りがあるのじゃないですか」

立花主任がずばりといったので、また笑いが起った。しかし、由美子は、胸が次第に不安にみたされてくるのを感じた。すがりつきたいような心で、菊地を見守った。

「じゃあ、元気をだして、しゃべらしていただきましょう」

コーヒーを一口のんで、手帳をパラパラとめくった。

「間違ったところがありましたら、立花さん一つ応援してください。——実は、大沢さん、中島の証人というのは、これなのですよ」

菊地はフラスコを手にのせた。五人の人達は、ちょっと毒気をぬかれた形で菊地をみつめた。

菊地は、真紅の液体のはいったフラスコを、前に押しやった。

「幸運でした。中島君が作った、塩素添加をうけた四塩化炭素は、一部、密封されたまま残っていました。これがそれなのです」

由美子は目を見はった。兄が作ったものと聞くと感動をおぼえる。

「ところで、中島君が十二時三十分から実験にかかったことは、助手の田中君をはじめ、二三の仲間が、はっきり証言しています。

ですから、問題は、この液体は室温で、十二時半から五時まで、つまり四時間三十分の間、一気圧のもとで一分間に二十ｃｃの割合で塩素を通じたときに、できたものだということが、証明できるかどうかということになってきました」

「なるほど……」

大沢氏は大きい目を光らせた。

「いいですか？……とすると、問題は簡単になりました。わたしは坂田部長さんにお願いして中島君がやったのと同じ状況のもとで、新しい四塩化炭素に塩素添加をしていただこうと思うのです。

そして、できた新しい四塩化炭素と、中島君がつくったやつの、塩素の含有率を比較しようと思うのです。それが等しければ、中島君のアリバイは完全なものである、と結論することができましょう」

九、実験

「なるほど。……いや、実に面白い」

大沢氏が大きい目を光らせる。

「それにしても、大分ご迷惑をおかけしますな――」

と、坂田氏に顔をむけていった。

「いやいや。中島君のためですからな。ちっともそんな御配慮はいりません。こちらこそ実に有がたいと思っているところでした。できるだけのお手伝いは、ぜひやらしていただきましょう」

そういって、坂田氏は立花主任のほうをふりむいた。

「立花君、準備はいいかね？」

「はあ、いつでも結構です」

部長の案内で、三人の警官と一人の少女は部長室をでた。

長い廊下の左右は全部研究室になっている。その一棟が、いわば信越化学の頭脳なのであろう。

四号室と書かれたドアを開いて、立花主任が一同を招じいれた。二十坪ほどの部屋である。フラスコ、ブンゼン燈、遠心分離機、真空ポンプ、蒸溜装置——広い大きい流し。

由美子は目がくらむような気がした。天井から下っている蛍光燈の散光をうけて、とりどりの形をした大小の硝子《ガラス》器具が、幾百となく、きらめいている。

立花主任は一同を大きいテーブルに案内した。縦が二メートル横が四メートルもあろう。その上には、細い硝子管に美しく連結されて、幾つもの大形の三角フラスコが並んでいる。

ボンベが一方の端にあって、気圧計やガス流速計が白い顔に長い針をのせて彼等をみつめている。

「ちょっとご説明しましょう」

立花氏が一同を見まわした。

「菊地さんの御要求で、いまから、中島君がやったのと全く同じ状況のもとに、塩素添加の実験を行います。まず四塩化炭素ですが、それはこれです」

立花主任は、テーブルの端のほうに置かれた、硝子の連続管の最後に結ばれている大きい三角フラスコを指さした。

「ちょうど二リットルはいっています。菊地さんが調べられたところでは中島君は二リットルの四塩化炭素に、一気圧の圧力で一分間に二十立方センチの割合で、乾燥した塩素ガスを送ったというのです。ですからその通りにやることに致します。

このボンベに塩素ガスがつめてあります。次のフラスコは蒸溜水でして、塩素ガスを洗います。次の大型フラスコにはいっているのは、濃硫酸です。ガスはここを通るときに完全に乾燥されるわけですね」

大沢氏と村田氏は、うなずいている。

「それでは早速はじめましょう。こちらのメーターが圧力計で、これが流速計ですから、よくごらん下さい」

立花主任は、先ほどの少年に合図した。ボンベのそばによって、少年はコックに手をかけた。静かにそれを開いた。

由美子は、胸の高鳴りを押えるのが、苦しくなってきていた。いまや、数時間のうちに彼女の、ただ一人の肉親の兄の運命が、最後的に決定されようとしているのである。目を閉じて、彼女は、神に祈った。

由美子が目を開いたときには、彼女は三つのフラスコ――蒸溜水と濃硫酸と、そして目的の四塩化炭素の液がみたしてある――が、規則正しく、シャボン玉のような泡を、次々と浮かびあがらせていた。

「ただいまちょうど十一時です。計器の指示は指定された条件の通りです。よく、ごらんになって下さい。三時三十分で、実験はうち切ります」

立花主任は、少年をふりかえって笑った。

「田中君、しっかり頼むぜ。君の兄貴分の中島君のためだ。がんばってくれ」

少年はこっくりとうなずいた。由美子は眼に涙があふれるのを感じて、あわてて顔をそらした。

「それでは皆さん」

坂田部長が静かにいった。

「大分時間をとりますので、部長室を自由にお使い下さい。おひるの用意も申しつけてありますから。もちろん、この部屋のお出入りはご自由ですから、充分田中君を看視してやって下さい」

坂田氏はニコニコして少年をながめた。それがきっかけで、各人は気ままに、気圧計を眺めたり、流速計の前に頭をつきだしたりし始めた。

「碁でもうちましょう」

坂田部長は大沢部長をさそって、部長室にひきあげた。菊地警部と村田警部は、立花氏にいろいろ質問をはじめた。気が合うとみえて、立花氏は、戸棚からいろんな美しい色をした薬品や、染料の合成品などを持ちだして説明をしている。

由美子は、ひとりテーブルのそばに坐りこんで、まるでいきづいているような、四塩化炭素のフラスコを眺めていた。ふと、由美子はその無色の液体が、かすかに黄色く色づいてきたのに気がついた。彼女は見を見張った。気のせいか、蒸溜水も硫酸も、心もち黄色に染まったように思われる。

十二時になると、美しい少女が昼食の用意ができたことを知らしてきた。その頃に四塩化炭素の液は、いま咲いた月見草の花弁のような色に変っていた。

いつか、由美子のそばに立って、菊地警部も、ひっそりと変ってゆく液体のすがたを、じっとみつめていた。

十、静かな戦い

三時四十分。部長室の大きいテーブルのまわりには、五人の人物が坐っていた。大沢部長、村田警部、その隣りには坂田研究部長。向いあって、菊地警部と由美子である。大沢氏の前に、三角フラスコが二つ並んでいる。一つは先ほどのもの、——二カ月前中島和男の作ったもの。そして、もう一つは、いまでき上ったばかりの液である。

その二本のフラスコを両手に持って、大沢氏は窓から斜めにさしこむ日光にかざした。二つの液体は焔をのみこんだルビーのように燃えた。目でみたところでは、その濃淡は、とても識別できない。大沢氏は、太い吐息をついた。

「では、いいですな。大沢さん」

「ええ結構です。早速お願いいたしましょう」

坂田部長は立ちあがって、部長机の上のリンを押した。先ほどから給仕をしていた美しい少女がはいってきた。坂田氏が、二こと三ことというと、「はい」とうなずいて出ていった。しばしの時が流れていった。これからいったいどうするのかしら？　蒼白《あおざ》めた心の中で由美子は考えていた。

静かにドアが開かれた。少女に導かれて、三人の中年の人物が入ってきた。テーブルのまわりの五人は立ちあがった。

「御紹介しましょう」

坂田氏が、静かな声でいった。

「先ほど、お話し申上げました新潟大学の福島助教授です」

新来の三人が前に進んだ。それから坂田氏は、次々と三人の人物を紹介した。由美子は、そっと、菊地警部の後にかくれるようにして立っていた。

坂田氏のとりもちで、みんなが腰をおろした。新しいコーヒーとタバコが持ってこられた。十分ほど雑談がとりかわされた。やがて坂田氏が一座を眺めた。

「福島さん、先ほど、お電話でお願いした代物はこれですよ。A、B、とレッテルがはってありますが、二つとも塩素を添加した四塩化炭素なのです。こいつの塩素の量を厳正に定量していただきたいのです。準備は、全部完了してありますから」

「わかりました。早速やりましょう。三十分もあれば充分です」

若い助教授は、チラと腕時計を眺めた。

「丁度四時ですね。四時半までには完了いたしますよ。早速はじめましょう」

助教授はたちあがった。ついてきた二人の助手が、カバンの中から鉛筆やノートをとり出した。

「御案内いたしましょう」

坂田部長が立ちあがった。三人のあとから、また三人の男達が立ちあがって部屋を出ていった。由美子は、ついてゆく元気は、とてもでなかった。ひとり、ぽつねんと椅子に腰をおろしていた。しんかんとした部屋の中に、大きい柱時計の秒《セコンド》をきざむ音だけが響いてくる。

――もう三十分すると、兄さんの運命は決定するんだわ……。由美子はそう考えた。どうにもならない物うい心が重くのしかかってくる。すすり泣きたいような孤独が、彼女を包んだ。由美子はハンカチをとり出して、それを噛みしめた。

「兄さん」

ふと、彼女は口にだしていった。すると涙が、止めどなく湧いてくる。彼女はテーブルに顔を伏せて、すすり泣いた。

どれだけの時間が過ぎたろう？　誰かが、優しく肩を叩くのを感じた。由美子は、泣きぬれた顔を、そっと持ちあげた。温い微笑を浮べて、菊地が立っている。

「由美子さん、元気をだして！」

厳しい声だった。しかし、声とは反対に、温い微笑が、まるで彼女を包みこむように、じっとみつめている。

「菊地さん、兄さんを救って！」

由美子は、菊地の胸に体ごと投げかけた。厚い胸だった。彼女はその胸の中で、また涙にむせんだ。

「さあ、元気をだしましょう」

しばらくして、彼女の背中をやさしく抱きながら菊地がいった。由美子は、彼の胸にすがりついたまま、激情の静まるのを待っていた。

「さあ、顔でも洗っていらっしゃい。間もなく結果が分ります」

由美子は、ふりはなすようにして、菊地の胸から身を起して、廊下に出ていった。

四時二十分。テーブルの周囲には、大沢部長、村田警部、むかいあって、坂田部長、菊地警部、その後に体を小さくして、由美子は坐っていた。

運命の関頭《かんとう》にたったことを、由美子は意識した。

もう、五分もすると、福島先生がいらっして、中島和男は有罪ですというかも知れない。息をするのが本当に苦しくなってきた。体が始終、熱病やみのようにぶるぶるふるえた。熱い息が、顔を突然吹きすぎると、今度は水でも浴びたように体中にとりはだがたった。一秒が一時間に思われ、一分が、一月にも思われる。気がどうかなるのではないかと思った。それでいて、頭の中では、幾年か前の学期試験の答案などが、妙になまなましくよみがえってくるのである。こんなことみんなお芝居なんだわと思ったりする。かと思うと、彼女の目の前に静かに動かない男の背中が、ひどくぶかっこうに見えた。

両脚が絶えず不規則にふるえるので、由美子は、両手で、膝頭をしっかりと押えた。

突然廊下に、人の声と足音がした。由美子は顔をあげた。血が、すうっと引いてゆくのが、自分にも意識された。土の底にでも引きこまれるように目の前が暗くなった。倒れるのではないかと思った。

――しかし、しかし、どんなことがあっても、あたしは兄さんの死刑の宣告を聞くのだわ……。由美子は歯を食いしばった。

ドアが開いた。福島助教授が三人の助手と一緒に入ってきた。正面の椅子にどっかと座って、レポートの綴りをテーブルの上においた。深い静けさが部屋をみたした。きこえるものといったら人々の呼吸の音と、それにまじって、柱時計のゆっくりとした時を刻む音ばかりだった。

「実験の結果を申しあげます」

感情を絶った学者の声だった。由美子は心臓が破れるのではないかと思った。

「A、Bと名づけました。二つの四塩化炭素液の塩素の、含有率は……」

静かな声が、ゆっくりと続いた。

「塩素の含有率は、信頼度〇、五パーセントの範囲で、全く、全く相等しい……という結果でした」

全き沈黙が、あたりをみたした。

そして、その沈黙を破ったものは、すすり泣きの声であった。由美子は涙を押えることができなかったのである。自分の目の前に坐っているこの年の若い青年が、自分のただ一人の兄を救ってくれたのだ。あり得ないことがあり得たのだ。

――兄さん救われたのよ――

由美子は唇をかんで、おえつを押えようとした。ハンカチを目に当てて、頭を深くたれて、すすり泣いた。

「いや、菊地君。実に見事だった」

沈痛とでもいった調子で、大沢部長が、ゆっくりというのを、由美子は遠いところできいた。

十一、解かれた謎

中島の容疑が解けると、当然、真実の犯人が問題になった。

四日の後、中島を密告した当の松田宗助が逮捕されたのである。一カ月もたってから、密告するという行為そのものに、うなずけぬふしがある——菊地警部の見解に従って、松田の周囲に調査の網がひろげられた。

その結果、巧みにしくんだ松田のアリバイは崩れ、包みきれずに、松田はいっさいを自供した。

命をかけて、彼はまゆみを愛していた。まゆみが和男に秋風を立てはじめたので、ほっとしたと思うまもなく、今度は、西町の呉服屋、丸吉の若主人に血道をあげだした。男は金もあり、男振りも立派である。宗助は、まゆみは自分の胸に帰らないことを知った。

松田はついに、まゆみを殺すことを考え始めた。

——罪を誰に着せよう？——

そのとき目についたのは、いかれてしまったような和男である。

ハンドバッグの指紋はよく考えてたくまれたものだった。五月始めのある夜、中島は「アザミ」でしたたかに酔った。前後をわきまえなかったのである。そのときだった。松田は、中島が自分を知らないことを利用した。そばによって、まゆみが席をはずす折をねらっていた。好機をとらえた彼は、殆んど前後不覚になって、テーブルにうつ伏せになっている中島に、

「このハンドバッグをまゆみにやるんだ。まアー、見てくれ」

と、持ちかけた。よろめきながら酔眼を開いて、中島はハンドバッグに手をふれた。しかし、途端に、前に崩れて、こんこんと眠ってしまった。

中島にその夜の記憶がないことをさえ、松田は要心深く確めていた。松田はハンドバッグを大切にとっておいた。それは、まゆみが愛用していたものと、全く同じも

のだった。犯行の直後、彼はそれをすりかえたのである。

　犯行の日予定の電話をかけ、いつものように中島一人が実験室に残る時刻がくると、彼は入谷の森に赴いてまゆみを殺した。その時刻にたとえ、中島が実験室にいたところで、彼のアリバイを立証する人間のいないことを知っていたのである。目的を果した彼は、六月二十五日、涼しい顔をして北海道に渡った。ところが、予想に反して、中島はなかなか挙げられない。まゆみに関係を持ったものは、次々と調べられている。

　いつかは自分の番になることを、松田は考えた。七月の初め、北海道から帰ると間もなく、自分の名前を明らかにして、中島を密告した。

　結果は彼の思い通りになった。たとえ、変名やトリックを使ってもいつか自分の手でやったことが、当局に分ると考えて、正々堂々と、自分の各前を出した彼のねらいが、まったく、おあつらえ向きに適中したのであった。

　あの日から七日ほどの日数が過ぎている。秋の早い北の国には、蕭々《しょうしょう》とした風が吹きはじめていた。海はいっそう蒼く、黒ずんでいった。

　明日は和男がこの家に帰ってくる。母はいそいそと街へ買い物にでていった。独り縁側に腰をおろして、由美子は海を眺めていた。過ぎ去った幾日かのことが、思いだされる。

「いや、菊地君」と、大沢課長がいった。

「安心されたらいい。わしの義務として、できる限り急いで再調査をさせよう」

大沢氏が、静かな声でいった。

「ところで菊地君、このお嬢さんは?」

「はあ、もうお気づきでしょうが、いままでは僕の助手でした。中島由美子さんです。和男君のただ一人の妹さんです」

「ほう、そうでしたか」

感慨をこめて、部長は彼女をみつめた。そして、六人の人達が。

「中島さん、お聞きの通りです。調査はいそぎます。しかし、いろんな面子《めんつ》とか、なんとかもありますから、しばらくの間、内密にしておいて下さい。一日も早く和男君はご家庭に帰られるよう、努力致しますからね」

　二時間ばかりの後、彼等は海岸にでていた。さすがに、菊地も疲れをおぼえているように、由美子には思われた。

曇った空の下に、暮色に包まれた灰色の海がひろがっている。人影一つ見えない砂浜に、波が白く崩れている。足をなげだして、二人は坐った。

「菊地さん、ありがとう存じました」

そういうと由美子はまた涙があふれた。

「いやお礼などおっしゃられることはありませんよ。由美子さん、あなたが感謝しなければならないのは、あなたの信念に対してですね。政治にも法律にも、わたし達は、絶望しかけています。最後のよりどころは一つ、愛情だけですな。兄さんを救ったのは、あなたの愛情と、信念だったといえましょう。僕は、あなたの愛情に命ぜられて動いたようなものですよ」

菊地は静かにいった。

「しかし、ほんとによかったですね。僕もいまは幸福ですよ。アルベルト・シュバイツェルのいったことは本当ですね。真の幸福はひとのために奉仕することの、その中に生れるというのですよ。

長い一生の間に、あなたが悦びを与えることができるようなときには、どうぞ、そういう人達に、勇気を与えてやって下さるのですな」

彼はそっと、由美子の肩を叩いたのであった。あのときの痛いほどの悦びが、いまも由美子の胸をあつくするのである。

その夜、由美子の母の願いをいれて、菊地は、歓待をすなおにうけた。

翌日は、霧が深く港をつつんでいた。行き交う船が汽笛をならしている。いよいよ船に乗りこむときに、ていねいに母に挨拶した菊地は、由美子の前に立って、その肩に両手をのせていった。

「兄さんもすぐ帰るでしょう。わたしがよろしくといったと伝えて下さい。新潟のよさがよくわかって、愉快でした」

菊地は、ブリッジを渡って船のデッキに立った。太い長い汽笛をならして、船はゆっくりと岸壁をはなれていった。由美子の眼からは涙があふれた。かもめが高く、低く舞っていた。

評論・随筆篇

谷氏並びにS氏に答えて

別冊宝石第九号に発表されました拙作「渦潮」について、宝石九月号誌上に御批判を下さいました前記二氏に御挨拶を申上たいと存じます。

最初に谷氏の御注意に対しまして、顔の赤くなるのを禁ずる事が出来ませんでした。作者の研究不足の不誠意を、しかも温かく指摘して頂きました御厚意に対しましては感激に堪えないものがあります。ここに衷心から御礼を申上ると共に、将来の御高教を改めて御願致したいと存じます。

次にS氏の御高評に対しましては、実に何とも言いようのない印象を受けました。大島屋が消費した金の出所については一言半句の説明も出ていないと、氏は言われるのですが、作者は必要な限りにおいてその説明はしてある積りです。それも相当の枚数に上る原稿紙を費やして、やって居る事を指摘しておきたいと思います。一四頁《ページ》の下段から第七章の終りまで、その説明に費やしてあるのを、氏は抜いて読まれたのでしょうか？　また私達市民は出所不明の大金を使用しても一向差しつかえないのではないでしょうか。現に競馬や競輪や宝くじで手に入れたような大金を幸運な人達は、誰にことわることも無しに使ってはいないでしょうか。

支店長、共犯者、犯人等が総て自動車で最後を遂げさした点の、曲りのなさの御指摘は恐れ入る次第です。けれども犯罪そのものが人間の行うものである限り、このような事は、あり得る事であり、作者の隠れたる意図の一つもここにあったわけです。

次に厳密に言うならば、この作は第十三章を以て完全に終結とすべきなのであります。そうすれば「合理性を欠いた粗雑な御都合主義」の作に終らなかったと思います。しかもなお更に二章を加えた作者の意図が奈辺にあったか、多くの他の読者の方には少くとも感じては頂けたと存じます。実際作者はこの終りの二章において、初めてその情熱の総てを傾け尽したと言っても過言ではないと思います。

最後に「女性には珍らしい」という御言葉と「女性らしい緻密さが充分感じられ……」の御言葉には、全く唖然として言うべき言葉もない次第です。氏は名前に「子」の字がつけば総て女と思われるものと見えますね。「孔子」でも「孟子」でも、探偵小説の優れたる批評家を以て任ぜられて居るらしいS氏が、筆者は某製造工場の工場長をやって居る一個の男性である事を知られましたら、一体何と感ぜられる事でありましょう。

終に批評家諸氏に、一アマチュアとして御礼申し上げたい事が一つあります。批評の価値はその批評によって、相手の人間を更に勇気づけ、更に向上心をあおるものでなければその意味がないのではないでしょうか。文学史上に残るような作品についての批評は自からまた別でありましょう。

アンケート

五一年度の計画と希望

一、今年の仕事のプランの輪廓
二、注文ないし希望
A、作家へ
B、批評家へ
C、雑誌或いは出版社へ

一、長篇一篇、短篇二篇程度書きたいと思います。発表の機会にめぐまれるかどうかは疑問ですが、是非その幸運を得たいと希望しています。

二、A、多作よりもむしろ沈潜して欧米の作家達の塁を摩するものを、是非——。

B、酷しく、けれども、育てようとする愛情を忘れないようにお願いします。

C、原稿料の正確な支払は成長せんとするものへの不可欠の食糧です。特に天下に公約し発表したコンクールの賞金等の支払は確実に実行して頂きたいと思います。また一度に支払が出来なければ、適当な條件を入選者に通知せられんことを希望します。

（実は筆者、年末には多少アテにしていました）

（『探偵作家クラブ会報』一九五一年一月号）

1　今年お仕事上の御計画は？

2　生活上実行なさりたい事？

問合せ事項

1　今年のお仕事の上では、どんなことをお遣りになりたいとお考えですか。また何か御計画がおありでしょうか？

2　御生活または御趣味の上で、今年にはお遣りになってみたいとお思いの事乃至《ないし》は御実行なさろうとすることがございますか？

（一）長篇の本格物を二篇完成したいと思っています。

（一）蒼い空を、心にかかることもなく、しみじみと眺めることの出来る生活――一九五二年こそ、それを実現したいと思います。

（『宝石』一九五二年一月号）

解題

横井司

1

一九八四（昭和五九）年、翻訳家・児童文学者として活躍していた娘と共に、世界的にも珍しい父娘による合作探偵小説『獅子座』を上梓した藤雪夫は、一九一三（大正二）年八月一日、宮城県に生まれた。本名・遠藤恒彦。

「中学の三年くらいの頃は、夜が白らんできたのも忘れて、ホームズやルパンなどを読んだ」そうだが、「中学三年の後期頃は、菊地《ママ》寛、久米正雄などの恋愛小説に読みふけ」るようになり、四、五年生に進級すると「探偵小説に対しては、全く魅力を失つて」しまい、「多くの青年達と同じように漱石、鷗外、四迷、芥川のものなどを読みふけつた」という（「探偵小説私考」『密室』一九五五・一）。その後、旧制第二高等学校（現在の東北大学の前身）に進学した藤は「医者にならう《ママ》と思つて理科を選んだ」が、「新潮社の世界文学全集にうつつをぬかして」「ツルゲーネフやドストエフスキーのものを分りもしないのに分つたような顔をしてよんだ」し、「若きエルテルは死んだのに、若きゲーテは何故死ななかつたか?」という議論をよくやっていたそうだ（前掲「探偵小説私考」）。

旧制高校から東北帝国大学電気工学部へと進学。三四（昭和九）年に卒業し、四〇年三月に結婚。ゆき夫人の回想によると、「国家総動員法に依り」「既に定まっていた就職先に行け」ず、「結婚した当座、横浜の追浜にあった海軍航空技術廠に配属されていた」という（遠藤ゆき『わが一期一会』私家版、八八・一二）。藤は「非戦論者」で「海軍に徴用になったこと」も「どんなに苦痛だったか」と夫人は回想している。ただ「天性、明るく優しい人だったので、悶々として暮らしていたわけではな」く、「土曜の午後にはよく横浜へ出て洋画を見せてくれた」そうだ。『外人部隊』や『舞踏会の手帖』などを観た後は、伊勢佐木町にある小さな蕎麦屋でざる蕎麦を食べたという。しかし、四〇年の末には「外人客の多かった洋画の『オデオン座』は閉館になり、食糧の統制はいよいよ厳しくなって蕎麦屋も店を閉じた」。四一年に太平洋戦争が始まっても「相変わらずの敗戦論者」で「『空しい戦争だ』と言いつづけ」ていた藤は、四三年の初冬の頃、身体の不調を訴え、海軍病院で肺尖カタル（実娘・桂子氏によれば開放性肺結核）と診断され、それ以降、海軍に勤務することはなかった。そして四四年の春、夫人の実家である宮城県の白石市に引っ越して、静養生活に入る。

藤自身の回想では、故郷に帰った事情として、病気についてはいっさい触れられておらず、「戦争も末期に近かづいた頃、私は、最後の国土防衛部隊に召集される予定であつたらしい。そこで、今生の見納めに、もう一度故里の山河をゆつくり眺めて、父なる国、母であるこの国に別れを告げたいと思つた」と書かれている（前掲「探偵小説私考」）。いずれにせよ、この故郷への帰省がきっかけとなって、中学生時代以来「十五、六年」ぶりに探偵小説を読むことになった。

家族一同で、北の国に帰つて百姓をやりながら、その日、その日を送つていた。そういつた或る日、便所の中で鼻紙の代りにちぎつては使われている古ぼけた本をみつけた。頁の両側には「樽」という字が印刷されている。

数十頁以上の紙が便所のもくづとなつている。いま自分がむしりとろうとしている頁を、何気なく読み過ごした［。］面白かつた。当時、私は「樽」の何であるかを知らなかつた。そこで、そのちぎれかけた古ぼけた本を部屋に持ちかえつた。

当時、F・W・クロフツの『樽』*The Cask*（二〇）は、一九三五年の二月に柳香書院から森下雨村訳によるものが単行本で刊行されていたが、おそらく藤が読んだのは、それに先立って雑誌『探偵小説』一九三二年一月号に一挙掲載されたものだったのでないか。部屋に持ち帰った残りの部分を真夜中までかかって一気に読み終えた藤は「巻をおうて、なすところを知らずといつた感動を覚え」、「不幸にして、読むことの出来なかつた、初めからもう一度読みたいと思つた」ほどの感銘を受けることになる。このときの体験が、後の作風、特に菊地警部を主人公とする一連の作品のスタイルを決定することになったと思われる。

『樽』に感銘をうけたものの、すぐさま探偵小説の執筆を考えたわけではない。そのころ、「一度応召したら、自分は生きて帰れることはあるまい」と思ったので「あとに残つた妻や子供達に遺書を残そうと思つて、夜はペンをとつていた」そうだが、戦争に敗れれば妻子の運命がどうなるか分からないし、平和な日が送れるようになれば「遺書のあるなしにかかわりなく、子供達は逞しく生きてゆくだろう」と考えると、書く気が失せたという。その代わりに「不幸な、父親のない子供達に、心ばかりの贈り物をしようと」考え、「正義と宗教をとりあつかつた長篇の童話」を書き始めていたが、そのうちに敗戦を迎えたのだった。なぜ童話を、と思われるのだが、山前譲の「解説――「『獅子座』縁起」へのささやかな補足」（『獅子座』創元推理文庫、二〇〇九・一一）によれば「旧制中学時代には同人誌を出したこともあった」し、「童話作家を志したこともあったそうだ」から、遺書でなければ童話を、というのは自然な発想だったのだろう。

「戦が終ると、こんどは、一家を支えてゆく仕事が忙しくなつた」（前掲「探偵小説私考」）藤は、夫人の回想によれば「終戦後、土地の人たちの始めた電気部品工場に一時勤めたがそこが倒産」。さらには「その頃流行っていた土蔵破りに遭い」「困れば売って生活の糧ともなっていた着物類を」「根こそぎ失ってしま」い、「万策尽きたと思った時」、「海軍で徴用仲間だったパイロット万年筆のNさん」から誘いの声がかかって職を得て、一九四八年、単身上京。翌年、都営住宅に当選し、一家揃って東京に移住することになったのだという（前掲『わが一期一会』）。N氏はパイロット万年筆から独立して、パイロット・ボールペンを扱う別会社を設立したが、経営が思わしくなく一年ほどで倒産。実娘の桂子氏によれば、失業後は「東和デンキなど数社を転々とするが、いずれも職場に恵まれず浪々の人生を送る」ことになったという。再び夫人の回想によれば、一九五四年か五五年の頃、会津の方へ単身赴任し、本郷焼きの窯元の主人の下で働いたこともあったそうだが、このときの体験が後に「辰《しん》砂《しゃ》」や「夕焼けと白いカクテル」といった作品に活かされることになる。

ところで、探偵小説を書き始めたのは上京後、海軍の徴用仲間から誘われて会社勤めを始めたころだと思われる。探偵小説執筆の経緯を、藤は次のように書いている。

生活が落ちつくと、遺書の積りで書いた童話を、多くの少年達に読んでもらいたいと思うようになつた。しかしどうしたら、活字にすることができるだら《ママ》う? ここで私は壁につき当つてしまつた。

幾日も考えた末、名前を売る手段として、ひとつ探偵小説を書いてみようと思つた。二ケ月かゝつて「渦潮」を書きあげた。乱歩さんが読んで批評して下さつた。そして宝石に送つて頂いた。

こうして(心ならずも)私は、気の向いたとき、探偵小説を書くようになつた。(前掲「探偵小説私考」)

これによれば、「渦潮」は『宝石』の懸賞募集に投稿するために書いたのではなく、江戸川乱歩への持ち込み原稿だったということになる。「渦潮」は、一九五〇年六月に刊行された『別冊宝石』に、『宝石』主催の「百万円懸賞」探偵小説募集のA級(長編部門)の最終候補作として掲載された。この、通称・百万円コンクールの〆切は四九年十二月末だったから、右の回想からすれば四九年に就職してからしばらくして書き始めたのだと推察される。ちなみに当時の『探偵作家クラブ会報』を繙いてみると、一九五〇年六月号の消息欄に新入会員として遠藤恒彦の名前を確認することができ、「渦潮」掲載と前後してクラブに入会したことがうかがえる。

「渦潮」は遠藤桂子という筆名で発表したが、「女性名で紛らわしいという批判」もあったようで(前掲、山前譲「解説――「『獅子座』縁起」へのささやかな補足」)、翌年の短編「指紋」からはすべて藤雪夫名義で発表された。ちなみに「遠藤桂子」は、後に共作相手となる長女の名前であり、「雪夫」は夫人の名前「ゆき」から採られている。

五二年には、「辰砂」、「夕焼けと白いカクテル」といった短編や、「黒水仙」のような中編(初出誌には二三〇枚とあり、当時としては長編といってもいいボリューム)を

『宝石』に発表。だが、以後、『宝石』に作品が掲載されることはなく、五四〜五五年は同人誌『密室』や『探偵実話』に作品を発表するようになる。このへんの事情については、すでに山前譲が指摘している通り（前掲「解説――「『獅子座』縁起」へのささやかな補足」）、自分自身をモデルにしたと思しい推理作家が登場する短編「黒い月」（五六）の冒頭の記述が参考になる。

　彼が作家になろうと決心したのは、五年ほど前に懸賞募集に応募して一席にはいったのが動機であつた。それから彼は数篇の長篇と短篇を発表した。ところがつまらないことでそこの編集長と喧嘩をして、とどのつまり彼は発表の機関をなくしてしまつたのである。

五四年には『密室』に、鮎川哲也・狩久との共作でリレー探偵小説「ジュピター殺人事件」や短編「青蛾」を発表しており、やはり『宝石』編集部と険悪な関係となって干されてしまった鮎川哲也と軌を一にしているのが興味深い。

　五五年の暮れには、翌年一月〆切だった講談社「書下し長篇探偵小説全集」の最終巻を公募した「十三番目の椅子」のために「獅子座」を書き上げ、投稿。最終候補まで残り、鮎川哲也「黒いトランク」、鷲尾三郎「酒蔵に棲む狐」と選を競ったが、残念ながら入選を逃してしまう。このときの原稿が基になって、実娘との合作長編『獅子座』が上梓されることになるのだが、それはまだ先の話。なお、先にも引いた「黒い月」には次のように書かれている。

　その年の七月、出版社としては一流の有声社が推理小説の全集を企かくして、その最終刊を新人の作品に当てることにして、一般募集をした。（略）彼はクラブを脱退していたので、その発表を新聞でみたのは、締切まで一カ月半しかない時であつた。クラブの作家達はとうの昔に応募したのだということを、その後まもなく知ることができた。

　右の記述における「有声社」の企画が講談社の「十三番目の椅子」であることは明らかであろう。のみならず、『探偵作家クラブ会報』五六年九月号の消息欄には再入会会員として名前を確認することができることから、それに先立つ退会時期は分からないものの、「十三番目の椅子」の広告を目にしたときは「クラブを脱退」していたのは明らかで、これも「黒い月」の記述が事実に基づいていることの証左になろう。

探偵作家クラブに再入会した五六年以降も『宝石』への執筆はかなわず、『保健同人』や『動向』といった探偵小説プロパーではない雑誌に「遠い春」（五六～五七）、「暗い冬」（五七）、「星の燃える海」（五七～五八）などを連載。また「C-641」（五六）や「ロケットC-64」（五八）といったSFを読物雑誌に発表したりしたが、五八年の「七千九百八十年」を最後に筆を断ってしまった。『探偵作家クラブ会報』五九年七月号の消息欄には退会会員として名前があがっていることが確認できる。断筆するに至ったのは、小説を書く情熱を失ったというより、仕事の方が忙しくなって小説を書く時間がとれなくなったためであり、探偵作家クラブからの退会は、書かない以上、会員であるのはおかしいという、藤なりの筋の通し方であったのかもしれない。

一九五九年に、富山に本社のある北陸電気工業株式会社の東京研究所に職を得た。就職するまでには紆余曲折があり、社長との間で見解の相違があって、いったんは断ったそうだが、技術者を必要としていた会社の方から再三要請を受け、東京に研究所を置くという条件で、ようやく決まったのだと、後に夫人が回想している。入社が定まったのは十二月末で、「四十五歳の再スタート」と前掲『わが一期一会』にはあるから、入社が決まったのは五八年の十二月、つまり「七千九百八十年」を書いた後ということになる。そして、入社が決まって以降「吾を忘れて働き始めることにな」り、退職するまでの二十年間を勤め上げた。この二十年の間に二十四の特許を取ったそうだ。就職した翌六〇年四月、東北大学から「蓄電器の製作に関する研究」で工学博士号を受け、六四年には「タンタル（酸やアルカリにおかされず、融点が三千度の金属）を超薄膜にすると電気抵抗の特性がすぐれることに着目し、大量生産するための優秀なスパッツァ装置を発明」した功績（鮎川哲也「解説」『殺人設計図』双葉社、八〇・一〇）により紫綬褒章を受章。

一九七九年、六十五歳で北陸電気工業株式会社を現役で引退したが、その後も相談役として週二日程度、後輩の指導に当たっており、これは亡くなるまで続いたそうである。八四年になって、実娘・桂子との共作で『獅子座』を上梓。これは鮎川哲也の推挽を始め、多くの人の尽力で実現したことが、初版本の藤自身の「あとがき」

や、講談社文庫版に寄せられた鮎川哲也の解説「『獅子座』縁起」(八八・二)などからうかがえる。夫人の回想によれば「『僕は書くのが大好きだ、これからは書きますよ！　テーマは山ほどある』と少年のように燃え」、「毎日機嫌が良かった」そうだ(前掲『わが一期一会』)。そして鮎川哲也と三十年振りに会うことになり日程も決まっていたが、その約束の日を三、四日後に控えて胸に痛みを覚え、診察してもらって病院から帰った翌日、心筋梗塞で不帰の人となった。一九八四(昭和五九)年十一月十五日のことである。享年七十五歳。

ミステリ作家としての活躍が期待された矢先のことであり、実娘との合作長編第二作『黒水仙』の執筆が決まった直後のことだったという。『黒水仙』はその後、娘・藤桂子の手によって完成され、父娘合作の第二弾として一九八五年十二月に上梓されている。

鮎川哲也は、藤雪夫の短編「アリバイ」を採録したアンソロジー『殺人設計図』の「解説」(前掲)において、自身と藤との関係を以下のように書いている。

藤雪夫と私とは、大袈裟にいえば〝宿命のライバル〟であり、氏が長編《渦潮》を懸賞に投じて一位になったときは、私が二位。私が講談社の長編募集に応募して一位に入選した際、氏の《獅子座》は残念ながら二位に甘んじた。お互いに不倶戴天の仲……といいたいところだが、長編を合作したこともある旧友同士だ。もっとも、二十五年以上も会っていないから、バッタリ顔を合わせたら判別できぬかも知れない。

「渦潮」が懸賞募集で一位になったとあるが、後述する通り、実際には後に訂正されて二位となり、鮎川の『ペトロフ事件』が一位だった。こうした記憶違いは、江戸川乱歩の『探偵小説四十年』(六一)の記述に端を発し、「渦潮」が『宝石』一九六四年四月増刊号に再録された際に付せられた中島河太郎の解説「『渦潮』特別解説」でも踏襲されている。鮎川自身も、『推理』一九七二年九月増刊号に「赤い密室」が採録された際に寄せたエッセイ「『赤い密室』に関して」において自作が「一位と記憶するのだが」と、当初は書いていたのだが、後には他の資料に準ずるようになってしまった。

それはともかく、右に引いた文章にあるような「宿命のライバル」、あるいは「好敵手」(前掲「『獅子座』縁起」）、「強力なライバル」（「解説　若き日のライバルたち」『ミステリーの愉しみ２／密室遊戯』立風書房、九二・二）といった表現は、鮎川が藤について語る際、その後もしばしば用いられた。

『宝石』百万円懸賞募集の賞金がすぐには払われなかったことは、鮎川のエッセイなどで書かれているので、よく知られている。不払いだったのは鮎川だけではなく、藤の場合もそうだったことが、『探偵作家クラブ会報』一九五一年一月号に載ったアンケート回答から察せられる。鮎川の場合、賞金の督促がきっかけとなって『宝石』編集部との関係が悪化し、しばらくは同誌からの注文が途絶えたわけだが、藤の場合も同様なことがあったのかどうか、これについては証言が残っていない。ただし、前掲「黒い月」において「つまらないことでそこの編集長と喧嘩をして、とどのつまり彼は発表の機関をなくしてしまつた」と書かれている点から、似たようなトラブルがあって同誌からの注文が途絶えたことをうかがわせる。こうした点でも揆を一にしているあたり、機縁で結ばれた二人だといえそうだ。

鮎川は前掲「『獅子座』縁起」において「一位と二位の違いは大きい。わずかの差で入選した作品はハードカバーの立派な本になって全国の書店に並ぶというのに、二位に甘んじたほうはひっそりと消えてゆく」と書いているが、まさにこの言葉通り、鮎川の方は『黒いトランク』の刊行をきっかけに着実にキャリアを重ねていったのに対して、藤の方は仕事が多忙になったこともあって創作の機会を失い、実娘との共作で『獅子座』を上梓するまで単行本が刊行されなかった。そのため、鮎川に「宿命のライバル」とまでいわれながら、これまで再評価の機会を逸してきたといっていい。権田萬治・新保博久編『日本ミステリー事典』（新潮社、二〇〇〇）にも独立した項目がなく、実娘・藤桂子の項目内で言及されているのみである。

『藤雪夫探偵小説選』全二巻は、これまで目にふれる機会のなかった作品も含め、藤の創作を集成した初の単独名義による著書である。合作ユニットの一人というだけに留まらない、藤作品の魅力を改めて問うとともに、一九五〇年代における日本ミステリ界の動静をうかがう手がかりとなれば幸いである。

以下、本書に収録した各編について解題を付しておく。作品によっては内容に踏み込んでいる場合もあり、特にコンテストの選評座談会などではプロットやトリックについて詳述されているので、未読の方は注意されたい。

2

〈創作篇〉

「渦潮」は、『別冊宝石』九号（一九五〇年六月発行、三巻三号）に、遠藤桂子名義で掲載された。後に『宝石』一九六四年四月増刊号（一九巻六号）に再録された時も、遠藤桂子名義だった。後年、実娘・藤桂子との共作で『黒水仙』と改題・改稿され、一九八五年一〇月に講談社から上梓された。同書は、二〇一〇年になって、創元推理文庫の一冊として再刊されている。

「宝石創刊三周年記念『百万円懸賞』探偵小説募集」通称「百万円コンクール」のA級（長編部門）に投じられた作品。長編部門の最終候補作全八編は『別冊宝石』第八号と九号に分載され、『宝石』一九五〇年一二月号誌上で結果が発表された。その際、一等入選が遠藤桂子「渦潮」、二等入選が中川透（鮎川哲也）「ペトロフ事件」、三等入選が島久平「硝子の家」と告知されたが、翌五一年一月号誌上において「編輯部の手違ひにより一等と二等とが入れ違ひのまゝ発表になりまして誠に申訳ありません」というお詫びの言葉とともに、あらためて一等入選「ペトロフ事件」、二等入選「渦潮」、三等入選「硝子の家」と発表された。

前章でも述べた通り、鮎川は当初、自作が一位と記憶していたが、その後さまざまな文献が「渦潮」が一位だったと記しているのを見て、後にアンソロジーの解説などではしばしば「渦潮」が一位で自作が二位だったと書くようになった。こうした誤謬のきっかけとなったのは江戸川乱歩『探偵小説四十年』（六二）の百万円コンクールにふれた記事であろう。乱歩の「渦潮」評価も書かれているので、以下にその該当個所を引いておくことにする（引用は『江戸川乱歩全集』第29巻、光文社文庫、二〇〇六から。［］内は横井による補足）。

Aの部の当選発表は［昭和］二十五年十二月号にのったが、選評座談会は行われなかったらしい。ただ木村登君［朝日新聞記者］の感想文が出ているだけである。当選作は次の通り。

【一等三十万円】「渦潮」　遠藤桂子
【二等十五万円】「ペトロフ事件」中川透
【三等　十　万円】「硝子の家」　島　久平

記憶によると、私も「渦潮」を一席に推したように思う。通俗的ではあったが構想が雄大で、面白く読めるという点ですぐれていた。
「ペトロフ事件」は今の鮎川君の最初の作品だったと思うが、近年の「黒いトランク」に比べると、やはりどこかしら弱点があったようで、私はそれほど感心しなかった記憶である。しかし、一般の批評はなかなかよかった。
「硝子の家」は密室トリックとして創意のあるもので、トリックの点では最もすぐれていた。今月の「宝石」にのっている早慶座談会でも、「硝子の家」が話題に出ているほどで、一等の「渦潮」よりは「ペトロフ事件」と「硝子の家」の方が読者の記憶の中の生命が長いようである。私はいつか、「年がたつと、トリックに創意のあるものが結局人の記憶に残る」と書いたことがあるが、これもその一例であろう。

右で乱歩がふれている木村登の感想は「最後の岩谷大学」と題されたもので、「渦潮」については以下のように評されている。

「渦潮」（遠藤桂子）そんなベラ棒な批評をされてはたまらないと作者はいうかもしれない。しかし、僕らはそんなことが一度出ると気になつて仕様がないのである。例のコティのウビガンの匂いである。こちら風に焼き直すと、さしずめ「資生堂の鐘紡」の匂いとでもいうところか。渡邊紳一郎と僕とを一番喜ばしてくれたのである。御参考までに申し上げれば、最高はカロンのニュイ・ドゥ・ノエル（クリスマスの夜）かシャネルならニュメロー・サンク（NO5）というあたり、ゲランならヴォール・ドウ《ママ》・ニュイ（夜の飛翔）がおよろしいでしょう。揚足取りをしているのではない。僕の言いたいことは、探偵小説は講談ではないのだ。知性の文学なのだ。最小限の常識ぐらいはわきまえておいてほしいということである。チャンバラも僕は非としない。しかしチャンバラならチャンバラでよいから、ありうべきチャンバラをかいてほしかった。書き出しと後半との創作態度の不統一も大いに困る。

木村がチャンバラを持ち出したのは、乱歩の「通俗探偵小説」という感想や、宝石クラブ会員であるS生の「犯人が探偵に対する謀殺未遂の件、犯人追跡の一幕はギャング映画もどき」（「別冊九号〝渦潮〟を評す」『宝石』五〇・九。全文引用は後出）などとも通底している。

藤自身はS生の批評に応えて「実際作者は此の終りの二章に於て、初めて其の情熱の総てを傾け尽したと言つても過言ではないと思います」と反論している（遠藤桂子「谷氏並びにS氏に答えて」『宝石』五〇・一一）。ただし、改稿作品である『黒水仙』では、さすがに古めかしいと感じたのか、最後の活劇場面は削除されているが、発表当時「情熱の総てを傾け尽したと言つても過言ではない」とまでいわしめた根拠は奈辺にあったのか。

藤は後に自らが抱懐する探偵小説観を述べた「探偵小説私考」（『密室』五五・一）および「『探偵小説私考』補遺」（同誌、五六・四）という二編のエッセイを書いている。後者において藤は「リアリズム探偵小説にあっては、登場人物は、理想としては、血の通っているものでなければならない」と書き、次のように敷衍している。

> わかりやすくいうと、鬼貫刑事が登場するとする。するとわれわれは、鬼貫の息吹を感じたり、そんな男に、いま、ふっとすれ違ったような気がしたり、それから鬼貫の感慨や思想を理解することはできないにしても、なにか、彼の行動の中に共感を感ずるのでなければならない。
>
> つまり、彼の全人格的な生き方の中に、彼の生きている人間としての、血液の温かさを感じなければならないのである。

このあと「登場する総ての人物に就て、そうでなければならない」と続けるのだが、ここで鬼貫警部を例にあげている点に注目しておきたい。「渦潮」の第十六章では、菊地警部と広淵警部補との階級を超えた心の交流ともいうべき様子が描かれている。殊に、ガス攻めにあって絶体絶命の状態になった際、菊地警部が広淵警部補に対して家族の有無を聞く場面や、救出されて後、犯人に対する瞋恚のほむらを燃やして追跡にかかろうとする場面などは、まさに両警察官の「生きている人間としての、血液の温かさ」を感じさせる部分といえるのではないだろうか。

後に菊地警部が休暇中に事件を解決する「アリバイ」において、愁いを帯びた佇まいを見せ、冤罪者の妹の「信念」という言葉に反応して、雪冤のために行動を開始するのも、「生きている人間としての」菊地警部を描くためではなかったか。

このように考えるなら、今日の視点からすれば、いささかの古風さは免れないとはいえ、「渦潮」の「終りの二章に於て、初めて其の情熱の総てを傾け尽したと言つても過言ではない」と書いた理由が腑に落ちるように思われるのである。

「渦潮」についてはもう一点、トリックなどのミステリ的興味とは別に、注目すべき個所がある。それは広淵警部補が菊地警部の許を訪れて、事件の再捜査を依頼する際、その理由を、司法制度の信頼性を保障するためだと述べている場面である（第五章）。「法が正しく運営されると言ふ事が何よりも大切な事だと思ふ」と言い、「私達の最終の理想は、法は決して間違つては、運営されなかつたと言ふ事を確認する事だ。《ママ》と信ずる」広淵警部補にとっては、法の正しい運営は個人の名誉よりも更に上位の「至上命令」なのである。「若し間違つた自分の考察や、集めた証拠の為に」「無辜の一人の人間が冷めたい獄窓にしんぎんして居たとしたら――更に刑が確定するとでも言ふ事になつたら、一体自分は此の厳粛な法の前に何と申し開きをしたらいゝでせう」という広淵警部補の言葉からは、戦後になって訪れた民主主義時代の最良のエッセンスが汲み取れるように思う。こうした戦後民主主義の精神は、例えば菊地警部が橘家を訪れて事件の再検討をする際のふるまい方や、橘恵美子が「意義なし」という場面（第六章）にもよく現われているように思われる。これらはいってみれば、時代精神の痕跡と見なすこともできようが、そうした時代精神が探偵小説の執筆という形で現われる時代でもあったということは、押さえておきたいところだ。

「渦潮」が再録された『宝石』増刊号には中島河太郎による「『渦潮』特別解説」がルーブリックとして掲げられている。本解題の前章でも述べた通り、ここでも百万円コンクールの結果を、「渦潮」が一位、「ペトロフ事件」が二位と伝えているのだが、それはともかく、その特別解説で中島は「渦潮」に対して次のように評している。

> 作者は欲ばりすぎるほどの謎を提出した。それらが難解なだけに、必ずしもあざやかな推理が展開されているとは思えない。末尾が活劇めいてはいるものの、謎解き小説の本道を踏んで、四つにとり組んだ意図は壮んであった。

十数年前の作品だから、美文調が今では気にかかるが、登場人物にふくらみを持たせるように努めながら、謎の組み立てと解きほぐしに工夫をこらしている。捜査陣の信頼と親愛の念に依る協力が、徐々に功を奏して、新たな容疑者の映像が次第にはっきり浮びあがる過程は、本格物でなければ味わえぬ楽しさである。

なお、本作品でデビューした当時の菊地警部について、鮎川哲也は「『獅子座』縁起」（『獅子座』講談社文庫、八八・二）の中で、次のように書いている。

むかし「渦潮」が雑誌に掲載されたとき、刑事が菊地を「探偵長！」と呼んでいた。ちょっと古風な呼びかけだから違和感を抱く読者もあったようだが、宮城県警では事実そう呼んでいるのである。（略）この菊地警部にモデルがいるのかどうか、その点について作者に電話で質問したことがあるが、藤氏はこう語った。戦後まもなく藤氏が単身上京していたとき、留守宅の物置が泥棒にあらされた。それを調べに来た刑事がデカ長を「探偵長」と呼んでいたわけなのだが、この人たちは非常に親切で、女子供ばかりの家族構成では何かと心細かろうと見廻りの度に声をかけてくれた。そうした話を聞いた藤氏は彼らに対する謝意の表現として小説に登場をねがったというのである。

本解題の第一章で「土蔵破り」にあったという夫人の回想を紹介したが、右でいう泥棒事件がそれに当たるものと思われる。ただし、夫人の回想によれば、藤が上京したのは「土蔵破り」の被害にあったあとのことだそうだから、これは藤の記憶違いか、あるいは鮎川の記憶違いということになりそうだ。

「指紋」は、『宝石』一九五一年六月号（六巻六号）に、藤雪夫名義で掲載された。単行本に収められるのは今回が初めてである。

隠岐弘は「探偵小説月評」（『宝石』五一・八）において次のように評している。

藤雪夫の「指紋」（宝石六月号）は、種明しはしたくないが話手が実は犯人だつたというロージャ殺しの系列に入るものだといえば、読者にはこの作品の価値がわかるに違いない。というのは、この作品を軽蔑したわけでは決してなく、それほど敍述者即犯人物というのは、難しいということをいゝたいのである。

解決のキイを、犯人が手袋の内部に残したケアレスミスの指紋に残しているが、こんな甘いことでは、妥当性のあるミスの中には入れられない。計画された犯罪ではなく、場当り式のものとなる。犯人のミスというのは、例えばロージャ殺しなら、椅子の向きが一つだけ変つていたというような、読者の納得のいくようなものでなければ意味がない。

「辰砂《しんしゃ》」は、『別冊宝石』二〇号（一九五二年六月二〇日発行、五巻六号）に、藤雪夫名義で掲載された。本編の最後には「(一九五二・四・七)」と記されている。単行本に収められるのは今回が初めてである。

本作品が掲載された『別冊宝石』は「新鋭二十二人集」と題して、それまで『宝石』が行なったコンクールの受賞者の書下し短編を並べたアンソロジーで、後に六人の選者（江戸川乱歩、水谷準、長沼弘毅、白石潔、隠岐弘、城昌幸）によって優秀作が選ばれた。その結果は、一等が朝山蜻一の「巫女」、二等が大河内常平の「赤い月」、三等が土屋隆夫の「青い帽子の物語」と狩久の「すとりっぷと・まい・しん」というものだった。

『宝石』一九五二年九＝一〇月号に各選考委員の「『新鋭二十二人集』選後感」と「コンクール選評座談会」が掲載されている。選後感では長沼弘毅が「トリックの構成で、致命的な欠陥を暴露している作品」のひとつとして「辰砂」にふれ、「行方不明になつてからひと月半以上もたつた少年の死骸が、突如として（なんの変貌もなく）老人にかつがれて登場する」のは「納得のゆかぬことがらである」と述べている。長沼は選評座談会でも同じ点について縷々語っている（以下の引用で「記者」とあるのは『宝石』編集部から出席した永瀬三吾）。

材料の混乱と小説性

城　次に藤雪夫氏の「辰砂」

長沼　これは中くらいなんだけれども、ほめるところをいいますと、割にケレンがなく平凡に坦々とやっているという点で読みやすい。だが、窯たきが行方不明になる、そこに辰砂というものが出てきているということになりますと、常識からいうと、ははあ、血だな、とすぐおもう。トリックも何もない。そういう点がどうも困つてしまつた。それからもう一つ、致命傷を持つている。水島という十五歳の子供が行方不明になつた。それが五月五日だつた。ところが市兵衛さんという窯たきが焼きを入れたのは六月二十二日、その時に坊やの死骸をかついでくる。そんなことはあり得ない。いつ殺したか、生かしていたわけじやないんだろう。三〇六頁ごらんなさい。一番上の段、それは五月五日のことであつた。それから三一三頁の上段の終り六行目ぐらい六月二十二日の朝たき上る予定……

水谷　ひどいね、あんたの見かた（笑声）。

長沼　こう読んでくると、こういう不勉強は許せない。だからこれは落第。

水谷　それだけでいけないね、真面目さがない。

白石　僕はそれよりロマンチックで申訳ないが、三〇二頁の焼物の解説していることが死んじやつているんだ。

隠岐　砂に血をかけると赤い色がそのまゝ残るものですか。

江戸川　そうじやないでしよう。陶器の色に人間の血を使つたのではなくて、ただ人柱にしたというのでしよう。

記者　これは薬のかわりに血を使うというのでなく、人柱に使つている。大変矛盾です。

水谷　人骨を使うのかと思つたが、ただ人柱です。それも同じ人間でも若い奴がいいとか、そこにあればまだおもしろいですね。

江戸川　これは通俗探偵小説としては相当買えると思うね。

乱歩が「通俗探偵小説」と述べているのが興味深いが、現在ならば異常心理ものとでもいうところか。後に『宝石』からデビューする新羽精之の作品を連想させるところもあり、その意味では、いわゆる異色作家短編にも通ずる、先駆的な試みであったといえよう。なお、このときは読者の投票に基づく「推薦コンクール」も行なわれており、「辰砂」は四十九票を集め、第六位だった（『宝石』一九五二年一二月号で発表）。

「黒水仙」は、『宝石』一九五二年七月号（七巻七号）に、藤雪夫名義で掲載された。初出時にはタイトル脇に「探偵小説（本格）」と書かれていた。後に、志村有弘編『べんせいライブラリー　ミステリーセレクション／黒の怪』（勉誠出版、二〇〇二・一二）に採録された。

本作品をアンソロジーに採録した志村有弘は解説で以

下のように述べている。

藤雪夫の「黒水仙」(略)は、力作である。構想がしっかりとした推理小説である。(略)冒頭からの謎に満ちた、緊迫した状況設定が読者を引きつける。信彦を和田ビルに連れていったのは誰か。コーヒーを運んできた青白い少女の行方は? 犯人の意外性。写真に写った月からアリバイを崩すという着想の鋭さ。そして列車のダイヤや電車など交通網を利用する着想。列車のダイヤを利用した松本清張の「点と線」が「旅」に連載されたのは昭和三十二年二月から三十三年二月のこと。「黒水仙」は「点と線」より五年前の作品である。事件の説明を借方・貸方で行う特異さ。もっとも不自然さがないわけでもない。刑事が市井の女を助手に任じる疑問、星野が拳銃を持っている疑問、刑事が由美子に小型拳銃を貸し与える疑問、今日から見ればそうした不自然さ・疑問点がないでもない。しかし、練りに練った構想のもとに成立した作品であることは言うまでもない。

志村は、時刻表や交通網がトリックに使われている点を、松本清張の『点と線』より早いとして評価しているが、ミステリ・ファンであれば、『渦潮』と賞を争った鮎川哲也の『ペトロフ事件』(一九五〇年発表)を思い出すだろう。

現代の読者からすれば、素人が拳銃を携帯する点、また警官が民間人に拳銃を渡す点が、もっとも違和感を覚えさせるだろうが、同時代の評者はそれらの点について瑕疵だとは考えていなかったようだ。

たとえば、京都鬼クラブ(のちの「SRの会」)が出していた同人誌『密室』一九五二年九月五日発行号(一巻二号)の「研究室」欄では、本作品が「今月の教科書」として取り上げられ、竹下敏幸・笹部晃一によって詳細に論じられているが、拳銃携帯については一言も触れられていない。

竹下敏幸

先づ疑問に思はれることは、作者がアイリッシュの「幻の女」と同巧異曲の作品を、しかも同じ掲載雑誌宝石え《ママ》何故発表したかということである。私の勝手な解訳《ママ》によると、作者は「幻の女」に挑戦したものと考える。そして挑戦なれば「幻の女」を読んでいる同じ雑誌の読者に批判して貰えば、正しい比較が下され、又一種のフェアプレイにもなると、作者は思はれたのではあるまいか？　そこに作者の自信の程が見られる様にも、思はれるのである。そこでその私流の解釈に従つて感想を述べてゆきたいと思ふのである。

先づ《ママ》作者が、「幻の女」に挑戦されたと考えられる点を抜いて見よう。

㈠　犯人の意外性
㈡　写真トリックによるアリバイ破りの独創性
㈢　犯罪現場にいた人物の数の不合理
㈣　自動車の色による色盲トリック
㈤　犯人が探偵する心理経過
㈥　全体的にクロフツ流の味を加味して本格的魅力を強めんとした

等である。㈠の犯人の意外性は「幻の女」の秀抜さには及ばぬ。最初犯人がハンドバックの口を開けて被害者の手紙を警部にわざと（？）見える様に置く章によつて、炯眼な読者には怪まれる。殊に星野忠男殺害によつて犯人は決定的に見破られる。㈡の写真トリックは「幻の女」の論理性の少ないアリバイ破りの重複よりも面白いともいえる。㈢の犯罪現場の人物の不合理も綿密なバランスシートが組まれている。㈣の色盲トリックは苦しい。容疑者の告白当時、それ位のことは調べられなければならないからである。㈤の犯人が何故捜査に加つて、一心になつたかといふ心理経過も無難に消化されている。㈥のクロフツ流の加味は、犯人の意外性を薄めたきらいがある。

しかし以上の点はさておいても、少々大きなミスが見受けられる。

㈠　犯人が男装してあちこちに現はれているが、一度も見破られないといふ可能性は、奇跡的である。殊に男性と女性とでは骨格その他一見にして違ふことはあきらかであるのに、アパートの支配人が証言の際見分られないのはおかしい［。］

㈡　星野忠男殺害の際の犯人の二種の兇器の使用法及びその大型の方の銃器の処分法の説明がない。

㈢　最初の犯罪の際の共犯者の少女の説明不足［。］いかにして共犯者ならしめることが出来たか？　その後の少女はどうなつたか？　殺害したとするならその死体の発見されぬ理由。

㈣　犯人が友人を自分の代りに壕にやつた理由は？その女が空弾にしろ何の為に少女（婦人警官）を射つ

たか？　少女（婦人警官）の長い嘘の告白は何故？それ〴〵説明不足と思はれる。

等である。

作者が「幻の女」に挑戦された意欲は分る［。］が、全体としての余りな構成法の類似は、余程秀れぬ限り、理由の如何に関らず避けた方がよいのではなかろうか。

文章は前作「渦潮」よりも練れた感があつて次作に期待される。

笹部晃一

素人の読んだ黒水仙論という所で少し述べて見よう。全体としての感じは大体まとまつてはいる様だが、バランスシートの説明など、少しもたもたとしている様に感じられる。題名の横に本格探偵小説と書いてあるのも、作者の注文ではないかも知れないが、少し変だ。何故なら色盲という説明がおそすぎる。さんざん鶯色と出しておいて最後近く、それはえんじであつたというのは少々アンフェアでいたゞきかねる。勿論トリックとしては良く考えてある。だがバランスシートの説明、くど〳〵しくすぎて読み辛い。これは私一人の不勉強の故かも知れないが……

昼間映した写真の月から撮映時刻を推定するトリックは面白いが、実際問題として素人写真でそれ程鮮明にとれるものだろうか？

又その様なこと迄見付け出した頭の良い犯人を見破つた、それ以上に頭の良い警部が最後まで犯人の尻押《ママ》を《ママ》いていたというのも変な話だ。探偵即犯人物としては、さほど新味がない。

悪口ばかり書いたが良い面も沢山ある。最初の書き出しからスムースに読者を引き付けてゆくところなど、堂々としたすべり出し。やゝ「幻の女」に似たスタイルが気になるが、文章も会話も悪くない。只シガーを吸ひ《ママ》込む仕草が多いのが気になる。最後に近く小島清子という女性が登場するのも、唐突すぎる様に思える。

結論としては、前作渦潮より洗練された感じで上達されたことは事実である。

黒水仙素人感想論以上の通り。

ウィリアム・アイリッシュの『幻の女』*Phantom Lady*（四二）は『宝石』一九五〇年五月号に黒沼健訳が一挙掲載されたばかりだった。こうしたマニアからの評を受けてか、隠岐弘は「探偵小説月評」（『宝石』五二・一〇）において、次のように書いている。

「黒水仙」（略）は「幻の女」そつくりといわれているそうだが、犯人が途中で容疑者の愛人を助ける気に変つたり、コニントンの、競馬くじ殺人事件の応用をしたり、いろいろの手法の変形を試みている習作としての努力は買つてよかろう。

犯人が途中で変心する点に注目している点は、さすがというべきか。「コニントンの、競馬くじ殺人事件」とは、J・J・コニントン『当りくじ殺人事件』*The Sweepstake Murder*（三一）のこと。

「夕焼けと白いカクテル」は、『別冊宝石』二四号（一九五二年一二月一〇日発行、五巻一〇号）に、藤雪夫名義で掲載された。本編の最後には「（一九五二―八―二七）」と記されている。単行本に収められるのは今回が初めてである。

本作品は「二十万円懸賞募集」の予選を通過した「新人二十五人集」に掲載された。『宝石』一九五三年四月号に入選作が発表され、「入賞作詮衡経過」と「入賞作品選衡座談会」（出席者は江戸川乱歩、水谷準、隠岐弘、城昌幸）が掲載されている。第一席は足柄左右太《そうた》（川辺豊三）の「私は誰でしょう」、袂春信「耳」、山沢晴雄「銀智慧の輪」の三名。第二席も三名だったが、その中には梶龍雄の名も見える。藤の本作品は、川島郁夫の「或る特攻隊員」と共に、次点だった。以下、「入賞作品選衡座談会」の該当箇所を引いておく。

水谷　この人は既成作家のグループに入つているので、わりに期待して読んだのですがね。単に陶器を使つた殺人方法のみという［。］それを狙つていたと思うんですが、一番いけないのはこの人は既成作家の癖に非常に描写が下手なんだ。何かこう客観性がない描写でね。私はこの人のもの、ほかにたくさん読んでないのですけれども、この人のものの悪い方の作品じやないかと思うんです。大変失望しました。これは僕は落第点をつけた。

隠岐　私も落第に近い点で、この二十五篇の中では珍しい完全犯罪の成功ものです。ところがその成功たるや、犯人が死体を処理するのに使つた煙突ですか、それに当局が気がつかない。また工場の専門家たちも当局にああいうものを使えば殺せるという可能性にふれていない。あとで犯人にそういうことを喋らすというのは何かちよつとフェアーじやないような気がしました。

江戸川　僕は諸君と逆で、この人のものとしては、いい方に属すると思う。最初長篇で当選した人ですね。

水谷　女名前で出たやつでしよう。

江戸川　通俗的だけれども筋は面白かつた。文章は素人くさかつたが。その後たくさん発表しているけれども、僕はどうも感心しなかつた。この人は僕に縁のある人で、最初僕のところにもつてきた人だけれども、この作は今までのに比べてスラスラ無理がなく書けている。彼の体験を書いているのですよ。窯業の工業の技師ですから、そこにちよつと身辺小説的なものがあつて、文章はそう上手でなくてもスラスラいつていてわりに味が出ている。雰囲気が出ている。人間の描き方もそう下手でない。この人のものではいいものに属すると思います。ただこの作の欠点は、平凡だということです。筋も物の考え方も。

「僕に縁のある人で、最初僕のところにもつてきた人だけれども」という乱歩の発言は、藤のエッセイ「探偵小説私考」における記述の証左になるだろう。

「アリバイ」は、『探偵実話』一九五四年一一月号（五巻一二号）に、藤雪夫名義で掲載された。後に、鮎川哲也編『殺人設計図』（双葉社、八〇）、同編『幻のテン・カウント』（講談社文庫、八六）、鮎川哲也・島田荘司編『ミステリーの愉しみ2／密室遊戯』（立風書房、九二）に採録された。

表題に謳われているアリバイ・トリックだけでなく、指紋のトリックを見破るアイデアなども注目される。藤には、「渦潮」、「指紋」、「黒水仙」など、指紋にこだわった作品が多いが、本作品はそれらの中でも最も優れた使われ方をしているといえよう。

初出時には巻頭に編集部による以下のようなリード文が掲載されていた。

すべての証拠は、一人の男を犯人と断定し、絞首台へ送りつつあつたが、たゞ一人——妹だけが、兄の犯罪を信じなかつた。美しい依頼者に応えて、敢然立ち上つた名警部菊地静男……。

現実派の新鋭、藤雪夫氏が特異の題材をひつさげて、読者を魅了するヒユーマニズム溢れた本格大力作。

藤雪夫のシリーズ・キャラクターというと、後年、実娘との合作長編で主役を務めたことも与って、菊地警部の名前がすぐに浮かぶが、本作品が「渦潮」以来の第二作であった。しかも、「渦潮」や本作中には下の名前が出てこないにもかかわらず、右のリード文中には「静男」と明記されているのが目を引く。ちなみに、現在刊行されているシリーズでは「勇介」という名前が与えられている。

中島河太郎は『探偵実話』一九五四年一二月号の探偵小説月評「鬼の独り言」で本作品を取り上げ、以下のように評している。

「トリツク《ママ》」は藤雪夫氏の久々の本格力作。多情な女に魅せられた男が、その女の殺害時刻のアリバイを立証し得ない為に捕えられる。男の妹の懇願を容れた警部がアリバイ立証の為に一肌脱ぎ、所要の実験時間を推定することによつて成功する。

本篇の中心はこの証明にあるわけだが、肝腎の専門家の主人公がそれによる自己の無実の実証手段に使用することに気付かず、警視庁警部の着眼のお蔭で釈放されるのはどうかと思われる。そのアリバイ打破の着想を活かして、他力本願でないものにしたら、一段と力を加えたのではないか。平明に事件を運ぶ手際は馴れたものである。

なお、本作品を『殺人設計図』に採録した際、鮎川哲也は解説で「本編は執筆を依頼されていた狩久氏が病気になったので、急遽代打をたのまれたもの」と書いているが、これは鮎川の記憶違い。初出誌の編集後記には「十月号に出した予告申《ママ》、川島氏突然発病の為、次号予定の藤氏に急遽登場して頂いたことをおわびと共に、御了承いたゞきたい」とあるので、狩久ではなく川島郁夫（藤村正太）の「代打」であったことが分かる。

鮎川は同書の解説で本作品のトリックに関して、以下のようなエピソードを紹介している。

氏は（略）困難とされていた銀のコロイド状化する方法を開発。その頃フランスが十一カ国に対して標準蓄電器の競作を申し入れてきたので、日本からは電気試験所の依頼で氏が銀のコロイド化を応用した試作品を製作し、フランスへ送った。フランスは集まった各国の作品を、参加した国にそれぞれ一年間ずつ貸与して実験をさせ、十一年目に戻ったものを更に一年かけて追試したのち、遠藤博士の製品が一位であることを発表した。「紫綬褒賞《ママ》はむしろこちらのほうで頂きたかった」そうであるが、この、銀をコロイド化するため、四塩化炭素を用いる実験をくり返していた頃に、本編の執筆依頼があったので、作中にそれが登場することになったという。

初出時、本編の最後には「一九五四―八―一」と脱稿年月日が記されていた。

〈評論・随筆篇〉

「谷氏並びにS氏に答えて」は、『宝石』一九五〇年一一月号（五巻一一号）の「宝石クラブ」欄に、遠藤桂子名義で掲載された。単行本に収めるのは今回が初めてである。

「宝石クラブ」は『宝石』ファン・クラブ員による寄稿ページで、一九五〇年九月号の同欄では「別冊宝石『渦潮』を読んで」というタイトルの下、二本の投稿評論が掲載された。本エッセイはそれに答えたもの。以下に、その投稿評論を全文引いておく。

〝渦潮〟遠藤桂子氏作（別冊9号）を読んで

富山・谷　康弘

三百六十枚という長篇をモノされた努力には敬服。審査前の作品に対し注意するということは志と反するが、桂子氏に今後も健闘願う意味からあえてペンを取つた次第。

作品全体の構想文体については批評はさけるが次の諸点は全読者と共に研究してみよう。

不思議な銀行殺人事件発生

○新聞の記事は差止めとなり（123頁）……犯罪事件で記事差止めになること絶対なし。昔はよくありました。

○地方裁判所に急行して検事の家宅捜さく許可の令状を貰つて来るように命じた（132頁）……判事の押収捜査令状でなくてはならぬ。

○数名の探偵と経済係の警官が三名急行（132頁）……探偵はおかしい。刑事が妥当。またこの種殺人事件に経済係が出るのは考えられず（全然ないとは断言せぬが）捜査課員が適当だろう。

○終に犯人は検挙された（133頁）容疑者は逮捕されたとすべきだ。有罪の判決までは何人も犯人でなく容疑者だ。新聞でもよくミスをする。

○「あとは裁判の時お目に掛ろう」（134頁）……これは検事が容疑者に対する言葉なのだが恐らくこのようなセリフを言う検事は居ない。

この外まだ二、三気付いた点があるが、以上指摘した点も作品全体からみればとるに足らぬことかも知れぬ。しかし小説だから許せるというわけでもなかろう。

この種のミスは著名な作家でもおかすことがあり簡単に事件から判決までの筋道をたどろう。

事件発生→容疑者の目星つく→判事に逮捕状請求→逮　捕　逮捕状の有効時間逮捕時より七十二時間、このうち四十八時間が警察の持時間。あと二十四時間は検事の持時間。

↓［警察より検察庁に事件記録、証拠品、容疑者を送る（逮捕より四十八時間以内に送る、形式的に送り警察が引続き捜査する場合多い）］

↓［検事はあと二十四時間の逮捕状の有効期限中に起訴（公判請求）出来ぬことが多いので、判事に勾留請求する」勾留状は十日間有効、この間に取調べが終らぬ場合更に十日間だけ勾留延期が請求出来る。

↓［検事は取調べが終れば起訴状を認め裁判所に起訴（公判請求）する」若し二十日以内に調べが終らず起訴出来ぬ場合は必ず処分保留のまゝ釈放せねばならぬ。

↓［かくて公判が開かれ判決となる］

普通よく間違われるのは送検（又は送庁）と起訴である。同じ九号の〝加里岬の踊子〟岡村雄輔氏も

○熊座警部は「秋水君（中略）これで全部材料が揃った、あとは起訴の手続きだけだ（49頁）……とやはり送検と起訴を取違えている。警察が起訴（公判請求）することは出来ぬ。

なお検察庁が事件を受理すると必ず次の処分を決定する。

（A）起訴（裁判所に公判請求）

（B）起訴猶予（犯罪の疑いはあるが起訴するほどのことでもない。あるいは証拠不十分）

（C）犯罪の嫌疑なし（犯罪にならぬ場合がよくある）

通常BとCの処分を「不起訴」という。

（S生）

別冊九号〝渦潮〟を評す

Ａ級入選作品八篇の中特に関心を寄せたのは遠藤桂子の〝渦潮〟であつた。

作品が女性に珍らしい本格物であり、スケールも大きく一章毎に作者に対し大きな期待をかけて読み終つたのだが結論は肩すかしを喰つた様な失望を感じた。

全体を通じて重大なミスは容疑者大島屋が死を賭しても口外しない大金の出所が結末に一言一句も示されてをらず、更に大島屋は「検挙以来常に俺は呪はれてゐる」とか「復讐されてゐるのだ」とか口走つてゐるが、この点も不得要領のまゝエピローグで大島屋が公判に先立つて釈放されたと形式的に述べてゐるのにすぎない。入手経路の不明な大金（これは人間一人の生命を左右する程のかくされた事情がある）を使用消費した大島屋が殺人容疑が晴れたとはいへ何事もなく釈放されるのは常識から判断しても不思議である。

支店長及共犯者の殺害、犯人の最後といづれも自動車を使用しているが知恵のない話である［。］犯人が探偵に対する謀殺未遂の件、犯人追跡の一幕はギャング映画もどきで余りにも小説的に過ぎて蛇足である。

事件発生から捜査経過と女性らしい緻密さが充分感じられ特に係官の協力振りは温い雰囲気の中に微笑しく描写されてゐて好ましいが、解決は合理性を欠いた粗雑な御都合主義なものであつたことは惜しむべきだ。

アンケートとして掲載されたもののうち、『探偵作家クラブ会報』一九五一年一月号（通巻四四号）のものは、遠藤恒彦名義で掲載された。『宝石』一九五二年一月号（七巻一号）のものは、藤雪夫名義で掲載された。いずれも単行本に収められるのは今回が初めてである。『探偵作家クラブ会報』のアンケート回答は、いわゆる百万円コンクールの賞金が払われなかった（遅配した？）証左のひとつとして貴重である。

実娘であり共作者である作家の藤桂子氏から資料を提供していただきました。記して感謝いたします。

［解題］**横井 司**（よこい つかさ）
1962年、石川県金沢市に生まれる。大東文化大学文学部日本文学科卒業。専修大学大学院文学研究科博士後期課程修了。95年、戦前の探偵小説に関する論考で、博士（文学）学位取得。共著に『本格ミステリ・ベスト100』（東京創元社、1997）、『日本ミステリー事典』（新潮社、2000）、『本格ミステリ・フラッシュバック』（東京創元社、2008）、『本格ミステリ・ディケイド300』（原書房、2012）など。現在、専修大学人文科学研究所特別研究員。日本推理作家協会・本格ミステリ作家クラブ会員。

藤雪《ふじゆき》夫《お》探偵小説選《たんていしょうせつせん》Ⅰ　〔論創ミステリ叢書86〕

2015年4月30日　初版第1刷印刷
2015年5月10日　初版第1刷発行

著者　藤 雪夫
監修　横井 司
装訂　栗原裕孝
発行人　森下紀夫
発行所　論 創 社
〒101-0051 東京都千代田区神田神保町2-23 北井ビル
電話 03-3264-5254　振替口座 00160-1-155266
http://www.ronso.co.jp/

印刷・製本　中央精版印刷

Printed in Japan　ISBN978-4-8460-1422-3

論創ミステリ叢書

①平林初之輔Ⅰ
②平林初之輔Ⅱ
③甲賀三郎
④松本泰Ⅰ
⑤松本泰Ⅱ
⑥浜尾四郎
⑦松本恵子
⑧小酒井不木
⑨久山秀子Ⅰ
⑩久山秀子Ⅱ
⑪橋本五郎Ⅰ
⑫橋本五郎Ⅱ
⑬徳冨蘆花
⑭山本禾太郎Ⅰ
⑮山本禾太郎Ⅱ
⑯久山秀子Ⅲ
⑰久山秀子Ⅳ
⑱黒岩涙香Ⅰ
⑲黒岩涙香Ⅱ
⑳中村美与子
㉑大庭武年Ⅰ
㉒大庭武年Ⅱ
㉓西尾正Ⅰ
㉔西尾正Ⅱ
㉕戸田巽Ⅰ
㉖戸田巽Ⅱ
㉗山下利三郎Ⅰ
㉘山下利三郎Ⅱ
㉙林不忘
㉚牧逸馬
㉛風間光枝探偵日記
㉜延原謙
㉝森下雨村
㉞酒井嘉七
㉟横溝正史Ⅰ
㊱横溝正史Ⅱ
㊲横溝正史Ⅲ
㊳宮野村子Ⅰ
㊴宮野村子Ⅱ
㊵三遊亭円朝
㊶角田喜久雄
㊷瀬下耽
㊸高木彬光
㊹狩久
㊺大阪圭吉
㊻木々高太郎
㊼水谷準
㊽宮原龍雄
㊾大倉燁子
㊿戦前探偵小説四人集
(別)怪盗対名探偵初期翻案集
51守友恒
52大下宇陀児Ⅰ
53大下宇陀児Ⅱ
54蒼井雄
55妹尾アキ夫
56正木不如丘Ⅰ
57正木不如丘Ⅱ
58葛山二郎
59蘭郁二郎Ⅰ
60蘭郁二郎Ⅱ
61岡村雄輔Ⅰ
62岡村雄輔Ⅱ
63菊池幽芳
64水上幻一郎
65吉野賛十
66北洋
67光石介太郎
68坪田宏
69丘美丈二郎Ⅰ
70丘美丈二郎Ⅱ
71新羽精之Ⅰ
72新羽精之Ⅱ
73本田緒生Ⅰ
74本田緒生Ⅱ
75桜田十九郎
76金来成
77岡田鯱彦Ⅰ
78岡田鯱彦Ⅱ
79北町一郎Ⅰ
80北町一郎Ⅱ
81藤村正太Ⅰ
82藤村正太Ⅱ
83千葉淳平
84千代有三Ⅰ
85千代有三Ⅱ
86藤雪夫Ⅰ

論創社